# Le Veur

## STEPHEN LAWS

| | |
|---|---|
| TRAIN FANTÔME | |
| LA NUIT DES SPECTRES | *J'ai lu* 2670/**4*** |
| LE VEUR | *J'ai lu* 2762/**4*** |

STEPHEN LAWS

# Le Veur

TRADUIT DE L'ANGLAIS
PAR MICHEL DEMUTH

ÉDITIONS J'AI LU

*Enfin, pour Lyn, avec amour*

Tous les personnages de ce livre sont imaginaires. Toute ressemblance apparente avec des personnes réelles, vivantes ou mortes, est pure coïncidence.

*Cet ouvrage a paru sous le titre original :*

THE WYRM

« Quiconque combat les monstres doit prendre garde à ne pas devenir lui-même un monstre. Et lorsque vous regardez longtemps dans l'abysse, l'abysse vous regarde aussi. »

NIETZSCHE, *Par-delà le bien et le mal*

«... ce que les gens habiles n'ont pas encore appris, des gens ordinaires ne l'ont pas encore entièrement oublié. »

C.M. KORNBLUTH, *The Mind Worm*[1]

1. *The Mind Worm*, de C.M. Kornbluth, publié pour la première fois en 1950 par Hillman Periodicals Inc. et réédité in *The Boris Karloff Horror Anthology* (Souvenir Press, 1965), est cité avec l'autorisation de Richard Curtis.

## PROLOGUE

– La réalité est un carrefour, déclara l'homme aux cheveux blancs en tendant la main vers son verre.

À l'instant où il le saisit, je lus une expression étrange sur son visage : comme si des souvenirs affleuraient à sa mémoire, des souvenirs déplaisants. Et peut-être, tout aussi bien, des vérités enfouies. Il savait que j'allais être intrigué par sa définition. Durant tout l'après-midi, je n'avais cessé de poser des questions que j'espérais subtiles à ce personnage étrange qui avait toujours farouchement refusé les interviews des médias. Et voilà qu'enfin, à l'issue de ce siège patient, il s'ouvrait. Et j'étais excité ! Allais-je vraiment entendre l'histoire dont mes collègues se disputaient l'exclusivité depuis si longtemps ?

– Mais encore ? dis-je, feignant la nonchalance.

L'homme eut un sourire. J'avais conscience que mon cœur battait très vite mais mon excitation grandissante était plus forte que mes craintes de débutant. Il me fallait faire très attention. Combien d'interviews ce type avait-il refusées ? Un mot déplacé... un seul... et il allait m'échapper.

– Écoutez, je sais ce que vous ressentez, repris-je. Vous avez fui la publicité depuis six mois. Mais c'est le rôle des journalistes de vous suivre à la trace, vous comprenez ? Comment l'éviter ? Six cent trente-cinq personnes sont mortes. *Six cent trente-cinq !* Vous ne pouvez pas espérer que la presse vous laisse tranquille !

Et maintenant, j'allais abattre ma carte maîtresse, celle que je gardais en réserve depuis le début de l'entrevue.

– Je sais que vous ne pouvez pas tout me dire. Que vous avez fait serment de ne pas parler... Que vous avez juré le secret. (*Vas-y ! Attaque maintenant ! Qu'il craque !*) Et je respecte votre réserve. Je ne vous demande pas de tout me révéler. Je sais bien que la presse à scandale vous a traîné dans la boue. Mais croyez-moi, je ne veux pas entendre toute l'histoire (*mais si, mais si !*). Pourtant, je sais que vous désirez parler. Alors... nous sommes là... et je n'ai pas l'intention de vous harceler, je ne veux pas vous amener à en dire plus que vous ne le souhaitez. Alors, pourquoi ne pas me faire confiance ?

L'homme aux cheveux blancs sourit de nouveau. D'un sourire triste. Et il commença à parler :

– En tant qu'espèce, nous sommes limités dans notre perception de la réalité. Nous sommes prisonniers de corps physiques constitués de chair et de sang et soumis à des interactions chimiques. Nous avons besoin de protéines, de fluides et d'oxygène pour survivre. Notre point de vue repose sur notre perception à trois dimensions : hauteur, largeur, profondeur. Certains d'entre nous, parmi les plus cultivés, ont émis l'hypothèse de l'existence d'une quatrième dimension : le temps lui-même. Néanmoins, cette théorie est encore réfutée par... (Le sourire revint. L'homme aux cheveux blancs but une gorgée avant de poursuivre :)... par des hommes de science. L'opinion qui prédomine est qu'à moins d'être prouvé par les paramètres de notre perception limitée, un événement ne saurait être considéré comme factuel. C'est l'attitude généralement répandue à cet égard.

Il regarda par la fenêtre un instant. Comme s'il prêtait l'oreille à quelque mystérieuse voix intérieure qui lui soufflait ce qu'il devait dire ensuite. Je me gardai de l'inciter à poursuivre, de peur de le voir se taire à jamais. Après un long moment qui me mit à la torture, il reprit la parole :

– C'est également la marque d'une suprême arrogance.

– Donc, vous pensez que nous nous abusons nous-mêmes ? Vous considérez que des vérités essentielles nous échappent parce que nous voulons ignorer les... comment dire ? (*prudence*)... les phénomènes paranormaux ?

J'étais trop impatient de l'entendre et j'espérais que ça ne se voyait pas trop.

Il fronça les sourcils et rejeta ses cheveux en arrière. Il voulait me dire des choses – je le lisais sur son visage – mais il se contenait, choisissant ses mots avec précaution.

– Oui... mais il y a plus, fit-il, très lentement. Nous sommes en danger. Notre attitude et nos perceptions limitées nous mettent constamment en danger. *Un danger mortel*. Un jour, il se pourrait que quelque chose arrive... quelque chose de terrible...

Il laissa sa phrase en suspens.

– Quelle sorte de danger ?

Une autre erreur de ma part : la question était trop directe, et il n'aimait pas cela. Je fis aussitôt marche arrière :

– Vous avez déclaré que la réalité était un carrefour...

Une pause. *L'avais-je définitivement perdu ?*

– Ce monde, dit-il enfin, cette réalité, si vous voulez... est au croisement des routes. C'est la meilleure façon dont je puisse la décrire. Mais les routes dont je parle sont... différentes. Ce sont en elles-mêmes des réalités différentes. Est-ce que vous me comprenez ?

Je comprenais. Son histoire secrète me fascinait depuis si longtemps ! J'avais étudié toutes les informations disponibles – c'est-à-dire très peu en fait – et lu également tous les textes (sérieux ou fantaisistes) qui traitaient du sujet.

– De nombreuses routes, dis-je. Toutes des réalités différentes. Et toutes venant en intersection avec notre propre réalité, notre monde. Mais nous n'en avons pas conscience. Nous sommes limités par le champ de notre perception, ainsi que vous l'avez dit. Et c'est...

– Le danger, acheva-t-il pour moi. Les choses que nous devrions le plus redouter puisent leur énergie dans le fait que nous... que nous refusons d'accepter leur existence. Nous la refusons même si, instinctivement, nous sentons leur présence. Cet instinct est... primitif, si vous voulez, et nos facultés intellectuelles le réfutent. Plus nous sommes civilisés, moins nous écoutons cet instinct de mise en garde.

Il voulait parler, maintenant. Il vida son verre et ne s'interrompit que pour tirer sur son cigare. C'était l'instant que j'avais attendu, celui où son enthousiasme allait l'emporter sur sa méfiance.

Je fis signe au serveur. Je l'avais déjà payé en prévision de cet instant. En quelques secondes il fut à notre table avec deux nouveaux verres. Des doubles.

– Savez-vous ce qu'est la peur ? demanda l'homme aux cheveux blancs.

Non. Peut-être pas. Mais je la sentais, cette peur,

dans sa question, dans son souffle froid, sa main froide sur mon épaule. Et j'en lisais les effets dans ses cheveux prématurément blanchis. Je le jure. Il devait faire plus de vingt-deux degrés dans ce bar, mais j'étais parcouru de frissons glacés.

– Je veux dire... la peur... *véritable,* répéta-t-il.

Mais il n'attendit pas ma réponse. Et je dois avouer que j'aurais été incapable de dire un mot.

– Moi, je le sais. Que Dieu me vienne en aide, mais je le sais.

Je le croyais.

Il se remit à parler.

PREMIÈRE PARTIE

# LE SOMMEIL

## 1

Michael Lambton était mort et il s'en sentait mieux. Pas bien mais mieux.

Il observait ses deux bergers allemands, Mac et Dutch, qui se poursuivaient sur l'herbe dans un grand déploiement frénétique de pelage noir et brun. D'une certaine façon, il les enviait. Ils étaient bien vivants et profitaient de chaque minute de leur existence – un concept élémentaire qui lui échappait à présent. Il ne pouvait plus se permettre de revivre : c'était bien trop dangereux. Dutch se mit à aboyer, par pur plaisir. Il voulait probablement que tout le monde entende à quel point il était heureux de vivre. Il fit demi-tour et détala en direction de la ferme, suivi de près par Mac, qui lui collait au train. Michael les regarda s'éloigner.

Il faisait chaud. Il sentait le soleil sur sa peau.

*Une peau morte*.

Avec un haussement d'épaules, il rejeta cette pensée et se concentra sur le paysage. Il se tenait près de la barrière, à la limite ouest de sa propriété. Partout, l'herbe poussait en toute liberté : il y avait longtemps que la ferme n'était plus exploitée. La maison, construite de plain-pied, était ancienne, comme le révélaient ses pierres grossièrement ajustées. Toutefois, le toit de chaume avait été restauré et devait plus aux techniques d'isolation modernes qu'au savoir-faire des artisans du début du siècle. Les chiens de Michael – les seuls animaux élevés ici depuis plus de vingt ans – avaient dépassé la ferme et couraient vers les ruines de l'ancienne grange que Michael avait abattue quand il avait acheté la propriété, deux ans auparavant.

Il porta son regard par-delà la maison, vers les premières pentes de la montagne qui cernait la vallée. Là-bas, les broussailles disparaissaient peu à peu pour céder la place à des éboulis puis à des pans de roche acérés. Le chemin qui venait du village montait en serpentant vers les hauteurs.

*Peau morte.*

Malgré le soleil, il eut un frisson et retourna lentement vers la maison. Sur sa gauche, la route principale traversait la vallée puis longeait sur quelques mètres la vieille ferme, qui portait toujours son nom ancestral : Split Crow. Sur sa droite, elle continuait vers Shillingham, au creux du vallon, avant de remonter vers les montagnes. Blotti tout au fond, le village s'enorgueillissait de sa position particulière, tout près de la *Border*. À cheval entre l'Angleterre et l'Écosse, il défendait farouchement son identité. Toutes les routes qui partaient de Shillingham portaient le nom des bois ou des taillis qu'elles traversaient. Elles sinuaient et n'avaient jamais connu le moindre encombrement de circulation. C'est là que les premières racines du christianisme avaient été plantées dans la terre d'Angleterre. De tout temps, le village avait souffert à la fois des Anglais et des Écossais et il semblait que, même à l'heure actuelle, ses habitants ne fussent pas près de l'oublier.

Sous le règne d'Édouard Ier, on avait tenté

d'édicter des lois qui auraient permis de contrôler les relations entre les deux pays tout en faisant régner l'ordre et la justice. Mais Shillingham, à cette époque, était notoirement connu comme le « pays maudit », ravagé tour à tour par les clans écossais et les pillards anglais.

Il était encore très tôt, mais la brume de chaleur faisait déjà miroiter les toits et la flèche des bâtiments du conseil dans le lointain.

*Un village plein d'étrangers,* songea Michael avant de rire de sa propre réflexion. Était-ce un signe de paranoïa naissante ou d'égocentrisme que de considérer que tous les habitants de Shillingham étaient des étrangers et que lui, l'intrus nouvellement installé, ne l'était pas ? C'était lui l'étranger. L'opinion populaire le confirmait et cette situation lui convenait parfaitement. Il refusait tout contact avec les autres. Il ne souhaitait qu'une chose : être seul. S'il avait désiré se faire des amis, il aurait choisi de résider dans le village. Mais il voulait rester... *un homme mort...* un exclu. Il tenait à son isolement. Il avait Dutch et Mac. C'était la seule compagnie qui lui était nécessaire et ils étaient bien plus dignes de confiance que la plupart des gens qu'il avait connus, surtout durant les huit dernières années de sa vie. (*Avant ma mort,* pensa-t-il avec amertume.)

Levant les yeux, il vit que les chiens avaient fait demi-tour et accouraient de nouveau vers lui. Mac était en tête. Il n'interrompit pas sa course et bondit au dernier instant pour venir percuter son maître en pleine poitrine, ce qui était son jeu favori. Michael se laissa aller en arrière, lui saisit les pattes au vol et ils partirent tous deux en une danse titubante d'ivrognes. Il éclata de rire. Ses chiens semblaient percevoir son humeur, ils imaginaient ses pensées et arrivaient toujours au bon instant pour l'en arracher.

– Oui, oui, dit-il. Vous ne voulez pas que je broie du noir. D'accord ! Bon, allons prendre notre petit déjeuner.

Il repoussa Mac et, avant de se diriger vers la ferme, ébouriffa le poil de Dutch pour lui montrer qu'il ne faisait pas de favoritisme. Il se rappelait le jour où Dutch s'était jeté sur le facteur du village ; le malheureux était tombé à la renverse, éparpillant dans l'herbe lettres et colis. Michael avait entendu des appels au secours et, surgissant de la cuisine, avait vu le postier hagard, le dos à terre, nez à nez avec le berger au poil hérissé, qui, un grondement sourd dans la gorge, lui interdisait tout mouvement. Mac avait profité de la situation pour commencer à déchiqueter un colis recommandé destiné à un membre du conseil. Après avoir maîtrisé les deux chiens, Michael avait essayé d'apaiser le facteur.

Tout en essayant de remettre de l'ordre dans sa tenue, le sexagénaire presque chauve avait laissé éclater son indignation.

– Comment, ils ne sont pas sauvages ! Vous vous fichez de qui ? Ces monstres sanguinaires sont de vrais loups. Vous devriez les garder en cage !

– Mais vous les avez sans doute surpris. Moi-même, je ne vous avais pas entendu arriver...

– Surpris ? Vous avez du culot, mon garçon ! En tout cas, moi, j'ai une surprise pour vous. Tant que ces animaux seront en liberté, je n'apporterai plus le courrier à Split Crow. Vous irez le chercher à la poste, au village. Vous avez de la veine que j'aie bon caractère, sans ça j'aurais fait un rapport au sergent Grover au sujet de ces deux bêtes féroces. Oui, vous avez de la chance que j'aime les animaux, monsieur Lambton. Autrement, on les abattrait.

Dutch n'avait rien fait pour arranger les choses. Il ne cessait de gronder, sans doute parce qu'il sentait que les paroles du facteur lui étaient hostiles. Depuis cet incident, Michael devait, tous les jours, parcourir à pied les trois kilomètres qui le séparaient de Shillingham. Un an avait passé et les gens de la poste continuaient à lui battre froid. Quant à aller au village avec ses chiens, il n'en était plus question, mais ni lui ni les deux bergers ne le regrettaient. Un simple souvenir de la civilisation, qui ne leur manquait pas...

Michael ouvrit la porte et laissa les chiens se ruer à l'intérieur. Il ne se retourna que brièvement pour lancer un dernier regard vers la montagne. Et il s'en réjouit aussitôt, car il avait bien failli manquer la fille. Elle suivait le chemin qui longeait la propriété et descendait ensuite vers le village. Comme toujours, elle lui adressa un signe de la main et il répondit en souriant.

Jamais ils ne s'étaient rencontrés, mais ce rite se poursuivait depuis huit mois maintenant. Aujourd'hui, elle portait un jean et un chemisier blanc et avait son grand sac, comme d'habitude. Elle devait y mettre ses vêtements de travail, car il semblait trop léger pour contenir des provisions. Elle avait de longs cheveux noirs et, même à cette distance, il vit son sourire. Elle passait par là tous les matins et tous les soirs à la même heure. C'était elle qui lui avait fait signe la première, mais jamais elle ne s'était approchée de la barrière pour engager la conversation. Michael lui en était reconnaissant. Elle habitait probablement une des fermes voisines, sur l'autre versant de la colline. Mais elle respectait sa vie privée. Pourtant, ce petit signe de la main était un instant important de la journée, que Michael guettait.

La fille poursuivit son chemin, balançant son

sac. Michael leva encore une fois la main et elle lui répondit, avant d'aborder le tournant et de disparaître derrière les épais bosquets d'ajoncs. À l'intérieur, les chiens aboyaient, affamés. Michael referma la porte.

Il se demanda si la fille savait que, deux fois par jour, elle faisait signe à un mort.

## 2

Sur le chemin de Shillingham, Christy pensait à l'homme étrange qui habitait la ferme de Split Crow. Il vivait replié sur lui-même et ses seuls rapports avec ses voisins semblaient se résumer à l'incident entre le facteur et ses chiens. À en croire les employés de la poste, les deux bergers avaient failli déchiqueter le malheureux, mais Christy était convaincue que toute cette histoire était exagérée. Depuis son arrivée, il n'avait pas fait la moindre tentative pour nouer des relations avec les villageois, ce qu'ils avaient pris pour de l'hostilité. Mais Christy les trouvait injustes. S'il souhaitait demeurer seul, pourquoi ne pas le laisser tranquille ? Il ne faisait de mal à personne. Les rumeurs qui circulaient à son égard allaient de l'improbable à l'invraisemblable. Tantôt c'était un fou, tantôt un ex-criminel. En tout cas, tout le monde savait qu'il était plus ou moins écrivain, qu'il était sans doute un auteur de romans pornographiques, ou pire encore. On l'avait souvent vu dans cette librairie bizarre d'End Row, tenue par un ancien hippie. Et il était évident qu'il avait dressé ses chiens à attaquer les passants innocents. Christy avait entendu ces ragots dans le village, mais aussi dans le salon de thé de Shillingham où elle travaillait.

Il était arrivé à Split Crow environ deux ans auparavant. Après le départ du précédent propriétaire, la ferme était presque tombée en ruine. Lambton n'avait pas dû la payer bien cher, mais on disait qu'il avait dépensé une fortune pour la restaurer – ce qui en soi paraissait bizarre vu qu'il aurait pu acheter n'importe quelle autre maison dans la vallée, à moindres frais. Autre mystère. Autre raison de lui prêter des intentions cachées, ce qui ajoutait encore au malaise des villageois.

Christy avait de la peine pour lui. Elle était convaincue que ces bavardages étaient à quatre-vingt-dix pour cent sans fondement. Elle avait vu l'un de ses livres au supermarché, avec sa photo en couverture. Apparemment, c'était une sorte de thriller, mais il lui avait paru bien trop épais pour elle. Ce n'était d'ailleurs pas le genre de lecture qui l'attirait. Néanmoins, elle avait lu rapidement le texte de couverture : les critiques s'accordaient à dire que son œuvre était remarquable. Peut-être était-ce l'un de ces écrivains excentriques qui ont besoin de retraites paisibles pour se concentrer sur leur travail. Quant à être bizarre, elle considérait que ce n'était pas un crime. Que les autres pensent donc ce qu'ils voulaient ! Le jour où elle en était venue à cette conclusion, elle avait fait un signe de la main en passant devant la maison de Split Crow. Il avait paru hésiter avant de lui répondre. Mais Christy avait trouvé son geste sincère, empressé, et cela l'avait rendu encore plus sympathique à ses yeux. Il se sentait peut-être très seul, après tout.

Et elle savait ce qu'était la solitude.

Une petite camionnette poussive gravissait le chemin en soulevant un nuage de poussière. Elle leva la main. Elle ne distinguait pas qui était au volant mais elle savait que ce ne pouvait être que M. Johnson. Il klaxonna avec colère tandis que le véhicule disparaissait en toussotant. M. Johnson tenait l'épicerie, non loin du salon de thé. C'était un homme qui avait mauvaise vue, mauvais caractère, avec de vastes ambitions et une rancune tenace envers ceux qui l'avaient irrité ne fût-ce qu'une seule fois. Et Christy le rendait furieux en se montrant toujours aimable à son égard alors que, de toute la population du village, il était celui qui le méritait le moins.

Elle atteignit les premières maisons de Shillingham et s'engagea sur le vieux pont de pierre. En bas, la rivière aux eaux cristallines scintillait. Elle dévalait la montagne pour aller se jeter dans la mer, à moins de quatre-vingts kilomètres de là.

Christy s'arrêta un instant, posa ses mains croisées sur la pierre rude et se pencha pour contempler les tourbillons et l'écume. *Pas de canettes de bière,* songea-t-elle. *Pas de carcasses de vélos, de vieux préservatifs. Pas d'immondices.* C'était l'un des bonheurs de cette région du Northumberland : la terre n'y était pas souillée. Du moins, pas par l'homme moderne. Christy leva la tête pour regarder en amont, en direction des collines. Là-bas, la rivière prenait sa source. La nature était, sous certains aspects, à la fois désolée et belle, idyllique et dangereuse. Quand venait l'hiver, elle pouvait être mortelle. Les chemins bordés d'arbres devenaient traîtres sous la neige, avec ses pièges tapissés de glace. Mais en plein mois d'août, comme à présent, le ciel était serein et tout devenait verdoyant. Christy adorait les forêts, les routes sinueuses de la vallée, les montagnes et les bâtisses de pierre grise de Shillingham. Mais...

*... Mais ça ne suffit pas*, songea-t-elle. *Si les*

*choses étaient différentes à la maison, je pourrais peut-être rester. Mais elles ne changent pas, et je ne resterai pas. J'ai besoin de...*

Elle avait besoin de s'enfuir.

Avec un soupir, elle arriva au bout du pont. Ce n'était pas la première fois qu'elle pensait avoir atteint un tournant dans sa vie. Il allait lui falloir prendre une décision.

Elle traversa Den Row, une ruelle mal pavée, pensant aux feux qui tournaient dans le ciel. De manière étrange, elle les enviait, sans toutefois comprendre pourquoi. En arrivant à la place du village, elle s'arrêta une fois encore et regarda autour d'elle. L'horloge victorienne, au milieu de la place, indiquait 3 h 40, ce qui était faux. Les aiguilles étaient bloquées sur cette heure depuis plus d'un mois, ce qui avait soulevé de vives polémiques au sein du conseil municipal. Personne ne voulait prendre la responsabilité de faire réparer l'horloge, un don fait au village par les propriétaires terriens au début du siècle.

Christy se rappelait que M. Johnson avait écrit une lettre au conseiller principal de Shillingham, dans laquelle il déclarait que la panne de l'horloge était due aux fientes des pigeons et que, si on lui en accordait la permission, il s'armerait de son fusil et massacrerait tous les volatiles. Le conseiller avait décliné son offre tout en le remerciant vivement. M. Johnson n'aimait pas les pigeons, qu'il appelait « s'loperies » avec son lourd accent du Northumberland, crachant le mot avec dégoût. Mais ses motivations étaient connues de tous et n'avaient rien à voir avec le sens civique : il voulait avant tout protéger ses plates-bandes qui étaient pillées par les oiseaux dès que les pousses sortaient de terre.

Christy traversa la place et remonta High Street

en direction du salon de thé. Autour d'elle, Shillingham s'éveillait à la vie, les boutiques s'ouvraient l'une après l'autre et les premiers livreurs de journaux venaient de faire leur apparition sur leurs bicyclettes. La camionnette du laitier tourna au coin de la place à grand bruit et Christy ignora le sifflement admiratif que lui lança le conducteur. Elle avait entendu un autre son dans le ciel. Levant la main au-dessus de ses yeux, elle rejeta ses longs cheveux en arrière et plissa les paupières dans le soleil. Dans le ciel bleu sans nuages, un jet prenait son cap vers des cieux exotiques. Tout au bout du double sillage blanc, ce n'était qu'un minuscule point gris. Elle se dit qu'il y avait à bord des dizaines de gens qui buvaient des boissons hors taxes tout en discutant de leurs vacances dans un pays étranger, dans un autre univers. Elle aurait tant aimé être à bord avec eux. Elle ne resterait pas toute sa vie à Shillingham. Son emploi au salon de thé, avec Iris Wooler, n'était que temporaire, guère plus qu'un dépannage. Elle suivait à temps partiel les cours de littérature à l'université. Quand elle aurait sa licence (ce qui, dans son esprit, ne faisait aucun doute), elle partirait pour le Sud – ou le Nord, elle ne savait pas trop.

– Ça ne te plairait pas, dit une voix à la seconde où elle redescendait sur terre, sans cependant quitter des yeux l'avion, là-haut dans le ciel.

Dérangée dans sa rêverie, elle sursauta. Iris était occupée à nettoyer la vitrine. Elle ajouta en souriant :

– La cuisine sent le graillon, l'hygiène laisse à désirer, les indigènes sont hostiles et on attrape des coups de soleil. En plus, personne ne parle un traître mot d'anglais.

– Bonjour, Iris. Tu ne prends jamais de vacances ?

– Ça m'est arrivé une fois, quand mon George était encore de ce monde. Ça ne m'a pas plu du tout. Je ne peux pas quitter Shillingham. C'est là que je veux finir mes jours.

– Il n'est même pas 9 heures et tu as déjà des pensées morbides. Iris, tu es vraiment stupide...

– Il y a du café chaud et gratuit. Tu connais une meilleure façon de commencer la journée ?

D'un geste espiègle, Iris agita son chiffon mouillé devant Christy qui, en riant, entra dans le salon de thé. Elle passa sous le comptoir et écarta le rideau de perles en plastique qui séparait la salle de la cuisine. En quelques secondes, elle enfila sa tenue de travail et revint au comptoir. À cette heure, le salon était encore désert, comme d'habitude. Mais, d'ici dix minutes, les premiers clients arriveraient. Elle se servit une tasse de café au percolateur et la but à petites gorgées tout en observant d'un air songeur Iris qui finissait d'astiquer les vitres. Elles n'étaient pas sales mais, pour Iris, ce nettoyage du matin était un rite essentiel.

Iris Wooler était une petite femme qui ne dépassait pas un mètre soixante. Ses cheveux argentés étaient ramenés en chignon derrière ses oreilles. Autrefois, ils avaient dû être aile-de-corbeau, comme ceux de Christy. Malgré ses soixante-six ans, elle était encore très active. « Je pourrais prendre ma retraite mais j'ai pas l'intention de rester assise sur mon cul à ne rien faire », disait-elle souvent. Elle avait acheté le salon de thé plus de six ans auparavant. (« Je l'ai eu pour le prix d'une chanson. *I ain't got no money*. Le type était de bonne humeur ce jour-là, je pense. ») Son époux, George, était mort deux ans avant l'achat et, entretemps, elle avait essayé de mener la vie étriquée et paisible d'une veuve. Mais cela ne lui convenait pas. Elle avait fini par prendre conscience que

George, plus que tout autre, n'aurait pas apprécié de la voir toute la journée à la maison (« assise sur son cul »), à balayer ou à ne rien faire. C'est pour cela qu'elle avait acheté le salon.

Christy l'enviait. Iris avait connu des moments difficiles mais cela n'avait jamais affecté le regard qu'elle portait sur l'existence. Elle était restée la même, toujours gentille et chaleureuse. Et Christy se demandait comment elle faisait. Elle aurait aimé avoir le courage (si tel était le mot juste) de lui demander conseil à propos de son père, qui était sa grande source de chagrin. Un jour, peut-être, elle oserait en parler à Iris. Son regard se posa sur les collines, de l'autre côté du village. Elles ne constituaient que les contreforts des montagnes qui entouraient la vallée. Ses pensées dérivèrent une fois encore vers l'écrivain qui habitait la ferme de Split Crow et cette façon enthousiaste qu'il avait de répondre à son petit signe.

## 3

Michael éteignit sa chaîne stéréo, prit la tasse de café qu'il avait posée sur la table basse et alla lentement jusqu'à la fenêtre. De là, il dominait le chemin qui longeait la propriété. Il venait d'écouter *Tunnel of Love*, des Dire Straits, et la guitare de Mark Knopfler avait réveillé ses souvenirs de Newcastle. Newcastle, la ville natale des Dire Straits, et la sienne... Le champ de foire où il avait traîné durant son enfance.

Il essaya de se mettre dans la peau de l'enfant de huit ans qu'il avait été, remontant le temps pour se raconter ce qu'il serait trente et un ans plus tard. Mais c'était là une réflexion stérile, qui ne débouchait sur rien. Il l'écarta mais le sentiment de regret et de nostalgie persista. Il était surpris que les morts puissent avoir encore de telles émotions. Il s'apitoyait sur lui-même, il le savait. Il eut un rire sarcastique et regarda vers le chemin. Il était 18 h 30 et elle n'allait pas tarder à repasser.

Il traversa la pièce, enjamba Dutch, prostré devant le feu. Mac était dans la cuisine, reniflant un peu partout, en se demandant si ce qui mijotait était destiné à la consommation canine ou bien humaine.

Il finit son café et reposa la tasse sur la table. À l'instant où il se redressait, son attention se porta sur le rayon de livres, dans un coin de la pièce.

Un nom prédominait : Michael Lambton. *La Première,* de Michael Lambton, *Captive,* de Michael Lambton, *Au-delà de moi,* de Michael Lambton et... Michael éprouva à cette seconde un spasme de peur incontrôlable, insoutenable... *Borderland,* de Michael Lambton. *Oh, non !* pensa-t-il. *Pas encore! Pas maintenant...* Il était partagé entre la peur et la colère. Mais la peur gagna, comme toujours. Son estomac se noua comme si une menace terrible pesait sur lui, maintenant encore. C'était une peur irrationnelle et, comme chaque fois, il ne put que s'y abandonner. Il fut brusquement transporté dans le passé, à l'époque où ses problèmes avaient commencé. La peur terrassante, l'angoisse pénétrante, aiguë, étaient aussi fortes que la toute première fois, quand il habitait un luxueux appartement de Jesmond et que le monde littéraire était à ses pieds. Et c'était là que c'était arrivé, dans la sécurité et le confort. Ça s'était installé dans son âme comme un parasite, comme un poison, le forçant à la solitude, chassant ses amis. Pour finalement l'étouffer, l'engloutir.

*Un homme sur une civière, pleurant comme un bébé...*

Une trappe s'ouvrait une fois encore dans son esprit. *Non... non...* NON*! Je ne le permettrai pas !*

Un gémissement s'éleva du tapis et, tournant la tête, il vit que Dutch le regardait. Le chien était toujours allongé devant le feu, mais il venait de lever la tête d'un air inquiet. Dans la clarté des flammes, Michael lut de la compassion dans les yeux du berger. Ce regard limpide dissipa l'horreur, et la trappe qui cachait la terreur immense commença à se refermer.

– Excuse-moi, Dutch. Ce n'est rien.

*Ce sacré chien recommence à lire dans mes pensées.*

Dutch laissa retomber sa tête entre ses pattes.

Quelque chose de blanc bougea sur le chemin, attirant l'attention de Michael, et il sut que c'était l'heure. En quelques secondes, il fut dehors et marcha nonchalamment en direction de la grange écroulée, comme s'il avait quelque chose à y faire. Dutch s'était aussitôt élancé derrière lui et, à l'instant où Michael vit la fille aborder le tournant, Mac surgit à son tour.

Elle agita la main dès qu'elle le vit et il lui répondit. À présent, comme d'habitude, elle allait passer devant Split Crow, suivre le chemin jusqu'en haut de la colline, lui faire signe une dernière fois, puis disparaître.

Mais ce n'est pas ce qu'elle fit.

Elle s'était arrêtée et regardait dans sa direction, le sourire aux lèvres. Elle semblait réfléchir. Finalement, elle se dirigea vers la clôture.

Dutch et Mac l'avaient repérée. Avant que Michael ait pu réagir, ils s'étaient précipités vers elle en aboyant.

– Dutch ! Mac ! (*Seigneur, ils vont recommencer comme avec ce maudit facteur !*)

Mais ils étaient déjà trop loin et trop excités pour lui obéir. Il se mit à courir.

– Écartez-vous de la clôture ! Écartez-vous ! cria-t-il en agitant furieusement les bras.

La fille avait dû l'entendre et elle avait certainement vu les chiens qui filaient droit sur elle, mais elle ne perdit pas son sourire et continua d'approcher entre les ajoncs.

Michael traversait le pré en courant, tout en appelant les chiens. La fille venait d'atteindre la clôture. Elle était étrangère à la maison et, pour Mac et Dutch, une intruse. Michael se dit qu'il n'arriverait pas à temps. Elle s'était arrêtée contre la barrière qui lui arrivait à hauteur de la taille. Elle sifflait les deux bergers.

– Ô Seigneur !...

Dutch atteignit la clôture le premier mais ne s'arrêta pas. Il sauta et atterrit dans les ajoncs, immédiatement suivi par Mac qui bondit vers la fille en aboyant.

Michael se figea sur place.

Elle venait de prendre les pattes antérieures de Mac dans ses mains, exactement comme Michael l'avait fait plus tôt dans la journée. Le chien leva la tête et se mit à lui lécher le visage. Quant à Dutch, il se frottait contre ses jambes en émettant ce curieux aboiement qui ressemblait à un rire et que Michael connaissait si bien. Et elle riait, elle aussi, tout en esquissant une danse avec Mac, avant de se tourner pour caresser Dutch. À l'instant où Michael atteignit la clôture, Mac se mit à aboyer à son adresse. La fille leva la tête avec un regard heureux.

– Je n'arrive pas à le croire, dit Michael. J'étais sûr qu'ils allaient vous tailler en pièces.

– Quoi ? Ces deux-là ? Aucun risque.

– Je ne comprends pas. D'habitude, ils ne se comportent pas ainsi avec les étrangers. Ils ont pris le facteur pour un os...

– J'en ai entendu parler. Mais c'est que moi je ne suis pas une étrangère. Je suis souvent venue ici quand vous n'étiez pas là. Ils me connaissent très bien. On se fréquente depuis... Oh... presque un an maintenant.

– Je croyais que vous ne faisiez que passer... en allant à votre travail... (*Mais pourquoi suis-je tellement nerveux ?*)

– J'avais l'impression que vous teniez à votre indépendance, dit-elle. C'est votre droit.

– Jusqu'à aujourd'hui, il me semble, fit-il en riant, pour que ses paroles ne soient pas mal interprétées.

– Oui, jusqu'à aujourd'hui. Je m'appelle Christy Warwick.

La fille aux cheveux aile-de-corbeau, aux yeux brillants, lui tendait la main. Il la prit. Sa peau était douce et fraîche.

– Moi, c'est Michael Lambton.

– L'écrivain. Oui, je vous connais. J'ai vu quelques-uns de vos livres au supermarché.

L'anxiété noua soudain l'estomac de Michael.

Dutch aboyait tout en se roulant contre les jambes de Christy. Elle se pencha pour lui tapoter la tête. Quant à Mac, il fourrageait dans un buisson, pourchassant des lapins imaginaires.

– Vous savez y faire, avec les animaux, dit Michael.

– Non, non, fit-elle sans lever les yeux. Avec ceux-là seulement.

– Vous habitez une des fermes de l'autre versant ? s'entendit-il dire, s'apercevant soudain qu'il était en train d'engager la conversation.

– Oui, elle est à mon père. On ne peut pas vraiment appeler ça une ferme, d'ailleurs. C'est trop petit. Elle est à Chesapeak, juste au pied de la montagne.

– Et vous travaillez au village, Christy ?

– Oui, au salon de thé d'Iris Wooler. Vous devriez venir.

– Je crois que ça ferait fuir vos clients. Je ne suis pas la superstar du coin, en ce moment.

– Il faut leur donner une chance. Ils ne sont pas méchants. Ils gardent leurs distances parce que vous gardez les vôtres, c'est tout. Dès que vous commencerez à vous montrer un peu, ils s'habitueront.

Il sourit.

– Merci du conseil.

– De rien. Bon, je ferais bien d'y aller. Papa est très strict sur les horaires. Il ne supporte pas que je rentre en retard.

– Heureux d'avoir fait votre connaissance, Christy. Et surtout, revenez.

Elle lui rendit son sourire, écarta gentiment les deux chiens et regagna le chemin. Michael rappela Dutch et Mac.

– Oh, à propos... fit Christy.

Il releva la tête.

– Vous avez très bon goût en musique. J'ai entendu les Dire Straits en passant ce matin. C'était un bon début de journée.

– Et qu'est-ce que vous aimeriez entendre demain ?

– *Sultans of Swing*. C'est mon morceau préféré.

– C'est d'accord. À 8 h 10 précises.

Christy sourit une fois encore et se détourna. Quelque chose qui ressemblait à du désappointement monta en lui. C'était la première fois que quelqu'un lui adressait gentiment la parole depuis son arrivée à Shillingham. Il s'était forgé une sorte de carapace d'orgueil, mais il savait qu'il n'avait fait que se duper lui-même, afin de se protéger. Au fond, il était tout aussi humain que les autres...

*Même si je suis un humain mort,* ajouta-t-il en pensée.

Il avait besoin de parler à des gens, de bavarder de temps en temps. L'exil qu'il s'était imposé lui assurait une certaine sécurité, mais il avait par ailleurs des effets pénibles. Dont la solitude. Il n'était pas né pour être ermite.

Maintenant, la fille s'éloignait, et il avait manqué l'occasion. Peut-être ne reviendrait-elle jamais. Il fallait qu'il trouve quelque chose à dire. C'était sa dernière chance.

– Hé, je peux vous recopier ces disques sur des cassettes, si vous voulez ! lança-t-il en bredouillant légèrement.

Aussitôt, il eut honte. Il se sentait comme un gamin de douze ans essayant d'impressionner une fille, pas comme un adulte qui allait avoir quarante ans l'année suivante.

Elle se retourna. Il y avait comme une ombre sur son sourire et il lut un certain chagrin dans ses yeux.

– Je n'ai pas le droit d'avoir des cassettes. Papa ne veut pas. Merci quand même.

À présent, elle s'éloignait pour de bon et l'occasion était perdue. C'était sa faute, il avait tout fait rater. Déçu, furieux contre lui-même, il retourna vers la ferme, les chiens sur les talons.

Il avait parcouru une vingtaine de mètres lorsqu'il se retourna. Christy était arrivée à la courbe du chemin. Elle allait disparaître. Elle pivota et, quand elle lui fit signe, Michael sentit vibrer quelque chose en lui. Elle avait retrouvé son sourire resplendissant, sans la moindre trace d'ombre. Et brusquement, peu lui importait de se comporter comme un gamin. Il répondit en agitant fébrilement la main. Il comprit que rien, en fait, n'était venu ternir cet instant. Il se dit qu'il ne dormirait pas, qu'il attendrait 8 h 10 du matin et les *Sultans of Swing*.

# 4

*Il dormait.*

*Mais, dans son sommeil, il n'y avait pas de repos.*

*Inconscient du présent mais lourd de son passé et des nombreuses années durant lesquelles il avait été emprisonné, il se souvenait de tout ce qu'il avait pu faire quand il était vivant. C'était la mémoire de ses actes, sans fin régurgitée, qui le soutenait. Il s'en nourrissait. Et ce qu'il excrétait était la haine empoisonnée des vivants et de ceux qui étaient responsables de son séjour dans les limbes. Il dévorait cet excrément de haine et son désir de vengeance en un cycle éternel de régénération immonde. Et, tout en dormant, sa haine grandissait. Il viendrait bien un temps où son emprisonnement aurait un terme et, quand ce moment viendrait, sa vengeance commencerait. Il avait tant de choses à préparer. Tout pouvait attendre.*

*Il dormait.*

*Et attendait.*

# 5

Michael tourna à l'angle de la place du Marché et s'engagea dans End Row. Il passa devant le musée avec son enseigne défraîchie et traversa la rue pavée pour se diriger vers la librairie. Il se sentait en forme aujourd'hui. Toujours aussi mort, mais en forme. Sa première rencontre avec Christy la veille et le grand « bonjour ! » qu'ils s'étaient lancé le matin lui avaient fait retrouver un certain moral et une vigueur nouvelle. Il pensait à son existence précédente – mais pas avec le même sentiment douloureux qu'à l'accoutumée. *Christy y est pour quelque chose.* Il se souvenait de sa vie fiévreuse de citadin. Il n'avait jamais vraiment aimé cette existence, il s'en rendait compte à présent. Même avant le traumatisme, quand sa « coquille » de protection avait craqué.

*... Ni les chevaux ni les soldats du Roi ne purent remettre Lambton en selle...*

Il repoussa mentalement la petite voix, la fit taire, et prit conscience du bonheur qu'il avait éprouvé en quittant la ville. La plus grande part de l'Angleterre était ensevelie sous le ciment et le béton, mais Shillingham et la campagne environnante ne changeaient pas au fil des saisons.

La librairie Zoneshifts se situait entre l'épicerie Johnson et la mercerie. Elle était tout à fait incongrue dans ce petit village. La vitrine était décorée d'affiches de films : *Conan le Barbare, Vendredi 13* ou *Ghostbusters,* ce qui était assez curieux puisqu'il n'y avait pas de cinéma à Shillingham. Le plus proche se trouvait à Hextall, à vingt-cinq kilomètres de là, de l'autre côté des landes désolées.

Michael ouvrit la porte d'un geste brusque, faisant tinter la clochette. Sean Jackson, le libraire, avait essayé d'installer un système électronique, une sorte de corne de brume qui aurait beuglé dès que l'on aurait ouvert, comme dans cette vieille série TV des années 60 avec la famille Adams. Mais les talents de bricoleur et d'électronicien de Sean ne s'étaient pas révélés à la hauteur et il en était prudemment revenu au bon vieux système conventionnel.

Michael entra. Devant lui, les magazines étaient disposés sur les présentoirs : fantastique, horreur et science-fiction. Les livres étaient alignés sur les rayonnages, contre les murs, avec une section spéciale pour les importations américaines. Les volumes les plus chers étaient tout en haut, hors de portée des gamins des écoles qui fréquentaient assidûment la boutique mais dont le pouvoir d'achat était limité aux magazines et aux bandes dessinées. D'autres affiches de films décoraient les murs. Une affiche bariolée des années 50 annonçait l'invasion de fourmis géantes. La moitié d'un autre mur était occupée par un poster immense en noir et blanc de Lon Chaney Jr. dans le rôle de la Momie, portant dans ses bras l'héroïne évanouie. Une radiocassette cachée derrière le comptoir englouti sous les piles de B.D. diffusait une musique « Heavy Metal ». Sean n'était nulle part en vue.

– Il y a quelqu'un ? demanda Michael.

Il eut un mouvement de recul quand Sean jaillit de derrière le comptoir, comme un diable hors de sa boîte.

– Excusez-moi, dit ce dernier d'un air absent.

Il émergeait d'une pile de magazines. C'était un petit homme qui ne dépassait pas un mètre soixante, avec de longs cheveux châtains (« brun souris », comme il se plaisait à le dire par provocation) maintenus par un bandeau. Il portait un haut de jogging et une fine moustache ornait sa lèvre supérieure. Ses yeux très rapprochés brillaient d'excitation. Pour Michael, il évoquait une espèce de Geronimo, sans la moindre tendance belliqueuse toutefois.

– Stupéfiant ! fit-il. (Il n'avait pas levé la tête pour voir qui venait d'entrer et il aurait pu s'adresser à n'importe qui.) Ab-so-lu-ment stu-pé-fiant! Le type qui vient de partir m'a vendu ça pour trois fois rien. C'est lui qui habite le Pic. Il a trouvé ces magazines en nettoyant sa ferme. Il s'est dit qu'il pourrait gagner quelques sous en me les apportant. Vous avez vu ça?... (Sean releva enfin la tête et vit à qui il parlait.) Michael... vous avez vu ça? La moitié de la collection d'*Amazing Tales*. La première édition, de 1932, avec les meilleurs auteurs du genre. Ça vaut une fortune! Une fortune! Vous imaginez? Ces magazines croupissaient dans une grange depuis cinquante ans, dans un coin perdu des Borders. Ils m'attendaient! Fantastique!

– Bonne affaire pour vous... commença Michael.

– Les gens me prennent pour un fou parce que je tiens une librairie spécialisée dans un trou comme Shillingham. Ils croient que je marche à l'acide ou je ne sais quoi. Ils ne savent pas quel prix mes clients qui achètent par correspondance sont prêts à mettre pour des trucs comme ça. Pour ces magazines, ils donneraient une fortune. Oui, je suis l'hurluberlu du coin. Je vends des B.D. aux gosses. Dans ce bled paumé où je me plais bien, d'ailleurs...

– Je sais...

– ... parce que ici, on garde les idées claires, on respire. Ce n'est pas comme dans les grandes villes où on devient complètement dingue. Quelle merde! J'y ai passé assez de temps pour le savoir...

– Bien sûr. Je suis tout à fait d'accord avec vous. Est-ce que?...

– On est mieux ici, ça je vous le dis. Et j'ai assez de fric pour m'en tirer à l'aise...

– Est-ce qu'il y a des nouveautés pour moi? Des bouquins, des revues?...

– Qu'est-ce qu'on raconte à propos de cette nouvelle autoroute ? demanda Sean, sortant peu à peu de son ravissement.

Michael soupira. Il avait entendu parler de ce projet de créer une autoroute nord-sud entre l'Écosse et l'Angleterre. Elle passerait à moins de deux kilomètres de Shillingham, avec une bretelle qui la raccorderait au village. Il partageait l'inquiétude du libraire, quoique pour des raisons très différentes.

– C'est ce qu'ils appellent le progrès, Sean.

– Le progrès ? Oui, mais pour qui, hein ? Le progrès pour les gros porcs bien gras. Le progrès pour les gens des villes et pour ceux qui vivent ici, dans la nature généreuse et pure et qui rêvent des grandes villes bien polluées. S'ils aiment tant les bureaux, les embouteillages et le smog, pourquoi ils ne foutent pas le camp ? Pourquoi ils ne nous laissent pas en paix, ici, à Shillingham ? On dirait que la ville me court après, ma parole. Vous voulez que je vous dise, Michael ?...

Sean était lancé, maintenant. Michael le connaissait bien.

– Un mois avant que je décide de ficher le camp, j'ai été agressé deux fois, le type qui se disait mon meilleur copain a mis ma femme enceinte et mon appartement a été cambriolé pendant que je faisais une collecte pour les pauvres. Non, je vous le dis. La ville, ça vous dévore et ça recrache les morceaux après.

Dans l'esprit de Michael, une image : *Un homme sur une civière, les bras attachés, secouant frénétiquement la tête. Son visage est convulsé et il hurle de façon inarticulée. Sa voix est rauque, déchirée, et il verse des larmes d'angoisse. Son enveloppe d'adulte a été arrachée et il pleure sa honte, comme un enfant. Mais il ne pleure pas la perte d'un autre être, d'un membre de sa famille ou d'une maîtresse. Son chagrin concerne son âme et ce qui lui est arrivé. Il crie au secours. Il a perdu toute maîtrise sur lui-même, il n'a plus d'équilibre mental. Les sons qu'il émet sont terribles. Un ambulancier tente de le réconforter. Mais ses paroles sont creuses, sans émotion. Il a peur du chagrin de l'homme sur la civière. Les gens réagissent ainsi seulement lorsqu'ils endurent une souffrance physique extrême. Mais l'homme sur la civière n'entend rien, tandis qu'on le dépose dans l'ambulance. Ses sanglots et ses cris l'ont épuisé. C'est une dépression nerveuse. Michael voit le visage de l'homme avant que la porte ne soit refermée. Cette vision date de trois ans. Et le visage de l'homme est le sien.*

Michael refit surface dans le présent. Sean parlait toujours. Il n'avait pas remarqué le moment d'absence de Michael.

– ... Oui, j'aime Shillingham. Il n'y a qu'ici que j'ai les idées claires. Et c'est ce qu'il vous faut pour continuer à écrire, Michael. Je le sais. Je suis comme vous...

*Oh, pas vraiment, Sean. Je prie le ciel pour que tu ne te retrouves jamais dans ma peau.*

– Qu'est-ce que racontent les commerçants du coin? Que ça va nous apporter la prospérité, le tourisme, la croissance. Ouais... Et aussi autre chose. Je vais vous dire quoi. Des tas de gens de la ville avec leurs putains de caravanes, qui bouffent de la merde et qui laissent toutes leurs ordures dans la campagne.

– Il y a une réunion à la mairie aujourd'hui, non?

Sean jeta un coup d'œil à sa montre avec un geste théâtral.

– Dans un quart d'heure. Une «enquête d'utilité

publique ». Je rigole ! La décision est déjà prise et ils consultent l'opinion publique ! Oui, je rigole.

– Vous avez sûrement quelque chose à dire, alors ?

– Moi ? Pas question. Je risque pas d'y foutre les pieds. Il va y avoir tous les conseillers du coin, les types du département de l'Environnement et les brasseurs d'affaires. Alors, parler d'écologie avec eux... À quoi bon ? C'est un mot qui n'existe pas dans leurs dictionnaires. Les bureaucrates tirent les ficelles. Ils se foutent pas mal de ce que peut penser un ex-hippie un peu cinglé comme moi. Ou même de ce que *vous*, un écrivain bizarre, vous pouvez penser, Michael. Moi, aller là-bas ? Je vais plutôt aller me prendre une bouteille et...

– Communier avec la nature ? acheva Michael avec l'ombre d'un sourire.

– Oui, pourquoi pas ? Laissez-moi vous dire, Michael : un de ces quatre, Mère Nature va se fâcher à cause de tout ce qu'on lui a fait. (Sean pointa l'index vers une affiche de film et clama d'un ton mélodramatique :) « Des animaux assoiffés de sang... Ils vont se jeter sur l'humanité... Impossible de fuir... »

L'affiche était celle de *Day of the Animals*. Un énorme chien féroce s'apprêtait à ne faire qu'une bouchée de la foule horrifiée qui fuyait.

– C'est dans les films que j'ai vus, Michael. Nostradamus, ça n'est rien à côté de Hollywood pour ce qui est de voir l'avenir. Des chiens bouffeurs d'hommes, des fourmis géantes. J'ai même vu des lapins tueurs dans un film, une fois.

Le grand chien de l'affiche rappela à Michael l'épisode du facteur avec Dutch et Mac. Il songea à la façon dont ils avaient réagi avec Christy et il revit son visage triste, sombre. Elle était bien trop jeune pour avoir une telle expression.

– Vous connaissez une fille qui s'appelle Christy ?

– Pourquoi ? Elle vous plaît ?

– Ce n'est qu'une gamine. J'ai deux fois son âge. Non... c'est juste parce qu'elle passe tous les jours devant Split Crow en allant à son travail.

– Christy Warwick, la fille de Frank Warwick. Elle travaille au salon de thé d'Iris Wooler. Une chouette fille, Michael. Très chouette. Il y a des années que Billy Rifkin essaie de se la faire.

– Qui est-ce ?

– Croyez-moi, ce n'est pas quelqu'un qu'on a envie de connaître. Un vrai fou dangereux. Et Christy a déjà assez d'un dingue dans la famille.

– Qu'est-ce que vous voulez dire ?

– Frank Warwick, son père. Complètement timbré. Il ne bouge pas de sa ferme.

– Vous voulez dire qu'il est comme moi ?

– Non. Vous, vous êtes écrivain. Vous avez besoin d'être seul pour travailler. Mais Frank... Je crois bien qu'il tirerait sur le premier qui se risquerait près de sa ferme. Il est pire que Johnson l'épicier avec son gros calibre. Il en fait baver à Christy. Il lui dit comment elle doit s'habiller. Il ne veut pas la laisser sortir. Un puritain. Comment elle a pu garder son job au salon de thé, personne ne le sait. Frank est contre. Je crois bien que c'est la seule chose qu'elle ait réussi à garder.

Une autre image s'imposa à l'esprit de Michael. Christy, près de la clôture, se retournant pour dire : « Je n'ai pas le droit. »

– Vous devriez aller à cette réunion publique, Michael. Vous savez y faire avec les mots. Faites-leur un soliloque.

– C'est déjà un mot qui a du poids !

– Exact ! Je sais que vous avez les mêmes sentiments que moi à propos de Shillingham. Pourquoi n'y allez-vous donc pas ?

– Coucher des mots sur le papier, c'est une chose. Parler en public pour faire changer les gens d'opinion en est une autre. Si la majorité veut cette autoroute... elle l'aura. Non, je ne crois pas que j'irai. Vous avez raison : ils ne savent pas ce qu'ils ont, ni à quel point c'est précieux. Et puis, comme vous le dites, la décision est déjà prise. Alors tout ce qu'on pourra dire...

– Vous avez entendu la dernière à propos du gibet de Split Crow Lane ?

Depuis qu'il s'était installé à Shillingham, Michael était passé bien des fois par là. C'était le monument historique du village, un témoignage de son passé : un gibet du XVIIe siècle qui se dressait au carrefour et qu'on protégeait depuis des années contre les intempéries. Tout à fait le genre de chose qui pourrait attirer les touristes. Le gibet était à peine à un kilomètre de la ferme de Michael.

– Non. Qu'est-ce qu'on dit ?

– Il est exactement sur le tracé de la nouvelle route. Un argument parfait pour la détourner. Mais non. Ils ont réussi à convaincre les gars du département de l'Environnement qu'il fallait l'enlever ! Vous imaginez ? D'habitude, ces types deviennent fous furieux dès qu'on parle de trucs de ce genre. Mais pas cette fois. On va procéder à son déplacement « sous supervision » ! Avec la Société d'histoire régionale... Eh... oui ! Je parle de Mme Garvanter... Ils rassemblent des fonds pour – attendez : « superviser le déplacement en présence du département de l'Environnement ». Mme Garvanter n'en croit certainement pas un traître mot. N'importe où ailleurs, ça ne se passerait pas comme ça.

– Mais qu'est-ce qu'ils vont en faire ? Je veux dire : du gibet ?

– Ah, mais ce sera la pièce maîtresse du musée ! Qu'est-ce que vous croyez ? Pourquoi pensez-vous donc qu'ils rassemblent ce fric ?

Sean posa violemment sur le comptoir la pile d'*Amazing Tales* qui lui permettraient certainement de payer ses factures de téléphone, d'électricité et de chauffage pour le restant de l'année. Il paraissait les avoir oubliés pour l'instant. Pour la première fois, Michael éprouva une réelle affection pour cet étrange jeune homme. En dépit de tout ce qu'il disait, il restait un enfant des villes. Quelque chose, dans sa façon de s'exprimer, montrait à quel point il était vulnérable. Michael reconnaissait en ce garçon les signes de sa propre vulnérabilité. Le fantastique avait toujours soutenu Sean. C'était sa manière à lui d'éviter de se « défoncer » avec autre chose, ainsi qu'il se plaisait à le dire en un jargon qui commençait à dater mais qu'il cultivait délibérément – une tactique de défense contre le langage normal. Tenir une librairie spécialisée dans le fantastique était sans doute la meilleure occupation pour lui. Et la vente de bouquins et de magazines spécialisés était à l'évidence lucrative.

– Eh bien, si vous n'avez rien de neuf pour moi, je ferais aussi bien d'y aller.

– D'accord... Eh ! Attendez une seconde...

Michael se tournait déjà vers la porte. Sean leva la main. Son indignation et sa rage à l'idée du futur viol de Shillingham avaient repoussé toute autre préoccupation à l'arrière-plan.

– Je suis certain d'avoir quelque chose pour vous... Mais oui ! Je veux dire : non. J'ai reçu quelques exemplaires de l'édition spéciale de *Borderland*, mais je suppose qu'acheter un de vos bouquins, ça ne vous intéresse pas, hein ?

Tout à coup, la boutique devint un piège étouffant. Michael sentit la sueur jaillir de tous ses pores. Les muscles de son cou se raidirent sous l'effet d'un spasme brutal et la douleur enserra ses tempes dans un bandeau de fer brûlant. Il commençait à ressentir une crampe au niveau de l'estomac et il se dit qu'il allait vomir.

– Excusez-moi, Sean. (Les mots étaient comme du vin aigre dans sa gorge.) Il faut que je me dépêche. J'ai un colis à prendre à la poste.

Il saisit la poignée de la porte, sans remarquer le regard surpris de Sean. Le tintement de la clochette lui fit grincer des dents. La seconde d'après, il était sur le trottoir, ignorant où il allait, ne pensant qu'à une chose : s'éloigner le plus vite possible.

*Loin... Loin de ce livre. Loin de tout ce que ce salaud m'a fait.*

Dans sa librairie, Sean était en train d'enfermer soigneusement ses *Amazing Tales* dans un vieux coffre-fort dont la serrure était rouillée. Il secouait la tête comme s'il connaissait toutes les réponses aux problèmes de Michael. « C'est la ville, mon vieux. La ville. Ça te dévore et ça recrache les morceaux après. »

## 6

Les accès d'anxiété survenaient toujours de la même façon. C'était un produit de son subconscient qu'il cherchait à repousser. L'angoisse déferlait en hurlant des profondeurs de ce puits freudien creusé sous son esprit. En tant qu'auteur de romans psychologiques, il s'était toujours enorgueilli de bien connaître le fonctionnement secret du subconscient. Ce qui lui avait permis d'écrire quatre best-sellers. Mais il n'était absolument pas en mesure de lutter contre les effets ravageurs de son propre subconscient torturé. Il ne pouvait contrôler ces crises. Elles survenaient sans signe avant-coureur et engendraient une souffrance mentale accompagnée de phénomènes physiques inquiétants qu'il ne parvenait pas à analyser. Le destin se moquait de lui. Il avait libéré le monstre né de son propre *id*[1] et le monstre voulait le détruire.

Il s'éloigna de la librairie d'un pas rapide mais mal assuré, sans prendre garde aux regards inquiets des passants qu'il croisait. Il s'arrêta un instant pour s'appuyer de la main contre un mur de pierre rêche, luttant pour inspirer l'air, lentement, profondément, et calmer son cœur affolé. Sa chemise trempée lui collait à la peau. La peur irrationnelle tenaillait toujours son estomac. Il n'y avait qu'une solution. Il marcha très rapidement jusqu'à la ruelle qui n'était qu'à quelques mètres de là. Il passa sous une arche ancienne, ses pas résonnant sur les pavés. Il atteignit bientôt deux grandes poubelles. Il était derrière le salon de thé d'Iris Wooler. Dissimulé aux regards éventuels, il laissa sa peur se déverser en un jet de bile sans avoir à faire le moindre effort. Il resta plié en deux, jusqu'à ce que les larmes lui coulent des yeux et que ses oreilles se mettent à bourdonner.

Dieu du ciel, quand cela s'arrêtera-t-il ? Quand ?...

*Jamais, Michael. Jamais. Tu sais ce que disait Nietzsche : « Lorsque vous regardez longtemps dans l'abysse, l'abysse vous regarde aussi. »*

– Que Nietzsche aille se faire foutre ! lâcha Michael dans un souffle.

1. Le subconscient pour les Grecs anciens. (*N.d.T.*)

Il se remit à inspirer de grandes bouffées d'air, en se laissant aller contre le mur de brique, derrière les poubelles. Régulièrement, quand sa vigilance se relâchait, la terrible pression de la peur qui se cachait sous cette trappe, au fond de son esprit, faisait céder les gonds.

Le souffle court, grinçant des dents, il luttait en cet instant pour refermer la trappe.

Et la trappe se refermait. Mais il entendit comme un rire : *Je suis encore là ! Je serai toujours là !*

En titubant, il s'éloigna du mur et se remit en marche. Il ne savait toujours pas où il allait.

## 7

La salle municipale était pleine aux trois quarts lorsque Michael entra. On avait disposé deux rangées de chaises en ménageant une travée centrale. Comme d'ordinaire dans ce genre de circonstance, les gens craignaient de s'asseoir devant et les trois premiers rangs étaient vides. Au-delà, on avait dressé une table à tréteaux. Michael reconnut l'un des hommes assis derrière : George Mitchell, un conseiller récemment élu. Les isoloirs étaient encore là-bas, sur le côté droit de la salle, pour témoigner de sa victoire. Le décompte des bulletins avait eu lieu ici même et Michael se souvint des photos qu'il avait vues. Mitchell portait une chemise à carreaux dont il avait roulé les manches. La barbe et les cheveux en bataille complétaient le portrait d'un homme qui croyait qu'on devait contourner la bureaucratie si l'on voulait « avoir des résultats ». Au contraire, les autres étaient en costume et cravate. Des membres du conseil, des planificateurs et – si l'on en croyait Sean – des membres du département de l'Environnement et des Transports. À l'instant où Michael entra, un homme venait de prendre la parole dans l'assistance. Il adressait ses remarques à un personnage au visage neutre dont la cravate évoquait le cadavre d'un serpent à sonnettes. Michael put entendre qu'il était question des « grands avantages que le projet d'autoroute apporterait à Shillingham ». La déclaration de l'homme fut accueillie par de vifs applaudissements. Michael essayait de trouver un siège sans attirer l'attention.

Il n'avait pas eu l'intention de venir à cette réunion. Après sa crise d'angoisse, il avait continué à marcher, gagné par le sentiment que quelque chose s'était produit – ou se produisait –, un événement qui allait changer à jamais le cours des choses. En bien ou en mal, il n'aurait su le dire. Et même s'il définissait cela comme une sorte de prémonition, il n'entrevoyait toujours aucune solution. Peut-être étaient-ce encore des pensées fantômes venues du passé. Il avait été malade. Son *esprit* avait été malade. Et à certains moments, alors qu'il était sous sédatifs, sa perception du réel n'avait plus rien à voir avec ce qui pouvait se passer autour de lui. Mais cela remontait aux jours difficiles, alors qu'il commençait à peine à se remettre. Il avait follement espéré que sa guérison était totale... si l'on exceptait ce blocage qu'il ressentait au moment d'écrire. Et maintenant, voilà que ses obsessions sur les prémonitions menaçaient à nouveau de le déséquilibrer. Pour s'arracher à ses errances intérieures, il était venu jusqu'à la salle municipale, mais ses pressentiments se précisaient. Pourtant, malgré la colère que cela avait provoquée en lui, il n'avait pas rebroussé chemin pour autant. Cela n'aurait pu qu'aggraver son état. Il avait donc décidé d'aller braver le lion dans son antre, de s'asseoir quelque temps dans l'assistance avant de se retirer discrètement. De retour à Split Crow, il viderait une demi-bouteille de whisky et oublierait ses pensées pénibles.

Sean avait eu raison. L'assistance s'accordait à voir dans cette nouvelle route une manne pour la municipalité et une source de profits pour tous. Pas un seul mot de protestation ne se fit entendre, pas même du côté des écologistes. Michael avait l'impression que les représentants du département de l'Environnement attendaient ce genre d'intervention car il semblait régner une certaine tension parmi eux. Finalement, comme aucune note discordante ne venait rompre l'ambiance, quelques propos furent échangés à voix basse et l'homme aux cheveux prématurément gris et à la cravate-serpent se leva.

– Je pense que vous avez tous reçu la circulaire du département de l'Environnement et des Transports concernant le déplacement du gibet du carrefour. Ce rapport comporte tous les détails sur cette opération qui sera menée en association avec la Société d'histoire régionale. Nous avons accordé une importance particulière à cette entreprise car le gibet est – sans le moindre doute – le témoignage le plus important et le plus intéressant de l'histoire de Shillingham.

Michael s'aperçut que les propos du personnage semblaient adressés à quelqu'un de précis, au cinquième rang sur la gauche. Il se pencha pour mieux voir et découvrit sans surprise la plantureuse Mme Garvanter, l'air radieux, le rapport du D.E. posé sur les genoux. C'était une femme dont l'opulente silhouette contrastait avec un esprit remarquablement étroit. Son maquillage étudié dissimulait tant bien que mal la couperose d'un visage que d'aucuns jugeaient « assez beau ». Elle opinait de la tête tandis que l'orateur à la cravate-serpent poursuivait :

– ... et nous avons donc apporté une attention toute particulière aux problèmes posés par le déplacement de cette construction aussi ancienne que précieuse. Nous ne voudrions pas être nous-mêmes pendus à ce gibet pour avoir raté toute l'opération ! (Des rires de commande ponctuèrent la plaisanterie.) Y a-t-il des questions ?

Il se tut, sachant parfaitement que Mme Garvanter avait déjà organisé une série de rencontres au musée local pour discuter de ce problème. Michael soupçonnait d'ailleurs tous ceux qui étaient là d'en avoir assez de toute cette histoire. Ce qu'ils voulaient, c'était que ce maudit gibet fût arraché au plus vite pour être remisé au musée. Après quoi, on passerait au plus important : le projet d'autoroute. Et les voitures pourraient déferler dans Shillingham.

L'homme à la cravate-serpent ménagea une pause courtoise avant de reprendre :

– Bien... Si quelqu'un pense ultérieurement à un détail, qu'il n'hésite pas à me contacter. Mon numéro de téléphone est sur le rapport. Je vous répète mon nom : Peter Elphick. Je suis professeur d'archéologie. J'aimerais achever cette brève intervention en remerciant tout particulièrement Mme Garvanter... (Michael ne parvint pas à voir le visage empourpré de Mme Garvanter mais il l'imaginait parfaitement.) Pour son soutien financier avant tout. En cette période où les subventions gouvernementales se font rares, le secours de la Société de Mme Garvanter a été...

Le bruit violent d'une porte de secours ouverte à toute volée interrompit le panégyrique d'Elphick.

Un homme criait et ses paroles se répercutaient en échos multiples, de plus en plus forts. Les têtes se tournèrent vers l'intrus.

Il était grand, maigre, presque décharné. Sa tignasse noire donnait à son visage une allure juvénile. Il portait un pantalon brun passé et une chemise grise à col ouvert. Et il était furieux. Absolument furieux. Sans se préoccuper de l'assistance, il s'avança d'une démarche menaçante jusqu'à la table à tréteaux, s'y agrippa et foudroya du regard les hommes qui le contemplaient, ahuris.

– Laissez-le, monsieur Elphick ! dit-il. Le gibet est là depuis trois cents ans et il ne doit pas bouger !

Michael vit l'homme à la cravate-serpent qui se laissait retomber sur sa chaise d'un air las tout en se frottant le menton.

– Frank, je vous en prie, ne recommencez pas. Nous avons déjà parlé de tout cela. À présent...

– La cupidité. C'est tout ce dont il s'agit. J'ai des yeux pour voir et des oreilles pour entendre. Ce que vous faites est mal. Le gibet est notre héritage, il appartient à notre passé. Faites passer cette foutue route où vous voudrez, mais ailleurs. Elle n'a pas à couper le carrefour. J'ai vu les plans. Je le sais...

Elphick était dressé, à présent, le regard rivé sur l'homme qui le défiait.

– Monsieur Warwick, la police vous a prévenu la dernière fois que vous avez interrompu les délibérations du comité du village. Si vous entendez créer à nouveau le désordre, je crains que nous ne prenions les mesures qui s'imposent.

– Arrêtez avec ça, Elphick ! Essayez de vous en prendre à moi, et je vous envoie sur le cul !

Elphick poussa un soupir dramatique, visiblement destiné à l'assistance, puis se pencha en chuchotant vers un de ses collègues qui se leva aussitôt, pour faire le tour de la table en évitant l'intrus, bien sûr, et s'avancer dans la travée centrale.

Il était clair que le public était mécontent de cette interruption. Michael avait le sentiment que ce genre d'incident s'était déjà produit ici.

– Assieds-toi, Frank ! cria une voix. Si c'est pour venir chialer !

– Tu sais parfaitement qu'ils vont surveiller l'opération, lança quelqu'un d'autre. Allez, Frank : fiche-nous la paix !

L'homme se retourna, les mâchoires serrées. Il étreignait si fort la table que le bois grinça.

– Espèces de salauds ! Vous ne pensez qu'à l'argent, hein ? Tous ! Vous vous foutez bien de ce qui peut arriver du moment que vous vous remplissez les poches. Et vous... madame Garvanter ! (Le sourire satisfait de la plantureuse femme avait fait place à une expression outragée. Le fait d'être interpellée en public par l'intrus était un affront intolérable.) Vous vous en cognez, hein, de ce gibet et de l'histoire du pays ! Vous ne vous en occupez que parce que ça flatte votre orgueil de grosse bourgeoise.

L'expression « grosse bourgeoise » parut hérisser totalement Mme Garvanter dont les formes étaient en effet plus que grassouillettes.

– Ça suffit comme ça, monsieur Warwick ! intervint encore une fois Elphick, non sans garder une distance prudente entre lui et l'homme qui se trouvait de l'autre côté de la table. Je ne vois pas qu'il y ait lieu d'insulter qui que ce soit. Il serait préférable que nous discutions de cela dans des circonstances moins tendues. On vous en a donné l'occasion, et vous le savez. Nous avons abordé le sujet d'innombrables fois.

– Oui, c'est ça, on en a discuté. On a parlé. On a

parlé sans arrêt. Mais c'est justement le problème, Elphick. Ça ne sert à rien. Parce que vous ne voulez pas écouter ce que je vous dis. Vous avez tous déjà pris votre décision dans vos sales petites têtes et peu vous importe ce qu'on vous dit. Eh bien, je ne vous parlerai plus... ni à vous ni à qui que ce soit... (Warwick balaya toute la salle d'un geste.) Le gibet restera là où il est. Parce qu'il le faut. Il n'ira pas pourrir dans votre musée...

– Mais il est certain qu'il ne pourrira pas, monsieur Warwick. Il sera traité avec tout le...

– IL DOIT RESTER LÀ OÙ IL EST ! Et si on essaie d'y toucher, on aura affaire à moi !

Puis, d'une voix grave et tranquille qui porta au loin, Warwick ajouta :

– Je le jure. Et vous feriez bien de m'écouter...

Michael se détourna en surprenant un mouvement sur sa gauche. Le sergent de police remontait la travée centrale, se dirigeant d'un pas vif vers la table. Warwick se tourna dans sa direction, le visage dénué d'expression. Michael vit que les notables avaient tous l'air soulagé, tout à coup. Le conseiller Mitchell, qui jusque-là était demeuré immobile et silencieux, se leva. Michael se dit qu'il n'avait attendu que cet instant.

– Sergent, nous vous serions très reconnaissants de bien vouloir faire sortir cet homme.

Le policier s'avança.

– Toi aussi ? fit Warwick.

– Frank, on te l'a déjà dit, fit le sergent d'un ton calme. Tu peux être inculpé pour trouble de l'ordre public. Tu le sais très bien.

– Non, je ne pense pas, intervint le conseiller, et Michael comprit aussitôt qu'il s'adressait moins au sergent ou à l'homme en colère qu'à l'assistance. Ici, il n'y a que des gens raisonnables. Nous tenons une réunion publique où chacun peut exprimer son point de vue et, malgré les excès de langage de ce gentleman, je ne crois pas qu'il soit pour autant nécessaire de procéder à son arrestation. Il a exposé son opinion. Mais, tout comme le mois dernier lors de la réunion du comité, M. Warwick ne nous a pas apporté l'ombre d'un argument valable et il n'a pas réussi à modifier la conviction de quiconque dans cette assistance. Les experts sont présents, les habitants du village aussi et ils ont eu la promesse que le gibet serait enlevé avec tout le soin qui s'impose, complètement restauré, puis exposé. Même s'il n'y avait pas eu le projet de route, monsieur Warwick, nous aurions pris la même décision en ce qui concerne le gibet. Car c'est un miracle que cette chose ait duré si longtemps. Trois cents ans sous nos climats ! Je suis surpris qu'il soit encore là. Nous avons pris la bonne décision. À présent... monsieur Warwick... pouvez-vous fournir à tous ceux qui sont rassemblés ici une raison valable de ne pas déplacer ce gibet ?

Même de la place où il se trouvait, Michael pouvait lire la rage sur le visage de l'homme. Il tremblait, luttant pour trouver ses mots. Mais rien ne venait. Le conseiller prenait un risque. Michael avait la conviction que l'autre était prêt à se ruer sur lui d'une seconde à l'autre.

– Monsieur Warwick, nous attendons.

*Warwick,* se répéta Michael. *Frank Warwick. Le père de Christy !*

Le sergent avait tendu la main et agrippé Warwick par l'épaule. Le grand homme se dégagea et le sergent ne réagit pas. Puis, Warwick remonta lentement la travée, suivi par le sergent. Ses pensées étaient ailleurs, tout à coup. Sa rage s'était éteinte. Warwick paraissait résigné.

– Peut-être, mesdames et messieurs, pouvons-nous reprendre cette discussion de façon plus civile ?

Les paroles du conseiller furent accueillies par un tonnerre d'applaudissements. Comme Warwick passait non loin de lui, Michael perçut le ressentiment du public à son encontre. Mais sur le visage de l'homme il ne lut pas la moindre trace de honte, rien qu'une sorte de désespoir. Et son regard, songea-t-il, ressemblait beaucoup à l'expression de solitude qu'il avait vue sur le visage de Christy.

La porte se referma dans un claquement. Warwick et le sergent avaient disparu. Un murmure de soulagement courut dans les rangs et le débat reprit sur un mode plus détendu. Mais Michael n'avait plus envie d'y assister. Discrètement, il se glissa hors du rang.

En sortant, il ne vit nulle part le père de Christy, ni le policier. Il porta son regard dans le lointain, vers la masse verte et sombre de la forêt, au pied de la montagne. Au-delà, le serpent de béton s'allongeait. Bientôt, il allait pénétrer dans les bois. Michael se demanda si, comme l'avait suggéré Sean, le moment était venu de s'en aller. La grande ville l'avait rattrapé, se dit-il, comme elle avait rattrapé le libraire. Oui, il était peut-être grand temps de ficher le camp.

Il reprit le chemin de sa maison, pensant à Frank Warwick. Est-ce qu'il avait bu pour intervenir comme ça en public ? Pourtant, il donnait l'impression d'un homme sobre. Qu'est-ce que Sean avait dit à son propos ? Qu'il était un peu cinglé ? Oui, probable. Et Christy ? Elle luttait sous un fardeau et Michael pouvait la comprendre. *Nous sommes tous des prisonniers,* se dit-il en prenant le chemin poussiéreux qui montait vers Split Crow. *À notre façon, nous sommes tous des prisonniers.*

*Mais qui a les clés de la prison ?*

# 8

Frank Warwick avait de la chance. De la chance de ne pas être en prison. De la chance que les gens se montrent si compréhensifs avec lui, tout particulièrement les représentants de la loi. Et aussi d'avoir une fille qui accepte de le supporter. Christy était sa fille, pas sa femme de ménage, pas sa servante. C'était un homme qui avait des responsabilités, bon sang ! Certes, sa femme, Christine, était morte dix ans auparavant. Bien sûr, son accident avait été un coup atroce du destin et tout le monde avait compati. Mais tout cela appartenait au passé. Frank devait se ressaisir et ne pas compter sur Christy pour être à son service jour et nuit. Elle avait sa propre existence à mener. S'il voulait se détruire, personne ne pourrait l'en empêcher. Mais Christy méritait de demeurer maîtresse de son destin.

Voilà, entre autres, ce que le sergent Grover dit à Frank en le raccompagnant jusqu'à la sortie du village, sur le chemin qui conduisait à Split Crow et, au-delà, vers l'est, jusqu'à la ferme de Frank.

– Frank, tu ferais bien de te reprendre. Je te connais depuis longtemps... et je ne sais pas ce qui te tourmente depuis toutes ces années. Je veux dire qu'il y a plus que la mort de Christine. Tu m'as déjà répété que tu n'avais pas besoin de spécialiste pour t'aider et, Dieu m'en soit témoin, je te l'accorde. Mais il y a quelque chose qui te torture, qui te pousse à faire toutes ces choses, et je pense que tu devrais y mettre un terme !

Grover, en fait, se serait fait un plaisir de boucler Frank pour la nuit, rien que pour donner une leçon à ce vieil emmerdeur. N'était Christy, il l'aurait fait. Mais la pauvre gamine avait suffisamment de problèmes comme ça et l'humiliation de savoir son père emprisonné pour vingt-quatre heures n'arrangerait rien.

Frank écouta tout ce que le sergent avait à lui dire, la tête penchée, le visage dénué d'expression.

Quand Grover fit demi-tour pour regagner le village, Frank poursuivit seul son chemin, abîmé dans ses pensées. Aujourd'hui, il avait perdu une bataille d'importance vitale lorsque Mitchell l'avait sommé de s'exprimer devant tout le monde. Quand il lui avait demandé quels arguments il avait à opposer au déplacement du gibet. Mais comment diable aurait-il pu répondre ? Qui pourrait croire ce qu'il avait à dire ? À supposer qu'il ait tout raconté, qu'auraient-ils pu faire ? Et comment auraient-ils pu le croire ? Qui sur terre pourrait croire une telle histoire ?

– Chez les dingues, fit-il à voix haute. C'est là que je finirai. Ils m'enfermeront chez les dingues.

Il prit une demi-bouteille de whisky dans sa poche, la déboucha et avala une bonne lampée. C'était son premier coup d'alcool de la journée, même si la plupart de ceux qui étaient dans la salle municipale avaient pensé qu'il était ivre. Ce serait bientôt le cas, d'ailleurs. Récemment, Christy avait fait disparaître ses bouteilles, mais il en avait caché une dans l'étable, derrière les bottes de paille, et elle ne l'avait pas encore découverte.

Les rêves étaient toujours moins terribles quand il avait bu. L'alcool semblait atténuer leur effet sur son esprit. Mais quand il était à jeun, c'était affreux, vraiment affreux.

Tout en marchant, il s'adressa au ciel :

– Pourquoi moi ? Pourquoi il faut que ce soit moi, bon Dieu ?

Mais le ciel n'avait pas de réponse.

C'était lui le Gardien du Secret. C'était sa responsabilité à lui. Son fardeau. Et, aujourd'hui, il n'avait pas été à la hauteur.

– Peut-être que je perds la boule, continua-t-il, toujours à haute voix. Peut-être que c'est une espèce de tare, de la folie héréditaire ou je ne sais quoi. Ou bien rien qu'un tas de sales mensonges. Pourquoi je devrais être responsable de tout ça, hein ? Qu'est-ce que j'ai fait pour mériter ça ? Et merde !

Il jeta la bouteille à demi vide contre un rocher. Elle éclata et les dernières gouttes d'alcool furent absorbées par la terre. Il s'arrêta, s'agenouilla et regarda la tache sombre qui s'élargissait.

– Mais oui, c'est ça ! Bois, espèce de saloperie ! Bois tout ! Et dors !

Il savait qu'en cet instant précis il n'était pas fou. Il n'y avait aucun cas de maladie mentale dans la famille. Il était le Gardien du Secret. Le sort l'avait désigné et il ne pouvait qu'accepter. Il se tourna vers Shillingham en essuyant la sueur de son visage.

– Tas de crétins ! Si seulement vous saviez ce que vous vous apprêtez à faire. Mais comment vous arrêter ?... Comment ?...

Maintenant, il regrettait d'avoir cassé sa bouteille. Il se redressa lentement en secouant la tête et se remit en marche.

– Y a rien de pareil à ce qui est mort et enterré ici, à Shillingham. Rien de pareil. Quelle chance.

La nuit approchait.

## 9

*Il bougeait.*

*Quelque chose, au cœur de sa semi-existence, avait réagi à un événement qui venait d'avoir lieu dans le monde vivant, ce monde vivant dont il n'avait qu'une perception crépusculaire. Des ondulations parcouraient son être, comme si l'on venait de laisser tomber une pierre dans un puits sans fond empli d'une eau corrompue, empoisonnée. Encore en état de semi-coma, il était incapable de comprendre ce qui se passait dans le monde au-delà. Mais ce que promettait cette impression diffuse était suffisant pour l'exciter – quoiqu'une telle excitation ne fût pas assez forte pour mettre un terme à son sommeil. C'était quelque chose qu'il avait attendu depuis trois cents années.*

*La promesse de la liberté.*

## 10

– Est-ce que je peux regarder le trésor encore une fois ? demanda Graham.

Il avait pris son regard de petit enfant perdu, mais Karen le connaissait bien. Il n'avait que sept ans et elle était son aînée de trois ans. Elle prenait son rôle très au sérieux.

– On est déjà en retard. Il faut qu'on rentre. Tu sais qu'ils n'aiment pas qu'on joue par ici...

– Oh... s'il te plaît...

– Alors, juste cinq minutes. Et après, on s'en va.

Graham émit un gloussement de bonheur et courut sur le chemin en soulevant un nuage de poussière et de cailloux. Son jean était froissé et couvert de taches d'herbe : ils avaient fait leurs culbutes habituelles sur le grand talus, à la sortie de Shillingham. Graham était toujours le meilleur à ce jeu. Karen le regarda s'éloigner.

Ils étaient au carrefour de Split Crow.

Au centre se dressait le gibet. Son ombre, allongée en cette fin d'après-midi, tombait sur Karen.

Graham atteignit la base du gibet et se pencha à nouveau sur leur dernière découverte. Karen, elle, demeura dans l'ombre et leva les yeux. Le gibet lui paraissait incroyablement haut, aujourd'hui, comme s'il allait percer le ciel. Ils jouaient souvent là, avec son frère. Graham aimait bien cet endroit, mais Karen le détestait. Le gibet, d'abord, était tout vieux et sinistre. Quand le vent soufflait un peu fort, il craquait et bougeait. Elle le revoyait parfois dans ses rêves. Et en cet instant précis, alors qu'elle se tenait immobile dans son ombre, elle se souvint d'un de ses rêves...

Elle se tenait là, comme à présent, mais c'était le milieu de la nuit. La lune traversait le ciel comme une grosse figure gonflée et Karen était dans l'ombre du gibet, tout comme maintenant. Le vent frais de la nuit soufflait sur elle. Elle entendait bruire les arbres plus bas sur le chemin. Ils semblaient applaudir, comme s'ils encourageaient le gibet, qui gémissait et craquait comme d'habitude. Karen savait bien qu'elle rêvait et que Graham était en sécurité dans son lit. Elle aurait voulu elle aussi être à la maison, dans le corps qui était le sien durant le jour. Mais, dans son rêve, elle était paralysée. Elle attendait.

C'est alors qu'elle entendit un gémissement, un son terrifiant. Tout d'abord, il lui sembla qu'il montait du sol, puis qu'il flottait dans l'air, porté par le vent. Ce gémissement n'exprimait pas la douleur, mais il n'en était que plus terrifiant.

Qui que ce soit, *quoi* que ce soit, ce bruit n'était destiné qu'à lui faire peur. Délibérément. Karen voulut détourner les yeux, regarder autour d'elle, mais chacun de ses mouvements semblait freiné par quelque force invisible. Elle fit un effort terrible sur elle-même pour porter son regard vers le bas du chemin.

Rien. Il n'y avait rien que le chemin, la clôture brisée et les arbres échevelés, plus loin. Le carrefour était nu sous la lune qui semblait le baigner d'une clarté irréelle. Alentour, tout était plongé dans les ténèbres. Karen, alors, se tourna vers le gibet... avec le même effort douloureux.

Et elle vit le corps.

Il était pendu au gibet, pareil à un sac d'os et de chiffons. Elle distinguait les côtes blanches qui perçaient sous le tissu déchiré d'un manteau en loques. La langue gonflée pendait entre les lèvres sanglantes et les yeux blancs saillaient hors des orbites tandis que le corps se balançait au rythme lent des grincements du gibet. Le cou avait été affreusement écorché par la corde et les mains du mort étaient tendues comme des serres de part et d'autre de la dépouille.

C'est alors que la corde cassa.

Et que le corps du supplicié tomba comme un ballot de vieux os.

Pourtant, la vie ne l'avait pas vraiment quitté.

Il se mit à ramper dans le noir. Elle voulut s'enfuir, courir très loin, mais elle était incapable du moindre mouvement. Le corps approchait d'elle à tâtons. Elle l'entendait et elle finit par discerner ses yeux qui reflétaient la lune. Il souriait, mais il y avait encore la douleur et la mort dans ses yeux. Il s'était dressé lentement, avec une maladresse abominable, et s'avançait. C'est alors que Karen vit qu'il tenait entre ses mains crispées le nœud de la corde qui était encore à son cou. Et il s'exprima d'une voix gargouillante.

*«Viens avec moi, petite fille. Viens te balancer. Là-haut. Tu vas pouvoir aller encore plus haut, petite fille. Viens avec moi. Je vais te pousser.»*

Son ombre s'interposait entre Karen et la lune.

Lentement, douloureusement, elle lutta pour bouger. Elle se laissa tomber sur les genoux, profitant de la pesanteur. Le cadavre ricanait à présent. Et elle pouvait voir l'affreuse corde tachée de sang qui se balançait devant elle. Folle de peur, elle griffa le sol autour d'elle, ramenant une poignée de ces cailloux bizarres qui couvraient la terre tout autour du carrefour. Elle fit un effort encore plus intense pour se lever en s'interdisant de regarder le corps translucide et loqueteux qui était presque sur elle à présent. Rassemblant toutes ses forces, elle parvint à jeter une poignée de poussière et de pierres vers son visage. Il poussa alors une sorte de miaulement, comme un chat qui se noie, et porta les mains à sa figure pour se débarrasser de cette terre qui l'agressait. Mais, dans le même temps, il arrachait des lambeaux de chair pourrissante, creusait ses joues et ses tempes. Finalement, les doigts refermés sur des os et des touffes de poil, la chose se laissa tomber à genoux et disparut.

Puis le rêve changeait.

Karen était toujours à la croisée des chemins, près du gibet. Mais il se passait quelque chose de nouveau. Et elle savait que ce serait pire encore que l'approche du cadavre.

Il n'y avait pas de vent mais le gibet oscillait, craquait, se balançait. Et Karen comprit ce qui se passait.

Le gibet était vivant et il se déplantait de lui-même.

Le bois céda avec une plainte, et le sol, à la base du gibet, se fendilla puis s'ouvrit. L'arbre du mort était devenu vivant car il voulait Karen. Il voulait qu'elle dorme avec lui dans son lit d'argile, de pierre et d'humus. Avec les larves, les vers et les araignées pour compagnons. Elle tenta de crier mais les araignées, déjà, avaient tissé des toiles de fils d'acier autour de sa tête et de sa bouche. Elle ne pouvait que regarder. Une racine tourmentée jaillit à la base du gibet, et se tendit comme une jambe monstrueuse et poussa. Le gibet sortit un peu plus du sol, s'arrachant à son emprise dans un abominable bruit de succion.

C'est là que Karen s'était réveillée. Juste avant que ne commence le plus atroce. Les cauchemars, c'est souvent comme ça. À présent, dans cette fin d'après-midi douce et baignée de soleil, debout, immobile, dans l'ombre du gibet, elle leva les yeux et dit, d'une voix basse et calme :

– Bon, allez, vas-y. Sors de là !

Le gibet émit un craquement.

Karen sursauta mais s'obligea à ne pas bouger. Elle ne pouvait neutraliser son cauchemar qu'en se forçant à affronter le gibet.

– Tu ne me fais pas peur, dit-elle. Tu n'es que l'arbre du mort. Tu crois que ça va m'effrayer ? Alors, vas-y, qu'est-ce que tu attends ?

Cette fois, le gibet ne craqua pas.

Karen parcourut l'ombre sur toute sa distance jusqu'à l'endroit où Graham jouait.

– Tu n'es que du bois mort, murmura-t-elle. C'est tout. Jamais plus tu ne me feras peur.

– Qui c'est qui a laissé ça ? demanda Graham.

Il était bien trop absorbé pour s'être aperçu de ce que faisait ou disait Karen. Elle baissa les yeux sur leur dernière découverte. Cette fois, c'était une boîte en fer-blanc qui contenait deux morceaux de pain, un hareng (couvert de fourmis) et une bouteille pleine d'un liquide non identifiable. Deux semaines auparavant, au même endroit, ils avaient trouvé un bocal de moules, des miches de pain et des allumettes. Toutes les deux semaines, quelqu'un déposait vivres et boissons au pied du gibet.

– Je ne sais pas qui peut laisser ça. Les fées, je suppose.

– Et qu'est-ce que tu crois qu'il y a dans la bouteille ? De la bière ?

Graham avait commencé à dévisser le bouchon.

– Ne fais pas ça ! s'écria Karen. Quelqu'un a peut-être pissé dedans.

– Beeerk !

Graham reposa en hâte la bouteille et s'essuya les mains dans l'herbe.

– On ferait mieux de retourner à la maison.

– Tu as dit encore cinq minutes, grogna Graham.

– C'était il y a sept minutes, dit Karen en montrant sa montre qui marchait parfaitement, même si son père avait dit qu'elle était tombée de l'arrière d'une camionnette.

Graham ne protesta pas quand sa sœur lui prit la main et le remit sur pied.

– Alors, peut-être que c'est de la nourriture magique, reprit-il. Tu crois qu'on devrait emporter ça à la maison ? On le planterait et après il y aurait un grand haricot qui pousserait jusqu'au ciel.

– Non. Ça ne peut nous apporter que des ennuis, fit Karen avec beaucoup de gravité, comme si elle connaissait toutes ces choses. Il vaut mieux le laisser là. On n'en parlera pas. C'est un secret.

Tandis qu'ils s'éloignaient, elle jeta un coup d'œil par-dessus son épaule. Le gibet était resté en place. Il ne les suivait pas.

– Bois mort, fit-elle.

– Quoi ?

– Rien. Allez, viens.

Ils marchèrent en silence pendant dix minutes, jusqu'à ce qu'ils atteignent les abords du village. Graham demanda alors :

– Karen ?

– Oui ?

– Est-ce que tu entends la voix, de temps en temps ?

– Quelle voix ?

Karen, soudain, lui serra la main plus fort.

– Là-bas, près de l'Arbre de l'Homme Mort.

– Non. C'est comment, cette voix ?

– Elle est toute drôle. Elle me dit de jouer avec elle. Mais je ne vois jamais personne.

– Elle vient d'où, alors ? insista Karen, mais elle connaissait déjà la réponse.

– De la terre, bien sûr.

– Tu es fatigué. Allez, viens souper.

*Tu ne l'auras jamais. Jamais. C'est mon petit frère et je l'aime. Tu peux rester à pourrir pour toujours, arbre. Je t'ai mis au défi de sortir et tu ne l'as pas fait.*

## 11

En arrivant à la ferme, Michael trouva ses chiens très agités. Ils ne parurent pas le reconnaître tout de suite et se mirent à aboyer. D'ordinaire, ils aboyaient, bien sûr, mais avec une note de joie, de bienvenue. Ce soir-là, se dit Michael, ils étaient bizarres. Quand il ouvrit la porte, ils bondirent au-dehors et se mirent à tourner autour de la maison en reniflant, s'arrêtant à peine pour l'accueillir. Tout d'abord, il se demanda s'ils ne réagissaient pas à son propre état émotionnel, comme Dutch l'avait fait la veille. Mais non, il y avait autre chose.

*Il va se produire quelque chose,* se dit-il. *Quelque chose se prépare. Et, bon sang, je ne sais même pas ce que c'est!*

Tout en commençant à préparer son repas, il ressentit une soudaine impression de déjà vu. Il y avait eu la rencontre avec Christy. Puis il avait discuté avec Sean. Et ensuite... cette nausée effrayante. Le débat à la salle municipale. Le père de Christy. Il se souvenait parfaitement d'avoir dit à Sean qu'il n'avait pas l'intention de se rendre à la réunion. Mais il y était allé, en se disant qu'il ne faisait qu'obéir à une force inconnue, qu'il ne pouvait agir autrement.

Plongé dans ses réflexions, il n'en avait pas moins conscience de Dutch et de Mac qui rôdaient alentour, comme si on avait visité la maison en son absence. Il s'approcha de la fenêtre pour les observer. Pour la première fois, il remarqua qu'ils semblaient ne se préoccuper que du sol. Non pas comme s'ils avaient flairé une odeur, mais plutôt comme s'il y avait quelque chose d'enfoui là, quelque part dans la terre, qu'ils n'arrivaient pas vraiment à localiser. Il retourna à la cuisine et entreprit de préparer leur repas. Il dut les appeler trois fois avant qu'ils déboulent sur le seuil, ce qui était très inhabituel.

Quand il se mit à table, il ignora délibérément les livres sur le rayon ainsi que sa machine à écrire. Il mangea lentement et but un verre de vin. Son estomac s'était calmé. Même la pensée de devoir poser à nouveau le regard sur *Borderland* n'entama pas son appétit.

*Si seulement je pouvais briser cette chose. C'est plus qu'un blocage d'écrivain. Si seulement je savais.*

Et puis, la petite voix qui répondait :

*Mais c'est la peur, Michael. La peur froide et pure.*

Il but une gorgée de vin et rétorqua, sarcastique :

*Vraiment ? Tu veux dire que j'ai osé aller là où aucun autre homme n'est jamais allé ? C'est un vieux cliché plutôt usé, tu ne trouves pas ?*

C'était un cliché qui avait fasciné des générations de cinéphiles : la créature de Frankenstein qui condamne son créateur à la folie.

*Eh bien, oui : c'est exactement ce que j'ai fait. Mon monstre à moi, c'est* Borderland. *Et il a ravagé mon esprit, que Dieu me vienne en aide !*

Maintenant qu'ils avaient mangé, les chiens semblaient plus calmes.

Lorsque Mac émit un aboiement familier, Michael regarda sa montre et vit sans surprise qu'il était 18 h 30.

Il alla rapidement jusqu'à sa chaîne, posa sur la platine *Romeo and Juliet,* par les Dire Straits, et monta le volume. Est-ce qu'elle apprécierait cette suite logique à *Sultans of Swing* qu'il avait passé le matin ?

Les chiens arrivèrent à la porte avant lui et, à la seconde où il sortit, il les vit se ruer vers la clôture. Elle était là. En blue-jean et chemisier blanc, ses longs cheveux noirs sur les épaules. Elle agita la main dès qu'elle le vit. Michael sourit comme un idiot et lui répondit avec enthousiasme. Ce soir, songea-t-il, le rite était parfait.

Christy marchait le long de la clôture, en balançant son sac à bout de bras. Elle paraissait heureuse, détendue. Michael ne put éviter de penser à Frank Warwick, cet homme farouche qui avait surgi brusquement dans la salle municipale. Il était certainement à la maison, à cette heure, et attendait le retour de sa fille. Elle allait probablement passer une soirée pénible... Mais non, il exagérait sans doute. Il ne pouvait juger les rapports qu'elle avait avec son père à partir de ce que lui avait dit Sean. Ce n'était pas parce qu'on lui avait raconté que Christy vivait un calvaire et qu'il avait vu son père troubler le débat public qu'il devait en conclure qu'elle ne l'aimait pas et qu'il la faisait souffrir. En tout cas, on ne lisait rien de tel dans son sourire ni dans la façon dont elle agitait la main.

*Mais c'est ton instinct qui te dit ça, Michael. Rappelle-toi le regard qu'elle a eu.*

Bien sûr, elle était seule, la pauvre gosse. Mais elle était fichtrement courageuse. Certainement plus que lui. Elle ne se laissait pas engloutir. (À nouveau, la vision : *l'homme attaché sur la civière, pleurant comme un enfant...*) Elle s'efforçait de rester joyeuse, appréciait les rares moments de bonheur qu'offrait la vie et savait les partager... Pour ne pas se laisser emporter, pour ne pas plonger. Dieu, qu'il lui enviait sa force ! Il espérait qu'elle allait s'arrêter encore une fois pour bavarder. Les chiens l'avaient déjà rejointe et sautaient par-dessus la clôture. Michael aurait aimé que le facteur voie ça. Christy les caressait l'un après l'autre pour éviter les petites jalousies propres aux chiens.

Mais elle ne faisait pas mine de s'arrêter.

– Comment allez-vous ? cria-t-elle.

– Ça va.

*Mais pourquoi ne vas-tu pas à sa rencontre ?*

– Vous avez bien travaillé ?

– Vous voulez dire... Est-ce que j'ai écrit ? Non... non, pas vraiment...

*Allez, vas-y. Pourquoi tu n'y vas pas ? Tu restes là sur le pas de ta porte à crier et à sourire. Tu devrais déjà être là-bas.*

Mac sauta sur Christy et, en riant, elle le repoussa. Dressé sur ses pattes, il était presque de sa taille.

– Vous voulez que je vous dise ? Un de ces jours, je vais emmener ces chiens chez moi !

– Je suis persuadé que ça leur plairait.

Elle continuait de lui sourire. Mais il y avait comme une ombre sur ce sourire. Elle avait eu le même sourire, la première fois qu'ils s'étaient vraiment rencontrés, la veille. Les paroles de Sean lui revinrent. Il lui avait parlé de son père. « Complètement timbré. » Et des durs moments qu'elle vivait. Et brusquement, il prit conscience de ce que signifiait cette ombre qui hantait le regard de Christy. Il l'avait déjà surprise sur le visage de Sean lui-même mais, plus important, il l'avait souvent vue sur son propre visage, en se regardant dans le miroir de la salle de bains. Il s'en voulait tout à coup de ne pas l'avoir compris plus tôt, d'avoir manqué à ce point de sensibilité. Pour un ex-auteur de romans psychologiques, ce n'était vraiment pas brillant ! Il arrivait pourtant que les émotions les plus élémentaires soient les plus difficiles à déceler. Cette « ombre » était celle de la solitude.

– Quel est notre choix pour demain ? se surprit-il à demander.

Elle répondit avec un rire clair et limpide qui monta dans le soir.

– Eh bien... je connais *Tunnel of Love*. C'est un bon morceau pour commencer la journée.

– Pour 8 h 10 ! O.K !

*Maintenant, elle va s'en aller. Tu vas la perdre.*

– Bonne nuit, Michael. Passez une bonne soirée.

Les chiens revenaient en bondissant à travers le pré, comme s'ils avaient compris et savaient que la rencontre arrivait à son terme.

Michael et Christy agitèrent encore une fois la main. Puis Christy atteignit le tournant du chemin et disparut.

Mais pourquoi, se demanda-t-il, avec cette curieuse impression de déjà vu qu'il avait éprouvée auparavant, pourquoi n'était-il pas allé à sa rencontre ? Parce que cela ne faisait pas partie de leur rite. Parce qu'il aurait probablement tout gâché. Plus il y réfléchissait, plus il pensait qu'il avait raison. C'était mieux ainsi. Il se sentait un peu plus heureux, presque apaisé. Même s'il ne savait pas pourquoi.

Il appela les chiens.

*Christy Warwick,* songea-t-il. *Vous êtes une fille formidable. Si vous n'étiez pas aussi jeune et si je n'étais pas aussi malade dans ma tête, je crois bien que j'essaierais de vous séduire.*

La nuit tombait, douce et moelleuse, comme une couverture de velours. C'était la première fois que Michael la ressentait ainsi, avec sérénité, depuis plus de deux ans.

## 12

Mme Anderson et sa vieille amie, Mlle Gavin, avaient commandé deux cafés crème. Elles interrompirent net leur conversation à l'approche de Christy et la saluèrent avec un déplaisir visible.

Christy réussit à conserver le sourire, quoique avec beaucoup d'efforts. Elle savait très bien ce qu'elles pensaient. La veille, personne ne lui avait parlé de l'esclandre de son père à la salle municipale. Elle avait tout appris en rentrant. Quand elle était arrivée, son père avait déjà vidé la moitié d'une bouteille de tord-boyaux et s'était lancé dans un de ces discours à la troisième personne. Elle avait très vite réussi à reconstituer ce qui s'était passé. Comment avait-il pu recommencer? Surtout après le scandale qu'il avait provoqué au sein du comité le mois précédent. Une fois encore, elle avait refoulé ses larmes. Cela ne servait à rien de pleurer. Ce n'était pas ainsi qu'elle améliorerait les choses. Elle avait fait dîner son père avant de le mettre au lit. Ensuite, elle avait fait le ménage, puis elle avait essayé de lire quelques pages. C'était un roman de Michael. Mais elle n'avait pas l'esprit à la lecture. Elle ne parvenait pas à se concentrer. Le sommeil la gagna tandis qu'elle réfléchissait aux réactions possibles de ses amies, le lendemain, au salon de thé. Déjà, après l'histoire du comité, cela s'était plutôt mal passé. Elle n'osait pas imaginer les dernières répercussions de ce nouvel incident.

À 3 heures du matin, son père s'était levé pour aller vomir dans l'évier. Et Christy avait presque été heureuse de trouver un prétexte pour quitter son lit et aller nettoyer.

Dès son arrivée au salon de thé, elle avait eu un avant-goût de ce qui l'attendait. Iris ne lui avait rien dit, bien sûr, mais elle lui avait serré brièvement l'épaule sans la regarder en face. Donc, elle savait. Christy se dit que sans elle, elle n'aurait pas pu résister. Elle se sentait prête à affronter toutes les Mme Anderson et les Mlle Gavin du monde, mais ses « amis », c'était un autre problème. Ils allaient commencer à arriver vers 10 heures, comme d'habitude, et elle voyait ce moment approcher avec crainte. Linda travaillait dans la boutique de vêtements, tout au bout de la rue ; Dennis et Bob dans la ferme de leurs parents, mais ils passaient régulièrement aux environs de 10 heures.

Comment pouvait-elle espérer mener une vie « normale » ? Comment être comme tout le monde alors que son père était en perpétuel conflit avec la communauté à cause de son comportement violent ? Christy ne demandait qu'une chose : être comme les autres. Linda choisissait ses vêtements elle-même et son père ne la passait pas en revue avant de la laisser sortir. Et Dennis et Bob achetaient leurs disques sans problème, non ?

Christy était d'humeur morose mais elle se reprit rapidement. Elle resta encore un instant appuyée au comptoir, prit une profonde inspiration, puis se détourna à la seconde précise où la porte s'ouvrait à toute volée pour laisser entrer les enfants Haig – Karen et Graham –, suivis par leurs parents, Len et Julie. Christy aimait bien les deux enfants, mais elle avait des rapports un peu difficiles avec les parents. Les Haig avaient un comportement hautain de petits-bourgeois conscients de leur supériorité, ce qui était assez incongru à Shillingham.

– Hello, Christy ! lança Graham en lui donnant une tape sur les fesses avant de se ruer vers son coin habituel.

Sa mère leva l'index.

– Il n'y a pas de mal, dit Christy en caressant les cheveux de Karen.

– Est-ce que je peux avoir une tasse comme les grands ? demanda Karen.

– Bien sûr.

Christy prit la commande des Haig et retourna

au comptoir. Pendant qu'Iris versait le café et préparait les pâtisseries, Christy observait les Haig et leurs enfants. Len faisait la leçon à Graham et elle se dit qu'elle n'aimait pas la façon dont il s'y prenait. Mais au fond, n'était-elle pas en train de faire l'amalgame entre Len et son propre père ? Son père s'était-il comporté ainsi avec elle, quand elle était plus jeune ?

*Non, jamais... Pas lorsque j'étais jeune. Il était tendre et aimant. Jamais il n'a levé la main sur moi. Tout a commencé quand maman a été tuée. C'est à partir de là qu'il s'est mis à boire, à pleurer, à se montrer autoritaire et méchant.*

– Christy, est-ce que je peux ?... commença Karen, immédiatement interrompue par sa mère.

Christy ne put entendre ce qu'elles se disaient mais c'était facile à deviner. Une autre leçon sur la manière de se comporter en public et à quel point il était inconvenant de crier dans une salle pleine de monde. Elle quitta le comptoir et se dirigea vers la table des Haig. Julie était une assez jolie femme qui tentait d'effacer de son visage les marques de sa frustration : des pattes-d'oie (elle fronçait trop souvent les sourcils), et deux rides profondes autour de la bouche (elle pinçait trop souvent les lèvres pour marquer sa désapprobation). Ses cheveux très fins, d'un blond naturel, étaient tirés en arrière et noués en une queue-de-cheval sévère. Quant à son maquillage, il semblait avoir été appliqué avec soin et, surtout, d'une main rageuse.

– Oui, ma chérie ? fit Christy.

– Est-ce que je pourrais avoir du gâteau au fromage ?

– Bien sûr...

– Non, Karen, intervint sa mère. C'est trop, tu n'auras plus faim pour le déjeuner.

Julie évitait de rencontrer le regard de Christy.

Quant à Len, il se rencognait dans sa chaise, l'air gêné.

– Est-ce que les cafés sont prêts ? demanda-t-il.

*Oui, c'est bien ça... Je le lis dans ses yeux. Il a entendu parler de ce qui s'est passé hier, lui aussi. Et il ne veut pas que je me montre gentille avec les gosses à cause de l'esclandre de papa. Il pense que papa est fou et que, par association, je le suis aussi...*

Elle ne répondit pas à la question de Len, qui refusait toujours d'affronter son regard. Avec des gestes nerveux, il rejetait en arrière les quelques cheveux fins qui entouraient sa calvitie, affectant de regarder nonchalamment par la fenêtre. Il ne se retourna vers la table que pour saisir la main de Graham, qui jouait avec la salière. Comment des parents aussi intolérants pouvaient-ils élever des gamins aussi gentils ?

Christy retourna au comptoir pour prendre les cafés et les pâtisseries – apparemment, les parents n'avaient pas peur de ne plus avoir faim pour *leur* déjeuner. À son retour, elle rejoignit Iris qui lavait les tasses et les soucoupes.

– On dirait que tu ne regardes que la pendule, ce matin, fit Iris sans lever les yeux de l'évier.

Christy essaya en vain de trouver une réplique, puis rit :

– Est-ce que tu vas cesser de lire dans mes pensées ? C'est... énervant.

Iris rejeta une mèche de cheveux avec son bras :

– Ils vont tous défiler ici, et cette petite salope de Linda va bien trouver quelque chose à dire sur ton père qui te fera sortir de tes gonds. Tu le sais. Je le sais. Et si elle réussit à te mettre en colère, elle aura gagné, n'est-ce pas ? Tu auras fait ce qu'elle attend de toi. Mieux peut-être : tu vas te mettre à pleurer. Mais non, tu ne feras rien de tout ça, hein ?

– Non, mais...

– Mais non, tu n'en feras rien. Tu ne craqueras pas. Tu... laisseras passer l'averse. Ce ne sont que des mots. Et, quand elle verra que tu ne réagis pas, Linda comprendra qu'elle est en train de se rendre ridicule et ils se mettront tous à parler d'autre chose.

– Mais, Iris, je voudrais être comme eux. J'aimerais tant que papa...

*Oh, non, pas de larmes ! Pas maintenant, pas devant Iris ! Je ne peux pas...*

Sans la regarder, Iris la prit par la taille et la serra brièvement, très fort. Et le sanglot que Christy avait retenu au fond de sa gorge et qui menaçait de faire jaillir ses larmes fut tout à coup ravalé.

– Christy, écoute-moi. Si tu montres ton chagrin, Linda gagne. Nous sommes d'accord ?

– Merci, Iris.

La clochette de la porte tinta bruyamment. Ils étaient tous là, comme si la mise en scène avait été préparée. Tous ceux qu'elle redoutait. Et, immédiatement derrière, Linda. Qui s'efforçait de dissimuler un sourire mauvais. Elle savait. Et elle avait quelque chose à dire. Mais peu importait maintenant. Iris avait raison. Christy n'allait pas tomber dans le piège et laisser gagner Linda.

Comme celle-ci approchait de la table, elle lut nettement ses intentions dans son regard, dans son air supérieur, son sourire retenu. Elle se délectait par avance de ce qu'elle allait dire pour blesser Christy, certaine, en même temps, de se grandir aux yeux de ses camarades.

Mais, pour le moment du moins, Christy parvenait totalement à se maîtriser. Cela aurait été bien différent si Dennis ou Bob avaient partagé l'attitude de Linda, mais ce n'était pas le cas. Christy avait mis au point sa stratégie en atteignant la table.

Linda leva les yeux en esquissant un faible sourire, qu'elle avait sans doute longuement préparé.

– Mais c'est la fifille à son papa !

Christy répondit à son sourire tout en posant les tasses sur la table.

– Quel dommage que tout le monde ne puisse pas en dire autant.

Le visage de Linda s'assombrit soudain. Elle ne s'était pas attendue à cette repartie.

– Qu'est-ce que tu veux dire ?...

– Tu vas à la discothèque jeudi, Christy ? demanda tout à coup Dennis en tendant la main vers sa tasse.

Christy tressaillit. La dispute qu'elle avait eue avec son père quatre jours auparavant lui revint à l'esprit : *Je ne veux pas que tu ailles là-bas, Christy. Tu ne dois pas fréquenter ces abrutis. Tu dois garder tes distances avec les gens comme ça. Ils ne pensent pas. Ils ne savent rien.* Et elle avait répondu : *Je vais y aller, papa. Je m'excuse, mais je vais y aller. Les gens me considèrent toujours comme une fille bizarre à cause de toi. Je ne sors jamais, je ne vois personne. Comment puis-je être heureuse ? Comment vivre de cette manière ?* Et son père avait protesté : *Mais, Christy ?* Et elle : *J'IRAI, PAPA ! J'IRAI !*

Elle répondit avec calme :

– Oui, Dennis, j'y vais. J'attends ça avec impatience.

– Et papa n'y voit pas d'objection ? demanda Linda en riant, le nez plongé dans sa tasse.

– Non. Pourquoi ?

– Oh... je ne sais pas, moi... Il semble vouloir tellement protéger les gens... et les choses...

– Mais les pères sont faits pour ça, Linda. Tu ne

le savais pas ? À propos, tu as eu des nouvelles du tien, récemment ?

*Ton papa qui est censé travailler quelque part sur les plates-formes pétrolières, alors que tout le monde sait qu'il a fichu le camp et qu'il vous a laissées seules, ta mère et toi, depuis trois ans, et qu'il ne reviendra pas ? Tu crois que je suis une garce parce que je te rabaisse ton caquet ? Parce que tu pensais vraiment que j'allais rester comme ça à ne rien dire ? Mais c'est toi qui as commencé, Linda. Et même si ça ne me plaît pas, j'ai bien l'intention de te rendre la monnaie de ta pièce.*

– Il va rentrer dans deux mois. Tout dépend du temps.

– Vraiment ? Il attend qu'il gèle en enfer, je suppose ?

Linda retint son souffle, visiblement sur le point d'exploser. Mais Christy lui donna le coup de grâce : le contenu complet d'une tasse de café vint se répandre sur ses cuisses. Linda poussa un cri aigu, se leva d'un bond et essuya frénétiquement sa minijupe.

– Espèce d'abrutie !

– Quel dommage ! fit Christy d'un ton parfaitement neutre. Je suis désolée. Ta jupe toute neuve.

Linda leva sur elle un regard furibond. Mais Dennis et Bob pouffaient de rire, les mains devant le visage, et elle se ressaisit pour ne pas se rendre plus ridicule encore. À cet instant, Iris s'approcha, brandissant un torchon, à la façon d'un parfait maître d'hôtel, et la fureur de Linda se changea en un sourire crispé.

– Pourquoi ne vas-tu pas faire un tour dans les toilettes, Linda ? roucoula Iris avec un regard de reproche à l'adresse de Christy. Christy va te servir un autre café et c'est moi qui paierai ta note de pressing, d'accord ?...

Linda ravala avec peine sa colère et se dirigea vers les toilettes pour dames. Christy n'était pas particulièrement fière d'elle mais elle était heureuse d'avoir rivé son clou à Linda. Iris la rejoignit près du comptoir et lui murmura :

– Les mots, Christy. Les mots. Ils sont tellement plus forts que les actes ! Et je ne tiens pas à gaspiller mon argent dans des notes de pressing.

– Excuse-moi, Iris. Je ne referai plus jamais ça...

La porte s'ouvrit alors à toute volée et la clochette se mit à danser follement.

Christy et Iris se retournèrent en même temps et leur inquiétude se mua instantanément en dégoût quand elles virent qui venait d'entrer.

Billy Rifkin.

– Ça va, tout le monde ? V'là vot' chéri. Qui c'est qui veut jouer avec moi ?

Billy était grand. Plus d'un mètre quatre-vingt-cinq. Il portait une ridicule veste tachée dont le bord des manches était souillé de gruau pour les moutons. Sa chemise de bûcheron à carreaux n'avait plus que quelques boutons. Mais il était bien proportionné et se tenait droit sur ses bottes hautes maculées de boue et d'herbe. Une casquette de laine coiffait sa tête bien carrée. Il claqua la porte avec une violence inutile pour le seul plaisir de faire danser encore une fois la clochette.

– Billy, je te l'ai déjà dit, fit Iris, si jamais tu casses cette porte, tu me la paies.

– Vraiment, tu crois ? fit Billy en grimaçant un sourire trop large qui révélait ses dents cassées.

Il exultait. Il se pencha sur le comptoir en regardant Iris et arrondit la bouche en une parodie de baiser. Christy, en s'éloignant, sentit son regard sur elle. Comme d'habitude. Il la dégoûtait. Comme il dégoûtait tous les habitants de Shillingham.

– Hé, Iris, un café ! Quand ta servante aura le temps...

– C'est *moi* qui te servirai, si tu le veux bien, répliqua Iris, qui détestait Billy.

– Je me suis dit que j'allais juste venir faire un tour, comme ça. Pour passer un bon moment, voyez ce que je veux dire ?... J'ai bossé avec ces saletés de moutons toute la matinée. J'ai soif. Et puis, j'ai aussi envie qu'on soit gentil avec moi. Compris ?...

Christy servit le café de Linda. Dennis et Bob s'agitèrent, mal à l'aise. Billy était tout près. Il tira une chaise et s'assit de tout son poids avant de s'emparer de la tasse de Linda et de la vider d'un trait.

– Alors, les gars ? fit-il. On remet ça ?

– C'était la tasse de Linda, dit Christy.

Mais c'était toujours la même chose chaque fois que ce lourdaud faisait son apparition. Toujours aussi sale. Dégoûtant. Vicieux. Elle n'arrivait pas à comprendre pourquoi Iris ne lui avait pas interdit l'entrée du salon.

– Mais, Christy, une servante ne doit pas s'exprimer sur ce ton, fit Billy. C'est le client qui a toujours raison, non ? Et si je dis que ce café est à moi, c'est qu'il l'est, d'accord ?

Il se mit à rire. Et, comme d'habitude, Bob et Dennis l'imitèrent. Parce qu'il fallait toujours rire de ses plaisanteries lamentables.

– Sers donc un autre café à Linda. Elle peut attendre, non ? D'abord, où est-ce qu'elle est, hein ?

– Je pense qu'elle est allée en boire un autre ailleurs maintenant qu'elle sait que vous êtes là, lâcha Christy en s'éloignant.

– Ah, c'est pas des façons de parler ! N'essaie pas de faire ta petite maligne, Christy. D'accord, t'as un mignon p'tit cul, mais faut pas aller trop loin, vu ? À moins que j'y mette la main...

– Vraiment ? répliqua Christy en retournant derrière le comptoir. Tu tiens à ce que je te casse les cinq doigts ?

Billy éclata de rire.

Len et Julie s'étaient levés et rhabillaient en hâte leurs enfants. Billy avait toujours un effet instantané sur eux.

– Pourquoi est-ce que tu le laisses toujours entrer ? murmura Christy à l'adresse d'Iris. Ce n'est qu'un animal. Il pue. Il est sale. Et il... Oh, c'est un bon à rien !

– C'est un enfant du bon Dieu, comme nous tous, dit Iris. Aussi longtemps qu'il obéira, nous ne pourrons pas lui refuser l'entrée.

Christy, avec un soupir, versa le café.

– Mais le pub est ouvert, à cette heure. Pourquoi vient-il ici ? Je sais que c'est pour me reluquer. C'est atroce.

Linda ressortit des toilettes en tapotant sa jupe. Son regard de colère à l'adresse de Christy fut très vite remplacé par une expression de déplaisir quand elle vit Billy Rifkin assis à sa table. Christy avait fini de remplir la tasse.

– Ça ne fait rien, dit Linda vivement. Il faut que j'y aille.

– Mais qu'est-ce qui ?... commença Iris.

– Non, ce n'est pas grave. Vraiment. (Linda se tourna vers Dennis et Bob :) Bon, j'y vais. À bientôt !

Elle se dirigea rapidement vers la porte à l'instant où Billy levait le bras en un geste exagéré et lança sans se retourner :

– Je ne peux pas rester. À un de ces jours, Billy !

La clochette tinta, la porte claqua : Linda avait disparu.

Christy baissa les yeux. Les enfants Haig l'avaient prise par la main. Len et Julie allaient partir.

– À bientôt, Christy ? lança Graham.

Elle se pencha pour l'embrasser, non sans remarquer le froncement de sourcils de sa mère. Len s'empara de la main de son fils pour l'entraîner vers la porte.

– Oui... oui, bien sûr, fit Christy. À bientôt...

Dès que les Haig eurent franchi la porte, elle sentit sa gorge se serrer. C'était la solitude, comme une bouchée indigeste. Elle s'absorba dans sa tâche et entreprit de débarrasser les tables, de rassembler tasses et soucoupes. Mais elle ne parvint pas à faire taire la voix affreuse de Billy Rifkin.

– ... alors je reste et j'attends. Bien pépère. Parce que surtout au milieu de la nuit, il faut faire gaffe à pas faire de bruit. Sans ça, ces petits salopards vous repèrent. C'est là qu'on allume la lampe-torche et qu'on la bouge. Juste un peu. Comme ça... Parce que la lumière se reflète dans les yeux des lapins. Vu ? C'est comme les phares d'une bagnole. Ils sont paralysés. C'est le moment de les flinguer. (Il fut secoué d'un rire.) Paf ! On leur fait sauter le crâne. Je te l'ai déjà raconté ? Mais c'était pas terrible, parce que ces cons-là sont criblés de plombs, des fois. J'ai failli y laisser une dent, en bouffant ma tourte. J'aurais dû me méfier. Sacrés petits salopards.

Billy adorait tuer les animaux, bien qu'il ne fût pas obligé de passer la nuit à guetter devant les terriers pour trouver sa pitance : la ferme qu'il exploitait avec son père comptait un certain nombre de têtes de bétail. Il tentait toujours de s'expliquer, de se justifier. Il éprouvait du plaisir à voir les lapins bondir et se débattre quand ils avaient été atteints. Quelquefois, c'était comme un ralenti, pour lui, à la façon des films de Sam Peckinpah : le lapin tournoyait dans l'air avec un long ruban de sang brillant qui flottait autour de lui. C'était... Oui, pour Billy, c'était poétique. Oui, poétique ! Mais les gens n'avaient pas l'air d'apprécier ce genre de poésie. Une fois, il avait tué un des moutons du troupeau à coups de hache, rien que pour voir...

C'était comme un rituel.

Comme de la magie.

De la poésie.

Christy se pencha sur la table pour récupérer une tasse vide. La grosse patte de Billy se referma sur son poignet.

Elle recula, d'abord effrayée, puis furieuse. Elle ramena sa main contre elle.

– Je voulais juste être gentil, fit Billy.

Bob et Dennis restaient silencieux, visiblement mal à l'aise.

– Alors essayez avec quelqu'un d'autre.

Christy se massait la main comme si elle venait d'être contaminée.

– Je préfère être gentil avec toi, insista Billy, avec un sourire lubrique.

Ses yeux étaient luisants, humides. Christy se pencha en avant.

– Écoutez-moi bien, Billy. (Sa voix était calme, froide.) Je vous considère comme un animal répugnant et vicieux. Vous êtes sale, repoussant, grossier. Rien qu'à l'idée que je pourrais être gentille avec vous, je me sens malade. Physiquement malade.

À présent, les yeux de Billy étaient glacés et morts, comme deux billes de marbre. Et son sourire était devenu un rictus figé. Bob et Dennis s'agitèrent, de plus en plus gênés.

– Autre chose, reprit Christy. Si jamais... Je dis bien si jamais vous osez encore poser la main sur moi, j'irai porter plainte auprès du sergent Grover. Vous m'avez comprise, Billy ? C'est bien rentré dans votre tête ?

Un tic soudain plissa les paupières de Billy. Puis il éclata de rire : un rire forcé, violent, sans joie. Bob et Dennis essayèrent désespérément de sourire. Le rire de Billy mourut. Christy se tenait immobile devant lui, roide, rouge de colère.

– Elle a un sacré foutu caractère, fit Billy. Voilà ce qui me plaît chez une fille. Du cran et du caractère !

Christy eut une moue de dégoût et s'éloigna de la table; elle faillit heurter Iris qui s'était rapprochée discrètement. Elle évita son regard et se dirigea vers la pièce du fond. Billy affichait de nouveau un large sourire.

– Billy, fit Iris, tu ferais bien de ne pas sourire comme ça. Jusqu'à présent, j'ai toléré tes grossièretés. Je sais que tu as eu de mauvais moments, comme tout le monde. Mais si tu fais encore d'autres commentaires ou si tu importunes un de mes clients...

En un geste inconscient, elle s'était mise à agiter une fourchette pointée sur Billy.

Lentement, sans cesser de sourire, Billy se leva.

– À un de ces quatre, lança-t-il à l'adresse de Dennis et de Bob.

Il esquissa encore un baiser moqueur en direction d'Iris et sortit tranquillement. La clochette tinta et il fit à nouveau claquer la porte.

Iris, les dents serrées, se tourna vers les deux autres.

– On n'a rien à voir avec ça, madame Wooler. Je vous le jure, protesta aussitôt Dennis.

– On lui a pas demandé de s'asseoir avec nous, surenchérit Bob. Il a seulement...

Iris secoua la tête.

– Billy Rifkin ne peut vous apporter que des ennuis. Suivez mon conseil et évitez de le fréquenter.

– C'est ce qu'on fera, madame Wooler. On va...

– Ne me raconte pas ça, Bob. Je sais très bien que vous faites les fous avec son vieux tacot. Vous vous saoulez et vous allez sur les routes de montagne. Si vous continuez comme ça, je vous le dis, un de ces jours, vous aurez des problèmes. Des problèmes très graves.

– Madame Wooler, écoutez. C'est facile pour vous de parler de cette façon. Mais Billy, c'est pas le genre de type facile à éviter. S'il veut quelque chose...

– Mais vous êtes costauds, tous les deux. Trop costauds pour vivre à la traîne de quelqu'un. Évitez de le voir.

L'air penaud, Dennis et Bob se levèrent et s'en allèrent à la recherche de Linda. Iris les regarda s'éloigner. Christy, dans la pièce du fond, venait de se moucher. Elle avait sans doute laissé déborder son trop-plein d'émotion. Iris avait remarqué la façon dont Billy la suivait toujours des yeux. Avec un regard terne, malsain. Oui, un type avec ce regard ne pouvait que créer des ennuis. Et elle devait admettre qu'elle avait elle-même parfois un peu peur de ces yeux-là. Elle avait aussi remarqué la manière qu'il avait d'épier les gosses des Haig et cela l'effrayait plus encore. Il y avait une sorte d'avidité dans ce regard. Il s'ouvrait parfois sur des abîmes qu'elle préférait ignorer.

Iris prit soudain conscience de la façon menaçante dont elle tenait la fourchette dans ses doigts encore crispés par la colère. Elle la glissa dans la poche de son tablier et se remit à laver les tasses.

## 13

Frank avait découvert la bouteille de vodka derrière le divan lorsque Christy rentra à la maison ce soir-là. Ses recherches avaient duré plus d'une heure et l'alcool était loin de l'avoir calmé. Il faudrait encore deux bonnes heures pour cela. Il était affalé dans un fauteuil, le regard perdu au-delà de la fenêtre, quand il entendit la porte de la maison s'ouvrir doucement.

– C'est toi, Christy ?

– Oui, fit-elle, calme et résignée.

– T'as pas eu de chance, encore une fois, hein ? s'exclama-t-il avec un rire lugubre. Tu t'es déjà servie du divan comme cachette, tu sais ? Ça me surprend de ta part. Tu n'arrives plus à trouver d'autres endroits ?...

Christy, avec un soupir, pénétra dans le living-room.

– Je n'ai même pas encore enlevé mon manteau et tu commences.

Elle jeta son manteau sur le sofa, lançant un bref coup d'œil sur son père, écroulé dans le fauteuil. Il avait les yeux éteints et serrait la bouteille de vodka entre ses genoux. En fait, il avait raison : elle ne savait plus où cacher les bouteilles. Peut-être qu'elle ferait tout aussi bien d'arrêter ce petit jeu et de le laisser boire, après tout. Elle pourrait même être plus heureuse après.

Mais non. Ça n'améliorera rien, songea-t-elle. J'ai déjà essayé : il replonge dans son chagrin et après il est pire, il ne se domine plus. Non, il faut que je continue.

À la télévision, les Indiens avaient l'air de perdre. Elle traversa la pièce pour éteindre l'appareil.

– Où est-ce que tu étais passée ? demanda Frank, qui n'avait toujours pas détourné les yeux de l'écran.

Christy s'interrompit, la main sur le bouton de la télé. Elle ferma les yeux.

– Papa, je travaillais. Comme tous les jours.

– Mais tu es en retard.

– Oui, d'un quart d'heure exactement. Il y avait encore du travail au salon. Je suis restée pour aider Iris.

Frank émit une sorte de ricanement. Christy ne quittait pas des yeux l'écran du téléviseur. Un Indien venait de sauter d'une falaise sur l'un des chariots.

– Cette chère vieille Iris. Qu'est-ce qu'on ferait si elle n'était pas là, hein ?

Son père avait pris un ton tellement sarcastique que Christy faillit éclater.

– Oui, papa. (Elle se mit à ranger les journaux répandus un peu partout, les verres et les assiettes.) Comme tu dis : chère vieille Iris. Si elle n'était pas là, je ne gagnerais pas d'argent. Et sans argent, nous ne pourrions même pas manger.

Elle s'interrompit. Son père avait les épaules voûtées, les cheveux hirsutes et il serrait sa bouteille de vodka comme un bébé. Elle n'avait pas l'intention de lui faire des reproches parce qu'il était ivre, une fois de plus. Cela ne faisait qu'aggraver les choses, généralement. Il se passa la main dans les cheveux et la regarda en face pour la première fois depuis qu'elle était rentrée. Il porta le goulot de la bouteille à ses lèvres et but une longue gorgée.

– Allez, dis-le, fit-il enfin.

– Tu veux que je te dise quoi ?

– Tu le sais. Tu sais ce qui s'est passé hier. Alors, parle. Vas-y.

– Mais qu'est-ce qui se passe, papa ? Qu'est-ce qui te tourmente ? Ça n'est jamais qu'un truc en bois planté dans le sol. Ils vont prendre toutes les précautions nécessaires pour l'enlever. Ils vont...

– Ils vont violer notre ville, Christy. Voilà ce qu'ils vont faire. Ils sont aveugles, idiots, ignorants. Bon Dieu, ils ne savent pas ce qu'ils vont faire. Si seulement ils le savaient…

– S'ils savaient quoi, papa ? J'en ai marre de cette histoire. Tu n'arrêtes pas de parler de ce gibet comme si c'était la chose la plus importante du monde. Tu restes là toute la journée à te tourmenter... Tu te tues à petit feu. (*Oh, non, Seigneur !* se dit-elle. *Je ne voulais pas parler ainsi. Mais c'est plus fort que moi.*) Tu bois trop, reprit-elle. Tu vas en mourir. Tu n'as même plus de dignité. Tout le monde se moque de nous. On n'a pas un sou devant nous, on est endettés jusqu'aux yeux... et tout ce que tu sais faire, c'est piquer des crises de colère à propos de ce maudit carrefour et de ce ridicule machin en bois.

– Christy, je ne pense pas que tu puisses comprendre. Pas plus que les autres. Je suis le seul à savoir ce qui se passe. Le seul à savoir ce qui pourrait arriver si jamais...

– Si jamais quoi, papa ? Seigneur, je suis vraiment fatiguée de toujours t'entendre parler par énigmes ! Et en plus tu tournes en rond. Jamais tu ne réponds. Tu te saoules, nous nous disputons, et nous gâchons notre vie. Tu n'arrives pas à comprendre ça ?

Son père réussit tant bien que mal à se lever. Il revissa le bouchon de la bouteille de vodka, qu'il lança sur le fauteuil. Il oscillait sur ses pieds. Ce soir-là, il offrait un spectacle pathétique. Christy songea qu'il n'était plus que le fantôme de l'homme fort et généreux qui avait été son père. Et elle se sentit au bord des larmes.

– Non, personne ne peut comprendre, bredouilla-t-il. Et si je leur disais ce qui va arriver, ils ne m'écouteraient pas.

Oui, les larmes venaient, se dit Christy. Et, cette fois, elle sentait qu'elle ne pourrait pas les arrêter. Quand elle parvint à trouver ses mots, sa gorge se serra douloureusement.

– Mais qu'est-ce qui va arriver, papa ? Qu'est-ce que tu veux dire ? Pourquoi les choses sont-elles comme ça entre nous ?

– Christy, je ne peux pas te le dire. Mais peut-être, quand tu seras plus grande... peut-être que tu apprendras... tu comprendras...

– Quand je serai plus grande ? Mais de quoi tu parles ?

Elle était à court d'arguments. Lorsque son père était dans cet état, elle ne pouvait rien en tirer de cohérent. Ils pouvaient passer la nuit à se disputer, ou à s'éviter au prix d'efforts pénibles.

– Est-ce que... est-ce que tu as mangé, au moins ?

Elle essayait désespérément de revenir au calme, à la normale. Mais ses paroles résonnaient comme du verre brisé. Les larmes étaient brûlantes dans sa gorge.

– Non, je ne veux rien, dit son père en s'affalant de nouveau dans son fauteuil et en reprenant sa bouteille.

Une seconde plus tard, Christy avait remis son manteau. Son père ne l'entendit même pas claquer la porte.

## 14

Quand il vit Christy sur le seuil de sa maison, Michael, bizarrement, ne fut pas surpris. Les chiens l'avaient déjà prévenu de son arrivée. Ils s'empressaient autour d'elle avec un plaisir évident. Elle leur tapota la tête, puis sourit à Michael. Il vit alors qu'elle avait pleuré. Et il imagina dans le même instant quelles conséquences l'intervention de son père à la salle municipale avait pu avoir. Le sourire de Christy était hésitant et il se dit que sa première réaction était très importante.

– Christy ! Je constate encore une fois que mes gardes du corps m'ont laissé tomber !

– Bonsoir, Michael. Est-ce que je peux entrer ?

Il ouvrit toute grande la porte. Les chiens se ruèrent à l'intérieur et Christy entra lentement à leur suite. Michael se dit qu'il était heureux de la voir là, même s'il se sentait un peu honteux de son égoïsme. Oui, il était heureux. Simplement parce qu'elle avait décidé de frapper à sa porte. Dehors, le soleil avait presque disparu derrière les montagnes et de longues ombres ambrées s'étendaient doucement sur les champs et les haies.

Il avait mis des bûches dans le foyer et une douce chaleur baignait la pièce. Pour Christy, l'intérieur de la maison de Michael était tel qu'elle l'avait imaginé. Elle se tenait au milieu de la pièce, regardant tout autour d'elle. Elle avait encore son sourire fragile et Michael se surprit à penser encore une fois, avec une trace d'égoïsme : *Mon Dieu, faites que ce sourire change ! Comme j'aimerais qu'il soit comme avant.*

– J'espère que je ne vous dérange pas ? demanda Christy.

– Déranger qui et quoi ? Comme vous l'avez déjà dit, j'ai besoin de compagnie. Je suis trop isolé.

Le sourire se fit plus hésitant encore.

*Attention, Lambton. Te voilà en territoire dangereux.*

– Venez, Christy. Asseyez-vous.

Elle alla s'installer sur le sofa. Instantanément, Dutch et Mac se rapprochèrent d'elle. Dutch, comme d'habitude, coinça sa tête entre ses genoux tandis que Mac s'étalait à ses pieds. Christy se mit à caresser Dutch, mais son expression vulnérable était soudain insupportable pour Michael. *Au diable ! Elle a besoin qu'on l'aide et ce n'est vraiment pas le moment de tourner autour du pot.*

– Qu'est-ce qui ne va pas ?

– Excusez-moi... mais je n'avais personne à qui parler. Et j'avais besoin de m'échapper de la maison pendant un moment.

Michael se dirigea vers son bar. Christy avait baissé les yeux sur Dutch, dont elle flattait toujours les oreilles, l'air plus vulnérable que jamais. Il lui proposa un verre de vin et elle accepta d'un signe de tête.

– Christy... En ce qui concerne votre père, je suis au courant. Et je comprends que ce soit dur pour vous.

– Oui, ça l'est. Mais c'est notre vie. La seule que nous ayons. Michael ?...

Il lui présenta un verre.

– Oui ?

– Tout va bien. Ne vous tourmentez pas pour trouver des choses aimables à dire. Vous n'êtes même pas obligé de m'écouter déverser ce que j'ai sur le cœur. J'avais seulement besoin de faire un petit tour et de trouver quelqu'un pour me tenir compagnie.

– Je comprends. Et je peux vous tenir compagnie aussi longtemps que vous voudrez. Je pense que vous ne le savez pas, mais depuis quelques heures, grâce à vous, j'ai compris certaines choses importantes. Et je vous en suis reconnaissant. (Soudain elle parut reprendre confiance en elle.) Mais, si vous le voulez, nous pouvons en parler... ajouta-t-il.

– Non, Michael. Pas maintenant, j'ai seulement besoin d'être avec quelqu'un. C'est tout.

Elle se laissa glisser à bas du sofa en souriant toujours et alla jusqu'au meuble à disques dont elle ouvrit la porte.

– Voyons voir... Qu'est-ce que les écrivains écoutent à part Dire Straits ?...

– Oh... Surtout des vieilleries. Vous voulez manger quelque chose ? J'étais justement sur le point de me faire à dîner.

Elle leva les yeux. Elle avait retrouvé son sourire radieux.

– Oui... Oui, je crois que j'aimerais bien manger quelque chose.

– Formidable ! On va se faire une fête !

## 15

Billy Rifkin jura contre les ronces qui lui avaient égratigné la main tandis qu'il se démenait pour avancer sur la colline. Les hautes herbes lui masquaient à demi la vue qu'il pouvait avoir de la ferme de Split Crow, en contrebas. D'un geste sauvage, il les rabattit. Il s'avança un peu plus en rampant sur les coudes pour mieux voir et se maudit d'être arrivé une demi-heure plus tard qu'il ne l'avait prévu.

Après avoir quitté le salon de thé (*ce qu'ils vous servent là-bas, c'est rien que de la merde. Je donnerais même pas ça aux cochons*), il était retourné à la ferme. Comme d'habitude, son père lui avait donné sa liste de corvées pour la journée et il s'était mis au travail avec une violence vengeresse. Avec un peu de chance, il aurait fini à temps. Quand il aurait nettoyé tous les appentis, il filerait droit jusqu'à Shillingham. Il s'arrêterait avant les premières maisons, près de la croisée des chemins, et attendrait Christy. Il avait le temps. 18 h 30. Elle rentrait tous les jours chez elle à la même heure.

Il l'attendrait et il remonterait le chemin avec elle. Il avait des questions à lui poser. Par exemple... *Comment tu peux me repousser quand tu sais que je te veux? Je pourrais me montrer bon avec toi, Christy. Et gentil. Mais je peux aussi être méchant. Je veux pas que tu ailles te faire sauter par les autres. Moi, j'ai toujours gardé mes distances avec toi. Je t'ai toujours respectée. J'ai jamais rien tenté de direct.* Et puis, il repensa à la façon dont elle avait repoussé sa main, au salon de thé, et à toutes ces choses qu'elle lui avait dites. Il avait vu son regard quand elle lui avait lancé qu'il ne devait pas la toucher, qu'il était sale. Et la patience de Billy avait été rudement éprouvée par ce regard. Lui qui avait pris son temps, ce qui ne lui ressemblait guère. S'il voyait quelque chose dont il avait envie, il le prenait. Avec Christy, il n'avait pas voulu agir ainsi. Mais après ce qui venait de se passer aujourd'hui?... Eh bien, après ça, il s'était dit qu'il devait la raccompagner, lui parler, essayer de la raisonner. Il devait lui donner une chance de ravaler tout ce qu'elle lui avait dit et même le regard qu'elle avait eu. Alors, tout irait bien. Mais si elle refusait, si elle s'entêtait à le traiter comme elle l'avait fait... Eh bien, la ferme de son père était encore loin. Et il ne passait personne sur le chemin à cette heure. Il y avait un tas d'endroits où il pourrait l'emmener pour la convaincre. Des endroits où personne ne pourrait les entendre. Et où il pourrait lui prouver qu'il était un homme, un vrai.

Mais sa corvée de nettoyage avait pris trop de temps. Bien sûr, il aurait pu bâcler le boulot, mais le vieux était venu le retrouver dans la grange et l'avait regardé travailler en souriant, un de ses petits cigares bon marché collé au coin des lèvres. Et Billy avait bien été forcé de faire son travail à fond. (*Y m'paie de quoi bouffer et encore, à peine! Je suis qu'un esclave, c'est tout. Un jour, un jour... Oui, un jour...*)

Le résultat, c'est qu'il était arrivé avec une heure de retard. Il avait couru depuis le croisement en espérant que, peut-être, elle avait travaillé un peu plus tard que d'ordinaire. Peut-être qu'il avait une chance de la rattraper. Mais il ne l'avait vue nulle part. Il lui restait une dernière chance. En franchissant la courbe qui descendait vers Split Crow, il avait entrevu l'éclat rouge de son manteau. Il avait la bouche sèche, à présent, et son cœur martelait sa poitrine. Mais son espoir s'était transformé en rage lorsqu'il l'avait vue se diriger droit sur la clôture de la ferme. Il s'était lancé sur ses traces, la respiration sifflante. Les deux chiens du cinglé s'étaient rués à la rencontre de Christy. Tremblant de fureur, il l'avait regardée marcher jusqu'à la maison tout en jouant avec eux. Un grondement animal et étouffé monta dans sa gorge tandis que, les jambes raides, il se dirigeait vers l'arbre tordu, sur sa droite. Il se retourna pour voir Christy qui avait atteint le seuil et qui frappait à présent à la porte. (*Putain! Putain! Putain!*) Et la porte s'ouvrit. Elle entra. Billy cogna sur le tronc de l'arbre tordu, une fois, deux fois, trois fois – jusqu'à ce que le sang perle des égratignures qu'il s'était faites aux jointures. Il s'attaqua à l'écorce. Il voulait l'arracher. Comme il aurait arraché la peau de cette garce et de son dingue d'écrivain.

Mais cela remontait maintenant à une heure et demie. Et la colère brûlante de Billy était devenue une douleur pénétrante, mortelle. Il pouvait attendre. Il savait attendre. Depuis une heure et demie qu'il était là, il les avait épiés. Il savait ce qui se passait maintenant. Il imaginait ce qu'elle lui laissait faire, et ce qu'elle lui faisait. Il se jura que lorsqu'elle ressortirait enfin pour reprendre le chemin de sa maison, il allait lui donner une leçon qu'elle n'oublierait jamais. Après ça, il irait rendre une petite visite au cinglé et il s'arrangerait pour qu'il ne puisse plus jamais rien faire avec une femme. Billy avait déjà fait ça aux cochons. Avec cette ordure, ce serait exactement comme à la ferme. Il couinerait rien qu'un peu, mais il n'y aurait même pas de sang.

Billy apercevait une lumière derrière la fenêtre et, de temps à autre, une ombre passait. Il se mit à arracher des touffes d'herbe devant lui. C'était comme s'il arrachait les cheveux de quelqu'un et cette sensation l'apaisait, elle évitait que la douleur lente ne se transforme à nouveau en brûlure.

Mais cette lumière derrière la fenêtre commençait à le rendre enragé. Même s'il pouvait très bien imaginer ce qui se passait à l'intérieur, cette lumière semblait le narguer. Elle paraissait l'appeler : *Viens donc, Billy, et regarde ce qui se passe. Viens voir... Alors, tu sauras vraiment...*

– Christy, tu vas bientôt sortir, je le sais, marmonna-t-il. Tu sortiras quand tu auras eu ton content. Et moi je te montrerai ce qui te manque encore...

## 16

– Et voilà... c'est à peu près tout, fit Christy en baissant les yeux sur son verre. Maman a été tuée par une voiture en plein centre de Shillingham pendant qu'elle faisait ses courses. C'était un couple de touristes qui visitaient le pays. Pauvres gens. Ce n'était la faute de personne, vraiment.

Elle n'est jamais sortie du coma. Et papa, depuis, est toujours prudent quand il descend de la colline. Je me suis souvent dit que le fait que ces gens aient été des touristes pouvait expliquer son comportement vis-à-vis du projet routier et l'enlèvement du gibet du carrefour. Ça va signifier encore plus de touristes.

Avec de la bonne musique et un peu plus de vin, Christy s'était décidée à se confier à lui. Michael l'avait écoutée attentivement, sans la presser, sans jamais intervenir. Il se contentait d'écouter, sachant que parler la soulagerait.

– Papa a enfoui ces souvenirs au fond de lui. Et ça lui a fait du mal. Vous savez ?... Je pense que nous avons tous tendance à enterrer des choses comme ça, au plus profond de nous, parfois, des choses que nous devrions au contraire affronter, dès qu'elles se présentent... Parce que ça ne sert à rien de les refouler. Elles sont toujours là et elles nous empoisonnent. Et puis elles reviennent, tôt ou tard. Elles nous retombent dessus et c'est encore pire.

– Christy, on dirait que vous décrivez ma vie, fit Michael. (Il traversa la pièce pour remplir le verre de Christy, puis se servit à son tour et se rassit.) Et votre père ?

– Qu'est-ce que vous avez dit, à l'instant ? À propos de votre vie ?...

– Rien. Non, sincèrement. Mais votre père ?

– Non, Michael. J'aimerais savoir.

Michael renonça à l'excuse qu'il avait au bout des lèvres. Christy n'avait pas cessé de parler depuis une heure à présent, dévoilant son cœur à un garçon qui lui était presque étranger. Mais cela n'avait rien de curieux. C'était direct, franc, honnête et plutôt flatteur. Christy, en cet instant, manifestait une curiosité sincère à son égard. Elle ne se comportait pas comme une enfant curieuse mais comme une jeune personne singulièrement mûre.

– Je sais ce que c'est que de vivre une tragédie, déclara-t-il enfin. Je l'ai vécue comme vous, alors que je n'étais qu'un enfant. (Il fit tourner son verre entre ses doigts.) J'avais neuf ans quand mes parents ont été tués dans une catastrophe ferroviaire. Nous retournions à Newcastle par la ligne de King's Cross. C'était pendant le week-end. Le train a déraillé. Personne n'a jamais su pour quelle raison. Je m'en suis sorti, mais mes parents sont morts. À dire vrai, je n'en garde que peu de souvenirs. Peu après, on m'a mis à l'assistance. Je n'avais pas de proche famille, vous comprenez.

– Michael, je me sens tellement coupable, fit Christy d'une voix calme. Je vous ennuie avec mes...

– Non, Christy. Vous aviez besoin de parler.

– Et vous aussi, je crois.

Il sourit.

– Oui, vous avez raison.

Un silence s'installa. Non pas un malaise, mais un silence *naturel*. Une bûche craqua dans la cheminée en lançant une gerbe d'étincelles. Les couleurs de la pièce et la chaleur étaient comme une réponse à la couleur et au goût du vin. Sur le tapis, Dutch s'étira en bâillant.

– Je crois, reprit enfin Michael, que même avant la « mort » de mes parents, j'avais conscience de cette vulnérabilité que je portais en moi. Je m'étais construit une carapace contre le monde extérieur. Dans ma solitude, c'était une protection efficace. Je suis devenu un vrai rat de bibliothèque. Je me perdais dans des univers fantastiques et je créais même les miens. C'est comme ça que j'en suis venu à écrire, je suppose. Je suis entré à l'École normale et ça s'est très bien passé. J'ai très vite trouvé un poste d'instituteur, ce qui ne m'a pas empêché de continuer à écrire. Quand les choses ont vraiment démarré pour moi en tant qu'écrivain, j'ai abandonné l'enseignement à plein temps. Et c'est là que mes problèmes ont commencé...

À présent, Michael abordait un sujet dont il ne se serait pas cru capable de parler auparavant, des choses qu'il n'avait révélées qu'à un psychiatre, il y avait une vie de cela.

– Vous m'avez dit que vous aviez lu la jaquette d'un de mes bouquins au supermarché. Donc, vous devez savoir qu'ils se sont plutôt bien vendus.

Christy ferma les yeux et essaya de citer de mémoire ce qu'elle avait lu sur la jaquette d'*Au-delà de moi* :

– « Lambton sait voir la peur réelle qui se cache dans le cœur des hommes. » C'est à peu près ça, non ?...

– Presque... Christy, j'ai pris mon œuvre au sérieux. En fait, beaucoup trop, comme la suite me l'a prouvé. Les critiques ont déliré à propos de mon analyse de la peur et de la condition humaine... et je n'exagère pas. J'ai passé quatre années à analyser la nature de la peur et à y réfléchir. À cette époque, j'étais maître assistant en littérature et je me suis plus ou moins spécialisé dans ce domaine. Mon analyse et mon expérience se retrouvent tout entières dans mon premier roman. J'y explique que tout homme ou toute femme qui aborde le monde du langage porte en lui ou en elle un roman. *Au-delà de moi* était mon premier roman et il a vraiment bien marché. Mon deuxième et mon troisième livres ont été écrits plus rapidement. Je me suis concentré sur des régions bien précises de la peur et – pardonnez-moi cette prétention – de la frayeur subconsciente. Je me suis toujours intéressé à la réaction humaine à la peur

– le syndrome d'envol ou de lutte. J'en suis arrivé à le considérer comme la motivation première du comportement humain.

– Et la survie ? Est-ce que ce n'est pas une motivation première ?

– Oui. Mais mon argument, c'est que l'instinct de survie en lui-même est un prolongement de la réaction humaine vis-à-vis de la peur. Jusqu'à cette période de ma vie, je maîtrisais parfaitement mon travail et mes données. Bien sûr, cela représentait des heures et des heures de travail. Beaucoup trop... Je buvais aussi pour me donner un peu de « punch » quand j'étais vraiment trop bas physiquement et émotionnellement. Et sans cesse les critiques et les lecteurs m'incitaient à plonger plus avant dans l'inconscient collectif, à chercher d'autres conclusions absolues sur la nature de la peur. Mon obsession, mon perfectionnisme m'interdisaient d'accoucher de quelque chose qui fût en dessous de la moyenne. Alors, j'ai écrit *Borderland*... (Michael ménagea une pause pour boire quelques gorgées de vin car il avait la bouche sèche, soudain.) Je voulais que ce soit mon chef-d'œuvre. Qu'on y trouve tout ce que j'avais vécu mais aussi qu'il aille au fond de la peur qu'éprouvent les gens, jusqu'aux raisons de cette peur. J'y ai travaillé dix-huit heures par jour pour respecter le délai fixé par mon éditeur. Et je buvais de plus en plus. J'ai impliqué mon propre subconscient et j'ai commencé à m'identifier avec les personnages de mon roman, avec leur comportement. Sans comprendre pourquoi, j'en suis venu à perdre mon objectivité, ma maîtrise. Je n'utilisais plus les données que j'avais rassemblées : c'était le contraire. Le livre a été un best-seller. Et réellement mon chef-d'œuvre. L'adaptation qu'on en a faite au cinéma m'a rapporté une fortune. C'est comme ça que j'ai pu m'acheter cette maison. Mais j'étais allé trop loin. J'étais allé chercher beaucoup trop de choses dans mon propre subconscient. Des choses qui auraient dû y rester et ne jamais voir le jour. J'avais libéré les névroses et les peurs accumulées de toute une vie. C'est bien ainsi que vous l'avez dit : ces choses auxquelles je n'avais jamais été confronté, qui étaient enfouies là depuis longtemps, étaient soudain en liberté.

– La boîte de Pandore, fit calmement Christy.

– Exactement. Elles étaient libérées et... et elles se sont emparées de moi. J'ai fait une dépression nerveuse.

De nouveau l'image : *l'homme que l'on emporte sur une civière vers une ambulance et qui pleure comme un bébé*.

– J'avais perdu tout contrôle. C'était ma propre peur qui m'attaquait, me ravageait. Je n'arrivais plus à fonctionner. La réalité et l'imaginaire se sont confondus pendant une période. J'étais hanté par... par une terreur absolue... quelque chose que je ne pouvais rationaliser. Je n'avais pourtant peur de rien de précis, et c'était ça le plus étrange – j'avais peur de tout et de rien –, en fait j'avais peur de la peur elle-même. Elle me submergeait jour et nuit. J'avais le sentiment que quelque chose d'affreux allait se produire d'une seconde à l'autre. J'ignorais ce que cela pouvait être, mais c'était terrifiant et ça ne pouvait s'achever que par la folie, la mort ou pire. À l'hôpital, parfois, j'en suis venu à penser que je préférerais la mort à cette peur. Ils m'ont injecté de telles quantités de drogues que j'existais dans une sorte de monde crépusculaire.

»Je suis resté là-bas six mois. Et quand on m'a laissé sortir, j'ai cru que la peur avait disparu à jamais. Tout semblait avoir été résolu par le traitement que j'avais subi. Et en effet, tout fut normal pour un temps – jusqu'à ce que je me remette à écrire. La seule pensée de me rasseoir devant une machine à écrire me donnait des sueurs froides. Et je sentais cette vieille peur qui refaisait surface, qui menaçait de m'engloutir à nouveau. Impossible de faire appel à ma raison. Chaque fois que je tentais de commencer quelque chose, c'était comme si mon subconscient me disait : "Attention, n'y touche pas : c'est l'enfer." J'étais fini.

»Après quelques mois, mon "succès" devint comme une hantise. Je ne pouvais plus donner la moindre interview, ni faire des conférences ou discuter de projets futurs avec mon éditeur. C'était vraiment trop et... c'est pour ça que j'ai acheté la maison. C'était il y a deux ans et je suis encore poursuivi par ce qui m'est arrivé.

– Alors vous n'écrirez plus jamais? demanda Christy.

– Non, je ne pense pas que j'en sois encore capable. Je redoute que cette vieille peur ne revienne. Pendant deux ans, je me suis senti comme... comme un homme mort. Mes émotions étaient éteintes, mortes. Je ne voulais pas les réveiller parce que la peur risquait de revenir avec elles.

– Qui a dit : « La seule chose dont nous devons avoir peur c'est la peur elle-même » ?

– Le président Roosevelt, non ?

– C'est possible... Michael, vous avez besoin des autres. Cet isolement ne vous vaut rien.

Il sourit.

– Là, vous avez raison. Et je dois vous en remercier.

– Je suis persuadée que vous pourrez de nouveau écrire.

– Non, je ne le crois pas.

– Nous verrons bien. Laissez-moi m'en occuper.

– Christy, vous avez déjà suffisamment à faire. Et vos propres problèmes à résoudre.

– Et alors ? Vous pouvez m'aider de votre côté, non ?

Ils se mirent à rire ensemble et Michael s'étonna d'avoir si facilement ouvert son cœur à cette jeune fille. Et son rire reflétait cet étonnement. Il n'éprouvait aucun embarras, aucune honte... aucune peur. *Aucune peur, Michael ! Aucune peur !* Cette jeune fille – qui avait de si terribles problèmes – avait accompli ce miracle.

– Vous vous rappelez ? demanda-t-il. Nous ne devions pas parler de nos ennuis !

Ce qui les fit rire à nouveau. Dutch et Mac s'approchèrent des fenêtres.

– Vous croyez qu'on les ennuie ? demanda Christy avant de boire une gorgée de vin, les yeux pétillants.

– Probablement, dit Michael. (Mais il se leva et ouvrit la porte. Les deux chiens le frôlèrent et coururent en silence dans la nuit.) Ils ont sans doute reniflé un lapin.

Christy l'observait par-dessus le bord de son verre. Il revint s'asseoir.

– Michael, vous vous êtes rongé. Vous ne vivez, vous n'agissez, vous ne respirez qu'avec pessimisme. Personne ne peut subir cela aussi intensément sans craquer – ou pire. Iris trouverait une citation pour ça. Elle en a pour toutes les circonstances possibles. Qu'est-ce que vous diriez de : « Ce que je redoutais le plus m'est advenu » ? Isaïe, je crois. Non, elle dirait plutôt : « Un homme est ce que sont ses pensées de chaque jour. »

– Marc Aurèle.

– Vraiment ? Je ne savais pas qu'Iris avait tellement lu. En tout cas... c'est vrai.

– Vous avez beaucoup d'estime pour Iris, n'est-ce pas ?

– Oui... Depuis l'accident, elle a été presque une mère pour moi. Mais pour revenir à vous, Michael, vous vous êtes mis dans une sorte d'ornière mentale. Il faut que vous balayiez toutes ces sombres pensées pour les remplacer par des idées optimistes.

– Et comment m'y prendre ?

– Je vous y aiderai. L'optimisme est mon point fort depuis pas mal de temps.

– Christy, en vous écoutant, j'ai honte. J'ai deux fois votre âge et je devrais être plus raisonnable. En un certain sens, c'est moi qui me suis créé mes propres problèmes. Mais vous, vous avez des ennuis que vous ne pouviez pas éviter... et vous réussissez à faire avec.

– Vous vous en tirerez, Michael. Je le sais.

– Pour la première fois – oui, vraiment pour la première fois –, je pense que vous avez peut-être raison.

La sérénité de l'instant fut soudain brisée par les aboiements de Dutch et de Mac, quelque part au fond de la nuit. Michael se releva en grommelant et retourna sur le seuil.

– Dutch ! Mac ! Ici, aux pieds !

Les chiens ne se calmèrent pas pour autant. Michael hésita, mal à l'aise. Il y avait une note sauvage dans leurs aboiements, comme s'ils avaient bel et bien levé un lapin ou un renard.

– Dutch ! Mac !

Les deux chiens émergèrent tout à coup dans le rectangle de lumière orange de la lanterne du seuil. Ils dressaient la tête, le poitrail férocement gonflé, grondant sans cesse et se retournant vers le mystérieux ennemi caché dans l'ombre.

– Allez, on rentre ! Tous les deux !

Ils se glissèrent dans la pièce avec réticence. Michael essaya de distinguer quelque chose dans la nuit. En vain. Lorsqu'il revint dans la douceur tiède du living, il vit que Dutch et Mac s'étaient couchés aux pieds de Christy, devant l'âtre. Christy, elle, s'était laissé aller en arrière, jouant avec son verre vide, les yeux brillant dans la clarté des flammes, ses cheveux noirs comme l'ébène répandus sur ses épaules. Michael ne se souvenait pas d'avoir jamais été aussi heureux.

Il referma la porte.

## 17

Billy Rifkin se hissa par-dessus la clôture tout en se frottant le bras. Il plongea dans les ronces et se fraya tant bien que mal un passage jusqu'au chemin. Une rage noire emplissait son esprit. Comment aurait-il pu savoir que les chiens pouvaient encore rôder autour de la maison à cette heure de la nuit ? Il s'était fait piéger par la lumière qui venait de la fenêtre. Même s'il imaginait très bien ce qui pouvait se passer, il n'avait pu résister à l'envie d'aller voir de plus près... de vraiment les *regarder*. Mais à peine avait-il franchi la clôture que le premier lui était tombé dessus. Il avait surgi de l'ombre et ses dents s'étaient refermées sur son bras, déchirant le tissu de sa veste. Il avait déjà été mordu par des chiens, mais ce salopard-là savait s'y prendre. À l'instant où Billy avait tenté de lui cogner sur la tête avec sa main libre, l'autre l'avait attaqué par-derrière et lui avait arraché une poche. Heureusement, ce cinglé d'écrivain était apparu et avait rappelé ses chiens. Il ne l'avait certainement pas vu dans l'obscurité.

Il allait lui payer ça !

Et Christy regarderait. Avant qu'il s'occupe d'elle.

Il courait dans la nuit, ayant abandonné toute idée d'attendre. Car son nouveau plan était meilleur. Bien meilleur.

## 18

Depuis plus d'une heure, Frank tempêtait après Christy. Une fois encore, elle était en retard ! Elle savait pourtant qu'il l'attendait tous les soirs à peu près à la même heure. Elle le savait pertinemment ! Mais non, elle était encore en retard et il était furieux. Et puis, tout d'un coup, il se souvint qu'en fait elle était déjà revenue. Ils s'étaient disputés et Christy était repartie.

Quelle ingrate !

Il alla déboucher une bouteille de mauvais vin qu'il avait retrouvée dans le garage et les larmes lui vinrent soudain aux yeux. Il lui restait encore un peu de lucidité.

– Non, elle est pas ingrate, balbutia-t-il. Comment pourrait-elle ? Elle ne sait même pas ce qui se passe. Elle ne sait pas ce qui l'attend – parce que je ne lui ai pas dit.

Il fit un effort violent pour maîtriser ses larmes et resta un instant immobile, vacillant. Le moment était revenu.

Il regagna la cuisine en titubant et fouilla dans les tiroirs jusqu'à ce qu'il ait trouvé une boîte à biscuits en métal. Il en versa le contenu sur le banc et se mit en quête de ce qui lui était nécessaire.

– La terre, proféra-t-il en mettant la moitié d'un pain dans la boîte. La mer.

Il ajouta une boîte de pilchards qui attendait depuis des mois dans un placard.

– Le feu.

Cette fois, ce fut un morceau de charbon qu'il prit dans le seau de la cuisine.

Il referma la boîte et retourna dans le garage pour observer la nuit par la fenêtre. C'était là. Ça attendait.

Serrant la boîte contre sa poitrine comme un fardeau, il sortit en titubant dans le noir. La porte du garage battit en grinçant sur ses gonds. Le vent soufflait sur le chemin. Tout en avançant, Frank le perçut comme une présence, comme la caresse d'une maléfique maîtresse dans ses cheveux. Il faisait flotter sa veste, plaquait son pantalon contre ses jambes, relevait le col de sa chemise. Enfin, se glissant sous ses manches, il atteignit la boîte de métal mais ne trouva aucune prise. Frank ne voulait pas lâcher cette boîte. Elle était bien trop importante.

– Ça va, ça va. J'arrive.

Les arbres s'agitaient comme de grands épouvantails et les clôtures semblaient se pencher sur son passage. Une lune tachetée lui offrait un visage grimaçant derrière les draperies des nuages rapides. L'herbe s'accrochait à ses chevilles comme si elle voulait le faire tomber. Il lui donna quelques coups de pied sauvages. Et le vent, irrité, siffla en réponse dans les feuillages.

Une demi-heure plus tard, il était arrivé.

Il était toujours là. Il attendait. Il l'avait toujours attendu. Inéluctablement.

Le gibet.

Frank s'arrêta, oscillant au rythme du vent, la tête levée vers le bois usé par les intempéries. Le gibet craquait dans les bourrasques de vent et, pour Frank, c'était comme un rire sombre, moqueur.

*Une fois encore... Tu es revenu... Viens à moi... Donne-moi...*

Il fit quelques pas en avant, serrant toujours la boîte de métal contre lui. Au-dessus de lui, le gibet semblait vouloir transpercer la lune grimaçante. Pour Frank, c'en était trop. Des images défilèrent en lui : toutes ces années de chagrin, cette existence gâchée. Des images de Christy, les yeux emplis de larmes. Et, bien sûr, le Secret.

*Ce maudit Secret! Cette chose qui a ruiné ma vie! Et celle de Christy!*

Dans le ciel de nuit, les nuages bouillonnaient furieusement.

*Viens à moi! Donne-moi!...*

Un torrent de mots jaillit de la bouche de Frank.

– Espèce de maudit salaud! Tu m'as tout pris! Tout ce que j'avais de bon! D'abord ma femme, et maintenant ma fille!

Il sortit la boîte d'un geste frénétique, se redressa, leva le bras et la jeta sur le gibet. Elle rebondit au pied de la poutre, le couvercle sauta et le contenu se répandit sur le sol.

– Tiens, prends ça et sois damné!

Quelque chose de sombre gronda quelque part entre les nuages. Peut-être un orage en formation. La lune quitta les voiles des nuages et sa clarté de marbre blanc baigna Frank.

– Tout! hurla-t-il une fois encore avant de faire demi-tour et de s'enfuir dans la nuit, loin du gibet et de la croisée des chemins. Tout, tu m'as pris tout ce que j'avais!

## 19

À la ferme de Split Crow, les propos de peur et d'insécurité, peu à peu, doucement, avaient été remplacés par l'échange d'idées sur les moyens de repousser la peur et l'insécurité. Chacun révélait à présent ses expériences, ses secrets sous forme de réflexions, et les rires chassaient les ombres. La douceur de cette nuit balayait les jours amers du passé et les menaces du lendemain.

À la fin, lorsqu'ils se touchèrent, ce fut l'expérience la plus étonnante qu'ils eussent vécue. Ils furent surpris par l'intensité des émotions et des sensations qui affluaient en eux et qu'ils avaient crues oubliées ou mortes. Leurs deux solitudes se combinèrent en une force neuve et vibrante qui repoussa la solitude.

Soudain, Michael n'était plus l'homme isolé, perdu et diminué qu'il avait cru être.

Et Christy s'était révélée plus femme qu'ils ne l'avaient cru l'un et l'autre.

Ils avaient atteint un carrefour, semblables à deux chemins isolés qui se rejoignent.

À la croisée des chemins de Split Crow, le gibet montait la garde. Il oscillait et craquait au vent de la nuit.

Un autre carrefour attendait Christy et Michael.

## 20

Billy approchait du champ de l'ouest, à la limite des terres de son père, et une rage brûlante faisait briller ses yeux. Il sauta par-dessus le portail, se cogna la jambe dans le noir et s'écroula lourdement sur le bras qui avait été mordu par le chien de Lambton. L'herbe amortit sa chute et la douleur ne fut pas trop intense, mais Billy se sentit outragé et quelque chose éclata dans son cœur tandis qu'il se redressait. Il cracha sa fureur à la face de la nuit tout en donnant un coup de pied sauvage dans la barrière.

*Salaud! Je te tuerai! Et elle aussi! Tous les deux je vous tuerai! Espèce de pourriture de Lambton, je vais te faire payer pour ce que tu as fait...*

Chaque mot prenait un nouveau sens, chargé d'une puissance pareille au feu que jamais encore il n'avait éprouvée. La rage qui le dévorait depuis que Christy était entrée dans la ferme de Split Crow s'était muée en une espèce de joie! Il se sentait *bien* tout à coup. Il s'interrogea tout en traversant le champ, sans se soucier des sillons fraîchement creusés qui le faisaient trébucher. Oui, sa colère était comme un brasier qui amenait en lui une nouvelle pureté. C'était bon.

Et ça l'excitait.

Il atteignit la première grange et contourna l'angle pour déboucher dans la cour de la ferme Rifkin, comme toujours encombrée de détritus. Son père était sans doute en train de regarder la télévision et ne risquait pas de le déranger. À présent, cette nouvelle émotion qu'il ressentait lui disait comment il pouvait obtenir ce qu'il désirait tout en se vengeant. C'était là une vengeance à très court terme mais, pour le moment, elle devrait lui convenir. Il entra dans la porcherie, la bouche sèche, et sauta par-dessus la clôture. Son père était trop loin pour entendre, il le savait. Comme la fois où il avait découpé le mouton à la hache.

La truie farfouillait du groin dans son auge.

*Christy, sale putain! Tu aurais pu m'avoir moi, mais il a fallu que tu baises avec ce cinglé! Hein? Mais maintenant que tu t'es envoyée en l'air, c'est à moi de prendre mon pied. Et tu verras que tu regretteras d'être née. Tu verras...*

Il se passa la langue sur les lèvres.

La truie leva la tête et le regarda, intriguée, tandis qu'il déboutonnait sa braguette.

– Regarde, Christy ! Viens voir ce que j'ai pour toi ! Viens, Christy... Viens, espèce de garce...

Il s'approcha de la truie.

## 21

*Jamais il n'avait été aussi excité depuis qu'il avait été condamné au séjour dans les limbes. Ses rêves fiévreux étaient emplis d'images merveilleuses de vengeance. Il était encore dans le coma et dérivait, dans les tréfonds d'un sommeil insondable, mais il avait conscience de l'interconnexion et de l'opposition des forces dans le monde extérieur : jamais les conditions de la libération n'avaient été aussi favorables. Dans les mouvements de marée de son sommeil empoisonné, des images de plaisir montaient vers la surface. Il se réjouissait devant les visages terrifiés des hommes et des femmes qu'il avait connus dans son existence passée. Il dessinait de nouveaux visages dans les masques crevés et souillés de sang qu'ils deviendraient quand il serait libre à nouveau. Il savourait les sons de la souffrance et de la mort, de tortures au-delà de l'imagination – et de la vengeance. Déjà, il y avait le goût du sang, son parfum. Un vin hideux qui emplissait ce qui dormait encore et qui l'excitait.*

*Et à présent, voilà que par-delà le mal et le sommeil qui se brisait, il rencontrait un désir nouveau, qu'il faudrait assouvir avec sa libération. Un désir plus excitant que tous les autres. Un désir qui concernait non seulement ceux qui l'avaient emprisonné là, mais l'humanité tout entière. Le désir de créer. Car il avait le pouvoir de créer.*

*De créer une peur nouvelle, une force qui épouvanterait ceux qu'il détestait et abominait pardessus tout.*

*Il répandrait un nouvel Enfer sur la face de la Terre.*

*Il attendait.*

*Il espérait.*

# DEUXIÈME PARTIE

## L'ÉVEIL

### 22

Le bulldozer ronfla et se réveilla, poussant devant lui un amas de terre et de cailloux. Le fossé qu'il creusait faisait bien deux mètres de large. Tommy Harrison, le contremaître de la société de construction Harrison, contourna une souche rebelle et escalada le talus pour contempler le carrefour.

On avait isolé Split Crow Lane et mis en place des feux au centre des routes qui allaient vers Shillingham, droit devant, et vers la vallée, sur la gauche. Ce qui était en fait une perte de temps étant donné la faible circulation. Durant toute la matinée, Tommy n'avait vu passer qu'un vieux chnoque dans une camionnette déglinguée. Au début de la semaine, il avait fait un speech à ses sept ouvriers, à propos de ce boulot de dépose, et devant les fonctionnaires de l'Environnement, qui avaient bavardé et brassé de l'air autour du gibet pendant toute une journée, ils avaient bien joué le jeu. Personne ne savait jusqu'à quelle profondeur le gibet avait été planté, même pas les experts de l'Environnement. Tommy avait fait une estimation personnelle qui donnait deux mètres cinquante, peut-être trois. Mais les gars de son équipe avaient creusé une petite tranchée à la base et avaient laissé ces foutus archéologues décider de ce qu'il convenait de faire ensuite. Tommy s'inquiétait surtout de la présence d'un vieux saule aux branches tourmentées, cinq mètres plus haut sur la pente de la colline, et dont les racines avaient bien pu s'enrouler autour de la base du gibet. Il avait ordonné au conducteur du bulldozer (sous contrôle strict, bien entendu) de dégager l'arbre avec le monticule de terre. La pelle de l'engin retomba lourdement une nouvelle fois à la base de l'arbre. Les chenilles tournèrent, mordirent dans le sol et l'arbre commença à basculer dans un craquement. Les racines jaillirent de terre, comme des rubans, des serpents furieux... Mais elles n'allaient qu'à trois mètres du gibet.

Tommy se dit qu'on commençait vraiment à le faire chier. Toute la matinée, il était parvenu à se dominer, mais la bataille était dure et, à chaque nouvelle chamaillerie avec les types de l'Environnement, il sentait qu'il allait craquer. D'abord, ce putain de boulot sentait la combine dès le départ. Tommy avait déjà entendu parler de ce genre de « job » et il savait parfaitement que les gens de l'Environnement n'auraient jamais toléré la présence d'un entrepreneur de travaux publics sur un « site historique » comme le gibet de Shillingham. Non, en général, ils avaient leurs propres esclaves pour ce type de corvée. Comme tous les habitants du village, il connaissait le plan d'aménagement routier – et l'appréciait, d'ailleurs – mais il n'ignorait pas que si on lui avait confié ce contrat (sous stricte supervision), c'était parce qu'il était du coin. Un truc pour calmer tout le monde et satisfaire les ploucs. Et d'un : il avait horreur qu'on le manipule. Deuxièmement, c'était mal payé. S'il n'avait pas eu besoin de ce fric très rapidement, il aurait dit à tous ces connards d'enculés dans leurs petits costumes de tweed d'aller se faire mettre ailleurs.

De l'endroit où il se tenait, Tommy vit leur patron, Elphick, qui se dirigeait d'un pas vif vers la Datsun garée sur le talus. Il passa la tête à l'intérieur pour converser avec la bonne femme au volant – Mme Garvanter de merde, de la Société d'Histoire et de la Compagnie des Blondes Décolorées. Elle était restée dans sa bagnole depuis le début, se contentant d'approuver d'un air solennel à chaque nouvelle phase. Tommy ne souhaitait qu'une chose : qu'elle continue comme ça. Les choses étaient déjà suffisamment difficiles sans qu'il ait à supporter ce tas de lard.

Elphick retourna vers le gibet et Tommy observa avec intérêt le débat animé qui s'ensuivit. Finalement, toutes les têtes se redressèrent et se tournèrent vers lui. Il glissa les mains dans ses poches et feignit d'examiner avec nonchalance le bulldozer qui venait de s'arrêter dans un dernier ronronnement, la pelle refermée sur l'arbre arraché. Puis, lentement, l'air désinvolte, il redescendit vers le groupe des autres.

– Ah, Tommy, vous voilà ! s'exclama Elphick.

*Oui, me voilà, espèce de petit con arrogant !*

– Nous discutions et nous nous disions que vos gars devraient continuer à creuser. L'arbre ne pose aucun problème, c'est évident.

– Et ces machins, c'est planté jusqu'à quelle profondeur ? demanda Tommy en passant à côté d'Elphick pour jeter un coup d'œil dans la tranchée de trois mètres cinquante qui entourait le gibet.

– Jamais aussi profond, en tout cas !

Rires. Des rires forcés, condescendants.

– Et vous-même, Tommy, qu'en dites-vous ?

Il leva les yeux sur le petit homme avec sa petite moustache fine et son sourire hypocrite et le toisa avec toute la sérénité dont il était capable.

– Moi ? Ce que j'en pense ? Eh bien, monsieur Elphick, moi-même, en tant que directeur de travaux – je veux dire, par opposition à mon autre moi, *l'archéo-pseudo-logue* –, je dirais... ma foi, que c'est à vous de le savoir, non ? N'oubliez pas que l'on m'a engagé pour faire le boulot, un point, c'est tout. C'est-à-dire que je dois me contenter d'exécuter les conneries que les autres décident. Vous comprenez ?...

Le mince sourire s'effaça du visage moustachu.

– Creusez, Tommy, si vous le voulez bien. Et puis-je ajouter que...

– Vas-y, Andy ! cria Tommy à l'adresse d'un des deux ouvriers qui attendaient non loin de là, appuyés sur leurs bêches. Toi et Éric, vous creusez jusqu'en Australie s'il le faut !

Andy et Éric, qui avaient une aussi haute opinion des gens de l'Environnement que leur chef, passèrent sous la corde et se laissèrent tomber dans la tranchée.

Tommy, lui, s'appuya contre la corde et les regarda pour cacher son expression de dégoût. Elphick avait l'air satisfait et se retourna en direction de l'inamovible Mme Garvanter, qui attendait dans sa Datsun. Le gibet se dressait au-dessus d'eux, roide, implacable.

– Ce bois a été renforcé d'une manière très intéressante, déclara Elphick à ses collègues afin de rompre le silence. Il est évident qu'on l'a construit pour durer...

– *Laissez-le !*

Toutes les têtes se tournèrent instantanément à ce cri strident. Une silhouette vacillante venait de se hisser sur le talus de Split Crow Lane et tous la reconnurent. Une bouteille de whisky vide roula sur le sol.

– Oh, bon Dieu de merde ! éructa Tommy.

– Warwick ! lâcha Elphick dans un soupir.

Mais l'exaspération se mua très vite en peur lorsque Frank Warwick épaula un fusil.

– Fiche le camp de là, Elphick ! Laisse-le où il est !

Frank essayait tant bien que mal de viser, luttant pour conserver son équilibre sur la terre glissante.

– Monsieur Warwick, ne faites rien d'irréparable !

Elphick se porta au-devant de Frank, le visage soudain luisant de sueur, les mains levées en un geste implorant. Pendant ce temps, Tommy s'était glissé sous la corde, prêt à sauter dans la tranchée.

– Je vous en prie, il est inutile d'user de violence. Posez cette arme...

BANG !

Elphick, en voyant la fumée jaillir du canon du fusil, poussa un cri. Jetant les bras en avant comme pour dévier le tir, il entendit dans la même fraction de seconde le pare-brise du bulldozer qui se désintégrait bruyamment avant même que la détonation du coup de feu ne parvienne à ses oreilles. La terreur et le soulagement lui ôtèrent ses dernières forces et il tomba, les jambes brusquement fauchées. Les autres couraient de toutes parts. Elphick eut vaguement conscience que Mme Garvanter se débattait pour faire démarrer sa voiture. Quant à Warwick, il venait dans leur direction.

– Je vous l'ai dit ! N'y touchez pas !

*Dieu, je t'en supplie,* pria Elphick, *fais qu'il s'en aille... Il est fou... Dis-lui de partir...*

BANG !

*DIS-LUI DE S'EN ALLER !*

Le deuxième projectile ricocha en miaulant sur la pelle du bulldozer.

Elphick, le dos courbé, battit en retraite sur le côté. Là-bas, sur sa droite, Mme Garvanter essayait toujours de lancer son moteur. La Datsun toussa, ronfla et fit un bond en avant. Mme Garvanter venait de lâcher la pédale d'accélération. Si seulement il pouvait rattraper la voiture avant que Warwick ait eu le temps de recharger son fusil...

Il tira une troisième fois.

*Seigneur, je t'en prie, ne le laisse pas me tuer !*

À quatre pattes, Elphick essayait de s'enfuir. La Datsun vrombit à nouveau. Mais la quatrième balle de Warwick atteignit le radiateur. Le bouchon sauta dans les airs et l'eau se répandit en bouillonnant sur la grille. Avec un dernier toussotement, le moteur mourut. Elphick se retourna et vit Warwick qui courait dans sa direction, le fusil cassé sur son avant-bras, fouillant dans sa poche pour prendre d'autres balles. Il voulut ouvrir la bouche pour hurler au secours, mais aucun son ne sortit. Car il se passait soudain quelque chose d'impensable. Son regard était rivé sur les racines du saule qui avait été arraché par le bulldozer, derrière le gibet. Warwick était au même niveau que l'arbre. Elphick se dit que le choc de cette brusque attaque lui avait dérangé l'esprit car – et cela, Warwick ne pouvait le voir – les racines de l'arbre étaient *vivantes*.

Elles bougeaient. Elles se tordaient et s'agitaient comme autant de serpents. L'une d'elles rampait sur le sol, droit sur eux, comme un boa constrictor.

– Je vous l'avais dit ! cria Warwick en rechargeant son fusil. Vous ne pourrez pas dire que vous n'étiez pas prévenus !

– Les... racines ! gémit Elphick, très faiblement, en levant la main en un geste vain, à la seconde où la racine se détendait pour frapper Warwick comme un fouet.

Elphick poussa un cri et se jeta de côté. La racine, avec une violence surnaturelle, se lova autour de la cheville de Warwick. Il émit un son rauque et tomba de tout son long. Le fusil lui échappa des mains. Au même instant, du moins à ce qu'il parut à Elphick, l'un des terrassiers surgit de nulle part et se jeta sur Warwick. Son camarade le rejoignit presque instantanément. D'un coup de pied, ils repoussèrent le fusil avant de cogner délibérément dans les côtes de Warwick.

Elphick se redressa, les jambes molles. Les autres, un à un, sortaient de leur cachette. Derrière son volant, Mme Garvanter s'était effondrée en sanglots, le mascara traçant des ruisseaux noirâtres sur ses joues rouges. Elphick s'approcha, ouvrit la portière et fit de son mieux pour l'apaiser.

Tommy, à présent, était près de Warwick, toujours rivé au sol, jurant d'une voix rauque. Il se mit à vociférer plus fort que lui :

– Vous auriez pu tuer quelqu'un, espèce de sale con ! Pauvre dingue !

Elphick se retourna pour regarder l'arbre.

Les racines ne bougeaient plus. Ce qui était absolument normal, bien sûr. Et il n'y en avait aucune à proximité de Warwick. *Oui, c'est le choc,* se dit-il. *C'était une hallucination !*

Il reporta son attention sur Mme Garvanter.

Tous ses collègues revenaient à présent, le visage crayeux. Tommy ordonna à l'un de ses hommes d'aller à la cabane téléphoner au sergent Grover. Les cris de Frank n'étaient plus que des borborygmes d'ivrogne mais Tommy se remit à jurer de plus belle.

– Affreux ! Affreux ! Horrible ! gémissait la grosse Mme Garvanter.

Elphick tapota ses épaules dodues en balbutiant :

– Ça va, ça va, maintenant... Tout va s'arranger. Le sergent Grover sera bientôt là. Il va prendre l'affaire en main...

– Il... il a voulu... me... me *tuer* ! glapit Mme Garvanter en enfouissant son visage barbouillé dans son mouchoir.

Elphick se redressa et s'éclaircit la gorge, essayant de réfléchir à la conduite à tenir dans ces circonstances. L'un des employés de Harrison passa près de lui en courant. Il venait du gibet et se dirigeait droit sur son chef. Il avait l'air excité et quelque chose, dans la façon dont il gesticulait en parlant à Harrison, éveilla l'attention d'Elphick. Il ne pouvait pas les entendre mais il voyait bien que le jeune terrassier désignait le gibet de façon insistante.

Tommy inspira à fond et hurla soudain :

– *Arrêteeeez !*

*Le gibet,* se dit Elphick, effrayé. *Il est arrivé quelque chose au gibet !*

Les deux employés de Tommy étaient occupés à remettre Warwick sur pied. Tout le monde semblait maintenant courir vers le gibet. Elphick ne pouvait qu'observer la scène. Il ne se sentait nullement prêt à affronter de nouveaux chocs et Mme Garvanter geignait toujours. Tommy venait droit sur lui, la démarche raide. Il s'arrêta, lui agrippa douloureusement le bras et lui jeta en plein visage :

– Elphick... Vous et votre putain de gibet ! D'abord on a cet enfant de salaud sur le dos. Et maintenant, *ça* !

– Quoi ? Quoi ? bredouilla Elphick tandis que Tommy le traînait vers la tranchée.

Ils s'arrêtèrent devant la corde qui isolait le site et Tommy le força à regarder en bas.

La tranchée, au pied du gibet, s'était effondrée. À sa place, il y avait maintenant un trou béant. Tommy tendit le doigt vers la fissure.

– Ça s'est effondré, fit-il d'un ton sifflant. *Et un de mes gars est resté là au fond !*

## 23

Andy Hudson se débattait dans la terre, à demi étouffé. Il roula sur lui-même dans un spasme, la bouche, les narines et les yeux emplis de glaise. Il toussa, cracha, essayant désespérément de se rappeler où il se trouvait et d'imaginer ce qui était arrivé, nom de Dieu !

Tout en se frottant les yeux, il se souvint de la colère de Tommy à l'encontre des types de l'Environnement. Il avait pesté toute la journée avant de leur donner l'ordre – à lui et à Éric – de se remettre à creuser la tranchée. Et voilà que ce fou de Warwick avait surgi de nulle part comme une espèce de shérif à la Wyatt Earp. Et il s'était mis à les canarder. Ils avaient pointé le nez au-dehors pour voir ce qui se passait exactement, mais quand Warwick avait fait voler en éclats le pare-brise du bull, Andy s'était dit que le meilleur refuge était encore la tranchée. Il avait sauté. Et alors, le monde entier s'était effondré.

*C'était ça ! Un effondrement !*

Il se démena pour se retourner sur le dos et regarda vers le haut avec inquiétude. Il y avait encore de la poussière en suspension et la terre qu'il avait dans les yeux n'améliorait guère sa vision, mais il croyait distinguer la clarté du jour à moins de dix mètres au-dessus de lui. Il palpa ses bras et ses jambes. Apparemment, il s'était blessé à la hanche en tombant, mais il n'avait aucune fracture, Dieu merci. Mais il souffrait d'un épouvantable mal de tête. (*Le choc ?* se demanda-t-il.) Néanmoins, il était encore entier. Il voulut crier mais ne réussit qu'à émettre une sorte d'aboiement. Il se redressa et regarda autour de lui, ses yeux s'accoutumant peu à peu à l'ombre.

Il se trouvait dans une espèce de grotte aux parois de pierre. L'endroit devait bien faire quinze mètres de circonférence. Le sol était jonché de gravats et de blocs de pierre qui étaient tombés dans l'effondrement. Il se demanda comment il avait pu s'en sortir sans une fracture du crâne avec tout ce qui avait dû pleuvoir sur sa tête. Et il remercia son étoile.

C'est seulement alors qu'il vit le fût sombre qui montait tout droit vers le cercle de lumière et il s'avança pour l'examiner de plus près.

Mais oui, c'était le poteau du gibet.

*Seigneur ! Mais il doit faire plus de vingt mètres !*

Il s'aperçut que la grotte allait en s'évasant vers le haut, jusqu'à la surface du sol. La base du gibet était plantée dans le sol, mais le poteau se dressait bien droit jusque dans la clarté du ciel. Des bracelets de métal, placés tous les trois mètres, serraient le poteau du gibet. Ils étaient comme des moyeux de roue et les rayons de métal, ancrés dans les parois et apparemment destinés à maintenir le gibet, étaient mangés par la rouille. Perplexe, Andy s'approcha de la base du gibet.

Il vit alors que, contrairement à ce qu'il avait supposé, le poteau n'était pas planté dans un amas de terre et de parpaings mais dans une sorte de pierre, un coffre en forme de cercueil grossièrement taillé dans la roche. Il se pencha sur le coffre, leva un bref instant les yeux vers le lointain soleil, puis regarda. L'intérieur était empli d'une substance blanche pareille à de la craie. Au centre, là où était planté le poteau, il y avait une chose ratatinée et noire qui ressemblait à...

Le regard d'Andy parcourut cette chose sur toute sa longueur pour se river sur le haut du coffre de pierre.

Il recula, frappé d'horreur, les cheveux dressés. Puis, lentement, il s'avança et regarda, bouche bée.

Le coffre de pierre *était* un cercueil !

Et cette masse noirâtre, à demi enfouie dans la poudre blanche, c'était un cadavre desséché. Un crâne lui souriait, la peau tendue comme du parchemin sur les pommettes, les yeux creux, la bouche emplie de poudre. Une main noire était pointée vers lui, comme en un geste d'invite. Le poteau du gibet, qui faisait plus de cinquante centimètres de diamètre, avait été enfoncé dans la poitrine du mort.

Andy releva la tête. Il comprenait à présent que les rayons de métal qui maintenaient le poteau solidement ancré au milieu du puits avaient été mis en place pour éviter que le cadavre ne soit broyé. Mais pourquoi diable s'était-on donné autant de peine ? C'était extrêmement bizarre. Andy se pencha un peu plus.

– T'es salement moche, hein ! dit-il.

Le cadavre, à l'évidence, était ancien, très ancien. Il se souvenait qu'un des types de l'Environnement avait dit que le gibet se dressait là depuis les années 1600. Donc, cette momie devait être là depuis aussi longtemps. *Bel exemple de la technologie du XVII*[e], songea-t-il. C'est alors qu'il sentit une ombre au-dessus de lui.

– Hé, Andy, ça va ?

C'était la voix de Tommy.

– Oui, ça va. Mais je sais pas comment. C'est vachement profond ici.

– T'es sûr que tout va bien, vieux ? dit Tommy, depuis le trou de ciel illuminé. Tu sais que t'as dû tomber d'une dizaine de mètres.

– Non, non, y a rien de cassé. Mais le mec qui est avec moi n'a pas l'air très en forme, lui.

– Quoi ?

– Y a un cercueil, ici, avec un cadavre dedans. Et ce putain de gibet est planté au milieu.

– D'accord, fit Tommy d'un ton indulgent. On te récupère dans deux minutes, Andy. Et aussi ce foutu gibet de merde !

Sa tête disparut.

## 24

À l'instant où il vit Tommy conférer rapidement avec les hommes de son équipe et leur donner de nouvelles instructions, Elphick s'avança en retrouvant son air autoritaire. Trois des hommes déchargeaient un rouleau de filin et un treuil de la camionnette.

– Qu'est-ce que vous voulez dire par : « Et le gibet » ? demanda Elphick.

– Que j'en ai jusque-là de vous. Vous me prenez pour un connard. Vous n'avez pas arrêté de nous faire chier toute la journée, moi et mes gars. Et cet autre dingue qui a essayé de nous faire sauter la cervelle. (Tommy pointa un doigt en direction de Warwick.) Et voilà maintenant qu'Andy est tombé au fond de ce putain de puits. Je vais le tirer de là.

Et ensuite on va virer le gibet. Que ça vous plaise ou non. On va arracher cette merde d'un seul coup !

– Non, Harrison, vous ne pouvez pas faire ça ! C'est une pièce historique d'une valeur inestimable et...

– Allez vous faire voir, vous et votre gibet ! (Tommy agrippa brusquement Elphick par le col de sa chemise et lui lança en pleine figure :) Ça suffit. Si vous essayez de m'arrêter, je vous fous là-dedans et je vous enterre vivant !

Elphick bredouilla vaguement tandis que ses collègues s'écartaient pour laisser passer les hommes de Tommy avec leur matériel. Ils évoquaient plus des alpinistes que des terrassiers. Tommy repoussa Elphick sans ménagement et, s'approchant du puits, il cria :

– Andy, écarte-toi du centre. On descend !

Curieusement, la crise de fureur d'Elphick n'avait pas le moindre effet sur ses collègues. Ils observaient passivement les préparatifs de récupération, la mise en place du treuil et du filin. Deux des hommes de l'équipe s'arrimèrent et commencèrent leur descente. Mais lorsque Tommy, avec l'aide d'un de ses hommes, se mit en devoir de dresser un harnais de métal autour du poteau central du gibet, Elphick éclata à nouveau.

– Non, vous ne pouvez pas faire ça ! Il va se briser si on le bascule... Le sergent Grover va arriver d'un instant à l'autre pour s'occuper de Warwick ! Et je veillerai à ce que la loi soit respectée et que...

– Elphick, si vous continuez comme ça, je vais vous faire voir, *moi,* comment je me fais respecter ! (Tommy fit deux pas en avant, l'air menaçant, pointant à nouveau l'index, et Elphick se tut instantanément.) Ce treuil peut soulever le gibet sur dix mètres, ce qui est largement suffisant pour le déposer au niveau du sol sans dégâts. Donc, si vous tenez vraiment à garder toutes vos dents, vous allez fermer votre gueule jusqu'à ce que nous ayons remonté Andy et aussi cette saloperie de gibet !

Une voix étouffée s'éleva du puits.

– Tommy ! On l'a récupéré. Ça va. Mais il dit qu'il veut rester là en bas pour s'assurer que le truc remonte bien droit.

– Mais c'est tout à fait impossible, souffla calmement l'un des représentants de l'Environnement, au risque de déchaîner la colère de Tommy. S'il y a un autre effondrement, il risque d'être enterré vivant !

– Il n'y aura pas d'autre effondrement, répliqua Tommy, d'un ton tout aussi calme. Cette excavation a été faite par la main de l'homme et dûment renforcée. Et le poteau est complètement protégé.

Il s'approcha du trou, mit les mains en portevoix et appela :

– O.K., Andy ! Recule-toi ! Les gars vont commencer à arracher les barres de métal des parois. On y va !

Elphick se retourna, guettant anxieusement l'arrivée de la voiture de police, mais il ne vit rien.

Le bruit des marteaux monta du puits. Les hommes de Tommy s'attaquaient aux barres de métal rouillé.

– Vous êtes en train de détruire un trésor archéologique, marmonna Elphick. Espèce de... d'ignare !

Le bruit parut tirer soudain Frank Warwick de sa stupeur. Il regarda autour de lui, l'air hagard, s'aperçut que deux costauds de l'équipe le maintenaient solidement et comprit ce qui se passait.

– Non, vous ne pouvez pas faire ça ! Vous ne savez pas...

– Faites-le taire ! gronda Tommy. Foutez-lui un bâillon et ligotez-le s'il le faut, mais je ne veux plus l'entendre !

Frank reçut un coup de coude dans les côtes qui lui coupa net la respiration. Il se plia en deux, luttant pour reprendre son souffle. Le bruit des marteaux s'était interrompu et les deux hommes ressortirent du puits avec leurs harnais.

– Bon sang, Tommy ! s'exclama l'un d'eux tout en s'époussetant. Il y a un cercueil là en bas, avec un squelette.

– Oui, je sais.

– *Un cadavre !*

Elphick s'était avancé en balbutiant. D'un seul regard, Tommy le fit taire. Il s'arrêta, tremblant de rage, et trouva la force d'ajouter :

– Une autre découverte sans prix que vous allez détruire pour toujours !

– On y va ! lança Tommy.

Le treuil se mit à tourner dans le claquement des poulies. Les rouages mordirent dans les chaînes qui se tendirent sur les étriers que l'on avait matelassés afin qu'ils n'endommagent pas le bois ancien.

Et, dans un grincement, le gibet s'éleva lentement vers la lumière.

## 25

Ses camarades s'étaient attaqués aux antiques barres de métal du gibet, et Andy s'écarta du sarcophage de pierre. Des fragments rouillés s'abattirent dans le fond du puits, emplissant l'air de nuages de poussière brune.

Son regard s'était accoutumé à la pénombre ambiante et il distinguait plus nettement les lieux. Il vit que le sol était jonché de cailloux couverts de mousse. Les parois étaient tapissées de limon et de filets d'eau saumâtre. Sa première estimation avait été à peu près exacte : la grotte devait mesurer une quinzaine de mètres de circonférence. Mais les parois avaient été visiblement taillées dans la roche et cette grotte n'avait rien de naturel. Elle avait été creusée par la main de l'homme, il y avait bien des années. La voûte était à un peu plus de deux mètres cinquante au-dessus de sa tête. De petites stalactites s'y étaient formées. Une eau verdâtre perlait à leurs extrémités et leur donnait l'apparence de vieux crocs pourris. À vrai dire, l'endroit n'avait rien de très spectaculaire si on le comparait à d'autres grottes réputées. C'était seulement sinistre, humide, glauque. Pas le lieu rêvé pour un pique-nique. Ce qui lui échappait, en tout cas, c'était la raison pour laquelle ces gens d'autrefois s'étaient donné autant de mal. Rien que pour un vieux sarcophage de pierre. Pour planter un poteau de gibet dessus. Un putain de gibet... *Peut-être qu'ils avaient du temps à perdre à cette époque-là*, songea Andy. *Ou alors ils avaient pris toutes leurs précautions pour que le type ne sorte pas de sa boîte...*

Obéissant à l'ordre de Tommy, il avait reculé jusqu'à la paroi. Il la toucha du bout des doigts : la roche était visqueuse et froide.

– Oh... merde !

Il s'essuya sur sa combinaison et leva les yeux vers le rai de soleil qui venait d'en haut. Il entendit le grincement du treuil et vit alors le gibet se soulever.

– Bien joué, Tommy ! J'espère que ça en met plein la gueule à ce connard d'Elphick.

Le poteau s'était élevé de cinquante centimètres quand il s'aperçut que le bois s'arrêtait, et que lui succédait une sorte de mât métallique d'un peu plus de vingt centimètres de diamètre. Cinquante centimètres plus loin, une pointe redoutable apparut.

Le poteau et la pointe de métal se balancèrent un instant lorsque le treuil s'arrêta. Puis le bruit reprit et le poteau continua son ascension, quittant la grotte pour s'élever à l'intérieur du puits.

Lentement, Andy s'éloigna de la paroi. Il sourit tout en s'essuyant encore une fois les mains. Quelle histoire à raconter le soir aux gars du pub ! Et ce fou de Warwick avec son flingue... Et sa chute dans le puits, avec ce cadavre tout noir dans son cercueil ! Tout en regardant le gibet monter vers le soleil, Andy se fit la réflexion qu'il pourrait peut-être se faire payer des tournées de bière pendant le reste de sa vie rien qu'en racontant son aventure. Il s'avança jusqu'au cercueil, clignant des yeux dans la lumière qui venait d'en haut. Le gibet montait toujours en se balançant doucement.

Alors seulement il regarda le cadavre.

Et poussa un hurlement.

## 26

Lorsque Tommy et ses deux hommes arrivèrent au fond, Andy hurlait encore. Tout d'abord, Tommy ne put rien distinguer, mais il parvint à repérer Andy au son de ses cris rauques.

– Andy ! Qu'est-ce qui se passe, bon Dieu ?

Il contourna le cercueil, essayant de voir dans la pénombre. Il discerna vaguement la forme prostrée d'Andy, contre le mur du fond, et s'en approcha d'une démarche hésitante.

– Tu es blessé ? Qu'est-ce que tu ?...

Andy se mit à gémir comme un bébé et essaya de s'éloigner en rampant. Il était sous le coup d'une terreur folle et Tommy vit soudain ses yeux fixes, vitreux.

– Andy, c'est moi. Tommy. Qu'est-ce qui t'est arrivé, nom de Dieu ?

Mais Andy continuait à pleurer. Derrière lui, Tommy entendit ses deux hommes qui piétinaient, mal à l'aise. Il ne pouvait pas leur en vouloir. Andy avait un comportement anormal. Très anormal. On aurait dit que... Oui, qu'il avait perdu l'esprit tout à coup. Quelque chose l'avait terrifié... le terrifiait encore.

– Allons, mon gars, tout va bien maintenant. On va te remonter, tu vas voir. Tu as fait une sacrée chute, je dois dire. C'est le choc. Tout va aller bien maintenant.

Andy se mit à pleurer dès qu'il le toucha. Il se recula, griffant la paroi visqueuse de ses doigts tremblants, le regard rivé sur le cercueil de pierre. Ils durent s'y mettre à trois pour l'arracher de sa position et le tirer vers la cheminée. Les yeux fixes, il n'avait pas cessé de pousser des cris rauques entrecoupés de sanglots. Tout au fond de Tommy, la peur s'éveilla et il fut certain que ses deux hommes éprouvaient la même chose devant le comportement de leur camarade. Quand ils passèrent près du cercueil, Andy planta les talons dans la mousse du sol et ils furent obligés de le porter jusqu'au harnais et de l'attacher solidement.

Tommy se retourna vers le cercueil. La momie rabougrie et noire paraissait regarder de ses orbites creuses le rai de soleil et la trouée de ciel, tout en haut.

*Qu'est-ce qui a pu se passer, nom de Dieu ?*

Il lança un ordre bref aux hommes du treuil et Andy commença son ascension. Il se débattait en gémissant.

Tommy jeta un dernier regard sur le corps et empoigna le filin pour remonter vers la surface.

Mais son malaise ne s'était pas dissipé.

Frank Warwick avait enfin retrouvé sa voix et quand il vit Andy surgir du puits, il s'écria :

– Je vous l'avais dit ! Je vous avais dit de le laisser là où il était ! Mais vous ne m'avez pas écouté...

Les deux hommes lui bloquèrent aussitôt les bras. On libérait Andy du harnais, il pleurait toujours et hurlait des sons inarticulés. Elphick demeurait à l'écart, paralysé, incapable de s'immiscer dans ce concert de cris et d'imprécations.

Tommy réapparut à son tour.

– Fermez-la, Warwick ! Fermez-la ! Il se passe des choses complètement dingues, ici.

– Vous ne savez même pas ce que vous avez fait.

L'un des deux hommes qui maintenaient Frank le força à se mettre à genoux et plaqua sa main calleuse sur sa bouche.

Tommy s'était agenouillé auprès d'Andy et se mit à le secouer violemment.

– Andy, bordel, qu'est-ce qui t'est arrivé là, en bas ? Qu'est-ce qui se passe ?

Les yeux d'Andy parurent se fixer sur lui pour la première fois. Il haletait pour retrouver son souffle, la poitrine palpitante, et referma les doigts sur la veste de son chef.

– Il... il...

– Quoi, Andy ? Qui *IL* ?...

*– Il m'a regardé ! Ô Seigneur, il m'a REGARDÉ !*

Il se mit à rire.

Et ce rire était pire que ses cris.

Tommy, en levant les yeux, vit arriver la land-rover du sergent Grover et ce fut pour lui le meilleur instant de cette journée.

## 27

*Libre ! Libre, libre, libre ! Je suis liibre ! LIII-BRRE !*

Pour Michael, ce fut comme un écho obscur, très profond en lui. Il était dans la cuisine et épluchait une salade. Christy avait dit qu'elle arriverait tard et qu'ils dîneraient ensemble. Et voilà que les sombres prémonitions qu'il avait réussi à repousser depuis leur premier moment d'amour revenaient. Quelles heures affreuses annonçaient-elles encore ? Non... C'était autre chose. Quelque chose de plus grave. Certes, le sentiment de crainte qu'il ressentait était le même, mais il venait de très loin. Et il était plus menaçant, plus noir. Ses mains tremblaient. Le couteau dérapa et il s'entailla le pouce. Avec une grimace, il porta la blessure à ses lèvres et lâcha le couteau. Une petite tache de sang brillait sur la lame.

La bouteille de lait glissa entre les doigts nerveux de Christy et se fracassa sur le carrelage de l'arrière-boutique du salon de thé. Elle eut un vertige. Le sol sembla monter à sa rencontre et elle dut se retenir à la porte du réfrigérateur. Elle entendait un atroce tintement, une espèce de chant déchirant à l'intérieur de ses oreilles. Elle avait l'impression de se trouver sous l'eau. Elle eut un spasme dans le ventre, comme à l'approche de ses règles. Est-ce qu'il était arrivé quelque chose à son père ? Non, elle ne croyait pas aux pressentiments. Elle s'était redressée trop vite, voilà tout. Dans un instant, ça irait mieux.

Karen fut la première à ressentir le malaise, quelques secondes à peine avant Graham. Ensemble, ils se précipitèrent vers la fenêtre de la chambre, laissant derrière eux un sillage d'éléments Lego éparpillés : tout ce qui restait de leur château fort en construction.

– Tu as senti ça ? demanda Graham, comme émerveillé.

– Oui.

Mais elle ne voyait rien d'insolite au-dehors. Rien que les arbres, la pelouse et la route qui allait vers le village.

– Ouaaah ! fit Graham.

Il ne comprenait pas ce qui leur arrivait mais il continuait à sentir quelque chose en suspens dans les airs, autour d'eux.

Mais Karen, elle, n'était pas émerveillée. Elle avait peur. Et elle savait d'où lui venait ce sentiment et à quoi il allait la conduire.

*C'est moi ! Je l'ai défié de sortir ! Je l'ai provoqué ! Et... et il est sorti ! Il arrive !*

Elle prit Graham entre ses bras et le serra très fort. Elle le protégerait. C'était son petit frère et jamais le gibet ne le lui prendrait. Graham se débattit pour lui échapper en grognant qu'il n'aimait pas ces papouilles idiotes. Mais il fixait toujours la campagne, s'attendant à voir surgir quelque chose, sans savoir quoi exactement.

*Non, tu ne l'auras pas ! Jamais !*

Iris sentit un frisson la parcourir et elle leva les yeux. Dans le ciel, il y avait un gros nuage noir. Jusque-là, la journée avait été limpide, lumineuse. Et voilà que ce nuage surgissait de nulle part pour cacher le soleil. Elle continua pourtant à desservir la table près de la fenêtre, mais elle gardait encore cette sensation glacée jusqu'au bas des reins. Le nuage s'en irait et le soleil reviendrait. Parce qu'il revenait toujours en dépit de toutes les choses mauvaises qui hantaient ce monde. Toujours, non ?...

Billy Rifkin lança sa fourche sur la meule de foin et sentit quelque chose de sombre qui montait en lui, qui se *déployait*. C'était un peu comme cette nuit où Christy s'était fait sauter par cet écrivain cinglé qui habitait la ferme de Split Crow. C'était bon, agréable. Vraiment agréable. Et il se dit qu'après tout il ne s'était pas menti à lui-même. Le premier moment passé, il n'avait pas mis à exécution ce qu'il avait préparé pour Christy et pour l'autre parce qu'il avait senti qu'il devait attendre. Il allait se passer autre chose, un événement qui lui donnerait... il ne trouvait pas le terme exact, mais il concevait ça comme une sorte de *pouvoir*. Un pouvoir extraordinaire, grâce auquel il pourrait obtenir tout ce qu'il désirait. Un pouvoir si immense que jamais il n'aurait osé imaginer l'avoir un jour. Cette vague noire qui montait, qui s'enflait, était enivrante et riche comme un vin rare. Le grand moment qu'il attendait était maintenant tout proche. Essuyant la sueur de son visage d'un revers de main, il regarda en direction de Shillingham et sourit. D'un sourire large et sinistre. Il lui semblait qu'un nouvel ami tendait la main, un ami qui tiendrait sous peu ses promesses.

À l'hôpital de Shillingham, Andy Hudson fracassa d'un coup de poing la fenêtre de sa chambre, s'empara d'un fragment de verre pointu et le planta plusieurs fois dans ses deux yeux, de toutes ses forces. Il se perça le cerveau et mourut instantanément.

## 28

Quand la landrover du sergent Grover s'arrêta devant la ferme, Christy eut à nouveau cette impression de menace. Depuis cet après-midi où elle l'avait éprouvé pour la première fois, au salon de thé, ce sentiment n'avait pas réellement disparu. Elle se demanda si, après tout, elle ne croyait pas aux prémonitions. Cette pensée se confirma quand elle vit l'expression de Grover. Il ne se savait pas observé et poussa un profond soupir, les mains crispées sur son volant, avant de descendre. Christy alla ouvrir à la seconde où le sergent claquait la portière et s'engageait dans la cour. Il gardait la tête baissée et soupira encore une fois.

C'était un homme de grande taille, près d'un mètre quatre-vingt-dix. Comme toujours, il avait laissé sa casquette et sa veste de policier sur le siège de la Rover et avait roulé les manches de sa chemise sur ses bras musclés et hâlés. Il avait les cheveux blond sable et des sourcils broussailleux. En plaisantant, Christy l'avait un jour qualifié de « rocailleux », ce qui lui allait parfaitement bien. Sa voix très douce était cependant marquée par la force et la conviction. Christy avait toujours aimé sa démarche aisée mais, aujourd'hui, son pas était un peu plus déterminé et annonçait qu'il avait quelque chose de sérieux à dire.

– Christy, fit-il, calmement, simplement.

– C'est papa, n'est-ce pas ?

Elle avait compris qu'il s'était passé quelque chose en trouvant la maison vide.

Grover promena le regard sur les champs tout en lui répondant, comme s'il ne voulait pas l'affronter directement, comme s'il craignait de la blesser.

– Oui. C'est Frank.

– Il n'est pas...

– Non, non, non ! Il va bien. Il a juste un peu trop bu, c'est tout. Mais cette fois il a vraiment fait quelque chose de moche. On l'a bouclé. Tu ferais aussi bien de m'accompagner au poste.

– Ça devait arriver ! C'est encore cette histoire du carrefour, n'est-ce pas ?

– Oui. Il a tiré sur l'entrepreneur avec son fusil.

– Ô Seigneur ! Est-ce que quelqu'un...

– Non. Mais ça aurait très bien pu se produire, Christy. Jusqu'à présent, il a eu de la chance et il s'en est toujours tiré, tu le sais. Mais cette fois... Eh bien, je crains qu'il n'ait à faire face à de graves inculpations.

– Je vais fermer. Donnez-moi seulement une minute.

Tandis que Christy se précipitait à l'intérieur pour prendre ses clés, Grover se dit : *Oui, ça devait arriver. Elle a raison. Peut-être que si j'avais été plus ferme depuis le début, ça ne se serait pas passé comme ça. Mais cette pauvre gamine en a déjà tant supporté. Lui aussi, d'ailleurs. On aurait pu les laisser un peu tranquilles. Enfin, ce qui est fait est fait...*

– Je suis prête, fit Christy.

Grover vit les larmes briller dans ses yeux.

Ils montèrent dans la landrover et démarrèrent en direction du village.

En chemin, il raconta à Christy ce qui s'était passé au carrefour. On avait finalement maîtrisé son père et on lui avait confisqué son fusil. Il avait seulement endommagé un peu le bulldozer et la voiture de Mme Garvanter. Grover ajouta qu'il était persuadé que Frank n'avait visé personne délibérément et qu'il avait seulement voulu les effrayer. Mais on ne pouvait en être certain et Mme Garvanter portait plainte pour tentative de meurtre. Il y avait eu aussi cet accident, sur le chantier. Un effondrement. L'entrepreneur, Harrison, s'était querellé avec les représentants de l'Environnement. (Ce qui n'avait nullement surpris Grover, qui savait que la patience de Tommy avait des limites.) En dépit de leurs protestations, le gibet avait été enlevé et tout portait à croire que Tommy allait être inculpé d'une manière ou d'une autre quand les gens de l'Environnement seraient remis de leurs émotions. Car on avait découvert un corps au fond d'un puits, sous le gibet, et l'excitation provoquée par cet événement avait momentanément relégué au second plan la question de savoir s'il fallait ou non mettre Tommy Harrison derrière les barreaux. On avait remonté le cercueil de pierre avec le corps. (Grover avait remarqué à ce propos qu'Elphick et ses collègues s'étaient gardés de protester contre ça !) Quant à Andy Hudson, quand on l'avait ramené à la surface, il délirait et pleurait, comme pris de folie. C'était lui qui était tombé au moment de l'effondrement et, apparemment, ses nerfs avaient lâché. Il avait été conduit en ambulance à l'hôpital de Shillingham, où on l'avait sans doute mis sous sédatifs. Un après-midi infernal, résuma Grover, en ajoutant qu'il pensait que le père de Christy, cette fois, ne s'en sortirait pas sans de graves ennuis.

Christy l'avait écouté patiemment, les mains croisées, en se mordant les lèvres. Grover la surveillait du coin de l'œil. Il se disait qu'elle avait vraiment du cran et qu'elle aurait mérité une vie meilleure. Finalement, il se félicitait de ne pas avoir été trop dur avec Frank.

– Je vous remercie d'être venu me chercher, dit Christy tandis qu'ils descendaient Split Crow Lane. Je sais que vous auriez pu vous contenter de me téléphoner.

– Ça va, Christy. N'en parlons plus...

La ferme de Split Crow était en vue et elle se souvint qu'elle avait rendez-vous avec Michael. Elle ne voulait pas se retrouver seule. Surtout pas ce soir.

– Est-ce qu'on peut s'arrêter pour prendre quelqu'un ?

– Lambton ?

– S'il vous plaît.

– D'accord, Christy.

Grover avait écouté les commérages qui circulaient dans le village, et il se demanda s'ils avaient un rapport avec la soudaine crise de colère de Frank.

La landrover descendit vers la ferme et franchit le portail. Michael l'avait entendue approcher et il avait bouclé ses chiens à l'intérieur. Il sortit pour venir à la rencontre de Christy et du sergent. Christy était descendue avant même que la voiture ne s'arrête. Michael lui ouvrit les bras et la serra contre lui. Grover prit un air lointain. Christy venait d'éclater en sanglots.

Trois minutes plus tard, la landrover redémarrait en direction de Shillingham.

## 29

Si l'on oubliait l'enseigne bleue, le poste de police de Shillingham aurait pu abriter n'importe quoi : une salle de réunion ou de conseil municipal, un commerce de grossiste. Le bâtiment de brique rouge, dans sa nudité, n'avait pas la moindre identité particulière. Il se dressait à la limite nord du village, coincé dans une rue, entre le Magasin Municipal et un champ en friche dont certains spéculateurs espéraient qu'il deviendrait bientôt un parking pour les milliers de touristes que l'autoroute allait sans le moindre doute drainer vers Shillingham. Cette situation expliquait le relatif anonymat du poste de police. Les délits, dans la région, restaient mineurs et l'incident d'aujourd'hui alimenterait sûrement les conversations pendant un bon demi-siècle. Grover prit la précaution de se garer tout au fond de la cour, à l'arrière, pour échapper à d'éventuels regards curieux. Il voulait absolument rendre les choses moins pénibles pour Christy.

George Frankham, l'un de ses adjoints, l'avait vu arriver et les attendait au pied de l'échelle d'incendie.

– Je vais t'attendre ici, Christy, déclara Michael.

Elle acquiesça en descendant de voiture. Frankham se précipita pour lui ouvrir la porte. Quant à Grover, il resta derrière son volant. Dès que Christy fut entrée, il se retourna vers Michael.

– On dirait que vous êtes très amis, Christy et vous.

Michael était sur la défensive. Et décidé à se montrer prudent.

– C'est exact.

Grover s'éclaircit la gorge et regarda au-dehors avec un air indifférent que Michael jugea un peu trop ostensible.

– Cette histoire... au carrefour... Frank avec son fusil, je veux dire... Est-ce que ça n'aurait pas un rapport avec vous deux ?

– Non, sergent. Aucun. Frank n'est absolument pas au courant.

– Vous en êtes certain ? Peut-être que Christy lui en a touché un mot.

– Vous connaissez Frank. Alors je n'ai pas besoin d'insister. Pour rien au monde Christy ne lui aurait parlé de nous.

– Peut-être. C'est à voir.

– Est-ce que vous insinuez que tout ce qui s'est passé serait *de notre faute* ?

– Non, certainement pas. Tout ce que je veux, c'est avoir une vision d'ensemble des choses.

Grover était sur le point d'ouvrir la portière mais il se ravisa. Plus tard, il ne comprit pas pourquoi il s'était décidé à parler. Il avait l'impression d'être un acteur qui se serait soudain rappelé la suite d'une réplique essentielle. C'était très étrange. Si curieux que cela pût paraître, il avait plutôt de l'affection pour ce drôle de type qui écrivait des romans et qui vivait, isolé et superbe, dans sa ferme de Split Crow. Ce fut peut-être ce sentiment qui le poussa à parler. Parce qu'il se plaisait à imaginer que les sentiments de Lambton à l'égard de Christy étaient sincères et qu'il pourrait lui apporter le bonheur qui lui avait tant manqué durant toutes ces années où elle s'était occupée de son père. À moins qu'il n'eût des points communs avec ce solitaire aux habitudes étranges. Car Grover était du genre solitaire, lui aussi. Mais c'était le lot des flics, après tout. Toujours est-il qu'au lieu de sortir il se carra dans son siège et demanda :

– Christy vous a dit qu'on a trouvé un vieux cadavre sous le gibet ?

– Oui.

– Un très vieux cadavre. Les types de l'Environnement n'en revenaient pas. Quand les gars de Tommy ont remonté le gibet, ils ont emporté le tout jusqu'au Magasin Municipal. Pour que ça soit à l'abri. Pour éviter... comment dire... que la chose ne se détériore, je suppose. Elphick est là-bas en ce moment. Peut-être que vous devriez aller y jeter un coup d'œil. Vous pourriez peut-être les aider. Vous écrivez bien des histoires de terreur, des trucs comme ça, non?...

– Des romans psychologiques, déclara Michael, calmement.

– Oui, c'est ce que je voulais dire. Vous devriez aller faire un tour là-bas. Vous pourriez trouver des idées.

– Je ne sais pas. Il est possible que Christy ait besoin de moi quand elle sortira.

– Elle va en avoir pour une demi-heure au moins, Lambton. Allez-y. C'est le dernier bâtiment, juste au coin. Dites que vous venez de ma part.

*Bon sang! Pourquoi j'ai dit ça?*

Le regard de Michael se porta vers l'échelle d'incendie. Il se décida enfin à descendre de la voiture, tout en songeant à l'effet que toute cette histoire pourrait avoir sur Christy.

– Le dernier bâtiment, répéta Grover qui descendait en même temps que lui. Si Christy a fini avant que vous reveniez, on ira vous rejoindre. D'accord?

Michael hocha la tête et s'éloigna, la tête baissée, l'air préoccupé.

Grover escalada avec agilité l'échelle d'incendie.

## 30

– Bonjour, papa, dit Christy, les mains crispées sur les barreaux.

La cellule était minuscule, avec une simple couchette, exactement comme dans ces vieux westerns idiots qui repassaient à la télé. Ça n'avait rien d'une prison anglaise, en tout cas. La clarté orangée de l'après-midi filtrait par une fenêtre à barreaux, juste au-dessus de la couchette, dessinant la silhouette de son père.

Il était assis, le visage au creux de ses mains. Frankham se tenait à une distance respectable car il connaissait bien Frank et sa fille. En entendant approcher Christy, Frank leva les yeux, grogna et se leva maladroitement. Il s'approcha et lui prit les doigts.

– Christy, je suis désolé. Tellement désolé. Mais il fallait que je les arrête.

– Avec un fusil, papa? Pourquoi avais-tu pris ton fusil? Ils vont t'inculper, tu sais?

– Je sais. Mais je ne voulais blesser personne. *Et je n'ai blessé personne!*

– Là n'est pas la question, papa. Pourquoi as-tu fait ça? Pourquoi?

– Bah, cela n'a rien changé, de toute façon. Ils ont arraché le gibet. Et il est trop tard. Ils ont arraché le gibet... et ils l'ont trouvé.

Christy sentait son haleine chargée de whisky; pourtant, le comportement de son père était inhabituel. Il paraissait plus triste, comme résigné. Vidé de tout, comme si on avait enfin réussi à expulser cette chose qui le tourmentait depuis si longtemps. Il avait l'air épuisé, mais parfaitement maître de lui-même, lucide, réfléchi. Comme s'il n'avait pas bu. Il y avait des années *(Oh, oui, Seigneur, des années!)* qu'il n'avait pas été comme ça. Mais la tristesse qu'elle lisait sur ses traits et dans son regard était insupportable.

– Christy, dit-il, je n'aurais sans doute jamais pu te le dire avant, vois-tu... (Il serra plus fort ses doigts.) Mais je peux te donner quelques réponses aux questions que tu m'as souvent posées. Ce que je redoutais le plus est advenu. *Maintenant, il va se passer des choses affreuses, Christy. Et elles deviendront plus affreuses encore*. Et j'ignore si ce que je vais te dire à présent risque de briser le Pacte...

– Le Pacte ?...

– Écoute-moi seulement, Christy. Oui, je ne sais pas si cela peut rompre le Pacte. Mais je vais te révéler le Secret de Shillingham. Et les raisons de tout ce malheur. Le *Secret,* Christy. Parce que, très bientôt, tout va commencer. Et nous n'avons plus beaucoup de temps devant nous.

Alors, Christy écouta son père.

## 31

Le Magasin Municipal était en brique rouge, tout comme le poste de police. Ses pignons étaient rongés par les intempéries et il semblait avoir eu de multiples usages au fil des années. La plaque de bronze toute neuve apposée au-dessus de l'entrée principale indiquait nettement la source des fonds qui avaient permis de lui donner une nouvelle existence.

*Financé par la Fondation historique Garvanter*

– Uniquement le personnel autorisé, déclara Elphick d'un ton roide à la seconde où Michael entra.

– J'ai une autorisation, rétorqua Michael, presque surpris de s'entendre parler ainsi. Celle du sergent Grover.

Elphick soupira, visiblement agacé d'être ainsi

dérangé, mais trop absorbé dans son travail pour se perdre en questions. Il était tout au bout de la salle très basse de plafond, occupé à examiner ce qui semblait être une dalle de pierre posée sur des tréteaux de métal. Il portait une blouse blanche, tout comme ses deux collègues qui avaient l'air particulièrement nerveux et qui regardèrent Michael avec une expression inquiète. Elphick fit signe à Michael sans se retourner. Les deux autres, après une seconde d'hésitation, revinrent à leur tâche. Ils étaient penchés sur un objet qui occupait presque tout le fond de la salle, à quelques pas d'Elphick.

– Bon, c'est d'accord. Mais ne nous dérangez pas et fermez la porte.

Michael obéit. Il se fit la réflexion que cette grande salle avait dû autrefois faire office de grange. L'unique ampoule qui pendait au plafond donnait une lumière crue qui tombait droit sur la dalle de pierre. Michael observa les deux autres hommes et reconnut aussitôt la longue chose tachée de boue et usée par le temps qu'on avait déposée sur des bâches.

Le gibet !

*Mais il mesure plus de quinze mètres !*

Il s'avança. Par endroits, la poutre renforcée avait craqué et il discerna des traces de rouille dans le bois. À l'extrémité, près de l'endroit où travaillait Elphick, le bois se terminait par une épaisse pointe de métal corrodé longue de plus d'un mètre.

– Qu'est-ce que vous voulez exactement ? demanda Elphick.

– Grover pense que je peux vous être utile. Je suis... écrivain.

Elphick se retourna brusquement.

– Pas journaliste, j'espère ?...

– Non. Je suis un spécialiste du... folklore, en quelque sorte. Et, comme je l'ai dit, Grover croit que je peux vous aider.

Elphick se replongea dans sa tâche.

– Oui, je n'en doute pas. Mais nous avons nos propres experts, vous savez. Ils seront là demain. Non... la seule déclaration que je désire faire à la presse dans cette affaire concerne le comportement révoltant de l'entrepreneur commis pour cette opération...

– Je viens de vous le dire : je n'appartiens pas à la presse.

– ... ils auraient très bien pu enlever cette pièce sans dommage. Mais ils vont entendre parler de moi. Jamais on n'aurait dû faire quoi que ce soit sur ce site avant que nos archéologues l'aient exploré. Qui peut savoir si des éléments d'une valeur incalculable n'ont pas été détruits ?

Michael se retourna et, pour la première fois, il vit vraiment le sarcophage.

Il s'approcha et eut le sentiment que son regard découvrait tout dans la même seconde. Le squelette horrible et noir, déformé. Le crâne grimaçant. Les orbites creuses et la mâchoire hideusement entrouverte comme en un cri. La bouche remplie de poudre blanche. La main crispée sortant de cette même poudre blanche qui, au reste, emplissait tout le fond du sarcophage. Et le trou béant dans la poitrine.

Se retournant, Michael comprit ce qui avait transpercé le mort.

Il s'aperçut alors que l'entaille qu'il s'était faite au pouce dans l'après-midi le faisait souffrir à nouveau. Il se redressa, la main parcourue d'élancements douloureux, un peu étourdi, se demandant si une autre vague d'anxiété n'allait pas le submerger dans la seconde suivante. Avec des pinces, Elphick prélevait des échantillons de peau desséchée sur la face racornie du mort et les déposait avec précaution dans un plat de verre stérile.

– Qu'est-ce qu'il y a exactement dans ce cercueil ? demanda Michael. Cette poudre blanche ?...

Elphick se retourna avec un regard excité.

– C'est remarquable. Tout à fait remarquable !

– Oui. Mais c'est quoi au juste ?

– Du sel ! s'exclama Elphick, avec une sorte de fierté. Du sel ordinaire. C'est ce qui a préservé le corps de cette façon. Et je ne serais pas surpris que le taux élevé de salinité du site du carrefour soit en relation directe avec ce... disons, ce rite étrange. (Il revint au cadavre en brandissant ses pinces.) Lorsque le gibet a été soulevé, la pointe de métal a été arrachée de la cage thoracique. J'ignore comment cela a pu être fait, mais il semble bien que la pointe ait été d'abord enfoncée dans le corps avant que le gibet ne soit dressé. Elle avait dû être mortaisée dans la poutre et le gibet lui-même était étayé pour éviter que le corps ne soit écrasé. Très étrange. Pourquoi se livrer à un travail aussi élaboré ? Pourquoi protéger ce corps empalé avec tant de précautions ?...

– Ils pensaient peut-être que c'était un vampire.

Elphick se mit à rire.

– Il faut un pieu en *bois*, non ? Et pourquoi le conserver dans tout ce sel ? Non, tout cela a été trop bien élaboré. Jamais nous n'avons rencontré un tel cas...

– Et il est là depuis longtemps ?

– Depuis 1620, je dirais. C'est l'année où le gibet a été mis en place.

Michael n'aimait pas du tout ce qu'il ressentait en cet instant-là. Il était incapable de comprendre ce qui se passait ou de formuler une pensée cohérente, mais il n'aimait pas ça. Cela avait un rapport direct avec le trou dans la poitrine du mort. Il passa la main sur ses lèvres et eut aussitôt un goût de sel sur la langue. Horrifié, il s'essuya. Elphick poursuivait sa besogne. Il mesurait le corps avec un mètre-ruban. Quant à ses deux assistants, ils ne quittaient pas le gibet. Michael s'éloigna. Jetant un coup d'œil sur sa montre, il décida de retourner au poste de police pour attendre Christy.

Les trois hommes ne s'aperçurent même pas de son départ.

# 32

– Je veux que tu m'écoutes très attentivement, commença Frank, les doigts toujours serrés sur ceux de sa fille à travers les barreaux. Ça ne va pas être facile. Toutes ces choses qui se sont passées ces dernières années pourraient te faire croire que j'ai perdu la tête. Et je ne t'en voudrais pas. Mais il est important – et même *vital* – que tu me croies.

À nouveau, Christy était frappée par ce père différent qu'elle avait en face d'elle : triste, résigné, mais parfaitement maître de lui-même, ce qu'il n'avait pas été depuis des années.

– Christy, je suis désolé pour tout ce que j'ai fait, mais je... je suis un faible. J'ai été un fardeau depuis si longtemps. J'ai eu du mal à tenir, surtout après que ta mère a été tuée... (Il s'interrompit, à demi étouffé par l'émotion.) Il s'est passé quelque chose ici, à Shillingham. Il y a bien des années – il y a des siècles, en fait. Une chose hideuse. Le Mal... Et mes ancêtres... les *tiens*, Christy... ont mis un terme à cette chose. Ce sont eux qui ont arrêté le Mal. Mais, je dois dire qu'à notre grande honte, bien qu'ils aient eu le pouvoir de le tuer à jamais, ils ont eu peur. Ils ont arrêté le Mal, mais ils n'ont pas pu le détruire. Alors, ils l'ont enterré... Ils ont enterré la chose la plus atroce qu'il y eût au monde... Et c'est notre honte qu'ils ont enterrée avec. Là-bas, à la croisée des routes. C'était enterré, endormi. Et voilà qu'à présent on l'a réveillé. Ce Mal avait un nom, vois-tu. On l'appelait le Veur.

Christy sentit que les doigts de son père devenaient glacés, plus froids encore que les barreaux d'acier de la cellule. Le seul fait d'avoir prononcé ce nom avait réveillé la peur de Frank, et elle avait instantanément gagné Christy.

– D'abord, il est arrivé à Shillingham au XVIIe siècle et a tué presque tous les habitants. Il haïssait le genre humain, haïssait tout ce qui vivait. Et il avait des pouvoirs de destruction et de corruption *terribles*.

»Il existe un livre à son propos, Christy. Le titre en est *Le Livre du Veur*. Je l'ai caché dans la maison, sous le plancher de la cuisine. Il est très vieux. Il a été transmis de père à premier-né tout au long des ans. Il dit ce qui s'est passé ici et comment combattre le Veur. Les membres de notre famille ont été les Gardiens du Secret depuis ce temps-là...

– Papa, j'ignorais que...

– Écoute-moi, Christy ! C'est très important ! (Il reprit son souffle.) C'est ton grand-père qui m'a donné le Livre, le jour de mon vingt et unième anniversaire. Lui-même le tenait de son père, qui le lui avait offert le même jour... et ainsi de suite, en remontant jusqu'à la première génération. De père à premier-né... Car c'est notre famille, à nous, les Warwick, qui a été l'instrument qui a permis de renvoyer le Veur dans les limbes. C'est ainsi que nous sommes devenus les Gardiens du Secret, nantis de ce savoir particulier. Ce rapport entre père et fils a été *unique*. Mais tu es ma *fille*, Christy. Le Pacte était bien précis – le legs devait se faire du père au premier-né des *fils*. Pour la première fois depuis 1620 il n'y avait pas de fils pour hériter du Secret. Tu comprends ? Christy, c'est une terrible responsabilité. Je t'aime tant. Mais quand ta mère est morte et que j'ai compris que nous n'aurions pas d'autre enfant...

Il s'interrompit une fois encore, la gorge nouée. Christy essayait de trouver un sens à tout ce que son père venait de lui dire, mais en vain.

– Christy, reprit-il, être responsable du Secret est un lourd fardeau. Parce qu'il y a les *rêves*. Et ces rêves et les émotions qui les accompagnent sont difficilement supportables. C'est comme ça que je me suis mis à boire. Je n'ai pas pu me remarier. Pas après ta mère. Je sais maintenant que le fait de déterrer le gibet a rompu le Pacte – a brisé le Rite. Mais j'ai l'espoir que tu sauras assumer cette responsabilité, que tu seras la dépositaire du Secret si je viens à être tué...

– Tué, papa ?...

– Écoute-moi bien ! J'espère que le Pacte sera tenu si je te transmets le Secret en tant que *première-née* – même si tu es une fille et non un garçon. Mais les paroles du Rite sont importantes... Il faut s'en tenir à chaque mot... J'espère seulement que...

– Papa ! Arrête ! Tout cela est fou ! Tu as de graves ennuis avec la police et il faut faire quelque chose. Comment est-ce que je peux ?...

Christy s'interrompit. Elle lisait un reproche dans le regard triste de son père. Un regard qu'elle ne lui avait jamais connu depuis sa plus tendre enfance. Un regard qui l'avait toujours arrêtée net quand elle était sur le point de faire une bêtise. Et qui l'arrêtait maintenant encore.

– Christy, reprit son père d'un ton calme, ce qui vient de se passer est terrible. On a violé le site du carrefour et le gibet a été déterré. Ce que notre famille redoutait le plus au monde est sur le point de se passer. Le Veur est revenu. Et c'est à moi... à *nous,* je l'espère, d'arrêter cette abomination avant que tout commence. J'ai été stupide. J'ai agi comme un fou et maintenant me voilà bouclé ici. Il faut que tu retournes à la maison et que tu prennes le Livre. Tu me l'apporteras. Maintenant que le Veur est en liberté, le Livre peut apporter aux hommes des connaissances qu'ils n'ont jamais eues. C'est pour ça qu'il a été écrit...

– Il faut... que nous nous occupions de... de ta caution, fit Christy d'une voix faible, qui mourut lorsque son père se remit à parler.

– Cette chose, c'est ce que j'ai toujours redouté. Et maintenant qu'elle survient, je suis impuissant, je ne peux pas sortir d'ici. Je veux que tu ailles chercher le Livre, Christy. Je veux que tu me l'apportes. Le Veur m'a *senti*. Il ne nous reste guère de temps. Va le chercher.

Elle restait immobile, paralysée, les yeux fixés sur son père. Puis à la fin, elle recula et libéra ses doigts des siens.

– Je... je ne sais pas...

– Vas-y, Christy ! Tout de suite !

Elle courait déjà dans le couloir. La porte claqua sur elle et, comme dans un rêve, elle se retrouva en face du sergent Grover. Il lui parlait et elle tentait d'écouter. Il lui disait que les charges qui avaient été retenues contre son père étaient trop lourdes pour qu'on puisse envisager une libération sous caution. Elle se sentait très lointaine et regardait bouger les lèvres du policier : les mots qu'il formulait n'étaient pour elle que des sons. Elle était incapable de réagir, elle ne comprenait rien, mais le malaise menaçant remontait en elle. Elle lut alors une expression d'inquiétude sur le visage du sergent Grover. Il s'était aperçu de son étrange détachement et lui demanda :

– Ça va, Christy ?

Elle entendit sa propre réponse, de très loin :

– Oui, ça va. Mais ça fait beaucoup pour aujourd'hui, non ?

Son esprit était uniquement concentré sur les révélations extravagantes que son père lui avait faites. Elle se demandait si, en dépit de son apparente maîtrise, il n'était pas en fait devenu totalement dément. Grover s'était remis à parler et elle se sentit étouffer sous la pression des larmes. Il lui proposait de la ramener à la maison et elle s'entendit refuser son invitation. Grover ajouta alors que Michael était au Magasin Municipal, qu'elle ne devait pas trop se tourmenter, parce qu'ils allaient tout faire pour que Frank souffre le moins possible en prison.

La tête flottante, toujours absorbée par les déclarations de son père et l'étrange histoire du Livre caché sous le plancher de la cuisine, elle quitta le poste de police par la porte principale.

En la regardant sortir, Grover se demanda : *Pourquoi les innocents doivent-ils toujours souffrir ? Le monde est bien injuste. Pourquoi elle ?*

## 33

Michael venait de quitter le Magasin Municipal quand il vit Christy. Il comprit aussitôt que l'épreuve avait été dure pour elle : elle avait les yeux baissés et se mordait la lèvre, comme absente du monde. D'ailleurs, c'était le poids du monde qu'elle semblait maintenant porter sur ses épaules. Ses longs cheveux noirs flottaient dans la brise du soir et jamais encore il ne l'avait vue aussi jolie. Elle ne l'aperçut que lorsqu'il fut à moins de deux mètres d'elle.

Elle avait les larmes aux yeux et, instinctivement, il lui tendit les bras. Mais elle recula.

– Il faut que je rentre à la maison et que je rapporte quelque chose à papa, Michael. Une chose dont il a absolument besoin.

– Je t'accompagne.

– Non... je te remercie. Je veux y aller toute seule. J'ai besoin d'un peu de temps. Ce n'est pas que je veuille me montrer... froide avec toi, mais... tu comprends ?

– Oui, Christy, je comprends. (Il lui prit la main et la serra tendrement.) Écoute, je vais aller prendre une bière au Dun Cow. Et quand tu seras de retour, peut-être que...

– Oui, Michael. Je te remercie. Je préfère qu'on fasse comme ça.

Elle s'éloigna, frêle silhouette dans le crépuscule.

Michael devinait la peine qu'elle ressentait. Il avait connu la même depuis bien longtemps, et ce même besoin d'être seul. Un moyen de guérir la douleur, se dit-il. Pour un temps. Ils avaient réuni leurs deux solitudes et les avaient effacées, mais ils avaient encore besoin d'un peu de temps, certainement. Ses pensées revinrent à Frank et à son dernier esclandre. Il avait bien failli ruiner leur bonheur tout neuf. Mais il était décidé à aider Christy et son père également. Ensemble, ils s'en sortiraient.

Il se dirigea vers le pub, non sans se retourner plusieurs fois pour regarder la jeune fille disparaître à l'angle de la dernière maison.

Le soleil n'allait pas tarder à se coucher et les ombres étaient longues dans la rue.

La nuit serait bientôt là.

Une nuit nouvelle et atroce.

La nuit du Veur.

## 34

Les collègues d'Elphick, épuisés par cette journée, avaient regagné leurs chambres au Dun Cow et il était resté seul. Il n'avait rien perdu de son enthousiasme en dépit de tout ce qui s'était passé. Le jour déclinait mais il restait aussi excité qu'auparavant. Il était toujours penché sur le sarcophage de pierre lorsque Jack Ray, l'homme à tout faire de Shillingham, chargé de la garde du Magasin par la Fondation Garvanter, entra dans la salle.

– Vous êtes encore là ?

– Oui, est-ce que ce n'est pas évident ?

Elphick ne leva pas le nez de son travail. Il montrait avec cet employé subalterne la même condescendance, la même brusquerie que celles dont il avait fait preuve quelques instants auparavant avec cette espèce de journaliste. Jack se contenta de grommeler, tout en regrettant que Frank Warwick n'ait pas été meilleur tireur. Puis il fit le tour de la salle, vérifiant la fermeture des fenêtres. Les barreaux avaient peut-être été placés pour protéger l'humanité raisonnable des cinglés de ce genre, se dit-il. De temps à autre, il risquait un œil vers le gibet posé sur le sol en éprouvant un drôle de sentiment. Tout gosse, il avait souvent joué au pied du gibet et, plus tard, il était passé devant presque chaque jour en se rendant à son travail. À présent, le gibet, posé sur sa bâche, souillé de boue, était comme une sorte de dent sanglante que l'on aurait arrachée à une mâchoire. Tel quel, il était insolite. Il avait toujours fait partie du paysage de Shillingham. Peut-être que Frank Warwick, même s'il était allé trop loin, avait un peu raison. Jack se rappelait très bien qu'une fois où il s'était arrêté près du gibet il avait entendu comme une voix dans sa tête, qui lui avait dit : *Viens jouer avec moi*. Ça lui avait fichu une trouille noire. Il s'était enfui à toutes jambes pour aller retrouver sa mère. Jamais plus, depuis, il n'avait entendu cette voix effrayante, mais il ne l'avait pas oubliée après toutes ces années.

*Comme c'est bizarre*, songea-t-il. Un frisson glacé lui parcourut l'échine.

Il ferma une fenêtre, renifla bruyamment et dit en se tournant vers Elphick :

– Il va falloir que je boucle tout, monsieur.

– Comment ?

– Il est tard. (Jack leva la main et fit le geste de tourner une clé.) Vous comprenez, il faut que je verrouille tout ça.

– Je dois dire que la sécurité de cet endroit ne me satisfait pas du tout, fit Elphick en se tournant brusquement vers ce sous-fifre dans sa veste informe qui... oui, qui avait même des *taches* sur les revers ! Mais oui, Seigneur !

– Ah ?...

– J'ai fait une ronde cet après-midi et je suis loin d'être entièrement satisfait. Ce qui se trouve ici a une très grande valeur...

– De la merde, oui.

– ... et j'aimerais que l'on prenne des mesures de sécurité plus fiables. Est-ce qu'on peut me garantir qu'un voleur ne profitera pas de l'occasion ? N'est-il pas possible de faire un examen plus approfondi des lieux ?

– Profiter de l'occasion ?
– Parfaitement.

Jack fouilla dans une de ses poches. Il avait déjà rencontré ce genre d'abruti et il savait qu'il n'y avait qu'une façon de traiter avec eux.

– On me paie quinze livres par semaine pour faire le gardiennage ici. Il y a deux verrous Chubb sur les deux portes et des barreaux aux fenêtres. Mais si ça vous donne autant de souci... (Jack lança son trousseau de clés en direction d'Elphick qui fit un pas en arrière. Les clés l'atteignirent à la poitrine et tombèrent sur la dalle à grand bruit)... vous pouvez toujours vérifier par vous-même et verrouiller à ma place. Vous me trouverez au bar, au Dun Cow. C'est d'ailleurs là que vous êtes descendu, si je ne me trompe. Et n'oubliez pas de me rapporter le trousseau quand vous aurez fini.

Jack fit volte-face. Sa colère et sa dignité outragée lui faisaient tout à coup oublier ses rhumatismes. Il claqua la porte avec violence et délectation.

Elphick se pencha pour récupérer les clés avec un soupir.

– Vraiment, grommela-t-il. Vraiment !

Il consacra le quart d'heure suivant à tout vérifier à l'intérieur du Magasin. L'endroit, comme il l'avait pensé, était insondable.

## 35

Elphick sentait la fatigue le gagner. Il baissa les yeux sur le grand gibet. Il était fasciné. Il y avait tant de leçons à tirer de ce travail étrange. Il alla jusqu'à l'évier, tout au fond de la salle, et se lava les mains. Il s'aperçut qu'il avait faim. En fait, il n'avait pratiquement pas mangé de la journée. Et quelle journée ! La perspective d'un bon repas au Dun Cow (à supposer que cela fût possible) et d'un bon lit le réconfortait déjà. Il leva les yeux sur la vitre ternie de chiures de mouches. Le soleil s'abîmait vers le bord de la vallée. Il regarda mourir ses ultimes rayons. La nuit rampa sur Shillingham.

Quelque chose bougea derrière lui.

Il se retourna, surpris. Il était convaincu d'avoir entendu une sorte de grattement léger. Il prêta l'oreille. Rien. Rien que le gibet sur sa bâche et le sarcophage posé sur ses tréteaux et... des traces de boue sur le sol. Elphick aurait juré qu'elles n'y étaient pas auparavant. Il marcha lentement jusqu'au sarcophage tout en s'essuyant les mains avec un torchon. Il ressentait une émotion bizarre. Pourquoi ?

Au plafond, l'ampoule clignota brièvement. Il s'arrêta, leva les yeux. Ce qui venait d'arriver l'inquiétait, mais du diable s'il savait pourquoi. Il s'avança et s'approcha du cercueil de pierre. Pourquoi redoutait-il brusquement de regarder à l'intérieur ? Mais qu'est-ce qui lui arrivait donc ? Il avait la bouche sèche. Et il sentait la sueur perler sur sa nuque. Son cœur battait très fort. Il s'efforça de se contrôler. Tout cela était ridicule. Cette journée avait été épuisante de bien des façons. C'était la fatigue. Il avait besoin de manger et d'une bonne nuit de sommeil, voilà tout.

*Mais pourquoi ai-je donc tellement peur de regarder dans le cercueil ?*

Il savait ce qui se passait. Il avait tenté d'expliquer rationnellement tous les événements de cette journée, mais il n'arrivait pas à effacer de son esprit le visage du jeune homme qui était tombé au fond du puits, ses hurlements atroces et ses larmes. Il était évident que ses nerfs avaient lâché. Mais, surtout, Elphick avait retenu ses uniques paroles : *Il m'a regardé ! Ô Seigneur, il m'a* REGARDÉ!

Elphick jura à haute voix. Il n'était qu'un vieil idiot fatigué. Il s'avança, posa les mains sur le sarcophage et regarda.

– Non... non, je ne le crois pas.

Le sarcophage était vide.

Le corps avait disparu. Il n'y avait plus que l'empreinte de sa forme dans le sel. Elphick, très lentement, recula. C'était impossible. Il se frotta les yeux, fit un pas en avant et regarda une seconde fois. Oui, le coffre de pierre était bien vide et le corps noir et racorni avait disparu.

Elphick tituba. L'ampoule clignota encore une fois. Il se dit qu'il ne s'était pas éloigné du cercueil plus d'un quart d'heure pour vérifier la fermeture des fenêtres. Il était par conséquent impossible que quelqu'un ait réussi à pénétrer dans la salle à son insu pour dérober le corps. Impossible. Ses semelles craquèrent sur le sol et, baissant les yeux, il découvrit de nouvelles traces de sel et de boue.

Sur sa gauche, quelque chose bougea.

Le gardien ! Mais oui, ça ne pouvait être que lui. Il était revenu pour voir le résultat de sa mauvaise plaisanterie. Elphick se retourna, prêt à invectiver cet imbécile.

– Espèce de crétin ! Vous n'aviez pas le droit de...

Il vit alors ce qui se tenait à quelque distance de lui. Il voulut hurler mais ne le put pas. Sa voix était comme gelée au fond de sa gorge.

La chose tendit les bras.

Une main noire et convulsée se referma sur son visage.

# 36

*Le Veur se nourrissait.*

*Maintenant qu'il était libre, la faim était revenue. Celui-ci serait le premier. Il sentait que ce pitoyable animal n'était pas une des choses qui avaient été responsables de son emprisonnement, qu'il avait au contraire participé à sa libération. Mais cela ne faisait aucune différence. Pour le Veur, c'était de la nourriture.*

*Et il était affamé.*

*D'abord, il lui prit les yeux.*

*L'homme restait paralysé sur place, trépidant parfois de douleur, tandis que son fluide vital se répandait. Le Veur l'absorbait avec avidité. Il lacéra les vêtements de l'animal-homme pour se nourrir de sa chair. Il lui prit les génitoires et se régala du sang qui jaillissait de la verge avant d'ouvrir la cage thoracique en quête des organes vitaux. Et, pendant tout ce temps, l'homme demeura debout, figé sur place par le pouvoir du Veur. Le Veur se régalait. Mais il savait qu'il ne devait surtout pas se laisser trahir par son avidité. Il avait beaucoup à faire. À ce stade de son éveil, il ne fallait pas que l'on ait vent de son existence. Plus tard, bien sûr... Mais pour l'heure...*

*Le Veur donna alors ses ordres. La marionnette qui vivait encore mais qui n'avait plus ni âme ni esprit traversa la salle en direction du système du chauffage au gaz, ouvrit les robinets et recula.*

*Quinze minutes plus tard, elle prit une boîte d'allumettes dans sa poche détrempée par le sang et commença à les craquer, une à une.*

# 37

– Ça s'est passé comment ? demanda Michael.

Grover prit sa chope de bière avant de se tourner vers lui.

– J'étais un peu inquiet. Elle avait l'air...

– Sous l'effet du choc ?

– Oui.

– Je *savais* que j'aurais dû rester près d'elle.

– Non, vous avez fait ce qu'il fallait. Elle va avoir besoin de vous plus tard.

Quand Michael était entré dans le pub, toutes les conversations, bien sûr, avaient trait aux événements de la journée. Tous les visages s'étaient tournés vers lui avec une expression inquiète. Puis les voix s'étaient faites plus discrètes. La liaison de Michael et de Christy était maintenant connue de tous et les gens de Shillingham, respectant les règles de leur village, acceptaient la présence de Michael pour boire une pinte de bière en leur compagnie. Mais quand le sergent Grover était entré, les bavardages s'étaient interrompus. Grover, tout en rejoignant Michael au bar, en eut parfaitement conscience : deux solitaires ensemble.

Jack Ray fit son entrée, fulminant contre Elphick. Repérant Grover, il décida de dépenser une partie de ses quinze livres de salaire hebdomadaire à noyer sa colère dans le whisky.

– Est-ce que Frank ?... commença Michael.

Soudain, les vitres du pub furent soufflées et les éclats de verre jaillirent dans toute la salle, pleuvant sur tous ceux qui se trouvaient là.

Les lumières s'éteignirent et le pub fut plongé

dans l'obscurité tandis que le bruit assourdissant de l'explosion résonnait entre les quatre murs. Jack Ray s'effondra sur le plancher. Les chopes de bière renversées laissaient dégouliner leur mousse et les deux tables les plus proches des fenêtres avaient basculé.

Le miroir au-dessus du bar s'était craquelé et s'effondra en une cascade d'éclats aigus sur le barman qui s'était accroupi pour tenter de s'abriter. Michael s'agrippa aux robinets de bière à la pression : la salle tout entière était secouée. Un grondement sourd succéda aux échos de l'explosion initiale et Grover plongea en direction des vitres fracassées. Dans la même seconde, Michael se retourna pour voir de grandes langues de flammes monter dans la nuit. Tout autour de lui, les clients se relevaient les uns après les autres en jurant ou en gémissant.

Michael courut derrière Grover, piétinant les débris de verre. Tout au fond de lui, l'horrible sensation était revenue. Elle lui tordait les entrailles, comme lorsqu'il s'était entaillé le pouce avec son couteau en épluchant la salade dans sa cuisine. L'explosion semblait avoir marqué le début d'un autre drame affreux. Grover s'était arrêté et explorait la nuit du regard. Michael comprit enfin ce qui venait de se passer.

Le Magasin Municipal avait explosé.

La toiture avait été déchiquetée et des torsades de flammes montaient en grondant des fenêtres. Des nuages d'étincelles et de brandons retombaient sur le village. Des fragments de poutrelles en feu jonchaient la pelouse devant le pub.

– Mon Dieu, fit une voix très faible, derrière l'épaule de Michael. (C'était Jack Ray.) Elphick était encore à l'intérieur quand je suis parti.

Grover échangea un bref coup d'œil avec Michael, émit un grognement vague et se retourna brusquement vers les autres consommateurs pour faire taire les cris et les injures. Personne n'était sérieusement blessé : juste quelques coupures et égratignures. Grover se rua alors vers la porte et se mit à courir en direction du Magasin en feu. Michael s'élança à sa suite.

## 38

Sur le chemin, à l'endroit où il dominait Shillingham, Christy s'arrêta soudain : la nuit venait de s'illuminer. Des flammes montaient du côté du Dun Cow. Elle vit alors le toit embrasé du Magasin Municipal s'effondrer dans un grand jaillissement de flammèches et d'étincelles. La maçonnerie et les murs de brique suivirent presque aussitôt et de lourds rubans de fumée huileuse rampèrent dans la nuit. L'intérieur du Magasin n'était plus qu'un brasier infernal. Instinctivement, elle sut que Michael et son père étaient indemnes – mais aussi qu'ils seraient bientôt en danger – et elle courut en direction de sa maison, ses longs cheveux noirs flottant derrière elle.

*Maintenant, il va se passer des choses affreuses, Christy,* lui avait dit son père. *Et elles deviendront plus affreuses encore.*

Elle accéléra sa course.

Quand le Magasin explosa, Billy Rifkin venait juste d'arriver à l'angle nord-ouest du Dun Cow et parlait avec Dennis et Bob.

L'onde de choc les projeta les uns contre les autres. Billy sentit le souffle de la terreur dans son dos et il se dégagea pour contempler, abasourdi, le brasier qui faisait rage. Il balaya d'un geste vif une étincelle qui venait de lui toucher la joue, se redressa et s'avança lentement dans la lueur orange et le grondement du feu.

Il se retourna vers Dennis et Bob. Ce dernier avait été atteint par un morceau de poutre et s'était écroulé contre le mur du pub, serrant sa tête entre ses mains. Dennis était en train de vomir.

Billy se mit à rire.

– Hé, vous avez vu? Vous avez vu ça? Quel boucan, non? Regardez-moi un peu ce beau feu d'artifice!

Alors seulement, il repensa à ce qu'il y avait dans le Magasin. Et il trouva l'ironie absolument savoureuse. Il rit de plus belle.

– Ça, mon vieux! Tout ce cirque avec leur putain de gibet. Et tout est en cendres maintenant, les gars! Plus rien que des cendres!

C'est alors qu'autre chose lui vint à l'esprit. Une chose stupéfiante, tellement bouleversante qu'il se laissa tomber à genoux devant toutes les possibilités fantastiques qui s'offraient.

– Hé... peut-être que... Hé...

D'autres poutres éclatèrent en gerbes d'étincelles. Un nuage de flammes boursouflé montait dans le ciel. Une averse d'étincelles tomba sur Shillingham.

– Peut-être que... *que quelqu'un est en train de griller là-dedans, les gars*!

C'était merveilleux.

D'énormes nuages noirs se gonflaient en ondulant dans le ciel de nuit, montant toujours plus haut au-dessus du village. En dépit de la fumée qui lui piquait les yeux, il s'imagina y discerner un visage, très vague, comme celui de l'homme dans la Lune. Mais ce visage-là n'avait rien d'humain. Il était sombre, déformé par une expression de méchanceté absolue. Un visage de rapace avide, avec des yeux emplis de brandons rouges et des tourbillons de feu dans la gorge.

Pour Billy, c'était un visage amical.

## 39

*Il marchait au cœur du brasier.*

*L'explosion initiale avait presque entièrement détruit l'enveloppe noircie et détériorée qui l'avait abrité depuis tant de siècles. En quelques secondes, les flammes dévorantes avaient consumé les derniers restes de la charpente moisie. Et, en se libérant de cette carapace, il comprit que le gibet qui avait été l'instrument principal de sa séquestration avait été détruit. Le feu réconfortait l'âme corrompue et démente du Veur. Il sentait la terreur de ceux qui assistaient à cette destruction et s'en repaissait. La terreur vraie – celle qui allait venir – était sa splendeur à lui. Mais aussi, quelque part au sein de la foule, il sentait quelque chose d'autre, quelque chose de spécial qui pourrait être utilisé. C'était un reflet pitoyable et infime d'une partie de lui. Une part réduite et pourtant malveillante. Une étincelle de mal. Qui regardait et qui se réjouissait du chaos. Qui savait.*

*Le Veur émergea à l'arrière du Magasin, à l'abri des regards humains. La nuit l'appelait. Il y entra, se fondit dans les ténèbres. Libre enfin.*

*Tout en s'avançant, il tuait et savourait.*

*L'herbe se fanait et les arbres, aspirant son venin, commençaient à mourir. Les animaux s'en-*

*fouissaient dans le sol à son approche pour sombrer dans un éternel sommeil. Le souffle fétide du Veur portait la pestilence car il était un anathème à la vie.*

*Il s'arrêta, percevant une présence nouvelle, importante, qu'il devait absolument identifier. Il s'en réjouit! Le Gardien du Livre n'était pas loin de là, tout près en fait. C'était une menace majeure contre sa nouvelle existence, avant le Grand Plan, et sa tâche initiale devenait d'un coup plus facile. Il n'aurait pas à le pourchasser. Il était là! Il suivit sa trace, bifurqua, s'avança plus vite encore.*

*Droit vers le Gardien.*

*Le Gardien du Livre.*

## 40

Frank entendit le grondement de l'explosion. Les murs de la prison tremblèrent et, se levant d'un bond, il agrippa les barreaux de sa cellule.

– Qu'est-il arrivé? Qu'est-ce qui se passe, George?

– Ferme-la, Frank!

Frank ressentit alors la secousse à l'instant où George Frankham se précipitait vers les fenêtres du bureau. Alors, il s'accrocha aux barreaux de l'étroite fenêtre de sa cellule et hissa désespérément la tête vers le ciel boursouflé de noir et d'orange fulgurant. *Le feu!* se dit-il en entendant le ronflement sourd et en voyant pleuvoir des étincelles sur le fond de la nuit. *Il y a un incendie quelque part!*

Il regarda vers la droite et vit le cimetière. Les

ombres des croix et des tombeaux semblaient danser dans la lueur des flammes qui s'élevaient derrière le poste de police. Et les rideaux sombres des arbres leur répondaient en un ballet menaçant.

*Christine,* murmura Frank en songeant soudain à son épouse qui dormait sous la terre froide. *Christine, pourquoi cela nous est-il arrivé à nous ? Pourquoi ai-je dû hériter de ce fardeau ?*

Il se retourna et courut jusqu'aux barreaux de sa cellule.

– George, qu'est-ce qui se passe ?

Mais George n'était plus là. Comme si les flammes grondantes et les ombres ondulantes l'avaient emporté.

– George ! George !

Frank se rejeta en arrière. Oui, ça commençait. Comme on le lui avait dit. Après tout ce temps, toutes ces années, la responsabilité lui revenait.

*Pourquoi moi ? Pourquoi ?*

Il cogna sur les barreaux, ses phalanges résonnant contre le métal, et les échos se répondirent aux quatre coins de sa cellule.

*Christy, fais vite !... Vite !... Rapporte-moi le Livre !*

Il se laissa tomber à genoux, serrant son poing blessé. Portant ses phalanges sanglantes à ses lèvres, il se mit à sucer. Il buvait la peur, comme sa mère l'avait fait jadis, comme il l'avait lui-même fait alors que Christy n'était encore qu'une enfant. C'était une réaction humaine normale, mais elle réveillait en lui le souvenir de toutes ces émotions humaines auxquelles il n'avait pas eu droit à cause de ce maudit Secret.

– Tout, hurla-t-il. *Tout !* Tu m'as tout pris. La vie, la vraie. La vie normale. Je n'ai pu être ni un bon époux ni un bon père. Toi... espèce de satané... (Il se tut, à bout de souffle. Puis ses doigts se nouèrent à nouveau sur les barreaux, il se hissa sur la pointe des pieds et se mit à parler très lentement, formulant chaque mot avec soin.) Tu... ne m'arrêteras pas. Tu... ne peux pas... gagner. Même si je meurs, tu ne gagneras pas. Je sais que je suis faible. JE LE SAIS ! Mais tu ne me vaincras jamais vraiment, ni moi ni ce qui est en moi. Jamais... *Jamais !*

Il revint à la fenêtre de sa cellule. Le ciel de nuit était toujours orange. Mais l'âme de Frank, à présent, était tachée de bleu. Un bleu sombre.

– Christy, dit-il en s'adressant à la nuit, j'aurais tant aimé que les choses soient différentes. Mais tout m'a échappé. Pour garder le Secret, il faut être fort et j'étais faible. Il faut être un *homme* et j'étais moins qu'un homme. Tellement diminué depuis que ta mère a été tuée. Avec elle, tu sais, j'étais fort, vraiment. Mais quand elle est morte... je n'ai pas su te protéger. J'ai tellement de peine.

Quelque part au-delà de la fenêtre, quelque chose gronda et se fendit, se craquela et vomit des flammes furieuses. Frank revint à ce qui l'entourait et dit :

– Christy, dépêche-toi. Fais vite. C'est notre unique chance. Notre seul...

*Frank.*

Il reconnut la voix mais il ne pouvait y croire. Les fantômes et leurs voix emplissaient depuis si longtemps son esprit qu'il en était venu à ne plus croire à ce que lui disaient ses sens.

*Frank...*

Oui, la voix était familière, si familière, tellement adorable. Et il ne voulait pas croire que c'était encore un fantôme, cette fois.

Il se tourna sur le côté. La voix venait du cimetière. De l'endroit où sa femme avait été enterrée, parce qu'il l'avait souhaité ainsi, plutôt que de la savoir dans l'ancien cimetière paroissial, plus haut dans la vallée.

*Frank, je t'aime. Pourquoi m'as-tu quittée ?*

– Mais je ne t'ai jamais quittée, Christine ! Oh, non, je ne t'ai jamais quittée. C'est *toi* qui m'as abandonné !

*Frank,* reprit la voix, transperçant son âme. L'emplissant dans le même temps d'une joie immense parce qu'il n'avait jamais cru qu'il l'entendrait une fois encore. Parce que, Seigneur Dieu, il voulait tellement qu'elle lui revienne.

Et elle était là.

Maintenant.

Tout près.

Elle était là, entre les stèles, dans cette magnifique robe couleur lilas qu'il aimait tant. Elle, la femme qu'il avait aimée par-delà la mort.

Il se jeta contre les barreaux. Son cœur allait éclater dans sa poitrine.

– Christine !

Elle vint rapidement vers lui. Elle était perdue, elle était fatiguée, et elle avait faim. Et elle l'aimait, elle l'aimait immensément. Elle l'avait enfin vu, là, de l'autre côté des barreaux de sa cellule.

– Christine...

Elle était tout près de lui.

Bien que la cellule fût à trois étages au-dessus du sol, il ne fut nullement surpris de découvrir soudain son visage à quelques centimètres du sien. Il l'aimait tant.

Et elle, elle le désirait.

*Frank, embrasse-moi.*

– Ô Dieu...

Il se pencha vers elle.

Et elle s'avança, ses bras se refermèrent sur lui.

Ils s'aimaient.

## 41

L'officier de police George Frankham escalada quatre à quatre les marches du poste. Quelques secondes seulement après l'explosion, il s'était retrouvé sur la pelouse, au milieu des clients du Dun Cow qui sortaient, hagards et titubants. Il avait aussitôt repéré son chef qui courait en direction du Magasin Municipal en flammes et l'avait intercepté.

– Fais sortir le matériel d'incendie, George ! lui avait crié le sergent Grover. Et tire aussi Ben Lightfoot de son lit ! On va avoir besoin de lui !

George était donc revenu à bride abattue au poste. Il comptait avant tout téléphoner, même si le fracas de l'explosion avait sans doute déjà alerté les pompiers comme toute la population de Shillingham.

Il décrocha et apprit immédiatement que le camion des pompiers était déjà en route, comme il l'avait supposé. Il raccrocha et demeura une seconde immobile, à se passer la main dans les cheveux. Que diable se passait-il donc ? D'abord, il y avait eu l'incident du carrefour avec cette histoire à propos du gibet, et maintenant le Magasin n'était plus qu'un brasier géant. Qu'est-ce qui allait encore leur tomber dessus ?

C'est alors seulement qu'il entendit un bruit anormal.

Quelque part, tout près, on aspirait, on suçait. Ça venait de la cellule de Frank.

– Frank ?... Qu'est-ce que tu fabriques ?

Le bruit continuait.

George s'approcha de la fenêtre qui ouvrait sur

le couloir de la cellule. Il vit que Frank était debout sur son bat-flanc et lui tournait le dos. Il avait l'air de trépigner et de frissonner tout à la fois. C'est alors que George aperçut le verre brisé sur le sol. En jurant, il prit le trousseau de clés dans le tiroir du bureau et se précipita vers la cellule de Frank. Sa vision n'était pas très claire mais il pouvait voir cependant que Frank avait passé les bras au-dehors. Ce fou avait pété la vitre de sa cellule ! Maintenant, il ne frissonnait plus, pourtant, et le bruit écœurant avait cessé. Il était toujours debout, les jambes roides.

– Frank ! cria George. Descends de là !

Frank ne réagit pas, ne répondit pas. D'un geste brusque, George ouvrit la porte de la cellule et entra.

– Allez ! Descends !

Il prit Frank par l'épaule.

Le corps rigide de Frank, les bras toujours tendus, bascula en arrière. Horrifié, George s'écarta. Frank tomba de tout son long sur le sol de la cellule, dans un ignoble bruit spongieux.

– Ô Seigneur Dieu !

Il était mort.

Quelque chose lui avait arraché les yeux. Mais, dans la mort, il souriait à George, et ses deux orbites ensanglantées étaient comme deux portes affreuses ouvertes sur l'enfer. George recula jusqu'aux barreaux, la main pressée sur les lèvres.

Quelque chose bougea devant la fenêtre.

*La fumée*, pensa vaguement George, luttant pour ne pas vomir. *Oui, la fumée de l'incendie*... De minces torsades floues s'insinuaient à présent dans la cellule.

Maintenant, il comprenait que ce n'était pas de la fumée ou du brouillard, mais qu'il allait affronter ce qui venait de boire la vie de Frank Warwick.

Le Veur, affamé, avide, entra en lui.

George voulut crier. Le son reflua dans sa gorge. Le cri s'éteignit.

De même que sa vie, après de longues secondes de souffrance.

## 42

Christy courait sur Split Crow Lane.

Des sanglots rauques s'échappaient de sa gorge. L'air frais du soir sifflait entre ses lèvres et emmêlait ses cheveux. Elle ne pensait à rien. Elle n'avait pas une seconde pour réfléchir à ce qu'elle faisait.

*Apporte le Livre,* avait dit son père. Et c'est ce qu'elle allait faire. *Vite, avant qu'il ne soit trop tard.* Le Magasin Municipal avait explosé et Christy savait que ce n'était pas sans rapport avec la peur de son père. Le feu, la fumée et ce qui s'était passé au carrefour des routes, tout cela tournait autour de son père.

Elle s'adossa un instant à un arbre, aspirant l'air à grandes bouffées, insouciante du contact rude de l'écorce. Elle revoyait le visage de Michael, l'expression de tristesse qu'il avait eue lorsqu'elle lui avait dit qu'elle désirait rester seule. Elle savait qu'elle l'avait blessé. Elle se remit à courir.

*Il est en sûreté. Il était au Dun Cow. J'irai le retrouver quand papa aura le Livre. Michael, Michael... comment pourrais-je t'expliquer ? Pourquoi je cours vers ce maudit livre ? Comment, alors que je ne le sais pas moi-même ?*

Pas un instant elle ne ralentit sa course.

## 43

Billy jeta un coup d'œil par-dessus son épaule pour voir si quelqu'un ne l'avait pas repéré. Il s'activait sur la portière de la voiture.

– Laisse tomber, Billy ! souffla Dennis, effrayé, quelque part dans l'ombre.

– Ouais, tirons-nous, insista Bob. On n'a pas besoin de faire ça.

– Fermez-la, foies blancs ! fit Billy en enfonçant un peu plus sa clé dans la serrure. (Là-bas, le Dun Cow était une masse sombre qui semblait noyée dans l'éclat orange du brasier. La sirène des pompiers résonna, tout près, et Billy se détourna brièvement avant de réattaquer la serrure. La portière céda enfin. Tout le monde était bien trop occupé pour faire attention à lui.) Allez, venez. On va faire un tour.

– Je crois pas qu'on devrait, dit Linda, hésitante. Et si on se fait pincer ?

– Et si le ciel pissait du whisky et qu'on soit tous bourrés ? *Allez, venez !*

Billy était déjà installé au volant de la Citroën. Les trois ombres s'approchèrent avec réticence. Il ne savait pas à qui était cette voiture mais il pensait que son propriétaire était peut-être un des types de l'Environnement. Il pouffa encore de rire en repensant à la destruction du gibet et lança le moteur. Puis il se pencha pour ouvrir la portière du côté passager. Bob s'apprêta à monter mais il l'arrêta :

– Non ! Pas toi. Linda !

Penaud, Bob s'installa à l'arrière avec Dennis.

Billy était surexcité par l'incendie du Magasin et l'idée de ce qui avait pu se passer à l'intérieur. Il avait envie de... de *courir*. Et il n'avait pas su résister à la tentation d'une balade folle sur les routes de la région, en poussant le moteur à fond. Les autres, comme d'habitude, n'avaient pas été difficiles à convaincre quand il avait décidé de piquer une des voitures garées derrière le pub. Qu'est-ce que ça pouvait faire s'ils éraflaient la carrosserie, défonçaient les pare-chocs, et même s'ils pétaient tout le bazar ? Ce n'était pas sa bagnole. Il n'en avait rien à foutre. Il pelota le genou de Linda. Elle avait appris à ne pas protester.

Billy prit un virage serré, les pneus crissèrent et il hurla de joie. Les quelques grognements qui s'élevaient de l'arrière déchaînèrent son rire et il fouilla dans sa veste, trouva sa fiole de whisky et la lança par-dessus son épaule. Elle retomba avec un bruit mat sur la tête de Bob ou de Dennis.

– Essayez un coup de ça pour bander un peu plus !

Dans le faisceau des phares, les arbres défilaient à toute allure. Billy prit un virage et arracha un bout de clôture. Un grincement de métal s'éleva à l'arrière.

– *Bordel, Billy !*

La Citroën dérapa mais Billy s'accrochait au volant et il la redressa presque aussitôt.

Dennis avait débouché la fiole. Il but une gorgée, grimaça et la passa à Bob. Si son père venait à apprendre ce que Billy avait fait – ce qu'*ils* avaient fait –, il lui arracherait la peau des fesses. Il jeta un coup d'œil à Bob et vit ses yeux brillants, sa joie forcée, et aussi la peur sur son visage. Mais qu'est-ce qu'ils foutaient là, nom de Dieu ? Ils en avaient justement discuté chez Sean. Ils étaient tous d'accord : Iris Wooler leur avait donné un bon conseil. Ils devaient absolument éviter Billy Rifkin. Mais il était venu les trouver le soir et ils l'avaient suivi comme des toutous. À l'exception de Sean, qui avait refusé, et Dennis avait admiré son courage.

Les pneus gémirent et la voiture fit un bond. Des branches fouettèrent le pare-brise et Billy gloussa.

– Hé ! Repassez-moi la bouteille ! Un coup pour le pilote !

Bob lui tendit le whisky.

– J'espère que vous avez pas chopé le SIDA, ricana Billy avant de boire plusieurs gorgées et de passer la flasque à Linda.

Devant eux, la route était un pâle ruban désert.

– J'aime pas le whisky, protesta Linda.

– *Bois !*

Linda s'exécuta.

– Voilà, c'est bien, ça...

– *Attention, Billy !*

Il y avait quelque chose devant eux, au milieu de la route. Dans la fraction de seconde qui suivit, Billy eut l'impression très nette qu'ils avaient devant eux un des gros nuages de fumée qui s'étaient élevés du toit du Magasin en feu. C'était comme de la fumée noire et bouillonnante, avec des yeux pareils à des brandons surgis de l'Enfer et une gueule emplie de tonnerre et d'éclairs. Ça ondulait en travers de la route, apparemment indifférent à leur approche. Il braqua violemment sur la gauche.

– *Billllyy !*

La voiture entra dans une haie et le pare-brise s'étoila. Linda empoigna Billy par les cheveux tandis que la voiture traversait une clôture de barbelés dans un bruit déchirant. Bob s'était mis à crier d'une voix aiguë. La voiture percuta un arbre par le flanc et, cette fois, le pare-brise explosa. Une glace de portière fut arrachée et à l'instant où la voiture basculait, Dennis fut éjecté. La voiture fit deux tonneaux et s'immobilisa sur le toit. Le radiateur crachait un geyser de vapeur.

Toussant dans l'odeur d'essence, Billy rampa sur les coudes et parvint à s'extraire du verre brisé. Il rencontra de l'herbe et continua à ramper. Il avait le cou douloureux et un atroce mal de tête, pire que toutes les gueules de bois du monde. Il se dit qu'il allait vomir. Il n'avait pas la moindre idée de ce qui avait pu se passer. Tout ce qu'il voyait, c'est qu'il avait des tas d'entailles aux mains. Il se laissa rouler sur le dos, aspirant l'air froid de la nuit. Sa vision était floue. Il passa une main sanglante sur ses paupières et essaya de voir.

La voiture était là-bas, toute cabossée, sur le toit. L'un des phares était encore allumé. Il y avait des éclats de verre un peu partout et un corset de barbelés enveloppait la carrosserie. Une portière était allée retomber à plusieurs mètres de distance. L'odeur d'essence était de plus en plus forte : le réservoir avait dû se casser. Billy se rappela enfin ce qui s'était passé.

*Il y avait eu quelque chose sur la route. Comme de la fumée... comme...*

C'est alors qu'il vit ce qui sortait par la brèche que la voiture avait faite en plongeant à travers la haie. Il se frotta encore une fois les yeux. Il se dit qu'il avait sûrement été choqué, parce que, même en faisant un sérieux effort, il n'arrivait pas à identifier la chose qui était responsable de l'accident. Elle approchait en tourbillonnant de la voiture, comme une colonne de brouillard en mouvement. Elle s'arrêta à cinq mètres de l'arrière. Assis dans l'herbe haute, Billy clignait désespérément des yeux pour essayer de mieux voir.

C'était haut. Plus de quatre mètres. Par instants, la forme de la chose était presque humaine, et puis elle redevenait une torsade de fumée grise, juste quand Billy croyait la discerner plus nettement. Parfois, il y avait aussi un visage dans le nuage. Parfois non. Ça se tordait, ça bouillonnait. Ça changeait constamment de forme et les visages se succédaient pour disparaître aussitôt.

*C'est le choc. Un traumatisme, voilà ce que c'est. Je n'arrive plus à bien voir !*

La chose s'était remise en mouvement en direction de la voiture.

Billy ne la quittait pas des yeux. C'est alors qu'il entendit des gémissements, quelque part sur sa droite.

La chose s'arrêta net. Elle aussi avait entendu. Billy la vit glisser au-dessus de l'herbe comme poussée par un vent qu'il ne sentait pas.

C'était Dennis qui gémissait, à moins de dix mètres de là. Il essayait de se redresser en vacillant sur ses jambes, la tête entre les mains. Il avait été éjecté. Il se mit à appeler, inconscient du nuage qui s'approchait.

– Billy... Billy... Je suis blessé...

Billy, lui aussi, se releva.

À cet instant, Dennis vit la chose et il tenta de s'en éloigner maladroitement.

Billy restait paralysé, fasciné. La chose changeante, mouvante, retombait sur Dennis comme un manteau de brume.

Billy sentit venir le malaise, perdit l'équilibre et tomba à genoux. Il se pencha, regarda le sol et s'aperçut que sa vision était dédoublée. Il se frotta de nouveau les yeux et entendit alors un hurlement.

C'était Dennis.

Billy essaya de fixer l'endroit où il avait vu la colonne de brume un instant plus tôt, mais il n'arrivait pas à accommoder sa vision. Il n'enregistrait que des impressions. Des impressions qui provenaient de cette étrange masse ondulante avec ses visages différents. La chose semblait *intriguée*. Elle s'était emparée de Dennis et l'examinait. Billy apercevait parfois le visage de Dennis, puis ses jambes, qui flottaient dans la masse, à deux mètres du sol. Dennis donnait des coups de pied et se débattait. Puis les jambes disparurent : la chose avait retourné Dennis et Billy vit que sa tête et l'un de ses bras étaient affreusement lacérés. Et Dennis criait, criait, criait sans cesse.

Billy ne pouvait en être certain mais, maintenant, il lui semblait que la chose tenait Dennis par les jambes, la tête en bas, comme une poupée de chiffon. Il y eut un bruit pareil à celui que fait un tissu que l'on déchire. Les cris de Dennis atteignirent un seuil suraigu, atroce... et cessèrent brusquement.

La chose l'avait découpé en deux.

Elle rejeta les deux quartiers sanguinolents dans l'herbe haute et Billy sentit l'horreur et la peur lui tenailler le ventre. Il se retourna, incapable de se mettre à courir, et fit quelques pas en direction de la voiture avec le vague espoir de s'y abriter. La chose se porta dans sa direction, mouvante, ondulante, consciente de sa présence, à la fois vive et dense comme une bouffée de gaz méphitique montée d'un étang.

Aucun son ne franchit les lèvres de Billy. Il ne savait qu'une chose : il avait vu Dennis déchiré en deux comme une vieille poupée.

Il entendit des gémissements à l'intérieur de la voiture retournée. Linda et Bob devaient être encore vivants. Linda appelait sa mère et Bob gémissait. En atteignant enfin la voiture, Billy se retourna. La chose était presque sur lui. Avec un glapissement de terreur, il tomba lourdement, étouffant à demi dans l'épaisse odeur d'essence.

– S'il... s'il vous plaît... ne me tuez pas.

Il se mit à pleurer avec des sanglots énormes. Il n'avait pas pleuré ainsi depuis qu'il était tout petit. Il savait maintenant que la chose qui avait tué Dennis était la même que celle qu'il avait vue au-dessus du Magasin. Il était le seul à l'avoir vue et il la reconnaissait à présent. Il leva une main en un geste de défense dérisoire, s'attendant à ce que l'immonde nuage le soulève et l'emporte comme Dennis. Mais il ne se passa rien. Il releva les yeux, sans cesser de sangloter. Il espérait vaguement qu'il allait se réveiller et découvrir qu'il avait fait un cauchemar.

La chose était toujours là, à moins de deux mètres, tourbillonnant en épaisses torsades, comme de la fumée. Billy devina qu'elle l'observait. Il cessa de pleurer mais il ne pouvait cacher sa peur. Dans la voiture, Linda sanglotait. Quant à Bob, on ne l'entendait plus : peut-être était-il mort.

– *Bonjour, Billy.*

Il n'y avait pas eu réellement de son. La voix était dans sa tête. Une voix de velours, qui ne ressemblait à aucune autre voix, en fait. Billy s'efforça de s'asseoir. Même à si faible distance, il ne parvenait pas à distinguer nettement la chose.

– Bonjour, fit-il.

– *Tu me connais, n'est-ce pas ?*

– Je... je vous ai déjà vu... avant.

– *Je peux te donner tout ce que tu désires. Je peux te donner cette fille qui s'appelle Christy. Tout.*

Comment la chose savait-elle à propos de Christy ?

– *Ça te plairait, n'est-ce pas ?...*

– Ça oui ! Pour sûr que ça me plairait !

– *Nous pouvons être amis, Billy. Très bons amis.*

– Amis ?

– *Il faut me donner des preuves, Billy. Trois preuves. Si tu me donnes ces trois preuves, je t'accorderai ce que tu veux. Tout ce que tu veux.*

– Trois preuves ?

Billy n'entendit rien mais il sut que la chose disait *oui*. Il se mit à genoux et porta la main en visière à son front pour essayer de mieux voir à l'intérieur du nuage vivant. Quelque chose lui disait que c'était le moment qu'il avait attendu toute sa vie. Le moment dont il avait toujours rêvé. Il touchait au but : il allait avoir tout ce qu'on lui avait toujours refusé. La voix disait la vérité. Il avait eu la démonstration de ses pouvoirs, de sa force. Il savait qu'elle ne mentait pas. Il se leva.

« Trois preuves », avait-elle dit.

Hochant la tête, il contourna la voiture. Linda pleurait toujours. Un sourire joua sur les lèvres de Billy. Il n'avait pas quitté la chose des yeux et savait qu'elle attendait son acquiescement. Il chercha dans une de ses poches. Il se souvenait de ce qui s'était passé au Magasin et de ce qu'il avait éprouvé sur le moment. Sans cesser de sourire, il montra à la chose ce qu'il tenait dans sa main, pour qu'elle l'approuve. Une fois encore, sans entendre vraiment la voix, il sut qu'elle disait *oui*.

L'odeur d'essence était difficilement supportable.

Billy prit une allumette et la frotta.

Il eut la certitude que la chose souriait. Et il répondit à son sourire en jetant l'allumette dans la mare d'essence qui s'étendait autour de la voiture.

Le grondement violent fit taire les pleurs de Linda. La carcasse de la voiture devint soudain une île noire sur un lac ardent. Billy fut littéralement soufflé en arrière par la vague de chaleur et les langues de fumée sombre et huileuse. Des flammes jaunes et orange dévoraient l'intérieur de la voiture comme elles avaient dévoré le Magasin Municipal et, cette fois, Billy avait la *certitude* que quelqu'un de vivant était brûlé vif. Il aurait aimé entendre les cris de Linda. Il se tourna vers la chose, quêtant son approbation avec un sourire.

Elle avait disparu.

Mais il sut qu'elle approuvait. Il lui sembla entendre la voix qui disait à l'intérieur de sa tête : *C'est bien, Billy. Tu as montré ce que tu peux faire. Il faut le prouver encore trois fois et alors tu auras ta récompense.*

Il leva les yeux vers le nuage de fumée noire, s'attendant presque à y discerner les visages de la chose, mais il ne vit que le ciel de nuit et des bancs d'épais nuages. La chose était vraiment partie, mais il savait qu'elle reviendrait. Et il savait aussi que Shillingham allait payer pour tout ce qu'on lui avait fait. Il éclata d'un rire sauvage, ouvrit grands les bras et s'offrit à la nuit.

Trois preuves. Et tout ce qu'il désirait serait à lui.

## 44

*En s'avançant dans la nuit, il savourait le goût de l'ombre et se réjouissait de ce qui se préparait. L'air portait le feu, la douleur et la mort. De bonnes choses. La vie haïssable était là, grouillante. Il fallait l'éteindre. La souffrance et la vengeance étaient si proches. De même que le désespoir, au délicieux parfum. Des choses immenses et délectables étaient proches. Et...*

*ELLE !*

*Dans sa fureur, il essaya d'en retrouver la trace. Il avait tué le Gardien du Secret. Mais sa progéniture vivait encore et elle allait ramener le Livre au jour. Empli d'une fureur insane, il flairait la nuit. Très vite, il trouva la trace et s'éloigna plein de colère et affamé. Droit sur elle.*

## 45

Christy repoussa violemment la caisse de lait et piétina avec colère. *Sous le plancher de la cuisine,* avait dit son père.

– Mais où, papa ? Où donc ?...

Le souffle court, les poumons brûlants, elle avait enfin rejoint la ferme et était allée droit jusqu'à la cuisine. Elle avait exploré toutes les lames du plancher sans en trouver une seule qui fût disjointe, sans découvrir la moindre trace d'un creux où son père aurait pu loger des bouquins. Elle avait pourtant acquis une certaine expérience à force d'explorer les recoins où il cachait son gin et son whisky. Mais, cette fois, elle ne trouvait rien. Elle donna un coup de pied dans la caisse et reprit ses investigations.

– Mais qu'est-ce que je suis en train de faire là, papa ? Pourquoi ce fichu Livre est-il tellement important ?

*Sous le frigo, peut-être ?* Elle délogea le réfrigérateur installé sous le plan de travail et inspecta les lattes du plancher. Rien.

– Et comment savoir si ce n'est pas encore une autre de tes obsessions ? Une pure élucubration ? Pourquoi est-ce que je perds mon temps à ces bêtises, au lieu de te chercher un avocat ?

*À cause de cette expression sur son visage. Et cette façon qu'il avait de me parler. Et aussi... à cause de cette terrible explosion et de cet incendie à Shillingham.*

*Je devrais jeter un coup d'œil à l'endroit où le plancher a craqué, derrière la porte. Ça date du jour où papa a lâché le banc de la cuisine. Ça a tellement fait rire maman...* De toutes ses forces,

Christy tira sur la lame fissurée et s'aperçut qu'elle était solidement maintenue en place. Elle glissa alors les doigts dans la fente et essaya à nouveau de tirer. Il n'y avait rien en dessous. Ce n'était qu'une planche fendue.

– Ô Seigneur ! Papa !...

Elle s'était laissé tomber, les jambes croisées, et se mit à pleurer. C'était sans espoir. Elle avait tout fouillé.

Parce qu'il n'y a *pas de Livre* !

*Si, Christy, il y a un Livre.*

Mais où ? Où ?

On frappa à la porte de devant.

Intriguée, Christy se leva et gagna le couloir tout en jetant un regard à sa montre. Il était près de 5 h 30 du matin. Elle avait cherché pendant toute la nuit. Qui cela pouvait-il être ?

*Michael. C'est Michael. Il est venu me chercher parce qu'il ne m'a pas vue revenir.*

Un autre coup. Unique. Mais plus fort, cette fois. Comme marqué par l'impatience.

– Michael ?

Aucune réponse. Rien qu'un autre coup à la porte. Mais très fort, comme si sa question angoissée avait en quelque sorte excité celui qui était dehors. Sans raison, Christy se sentit brusquement prisonnière dans l'étroit couloir. Elle étouffait entre les murs, le papier peint à motif fleuri, et les reproductions maladroites de paysages du Lake District, montagnes austères et arbres battus par la pluie et le vent. Elle s'avança et le bruit léger de ses pas sur le tapis accrut encore cette impression. Pourquoi ce brusque malaise ?

– Michael ? appela-t-elle encore une fois, la main à quelques centimètres du loquet.

Cette fois, le coup fut si violent que les gonds grincèrent. Christy se rejeta en arrière, effrayée.

Un autre coup, puis un troisième. Ensuite, cela devint un martèlement furieux dont les échos se répondaient dans le couloir. La porte semblait sur le point de craquer. C'était comme si on la frappait à coups de masse. Elle était ancienne, épaisse et solide, mais elle ne résisterait plus longtemps.

– Qu'est-ce que vous voulez ?

Le martèlement s'accéléra, devint un staccato de coups. Christy serra les poings et se mordit les phalanges. Pour la première fois, la peur s'insinuait en elle. Lentement, elle battit en retraite.

– Allez-vous-en ! Laissez-moi !

À cet instant, un panneau céda et elle hurla en voyant de minces filaments de fumée ou de vapeur entrer par la fissure. Derrière, elle devinait une sorte de lumière pulsée. Et elle comprit tout à coup que ce qui était là, dehors, n'avait rien d'humain, que c'était le mal à l'état pur.

Le martèlement devint plus violent encore. Au moment où elle se retournait pour se mettre à courir, la porte se fendit en deux avec un craquement et s'abattit contre le mur. Folle de terreur, elle courut jusque dans le living-room et claqua la porte derrière elle. Mais, un bref instant, elle avait entrevu quelque chose : une espèce de fumée tourbillonnante qui pénétrait dans la maison et, au centre de ce nuage, une forme massive, noire, terrifiante. La chose, elle en avait la certitude, s'était dirigée vers elle lorsqu'elle avait claqué la porte. Rapidement, Christy alla jusqu'à la fenêtre qui donnait sur le jardin. Quelque chose rampait dans le couloir, elle en était sûre. Elle hésita, redoutant de grimper sur le rebord de la fenêtre et de se lancer dans le vide. Dehors, elle en avait la conviction, elle serait encore plus vulnérable. Elle se retourna alors, prit le sofa et le poussa de toutes ses forces contre la porte. À la seconde même où quelque chose de pesant s'abattait contre le battant. Elle resta là, appuyée au sofa, essayant de maintenir la porte qui, déjà, se déformait sous la pression de ce qui était là, dans le couloir.

– Allez-vous-en ! Laissez-moi !

*Chrissstyyyy!* fit une voix qui était comme l'écho de la mort. Et la jeune fille éprouva une terreur que jamais encore elle n'avait connue. Un coup d'une force étourdissante résonna dans la pièce et, simultanément, elle hurla. La porte tomba sur le tapis.

Mais la fumée et la clarté semblaient avoir soudain disparu, comme si elles n'avaient jamais existé. Le souffle rauque, Christy regarda autour d'elle.

*Je rêve ? Je vais me réveiller et tout sera normal ?*

Elle fit un effort violent sur elle-même pour risquer un regard dans le couloir. Rien. Il n'y avait rien. Par-delà la porte fracassée, elle voyait le ciel nocturne. Ce qui restait du battant de la porte se balançait dans le vent en grinçant sur ses gonds.

Elle regarda autour d'elle et sa gorge se noua.

De gros nuages se gonflaient en roulant au-dessus du jardin, devant la fenêtre du living. Des nuages huileux, lents, vénéneux. On aurait dit qu'une brume mortelle avait surgi du fond de la nuit. Et elle entendait comme un souffle, le souffle d'un animal *énorme*. La fumée se lovait puis s'étendait en une nappe trouble sur les vitres. En repoussant le sofa avec des gestes frénétiques, Christy comprit que la chose, la chose affreuse venue du fond de la nuit était en train de jouer avec elle. Sous ses yeux, elle parut s'éloigner brusquement avant de plonger presque aussitôt sur la fenêtre. Le verre explosa, le bois céda. Et le nuage noir, soudain, se déroula dans la pièce à l'instant où Christy, contournant le sofa, s'élançait dans le couloir.

*Elle veut que je sorte de la maison.*

Elle gagna la cuisine, claqua la porte et mit le verrou. Elle n'avait aucune chance si elle courait car la chose finirait par la rattraper. Avec des sanglots de terreur, elle chercha fébrilement un objet qui pût lui servir à se défendre. Sans rien trouver. Elle s'appuya contre le mur du fond, face à la porte, et attendit. Des bruits de destruction lui parvenaient. La chose s'acharnait sur le living-room. Elle fracassait les meubles et la verrerie.

– Arrêtez ! Arrêtez !

Elle tomba à genoux.

Elle écouta. La chose s'éloignait. Elle retint son souffle. Est-ce qu'elle s'approchait de la cuisine ? Ou bien partait-elle vraiment ? Ou alors attendait-elle là-dehors, silencieuse, guettant le premier mouvement de Christy ? Les secondes passaient, oppressantes, douloureuses. Christy écoutait les coups sourds et rapides de son cœur. Elle avait le goût aigre de la peur dans la bouche. Elle n'entendait plus rien. Elle se redressa et, d'une démarche hésitante, s'approcha de la porte. Est-ce que la chose l'attendait de l'autre côté ? Elle appuya l'oreille contre le battant. Rien. Elle recula. Elle n'avait pas le courage d'ouvrir. Elle savait que la chose pouvait entrer d'un instant à l'autre et faire voler les portes en éclats ou passer à travers les fenêtres en une seconde. Non, il valait mieux...

C'est alors qu'elle entendit des bruits sur le toit. Au-dessus de la cuisine. Des grognements, des sons mats, comme si on pesait sur la toiture. Elle leva les yeux, saisie de panique. La cuisine avait été construite dans le prolongement de la ferme et il n'y avait rien au-dessus. Rien que le toit...

*Et la chose !*

Elle courut vers la porte, mais il était trop tard.

Le plafond se fendilla soudain. Les lumières s'éteignirent, des fragments de bois tombèrent à grand fracas. Une poutre s'effondra, bloquant la porte. Christy fut projetée en arrière sous une averse de plâtre. Un énorme pan de maçonnerie s'écrasa à quelques centimètres d'elle. Elle se pelotonna, roula sous la poutre qui bloquait la porte tandis que le reste de la toiture s'écroulait dans la pièce, pierres, plâtras et poutres mêlés. Le vent de la nuit s'engouffra dans les décombres. Un grondement intense, juste au-dessus de sa tête, apprit alors à Christy que la chose venait vers elle. Une planche s'abattit brusquement et l'atteignit à la tempe. Elle sentit le monde glisser au loin.

La chose approchait.

Elle progressait dans les décombres, se dirigeant vers la progéniture du porc.

## 46

*Et c'est alors qu'il dut battre en retraite en glapissant.*

*Inquiet, conscient du danger qui le menaçait, il se fraya un chemin dans les débris. Déconcerté, il émergea dans la nuit au-dessus des ruines de la cuisine et huma le vent. Le danger approchait, mais de quelle direction ? Il sonda la nuit, l'interrogea sans rien découvrir. Il savait que là, sous lui, la fille était maintenant inconsciente et qu'il pouvait assouvir sa vengeance. Mais il ne le pourrait pas avant de savoir quel danger survenait.*

*Le Veur se mit à tourbillonner, chercha encore, et trouva d'où venait la menace.*

*Elle était à l'horizon.*

*Ce n'était encore qu'une ligne imprécise, vague, orange.*

*L'aurore.*

*Le jour nouveau pointait.*

*Le Veur s'éleva au-dessus des gravats, grognant à la clarté qui, peu à peu, gagnait la terre. Très bientôt, le soleil se montrerait. La nuit mourait. Il regarda encore une fois vers le bas, là où gisait la progéniture du porc.*

*Bientôt je reviendrai. Tu es la dernière de la lignée. Tu ne pourras pas m'arrêter. Je trouverai d'autres circonstances pour cette vengeance. Bientôt...*

*Il s'envola, flairant des pistes multiples, en quête d'un abri pour les heures du jour. Instinctivement, il savait qu'un tel endroit devait exister dans Shillingham. Mais à quelle distance ? Pourrait-il l'atteindre avant que le jour se lève ? Car la lumière orange s'était maintenant répandue sur tout l'horizon, comme une nappe de poison prête à inonder son âme corrompue. Et le Veur s'enfuit, pareil à un vent ténébreux.*

*Il trouva très vite ce qu'il cherchait. Et pas aussi loin qu'il l'avait redouté.*

*Il s'introduisit dans ce lieu de repos à l'heure où le jour se déployait sur la campagne. C'était un refuge, une retraite où il pourrait attendre que la nuit revienne et enveloppe la terre. Un sanctuaire où il pourrait songer à sa vengeance, à son retour sur Shillingham. À l'abri du soleil.*

*Parmi les morts.*

## 47

Le Magasin Municipal avait été très rapidement détruit par l'incendie mais les pompiers étaient venus à bout du feu. Michael avait regardé la toiture s'effondrer quelques minutes avant que les hommes n'aient réussi à mettre la pompe en place et à noyer jusqu'aux derniers foyers. Une ambulance était arrivée de l'hôpital pour évacuer les blessés du Dun Cow. Mais, ainsi que l'avait estimé le sergent Grover, il n'y avait pas de cas sérieux, juste quelques contusions et des coupures dues aux éclats de verre. Michael était demeuré auprès du sergent. Il se sentait en vérité aussi impuissant que lui.

Il avait vu Frankham, l'adjoint de Grover, qui accourait du poste. Il avait téléphoné à la brigade d'incendie. Ce qui n'était pas nécessaire car les hommes étaient déjà en route. Ils étaient arrivés presque immédiatement. Mais Frankham, lui, n'avait pas reparu. Et Grover semblait mécontent et inquiet.

Lorsque le feu fut complètement éteint et que Grover dut inévitablement commencer la procédure policière d'enquête afin de déterminer les causes du sinistre, Michael décida qu'il était plus raisonnable de s'éclipser. Il avait attendu Christy, en vain. Il se demanda sombrement si cette nouvelle existence qu'il venait de découvrir avec elle allait s'achever comme ça, à peine commencée. Il comprenait qu'elle eût besoin d'un peu de temps pour s'occuper de son père, ainsi qu'elle le lui avait dit plus tôt dans la soirée, mais, bon sang, il ne souhaitait que lui venir en aide ! Pourquoi le tenait-elle à l'écart ? Il réfléchit à la conduite à tenir. La rejoindre chez elle pour savoir ce qui avait pu arriver ? Si elle était vraiment partie chercher quelque chose dont son père avait besoin, elle aurait dû revenir depuis longtemps. À moins qu'elle n'ait employé cette ruse pour s'échapper. Elle ne voulait peut-être plus de sa compagnie, après tout. Avec un sentiment de mélancolie, Michael reprit le chemin de Split Crow.

À son approche, les chiens parurent sentir son découragement et l'évitèrent. Pourtant, ce soir-là plus que jamais, il aurait apprécié leurs démonstrations d'affection. Et puis, il se dit qu'ils attendaient sans doute Christy, eux aussi, et qu'ils étaient déçus de ne pas la voir avec lui.

Il se versa un verre, raviva le feu et s'assit dans son fauteuil pour tenter de réfléchir à tous les événements de la journée. Car ç'avait été une dure journée ! D'abord Frank, puis ce type du ministère qui avait brûlé dans le Magasin. Il avait toujours considéré Shillingham comme un petit village endormi. Mais Sean avait raison : avec ce projet d'autoroute, c'était l'enfer qui approchait.

Morose, déprimé, il se leva et alla jusqu'au téléphone. Il composa le numéro de Christy. Il voyait encore son visage quand elle lui avait dit : *Je veux y aller toute seule. J'ai besoin d'un peu de temps.*

Il raccrocha et son regard se posa sur Mac. Le chien, avec un gémissement, se rapprocha un peu plus de la cheminée.

– On est deux, vieux, fit Michael.

Après deux whiskies, il s'assoupit. Au troisième, il sombra dans un sommeil troublé.

*Dans son rêve, il lui arrivait une chose qu'il avait bien espéré ne jamais revivre. Il était à l'extérieur de son corps, observateur objectif, et il se voyait ligoté sur une civière. On l'emportait vers l'ambulance. Il tordait la tête frénétiquement. Il pouvait sentir sa souffrance mentale, même s'il se trouvait hors de ce corps tourmenté.*

*– Je suis mort. Laissez-moi seul. Je suis mort. MORT !*

*Et soudain, ce n'était plus lui qui était sur la civière, mais Christy.*

*Des hommes en noir, au visage éteint, poussaient la civière dans l'ambulance et Christy criait : « Je suis morte ! MORTE ! MORTE ! » Michael se débattit pour avancer, mais des mains le retenaient, l'agrippaient. Il devait la sauver. L'un des ambulanciers se retourna et lui adressa un sourire cruel. Il le reconnut alors. C'était Frank Warwick. Il riait des tentatives désespérées que faisait Michael pour s'approcher. Michael, alors, lança la main en avant, mais sans réussir à le toucher.*

*– Christy !*

*– Morte ! Morte ! Je suis morte !*

Il se réveilla brusquement, baigné de sueur. Le feu était presque éteint et la pièce n'était plus éclairée que par les derniers brandons. Quelque chose de précis l'avait réveillé. Un bruit. Mais il ne savait quoi exactement. Il se leva d'un bond en se frottant le visage.

– Qu'est-ce que ?...

Dutch et Mac aboyaient.

Et on frappait à la porte.

Les deux chiens aboyèrent de plus belle.

Michael jeta un rapide coup d'œil à sa montre. Il était exactement 6 heures. Les membres engourdis, il marcha jusqu'à la porte tandis que les chiens tournaient nerveusement autour de lui.

Il ouvrit.

Christy était là, sur le seuil, les vêtements déchirés, le visage couvert de sang et de boue.

## 48

– Michael...

Elle lui tendit la main avant de s'effondrer. Il la rattrapa.

– Mac ! Dutch ! Couché !

Les chiens obéirent docilement et retournèrent auprès de la cheminée. Michael sentit la panique le gagner.

*Le rêve ! Le rêve n'est pas fini ! C'est impossible !*

Doucement, tendrement, il la porta jusqu'au sofa.

– Ça va, maintenant, ça va, Christy ? Tu es blessée ? Que s'est-il passé ? Qui t'a fait ça ?

Les yeux fermés, elle marmonnait fébrilement. Elle semblait sur le point de sombrer dans le sommeil. Il alla rapidement jusqu'à la cuisine, mouilla une serviette sous le robinet et revint auprès d'elle pour lui nettoyer le visage. Il vit qu'elle avait une coupure au-dessus d'un sourcil.

– Seigneur ! Christy, que s'est-il passé ? On t'a attaquée ?

Il alla jusqu'au téléphone, trouva le numéro du poste de police sur un bloc et le composa. Il regarda encore une fois sa montre. 6 h 15. Est-ce qu'il y aurait quelqu'un pour lui répondre ?

– Police de Shillingham. Grover à l'appareil.

– Dieu soit loué ! Je ne pensais pas que...

– C'est vous, Lambton ?

– Oui.

– Où est donc Christy ? Elle est avec vous ?

– Oui, elle est ici. Et elle a besoin d'un médecin. (Michael avait senti une tension nouvelle dans la voix du sergent et il ajouta :) Que se passe-t-il ?

– Je serai là dans un quart d'heure. Avec le Dr Stark.

– Comment ?...

– *Attendez-moi, Lambton ! J'arrive !*

## 49

La tension se lisait encore sur le visage de Grover quand il arriva à la ferme. En entendant le crissement des freins de la landrover, les chiens se déchaînèrent et Michael fut obligé de les boucler dans la cuisine. Mais leurs aboiements féroces n'avaient pas tiré Christy de son profond sommeil. Michael, en ouvrant la porte pour laisser entrer le sergent et le docteur, était terriblement inquiet. Le Dr Stark était un petit homme mince à la calvitie naissante avec de grosses lunettes. Il alla tout droit jusqu'au sofa et se pencha sur Christy avant d'ouvrir son sac Gladstone[1].

D'un geste, Grover fit taire les questions qui se pressaient sur les lèvres de Michael.

– Elle n'est pas sérieusement blessée, déclara enfin le médecin. Rien que des égratignures et quelques coupures. Pas de fracture ni de lésions internes. Il se peut qu'elle soit sous l'effet du choc.

– Que s'est-il passé ? demanda alors Grover.

– Je l'ignore, dit Michael. J'ai essayé de l'appeler et elle n'a pas répondu. Elle était partie durant la soirée pour aller prendre quelque chose que son père lui avait demandé...

– Moi aussi, j'ai essayé de la joindre.

– ... elle est arrivée ici et elle est tombée. Je vous ai aussitôt appelé. Docteur, est-ce qu'elle a été...

– Violée ? Ça, je ne pourrai le dire qu'après un examen.

– Quelle sacrée nuit ! s'exclama Grover en se passant la main dans les cheveux.

1. Sac à double soufflet rendu célèbre par lord Gladstone, bien sûr, mais aussi par Sherlock Holmes et les chasseurs de vampires, tel Van Helsing, l'ennemi juré de Dracula, incarné à l'écran par David Hemmings. *(N.d.T.)*

– Grover, que s'est-il donc passé exactement ?

Michael devinait que certaines choses n'avaient pas encore été dites. Et il devait les connaître. Grover demeura impassible. Il se contentait de le dévisager, comme s'il se demandait s'il devait parler.

– Il s'agit de Frank, n'est-ce pas ? ajouta Michael. Il lui est arrivé quelque chose.

– Oui, grommela le sergent en se tournant vers Christy. Il lui est arrivé quelque chose.

– Il est mort.

– Oui. Il a été assassiné dans sa cellule cette nuit. Et George Frankham également – le gars que j'avais envoyé téléphoner à la brigade des pompiers quand le feu a éclaté au Magasin. On les a tués tous les deux.

– Tués ? Oh, non... Christy... Mais comment ?...

– Dieu seul le sait. Le Dr Stark n'a aucune certitude. La chose a pu se produire entre 11 heures hier soir et 4 heures ce matin, selon lui. Dans l'agitation, n'importe qui a pu se glisser là-bas. Écoutez-moi, Lambton... (Grover le regarda droit dans les yeux.) Christy va avoir plus que jamais besoin de vous.

– Je sais.

Le sergent se tourna vers la fenêtre, posa les deux mains sur le rebord et son regard se perdit dans le ciel clair de l'aube.

– Shillingham... Un petit endroit charmant, bien tranquille. J'y ai vécu toute ma vie et il ne s'y est jamais passé grand-chose – si l'on excepte ce bizarre accident de la route qui a coûté la vie à la maman de Christy, les querelles entre fermiers ou les bagarres du Dun Cow... Non, tout a toujours été bien calme... (Il se retourna brusquement vers Michael.) Et voilà qu'en l'espace d'un jour et d'une nuit Frank se met à tirer sur des types qui font tranquillement leur boulot et on est obligé de le mettre au trou. Un type très important du gouvernement meurt dans l'explosion du Magasin Municipal. Un pauvre gars perd la tête et se tue. Deux autres personnes sont assassinées dans le poste de police – un de mes policiers et un ami qui m'était cher. Enfin, trois crétins de gamins se tuent en faisant les cons en voiture. Et maintenant, nous avons cette jeune fille qui a été attaquée. Dites-moi, Lambton : vous croyez qu'en une seule nuit, une seule, on va rattraper trente-cinq années de vie pépère ?...

Christy poussa un gémissement et essaya de se redresser. Michael se précipita auprès d'elle.

– Christy... Qu'est-il arrivé ?

– Vous avez été violée ? demanda le Dr Stark, non sans une certaine brusquerie.

– Violée ? Non... J'étais à la ferme. Quelque chose a essayé d'entrer et... (Elle plissa le front, se rappelant soudain les affreuses images.) *Quelque chose* a essayé de me tuer, Michael ! C'est entré dans la maison en cassant le toit au-dessus de la cuisine. J'ai failli être écrasée. Je n'ai pas trouvé le Livre de papa. Michael, je ne savais plus où aller ! Je...

– Calme-toi, Christy, fit Grover en s'avançant. Qu'est-ce que tu veux dire par « quelque chose » ? Est-ce que ce n'était pas plutôt quelqu'un ?

– ... Papa...

Christy avait pour la première fois levé les yeux sur Grover avec une expression de chagrin qui n'échappa pas à Michael.

– Quelque chose a essayé de pénétrer dans la maison, as-tu dit, reprit Grover, l'air troublé.

– C'est papa... non ? Il s'est passé quelque chose. Parce que je n'ai pas réussi à trouver le Livre.

– Ton père est mort, Christy, dit Michael, doucement, en la serrant contre lui.

Elle rencontra son regard, y lut la vérité et se tourna alors vers Grover. Le sergent baissa la tête en acquiesçant.

– C'est ce que je pensais, fit Christy d'une voix de toute petite fille. Michael, il faut que je dorme, maintenant.

– Christy, répéta Grover, que s'est-il passé à la ferme ?

– Non ! s'exclama Stark, l'interrompant. Vous ne voyez donc pas qu'elle est encore choquée ? Je vais lui donner un calmant. Et plus de questions jusqu'à ce qu'elle se soit vraiment reposée, d'accord ?...

– Mais que diable arrive-t-il donc à Shillingham ? demanda Grover en se tournant vers la fenêtre.

Il regretta d'avoir prononcé ce mot : « diable ». En cet instant, il ne lui plaisait guère. Il semblait porter des échos sinistres.

– Peut-elle rester ici ? demanda Stark, d'un ton très professionnel, convaincu de la réponse.

– C'est chez elle, désormais, dit Michael.

– Docteur, fit Grover en empoignant le téléphone, je vais aller jusqu'à la ferme. Je vous reconduirai après. Mais j'aurai besoin d'un rapport médical complet sur l'état de Christy dès demain.

Stark passa la main sur son front et dit :

– Quelle nuit infernale !

Grover ne put réprimer une grimace. Il appela le poste de police, fit un bref rapport sur Christy et demanda que deux de ses hommes le rejoignent à la ferme Warwick aussi vite que possible.

## 50

Une heure plus tard, Grover se retrouva au milieu des décombres de la cuisine de la ferme Warwick. Levant les yeux vers le ciel déjà clair, il se demanda s'il retrouverait jamais son lit. Ses hommes avaient passé les débris au crible et en avaient conclu que la maison avait dû être bombardée. Le mur du living-room et la fenêtre n'étaient plus que des débris de verre, de plâtras et de bois sur le tapis. La porte d'entrée semblait avoir été déchirée en deux. Quant à la cuisine, elle n'avait pu être démolie que par une explosion.

*Le gaz ?* se demanda Grover. *Une fuite du calorifère ? Les dégâts sont quand même trop importants. Et puis le réservoir extérieur est intact. En tout cas, Christy a eu de la chance d'en sortir vivante.*

Il franchit la porte fracassée de la cuisine. Au-dehors, de l'autre côté de la vallée, il voyait les toits et les cheminées de Shillingham. Un sentiment de malaise montait en lui, un sentiment qu'il n'avait jamais connu durant toute sa carrière de policier. L'explosion et l'incendie du Magasin, la mort d'Elphick avaient été dramatiques, certes, mais il avait été formé à ce genre d'épreuve. La découverte des corps de Frank et de George avait été plus dure... infiniment plus dure. Et assister à l'examen pratiqué par le Dr Stark avait été pour lui une expérience hideuse, insupportable. Il lui avait fallu tout son courage pour affronter ces visages sans yeux.

– Qu'est-ce qui les a tués ? avait-il demandé.

Stark avait haussé les épaules.

– Il va falloir une autopsie en règle pour le découvrir. Si l'on excepte cette énucléation, il n'y a pas la moindre blessure apparente. Une chose est certaine : ils ont tous deux été victimes d'une grave hémorragie.

C'est alors qu'il avait éprouvé pour la première fois ce sentiment sinistre.

– Docteur, où est le sang ? Je n'en vois pas une goutte dans la cellule !

Seul au milieu de la cuisine ravagée de la ferme Warwick, il alluma une cigarette d'une main tremblante.

Quand il avait appris, après d'innombrables coups de téléphone, que des super-flics et des médecins légistes allaient venir de Londres piétiner ses plates-bandes, il avait eu un accès de colère. Maintenant, c'était oublié. *Que ces cons trouvent quelque chose,* se dit-il. *S'ils y arrivent !* Tout cela le dépassait et pour la première fois de sa vie, il était heureux que quelqu'un prenne la relève. Il allait rédiger un rapport préliminaire sur l'incident de Christy Warwick et il pourrait ensuite aller se coucher. La fatigue s'était brusquement abattue sur lui. Il la sentait dans tous ses os. Tout comme ce malaise, ce sinistre pressentiment.

Au fond de lui, dans ce recoin secret où le rationnel n'existe plus, Grover avait la certitude qu'ils n'auraient jamais dû toucher à ce maudit gibet du carrefour, qu'ils auraient dû le laisser là où il était.

*À l'abri du soleil, parmi les morts, dans les ténèbres qu'il connaissait si bien, le Veur continuait à se nourrir et à acquérir de la force. Dans la nuit perpétuelle, il se mit à dresser des plans, à préparer sa toile. Shillingham serait son cocon et, ensuite, quand il aurait consommé ce cocon dans le carnage, le sang, la mort, quand il aurait assouvi sa vengeance, il se dresserait à nouveau sur la terre. Éternel.*

# 51

– Je m'appelle Pemberton, mademoiselle Warwick, déclara l'homme en complet strict qui se trouvait dans le fauteuil occupé d'ordinaire par Grover. (Il se leva. Le sergent, lui, se tenait près du mur opposé, les bras croisés, attentif.) C'est moi qui suis chargé de la suite de l'enquête sur la mort de votre père, ajouta Pemberton. Je crains que cette nouvelle phase ne soit guère aisée, mais elle est nécessaire.

Christy s'assit en face de lui. Michael était debout à côté d'elle. Il ne lui avait pas lâché la main.

– Je comprends.

Depuis qu'elle s'était réveillée, elle avait cette voix trop calme, trop douce, qui inquiétait Michael. Pemberton ouvrit la porte qui se trouvait sur leur gauche et elle se leva pour le suivre. Elle savait qu'elle allait devoir identifier le corps de son père.

– Je viens aussi, fit Michael d'un ton ferme.

Il y avait chez Pemberton quelque chose qu'il n'aimait guère. Il était évident que Grover avait été démis de l'affaire mais les manières de Pemberton, la façon dont il s'exprimait étaient trop tranchantes au goût de Michael. Il risqua un coup d'œil en direction de Grover, et le sergent acquiesça brièvement tout en baissant les yeux.

Pemberton grommela mais retint la porte pour laisser entrer Christy et Michael. Les deux corps étaient là, prêts à être conduits à la morgue.

– Je suis navré, fit Pemberton, mais il était clair qu'il ne l'était absolument pas.

Il s'avança d'un pas vif jusqu'à la table à tréteaux et souleva le drap en regardant Christy. Michael sentit le corps de Christy se rapprocher du sien, ses doigts se crisper dans sa main. Il serra les dents et marcha avec elle jusqu'à la table.

Le docteur avait fait un travail de « présentation » sur les deux cadavres. Mais les deux tampons de coton qui occupaient la place des yeux dans le visage de Frank étaient obscènes.

– Est-ce bien votre père ?

– ... Oui.

Toujours cette voix trop calme, éteinte.

– Je vous remercie.

Michael raccompagna aussitôt Christy dans le bureau. Grover n'avait pas bougé, la tête toujours baissée, apparemment absorbé dans ses réflexions.

– Christy, fit Michael en lui prenant le menton pour la regarder droit dans les yeux.

Il y lut la solitude, le chagrin. Tout ce qu'ils avaient cru pouvoir oublier ensemble.

– Christy...

L'angoisse montait à la surface pour la première fois. Michael la devinait. C'était comme un flux noir, amer, une marée de plus en plus forte et rapide qui venait de très loin, de très profond, qui inondait ses grands yeux sombres. Elle se jeta dans ses bras et il la serra très fort contre lui. Elle éclata alors en sanglots rauques, désespérés, et il se mit à pleurer lui aussi, sans se soucier de l'air gêné de Pemberton et de ses deux adjoints qui se raclaient la gorge, sirotaient leur café ou regardaient par la fenêtre d'un air détaché. Grover s'avança, posa une main sur l'épaule de Christy, une sur l'épaule de Michael et les fit entrer lentement dans le petit bureau annexe réservé aux entretiens.

Il sembla à Michael que des heures s'étaient écoulées quand une trace d'apaisement apparut enfin dans les yeux de Christy. Le barrage avait cédé et emporté ce qu'il y avait eu de mauvais, de pétrifié, de détruit en elle. Doucement, il passa la main dans ses cheveux et lui murmura des mots d'amour à l'oreille. Puis la porte s'ouvrit et Pemberton se montra.

– Je vais devoir vous poser d'autres questions à propos de cette nuit, dit-il à Christy. Vous comprenez, n'est-ce pas, mademoiselle Warwick ?

– Je comprends, fit-elle, la gorge nouée. Je suis prête.

– Monsieur Lambton, Mlle Warwick doit répondre personnellement.

– D'accord. Je vais aller faire un tour pendant quelques minutes, Christy. Je reviendrai quand ce sera fini.

Mais il savait ce que Christy allait raconter à Pemberton. Alors même qu'elle était encore sous le choc, elle avait voulu lui décrire ce qui s'était passé à la ferme. Mais ses souvenirs étaient imprécis. Elle avait surtout retenu des impressions très vagues. Rien qui pût être utile. Des nuages qui auraient envahi la maison, quelque chose qui l'avait appelée par son nom et avait enfoncé la porte, qui avait littéralement fait exploser la toiture au-dessus de la cuisine. Une chose sans forme. Des détails allaient peut-être émerger à présent que le chagrin avait éclaté. Mais, sans savoir pourquoi, Michael en doutait.

Pemberton passa à côté de lui, entra dans la pièce et ferma la porte. Michael quitta le bureau, laissant les deux policiers à leur café. Grover n'était plus là.

Dehors, une odeur de fumée flottait encore dans l'air. La journée était belle, limpide. Michael dévalait les marches de la cour quand il aperçut une petite femme qui sortait du Dun Cow et accourait vers le poste de police. Il reconnut instantanément Iris Wooler, la patronne de Christy. Elle l'interpella alors qu'elle était encore à plus de cinq mètres.

– Comment va-t-elle? Elle est gravement blessée? Personne ne m'a rien dit. Je n'ai entendu que des rumeurs et je suis folle d'inquiétude. Alors?...

– Elle va bien, madame Wooler...

– Appelez-moi Iris.

– Elle a récupéré en partie, mais, bien sûr, elle est toujours sous l'effet du choc.

– On ne minimise pas les choses, jeune homme. Qu'est-ce qui s'est passé chez elle?

– Elle ne le sait pas vraiment. Tout est encore un peu confus dans sa tête. Quelqu'un aurait tenté de pénétrer dans la maison et de l'agresser. Mais elle s'en est tirée. Elle n'est pas blessée.

– J'ai bien envie d'entrer là-dedans et de... Et puis non. Je ne vois pas ce que je pourrais faire. On m'a dit que des flics étaient arrivés d'ailleurs pour reprendre l'enquête du sergent Grover.

– C'est juste.

– Non, c'est injuste. C'est un type bien. Si quelqu'un peut tirer au clair cette affreuse histoire, c'est bien Harry Grover. Je le connais depuis que je suis née. Et qu'est-ce qui se passe là-dedans?

– Ils interrogent Christy à propos de cette nuit.

– Vous allez rester près d'elle?

– Bien sûr.

– Raccompagnez-moi. Je voudrais vous dire quelque chose.

Lentement, ils se dirigèrent vers le Dun Cow et les ruines encore fumantes du Magasin, qui avaient été isolées par un cordon.

Tout en marchant, Iris ne cessait de dévisager Michael. Il le devinait du coin de l'œil. Elle le jaugeait. Elle était sur le point de lui parler, mais elle cherchait ses mots. Michael se contenta de regarder ailleurs pour la laisser réfléchir. Au bout de deux ou trois minutes, elle le prit par l'épaule et il s'arrêta.

– Aussi loin que je me souvienne, Christy a eu besoin d'amour. Nul plus qu'elle n'en a autant besoin. Elle en a eu dans son enfance. Et puis sa mère est morte. Et Frank s'est laissé aller. Mais vous savez tout ça, bien entendu. Je pense que Christy vous l'a dit. Après la mort de sa mère, elle est devenue la maîtresse de maison. Elle a donné tout l'amour qu'elle pouvait à son père, plus qu'il n'en méritait, car il était incapable de le lui rendre. Est-ce que vous l'aimez vraiment ?

Michael répondit avec sincérité :

– Oui. Vraiment.

– Je ne parle pas de cette forme d'amour que les gens... (elle lutta pour trouver les mots justes)... que les gens confondent avec l'attirance physique. Non. Je veux dire le grand, le véritable amour, celui où l'on donne tout ce que l'on a à l'autre afin de lui apporter le bonheur.

– Je comprends, Iris. Inutile de m'expliquer. Je suis un adulte, vous savez, et elle n'est plus une petite fille. C'est une vraie femme. Nous nous aimons exactement comme vous le souhaitez.

– Bien. Très bien. Parce que si vous n'êtes pas honnête avec moi, monsieur l'écrivain, vous aurez à me rendre des comptes. À présent, je vais vous dire une chose qui devra rester entre vous et moi et dont vous ne devrez jamais parler à Christy.

– Alors ne me dites rien. Vous n'êtes pas obligée de...

– J'ai le sentiment que vous êtes celui qu'il lui faut. Je crois que vous saurez lui apporter le bonheur dont elle a tellement besoin. Moi aussi, Michael, j'ai essayé de la rendre heureuse. Je voulais qu'elle oublie cette tragédie qu'était sa vie. Il y a deux ans, j'ai demandé à Frank Warwick de m'épouser.

Ils se remirent en marche. Michael était abasourdi.

– C'était pour Christy. Je voulais tant l'aider. Mais Frank m'a repoussée... Parce que, a-t-il dit, je n'étais plus en âge de faire un enfant et que je ne pourrais pas lui donner un fils. Ce qui donne une idée de la façon dont son esprit fonctionnait. J'ai essayé, vous voyez, mais je n'ai pas réussi. Et maintenant, c'est à vous. Vous allez l'aimer de toutes vos forces, n'est-ce pas, Michael ?...

– Mais oui, Iris.

Elle hocha la tête. Des larmes brillaient dans ses yeux. Elle les essuya d'un geste irrité.

– Bien, bien. Dites à Christy que je l'aime et qu'elle ne se fasse pas de souci pour la boutique. Qu'elle attende de se sentir mieux pour revenir. Et dites-lui aussi que j'irai la voir très bientôt, si j'arrive à échapper à vos deux tigres.

– Alors, comme ça, les gens savent qu'elle vit avec moi...

À nouveau, Iris le dévisagea.

– Je suis de l'ancien monde, mais je ne suis pas tout à fait stupide. Je crois que vous avez bien fait tous les deux.

Elle se mit à courir.

– Iris vous a fait la leçon ? demanda une voix.

Michael se retourna et vit approcher Grover. Il venait du poste de police.

– Oui, c'est à peu près ça. En fait, elle m'a dit la même chose que vous, à propos de mes devoirs envers Christy. Mais elle a été beaucoup plus sévère.

– Désolé, mais Shillingham est un tout petit village et tout le monde se connaît. Vous devriez déjà le savoir.

– Pourquoi Pemberton est-il si mordant ?

– Sept morts dans la même nuit – dont deux meurtres, c'est pratiquement certain. Sans parler de Christy et de cette chose qui peut bousiller les murs et abattre les toits. Ça lui fait un drôle de boulot. C'est pour ça qu'il doit se montrer si... mordant, comme vous dites. Même si...

– Même si ?...

– ... même s'il procède d'une manière différente de la mienne. (Et Grover ajouta brusquement, déviant totalement la conversation :) Écoutez, Lambton. Vous écrivez des romans sur... sur des choses *bizarres*, non ?...

– Ça dépend de ce que vous entendez par « *choses bizarres* ». J'ai écrit des bouquins sur la peur et la nature des phénomènes qui suscitent la peur chez les êtres humains.

– Les choses inexplicables ? Les choses qui, je veux dire... *Bon Dieu !* Les trucs surnaturels, quoi !

– Oui. Et à quoi voulez-vous en venir ?

– Est-ce que vous n'avez pas trouvé ça étrange, vous, que le jour même où on enlève le gibet du carrefour de Split Crow Lane, l'Enfer a l'air de se déchaîner sur Shillingham ?... Et le type qui piquait sa crise à propos de ça est justement assassiné la même nuit. Et l'autre qui était en train d'examiner ce qu'on avait trouvé en dessous du gibet meurt dans un incendie. La même nuit. Il ne s'est jamais rien passé de tel à Shillingham avant qu'on déterre ce bordel de gibet. Sept morts !...

– Alors vous pensez qu'il se passe des événements surnaturels ici ?

– Je ne sais pas quoi penser, merde ! Mais j'ai une idée qui ne me quitte pas. Tout ce qui est arrivé forme un plan, une espèce de schéma que je ne parviens pas à comprendre. C'est comme une petite voix dans ma tête. Et puis, il y a aussi ce que

Christy m'a raconté. Son père lui aurait parlé de cette « chose » enterrée au carrefour et... d'un certain *Livre*...

Grover désigna le Magasin à Michael. Il voulait à l'évidence qu'il l'y accompagne.

– Et vous vous demandez si Frank était aussi fou que ça, n'est-ce pas ?

– Peut-être. Je ne connais rien aux « vers », je le crains.

– Je crois qu'on dit « veurs », par ici. L'accent du Northumberland.

– Et qu'est-ce que c'est qu'un « veur », bon sang ?

– C'est le nom médiéval d'une entité ancienne et malveillante. En fait, littéralement, c'est un serpent, un « dragon ».

– Quoi ? Vous voulez dire une bête avec des écailles, qui crache du feu ? Frank devait vraiment avoir perdu la boule.

– Mais non. Ça, c'est la description qu'en donnent les légendes. Mais un dragon, un veur, ça peut être n'importe quelle incarnation du mal, de l'inexplicable. On retrouve fréquemment les veurs dans les légendes du nord-est de l'Angleterre et des Borders. Tenez : même votre pub, le Dun Cow, porte le nom d'un ancien monstre du Northumberland.

– Alors on affronte peut-être un veur en liberté.

Michael se mit à rire.

– J'en doute. En revanche, il est possible que jadis les ancêtres de Christy aient enterré quelqu'un au carrefour, croyant qu'il représentait une force mauvaise – un « veur » en quelque sorte. Parce que les routes, justement, devaient le retenir prisonnier sous terre pour toujours.

– Comment ça ?...

– Les gens qui se suicidaient, ou ceux que l'on soupçonnait d'être des vampires, étaient souvent inhumés à la croisée des routes avec un pieu dans le cœur. On pensait que si un jour ils venaient à s'éveiller, ils ne sauraient pas quel chemin emprunter et resteraient là à jamais. Cette coutume a été prohibée par la loi en 1823.

– Un vampire... répéta Grover d'une voix absente. (*Docteur, où est le sang ? Je n'en vois pas une goutte dans la cellule.*)

– Ils ont sans doute pensé que celui qu'ils tenaient était un vampire. Ce qui expliquerait, à l'extrémité du gibet, le pieu planté dans le corps retrouvé dans ce sarcophage. Tous les livres et les films sur les vampires s'accordent pour confirmer l'idée qu'il faut transpercer le cœur du vampire avec un pieu pour qu'il ne s'éveille plus. Oui, tous ces éléments que l'on a trouvés au carrefour de Split Crow Lane évoquent la peur du vampirisme.

Ils venaient de s'arrêter devant les murs en ruine du Magasin, juste en face du Dun Cow. Les enquêteurs étaient encore occupés à examiner les décombres sous les regards des curieux.

– De toute façon, tout ça a été réduit en cendres, fit Grover. Le corps, le gibet... et ce pauvre con d'Elphick.

– Sergent ! appela un policier.

Grover s'éloigna en direction des ruines. Son adjoint lui murmura quelques paroles à l'oreille.

Michael observa les débris calcinés du Magasin. Tout semblait avoir brûlé jusqu'à plusieurs centimètres dans le sol. Le sarcophage brisé était cependant visible sous un amas de gravats et de poutres noircies.

Grover revenait vers lui avec une expression plus sombre.

– Eh bien, dit-il, nous voilà avec deux meurtres, trois morts accidentelles... et *deux* suicides.

– Suicides ?

– Elphick. On a trouvé tous les robinets de gaz ouverts à fond.

– Mais pourquoi diable aurait-il fait ça ? Quand je l'ai quitté, il avait l'air tout à fait normal. Il était complètement absorbé par son travail, c'est tout.

– Oui, comme vous le dites : pourquoi diable aurait-il fait ça ? répéta Grover.

Une fois encore, ce mot éveilla des échos désagréables dans sa tête. *Diable.*

Ils regagnèrent ensemble le poste de police.

## 52

Karen et Graham, les mains jointes, contemplaient l'endroit où s'était dressé le gibet. Les pires craintes de Karen s'étaient réalisées. Elle avait mis la chose au défi de sortir. Et elle était sortie.

Depuis des jours, Graham lui demandait de retourner au carrefour et elle avait réussi à l'en dissuader. Après toute l'agitation créée par l'enlèvement du gibet, elle avait dû faire appel à tout son courage pour revenir sur les lieux. Et ce qu'elle avait vu l'avait terrifiée.

L'endroit où s'était dressé le gibet était maintenant isolé par une barricade en bois avec des rubans orange vif placés à intervalles réguliers qui disaient « Attention : danger ». Le terrain avait été labouré par les chenilles des engins et le vieil arbre aux branches tordues qui lui avait si longtemps fait peur avait été abattu et emporté. Karen se souvint alors du nom qu'elle avait donné au gibet : « Bois mort. »

*Mais le bois n'était pas mort. Elle l'avait mis au*

*défi de sortir et il était sorti. Et il se cachait quelque part, loin du jour, attendant la nuit pour revenir et se lancer à leur poursuite.*

Graham la tirait par la main, excité, et elle se laissa entraîner jusqu'à la barrière. Mais elle s'accrocha à lui pour l'empêcher de l'escalader. Au-delà de la barrière, en effet, il y avait un trou béant. Elle se dit que si elle lançait une pierre dans ce puits, elle tomberait, tomberait très loin, jusqu'au centre de la Terre, là où tous les cauchemars étaient rassemblés. Mais son cauchemar à elle, celui qu'elle connaissait si bien, était sorti du trou de l'enfer pour surgir dans le monde réel.

– La voix, dit Graham en se dévissant la tête pour essayer de voir dans les profondeurs du trou.

– Quoi, la voix ?

– Elle n'est plus là.

– Allez, viens, partons.

Maintenant, elle savait. Elle entraîna son frère en dépit de ses protestations et ils remontèrent la vallée. Shillingham était tout en bas. Ce n'était que le début de l'après-midi mais de gros nuages noirs arrivaient de l'ouest. Déjà, l'avant-garde commençait à masquer le soleil.

– Pourquoi il fait si sombre ? demanda Graham.

– C'est la nuit qui arrive avant l'heure.

– Mais ça ne se passe qu'en hiver. C'est papa qui l'a dit. Quand il fait froid et qu'il pleut et qu'il neige et tout ça...

– Je pense que l'hiver va être en avance à Shillingham, Graham.

– Ça alors !

Ils étaient parvenus au sommet de Split Crow Lane. Le chemin de gravier qui conduisait au cimetière de l'église Saint-Peter succédait aux dalles et à la terre battue. Dans les arbres, les oiseaux s'étaient tus. Un rai de soleil perçait entre les nuages et brillait comme une étincelle sur le clocher. Karen et Graham s'arrêtèrent devant le cimetière et contemplèrent les alignements clairs des tombes.

Graham inclina la tête.

– Écoute.

Karen sentit un frisson glacé la parcourir. Son petit frère lui avait échappé et lui montrait quelque chose dans le cimetière. Karen vit alors, à une vingtaine de mètres de là, une silhouette accroupie dans l'herbe haute, près d'une pierre tombale. C'était un garçon qui mâchait une paille. Il les vit à son tour et leur adressa un regard irrité. Karen le reconnut brusquement. C'était Billy Rifkin.

– La voix ! s'exclama son frère. Elle vient de là, en bas. Elle lui parle !

Billy se redressa en prenant appui sur la tombe.

– Hé, les gosses, venez un peu par là ! Oncle Billy a quelque chose pour vous.

Karen réagit en écartant son frère. Elle ne savait pas pourquoi, mais il fallait qu'ils partent. Graham lui résista, arquant les jambes, les pieds plantés dans le gravier. Mais Karen connaissait tous ses tours et, comme d'habitude, elle lui donna un coup de pied dans le mollet. Il fut déséquilibré une seconde et elle en profita pour l'entraîner sur le chemin.

– Karen, qu'est-ce que tu fiches ? Arrête ! Billy veut que...

– C'est l'heure de rentrer, fit-elle d'un ton ferme.

Graham se mit à crier, portant une main à son oreille comme pour mieux entendre la voix.

– Hé, les gosses, ne partez pas ! Venez voir ce que j'ai pour vous !

– Viens, Karen. Allons-y...

– *Non !*

– Mais c'est pas juste ! C'est moi qui ai trouvé la voix le premier, pas lui. Il veut la garder. Il veut la magie pour lui tout seul. *C'est pas juste !*

– La voix ne te parle pas à toi. Elle n'est pas pour toi, fit Karen avec tout le calme dont elle était capable. Elle... elle est mauvaise. Maman et papa seraient très en colère s'ils savaient.

– Ça ne les regarde pas !

Graham continua de protester, les larmes aux yeux, tandis que sa sœur l'entraînait impitoyablement. Karen ne mettait pas en doute l'existence de la voix, comme les grands. Mais elle savait d'instinct qu'elle était mauvaise. C'était la voix du gibet, la voix du pendu qui lui avait souvent parlé dans ses cauchemars. Il était descendu du gibet pour venir la chercher. C'était la voix de la nuit. Elle ne l'entendait que dans son sommeil parce que, pendant le jour, à la différence de Graham, elle était déjà trop grande pour l'entendre. Une fois encore, elle se fit le serment de protéger son frère quoi qu'il advienne. Il se remit à pleurnicher et elle lui donna une gifle sur l'oreille en l'entraînant un peu plus vite vers la maison.

## 53

Billy les regarda disparaître, d'abord déçu, puis soulagé. Il était resté assis là, dans l'herbe haute, durant tout l'après-midi, et ils avaient été les premiers intrus à se montrer sur son territoire. Il sourit tout en arrachant un autre brin d'herbe qu'il se mit à mâchouiller avant de se laisser aller sur la dalle de pierre. Il pencha la tête et retrouva la voix qui venait de la terre. Elle répétait son discours.

*Et tu pourras lui faire tout ce que tu veux parce qu'elle le voudra aussi et elle obéira à tous tes caprices Billy tu pourras la faire pleurer en même temps et ça lui plaira tu verras car tu as toujours su qu'elle aimerait ça que tu la fasses pleurer et tu peux aussi tuer Billy oh oui comme tu me l'as montré et comme tu peux le faire encore pour me donner les trois preuves que je veux encore Billy trois preuves et c'est tout et c'était tellement facile avec la voiture non oui c'était facile tu le sais et il ne reste qu'à le faire trois fois encore à me donner trois preuves cette nuit...*

– Oui, je vais te donner trois preuves, dit Billy en levant les yeux vers le ciel.

Les nuages lourds et sombres s'étaient amassés devant le soleil. Ils avaient l'air vivants, ils se déployaient en torsades mouvantes au-dessus de la vallée de Shillingham comme des fantômes en route vers quelque rassemblement extraterrestre.

*Trois fois Billy trois fois cette nuit et tu pourras faire tout ce que tu voudras cette nuit cette nuit cette nuit...*

– Oui, cette nuit, fit Billy en souriant.

## 54

Christy et Michael se tenaient au milieu des décombres de la cuisine. La plus grande partie des gravats avait été balayée et on avait mis une bâche sur la brèche béante du toit.

– La foudre, murmura Christy d'un ton incrédule. Comment peuvent-ils croire ça ? Le ciel était complètement clair, cette nuit.

– Mais qu'est-ce qu'ils peuvent bien croire

d'autre ? Tu étais très troublée toi-même, tu l'as admis.

– Mais comment la foudre expliquerait-elle que les fenêtres et la porte aient été fracassées en même temps que la cuisine ? Et comment expliques-tu que cette voix m'ait appelée par mon nom ?

– Une boule de feu ? Trois éclairs successifs ? Je ne sais pas... Peut-être qu'en tombant la foudre résonnait comme ton nom. C'est possible.

Christy le dévisagea d'un air tendu et il leva les mains en un geste de défense.

– C'est leur hypothèse, pas la mienne. C'est l'explication la plus plausible qui vienne à l'esprit. Pour l'instant, ils cherchent des réponses à des tas de questions sacrément bizarres. Et ils sautent sur les réponses faciles.

– Mais toi, Michael, qu'est-ce que tu crois ?

Du bout du pied, il repoussa une poutre abattue, prit la main de Christy et l'attira dans le couloir.

– Je te crois. Je suis convaincu que les choses qui se passent dans Shillingham obéissent à un but précis et qu'elles sont dangereuses. Et je ne suis pas le seul à le penser. Le sergent Grover me l'a dit aujourd'hui, bien qu'on lui ait retiré l'affaire et que son opinion n'ait que peu d'importance. Je crois que quelque chose a tenté de te tuer. La même chose – ou la même personne, devrais-je dire – qui a assassiné ton père, l'officier Frankham, Elphick, et peut-être aussi tes amis qui étaient partis en balade. Tout se concentre autour du carrefour. Je sais que ce que je dis en ce moment paraît dingue, mais Dieu m'est témoin que j'y crois.

Ils entrèrent dans le living. Des ouvriers avaient mis des planches sur la fenêtre mais le tapis était encore jonché de débris de verre. Les rideaux lacérés pendaient comme des ailes de chauve-souris. Michael avait apporté un fourre-tout pour que Christy y rassemble ses affaires personnelles. Il y en avait bien peu.

– J'ai peur, dit-elle.

– Moi aussi. Mais je ne sais pas de quoi.

Elle regardait autour d'elle et avait du mal à reconnaître ces lieux où elle avait vécu. Ils ressemblaient vaguement à une maison qu'elle avait partagée avec son père. Mais non, c'était celle d'un étranger, certainement pas la sienne. Jamais elle n'avait habité là. Sa maison, maintenant, était à Split Crow, avec Michael, et deux chiens qui s'appelaient Mac et Dutch.

En hâte, ils partirent.

## 55

– Et alors, qu'essayez-vous de me dire ? demanda Pemberton.

Le Dr Stark prit une profonde inspiration et réussit à se dominer. Plutôt que de le considérer comme faisant partie de l'équipe, Pemberton et ses acolytes semblaient se méfier de ses conclusions.

– Mais je n'*essaie* pas de vous dire quoi que ce soit. Je vous *dis* que Frank Warwick et l'officier de police Frankham sont morts à la suite d'un choc et à bout de sang. Telles sont mes conclusions.

– Et alors ?

– Alors quoi ?

– Qu'est-ce qui a pu en être la cause ?

– Je n'en ai pas la moindre idée. En plus de l'hémorragie ils présentent tous deux les signes d'une perte tout aussi importante de fluides vitaux. Les corps, comme vous le voyez, ont un aspect racorni particulièrement significatif. À part les yeux, ils ne présentent pas de lésions. Mon hypothèse, sous réserve de l'enquête du coroner, est que le sang a été aspiré par les yeux sous l'effet d'une sorte de succion. Mais quel genre de succion ? Là, je déclare forfait.

– Je ne crois pas aux vampires, Stark. Et ils mordent toujours à la gorge, non ? C'est ce que j'ai appris dans tous les films de la Hammer, en tout cas.

– Moi non plus je n'y crois pas.

*Et un veur ?* demanda silencieusement Grover, dans son coin.

## 56

Tandis qu'il traversait la cour de la ferme, que les poulets se dispersaient devant lui, Billy souriait. Jamais il ne s'était senti aussi bien depuis des années.

– Trois fois ! chantonna-t-il pour lui seul. Trois fois...

À présent, il pouvait penser sans amertume à Christy et à son cinglé d'écrivain. Jusqu'alors, cette idée l'avait rongé comme un cancer, pendant qu'il réfléchissait à la manière dont il se vengerait. Mais maintenant, il n'avait plus à se tourmenter. Très bientôt, tout serait résolu. Si seulement... si seulement...

– Bon Dieu de bordel, où t'étais ?

Il releva la tête et vit son père devant lui, en salopette tachée. Il avait passé tout l'après-midi sous la voiture. Cette saleté avait claqué la semaine dernière et Billy avait promis à son père, sous la menace, de lui donner un coup de main. Le père de Billy était une version plus petite, rétrécie, de son fils. Tout Shillingham connaissait bien cette ressemblance familiale – tel père, tel fils. Et les gens évitaient Joe Rifkin autant que son rejeton. Des années d'expérience avec le père leur avaient appris que les tares de la famille n'étaient pas près de s'effacer. Mme Rifkin était morte jeune et l'opinion publique s'accordait à dire qu'elle avait eu de la chance. Une vie entière avec les Rifkin devait être un supplice pour n'importe qui.

Le visage de Joe Rifkin, barbouillé d'huile et de cambouis, était écarlate. Billy le dévisagea sans mot dire.

– Alors ?...

– Je... j'ai complètement oublié, p'pa.

– Oublié ?

Joe fit un pas en avant tout en s'essuyant les mains avec un vieux torchon. Il boitillait à cause de son arthrite et il avait souffert le martyre dans la grange, couché sous cette fichue voiture. Surtout parce que son propre à rien de fils n'était pas venu l'aider. Joe, d'un geste violent, gifla son fils avec le torchon graisseux, lui laissant une grande balafre noire sur la joue. Billy recula, toujours sans rien dire. Son père vit alors qu'il avait une blessure à la tête. Ses cheveux étaient encroûtés de sang séché.

– T'es encore allé te battre, hein ? Je m' demandais où t'avais bien pu passer la nuit, mais je sais.

Il lui donna un autre coup de torchon.

– Est-ce que tu entends ? demanda alors Billy en regardant son père.

– Quoi ?

– Tu ne l'entends pas ? Il creuse là-dessous, dans la terre...

– Mais de quoi tu causes, bordel ? (Autre coup

de torchon.) Espèce de sale connard ! T'es encore bourré, c'est ça ? Tu passes ton temps à te saouler la gueule et à laisser ton vieux se cogner le sale boulot, c'est ça, hein ?

– Non... non, bien sûr, tu ne peux pas l'entendre.

Cette fois, Billy perdit l'équilibre sous la violence du coup de torchon et il s'effondra lourdement dans un tas de fumier.

Joe éclata de rire en se frottant les mains.

– Espèce de petit saligaud, y a que comme ça que je puisse te traiter ! C'est la seule chose que tu comprennes. Regarde-toi... au milieu de la merde ! Y a pas de meilleur endroit pour toi !

Il se détourna pour se diriger vers la ferme. Il était l'heure de manger.

Il ouvrit la porte d'un coup de pied, jeta le torchon graisseux par terre et entra dans la cuisine. Comme d'habitude, tout était en l'air, mais il n'y prenait pas garde. Nettoyer, c'était le boulot des bonnes femmes et il n'y en avait plus à la ferme Rifkin depuis que le cœur de sa femme avait craqué, au propre et au figuré. Il alla ouvrir le congélateur et y prit un des plats de poulet qu'il s'était cuisinés lui-même et le mit dans le four à micro-ondes. Il régla le cadran, non sans laisser sur la porte plusieurs empreintes de cambouis qui se mélangèrent aux autres. Il lui revint à l'esprit le plaisir que Billy avait montré en tuant tous ces poulets à la fois. Il s'avança jusqu'à l'évier et se lava les mains au-dessus de la pile de vaisselle sale.

*Petit salaud,* se dit-il. *Toujours en train de se défiler pour aller faire des conneries au village et faire parler de lui. Quel genre de fils j'ai là, moi ? Et puis est-ce que c'est seulement mon fils ? Norma a aussi bien pu l'avoir d'un autre, non ? On s'entendait déjà plus, à cette époque. Il me ressemble ? Et alors ? Non, il lui ressemble plus à elle. C'est peut-être qu'une coïncidence, après tout...*

Dans la grange, il y eut un fracas de bidons.

– Casse-toi de là, Billy !

Il s'essuya vaguement les mains à un torchon douteux, s'assura que le poulet cuisait, prit le numéro de *Mayfair* qui traînait sur le banc, puis ouvrit le réfrigérateur, trouva une bière et revint s'asseoir à la table en pin, au milieu de la pièce. Il fit sauter la languette et but à même la boîte. Sans lever les yeux de son magazine, il sut que Billy était sur le seuil.

– Tu entres ou tu fous le camp, Billy. Mais dégage de cette porte.

Billy ne bougea pas.

Joe avala une autre gorgée.

– Alors ?...

Il leva les yeux sur son fils.

Billy se tenait bien droit. Il souriait. Il avait un bidon d'essence à la main.

– À quoi tu joues, salopard ?

Billy s'avança dans la cuisine sans cesser de sourire. Il commença à dévisser le bouchon. Joe sentit l'odeur d'essence.

– T'es encore bourré, hein ? C'est comme ça que tu dépenses l'argent que je te donne pour le peu que tu fais...

Le bouchon rouillé tinta sur le carrelage. Toujours souriant, Billy fit un pas en arrière et secoua le bidon en direction de son père. Un jet d'essence éclaboussa la tête et les épaules de Joe.

– *Espèce de... petite ordure !*

Le souffle coupé, pris d'une quinte de toux, Joe bondit en renversant la table et la chaise. Billy lui arrosa le ventre et le torse, et l'essence ruissela dans ses yeux et sa bouche quand il voulut se précipiter sur son fils, ivre de rage.

Mais Billy esquiva le coup et Joe n'agrippa que le chambranle. Il entendit Billy qui riait derrière lui et se rua à tâtons dans la cuisine. Un autre jet d'essence lui aspergea le dos. Il fit volte-face, sans comprendre encore, essayant désespérément d'essuyer ses yeux. Billy était revenu sur le seuil.

Il vit alors son sourire.

Et l'allumette qui brûlait dans sa main.

Il comprit enfin.

– Première preuve, dit Billy.

Joe se mit à hurler.

Plus tard, en émergeant de la cuisine enfumée, Billy s'avança sous le ciel et leva les yeux. Les nuages étaient soudain plus denses et plus sombres. Ils couraient d'est en ouest, ce qui était une anomalie météorologique, pour s'amonceler autour de la vallée de Shillingham. Billy entendit alors rouler le tonnerre, non pas dans le ciel, mais sous terre. Il baissa les yeux. Le son se répercutait délicieusement sous ses pieds.

Il sourit.

Le Veur creusait.

Son temps n'était plus loin.

## 57

Tout en buvant son vin, Christy contemplait par la fenêtre de la ferme de Michael le paysage qui lui semblait à présent étranger.

– Je veux bien en parler, dit-elle enfin.

Michael repoussa la tête de Mac et se leva du sofa en s'étirant. Il vint jusqu'à elle et passa un bras autour de sa taille.

– Il est encore trop tôt, Christy. Tu es bien certaine ? Ça peut te faire du mal.

– Papa m'a dit qu'il y a des centaines d'années, il existait quelque chose de malfaisant à Shillingham. Quelque chose que nos ancêtres ont enfoui...

– Le corps du carrefour.

– Ça doit être ça, oui. Il m'a dit qu'ils... qu'ils n'avaient pas eu le courage de... de détruire cette chose. J'ignore ce qu'il entendait par là, mais il a ajouté qu'ils n'avaient pu que l'arrêter, qu'ils n'avaient pas pu la tuer. Que c'était la chose la plus malfaisante qu'il y ait au monde.

– Je ne doute pas qu'ils l'aient cru.

– Mais il m'a dit que c'était enterré et *endormi*. C'est le mot qu'il a employé. Est-ce qu'il est possible que... que ?...

– Qu'essaies-tu de me dire ?

– Et si papa n'avait pas perdu la raison ? Si ce corps était... *le Veur*. Réellement. Et si on venait de déterrer quelque chose de mauvais ? Le mal *vivant*, Michael ?...

– Christy...

– Tu n'étais pas là. Tu n'as pas vu son visage, tu ne l'as pas entendu. Pour la première fois depuis des années, il était maître de lui-même. Il ne tremblait plus. Non. Il m'a dit que chaque Gardien du Secret était toujours un fils, mais que j'étais la dernière des Warwick. C'est ce qui l'a décidé, tu comprends ? Il a dit aussi que le Rite de transmission du Secret pourrait ne pas fonctionner avec moi puisque je suis une fille, mais que ça marcherait peut-être parce que je suis la première-née. Mais il n'en était pas certain. Michael, il savait que des choses allaient se passer. Qu'il mourrait si je ne trouvais pas à temps *Le Livre du Veur*. C'était la seule chose qui pouvait le sauver – nous sauver tous. Mais je ne l'ai pas trouvé. Et il est mort.

– Christy...

– Michael, je veux retourner à la maison. Il faut que nous trouvions le Livre.

Les nuages semblaient plus bas, à présent, occultant le soleil. De tous côtés, la brume rampait vers les montagnes, se glissait vers Shillingham, à la rencontre des nuages. Ensemble, ils formaient une barrière dressée contre le monde extérieur.

## 58

Quand la clochette de la porte tinta, Iris leva les yeux du comptoir et esquissa un sourire. Qui aussitôt s'effaça.

– Salut, Iris, dit Billy Rifkin. Je suis interdit de séjour ou bien je peux avoir un café ?

Sans répondre, Iris lui servit un express. Perché devant le comptoir, Billy lorgnait les clients.

– Sale coup, hein, pour Bob, Dennis et Linda ?

Il fit claquer une poignée de pièces. Iris lui décocha un regard meurtrier et il prit sa tasse.

– Faucher cette bagnole, c'était chercher les ennuis. En plus, ils savaient pas conduire. Mais Bob a toujours été un peu cinglé. Je suis sûr que c'était lui qui tenait le cerceau. Je lui ai dit combien de fois d'y aller un peu plus mollo. (Il finit de siroter son café sans quitter des yeux Iris qui lavait des assiettes.) Et Christy, où elle est ?

– Pour autant que ça te regarde, je lui ai donné congé.

– Oh, ouais... Son père. Sale histoire. Et elle est où ? Encore avec ce type bizarre qui écrit des bouquins ?

Iris essuya soigneusement une tasse avant de la ranger derrière le comptoir.

– Dis-moi pourquoi je pense que tu as quelque chose à voir avec cette voiture volée et la mort de ces gamins ? demanda-t-elle d'un ton paisible.

– Ça, je sais pas. Et toi, Iris ?

– C'est comme une petite voix au fond de moi qui ne voudrait pas se taire.

– Eh bien, tu devrais lui dire de partir, Iris. Parce que les petites voix, ça peut vous amener des tas d'ennuis avec la loi. Hier soir, je travaillais à la ferme avec p'pa. S'il t'entendait dire des choses comme ça, il se foutrait en colère. Même qu'il serait fumant, si tu vois ce que je veux dire...

– Ne t'approche pas de Christy, Billy. Ni de Michael Lambton.

– Arrête de jouer avec ce verre ! lança une voix de femme, près de la fenêtre, à l'autre bout de la salle.

Billy se retourna.

– Hé, les gosses !

Il quitta le comptoir en emportant son café. Karen leva la tête, inquiète, en le voyant approcher. Graham avait renversé son jus d'orange et sa mère était excédée. Quant à son père, il était dans une de ses périodes de silence. Il regardait par la fenêtre, l'air absent. Graham se disait souvent que son père et sa mère semblaient des étrangers. Comme s'ils n'étaient pas leurs vrais parents, comme si lui et sa sœur avaient été enlevés par des gitans il y avait longtemps et confiés plus tard à ces deux grandes personnes. Karen, après l'étrange rencontre qu'elle avait faite dans le cimetière avec son petit frère, avait besoin de protection. Elle pensait que c'était le rôle des adultes vis-à-vis de leurs enfants. Mais elle n'éprouvait aucun sentiment de sécurité et elle n'avait pas la moindre confiance en eux. Ni l'un ni l'autre ne saurait les protéger, elle et son frère, contre Billy, qui venait de s'asseoir à leur table et faisait maintenant claquer sa tasse comme s'il relevait une enchère. Karen observa sa mère qui dévisageait Billy avec dégoût et son père qui, lui, était toujours tourné vers la rue.

– Où est-ce que vous aviez caché les gosses ? demanda Billy à la mère de Karen.

Julie sourit. C'était le sourire le plus acide que sa fille lui eût jamais vu. Graham, en revanche, semblait content de voir Billy.

– Je pensais que vous seriez restés pour jouer avec moi, continua Billy en fixant Graham.

– Ils ne nous ont pas cachés ! s'exclama Graham, tout heureux. (Puis, se souvenant que Karen l'avait entraîné de force loin du cimetière, il ajouta :) C'est Karen qui voulait pas jouer. Moi je serais bien resté, mais elle voulait qu'on s'en aille.

– C'est vrai, Karen ?

Billy se tourna vers elle avec un sourire. *Un sourire glacial*, pensa Karen.

– Il fallait qu'on rentre à la maison. C'était l'heure du thé.

– Et tu bois encore du thé, ici, hein ?

– Finissez votre tasse, les enfants, intervint Len, sortant enfin de sa rêverie. Il faut qu'on y aille à présent, Billy.

C'étaient ses premières paroles depuis qu'ils étaient entrés, quarante minutes auparavant.

– Bien sûr, dit Billy. Il faut que les petits aillent faire dodo, hein, Karen ?

Karen le dévisagea longuement. Elle essayait de deviner ce qui se cachait derrière ce regard glacé.

– Billy, je suis d'accord ! lança Graham. Je jouerai avec toi, même si Karen ne vient pas !

Karen poussa un long cri silencieux :

*Maman ! Papa ! Est-ce que vous ne devriez pas dire quelque chose ? C'est le moment ! Est-ce que ce n'est pas vous qui devez nous protéger ?*

Julie prit son manteau sans prêter attention à Billy. Len se leva en grommelant, attrapa son fils par le bras et le fit se lever brutalement.

*Maman, dis quelque chose ! Dis-lui de nous laisser tranquilles ! Dis-lui...*

Tout à coup, Iris fut là, debout à côté de Billy. Elle regarda Karen droit dans les yeux et la fillette comprit à son expression qu'elle avait entendu tout ce que Billy avait dit.

– Iris... fit-elle.

Elle n'eut pas à en dire plus : Iris comprenait tout ce que son père et sa mère ne pourraient jamais comprendre, ça se voyait dans ses yeux.

– Billy, j'ai à te parler, fit Iris sans détacher son regard de Karen.

Un regard rassurant.

– Bien sûr, Iris, fit Billy en se retournant, les yeux plus glacés que jamais.

Karen sentit sa mère l'arracher à sa chaise.

– Allez, Karen, viens. Merci, Iris.

Elle la remerciait pour le thé et les cakes, comme d'habitude.

La dernière vision de Karen, à la seconde où ils quittaient le salon de thé, fut celle de Billy qui se dressait devant Iris, de toute sa hauteur. Mais Iris ne semblait nullement impressionnée par ce voyou arrogant tout de cuir vêtu. Elle était là, petite et fluette, avec son tablier à fleurs sur sa blouse rose et sa jupe en tweed. Comme l'image de la grand-mère que Karen aurait bien voulu avoir. Et elle avait dans les yeux une force qui défiait Billy Rifkin. Cette image, Karen devait s'en souvenir bien des fois durant les heures d'épouvante qui allaient suivre.

– Oui, quoi ? fit enfin Billy.

– Viens par là.

Iris l'entraîna vers le comptoir, à l'écart des autres clients.

– Qu'est-ce que tu veux ? répéta Billy, son regard de glace maintenant remplacé par un sourire sarcastique.

– Je vois clair dans ton jeu.

– Ah oui ?

– Oui. Je n'ai pas de preuves, mais je sais que tu as quelque chose à voir avec cet accident. Tu as une entaille sur la tête. Autre chose : je veux que tu laisses ces gosses tranquilles.

– Va te faire foutre, salope.

Iris ne releva pas l'insulte.

– Je ne tiens pas à t'avoir comme client, Billy. En fait, je n'ai jamais aimé te voir ici, mais comme ils sont tous contre toi, j'ai cru faire mon devoir de chrétienne en ne te chassant pas. Je dois même dire qu'il m'est arrivé d'avoir pitié de toi.

– Tu peux crever, Iris.

– Oui, pitié. Mais ce n'est plus le cas. Tu as un mauvais fond, Billy. Et je ne peux plus avoir pitié de toi parce que ça te fait plaisir d'être aussi mauvais. Tu t'en repais et tu salis tous ceux qui t'approchent. Alors fais bien attention. Parce que je ne te lâcherai pas et ferai tout ce qu'il faut pour t'empêcher de nuire.

– C'est toi qui devrais faire gaffe, Iris. Je sais jouer avec les grandes personnes autant qu'avec les gamins. Peut-être que je vais m'occuper de toi.

– Fiche le camp, fit Iris d'un ton très calme. Si tu t'approches encore de ces gosses, j'irai trouver le sergent Grover. Va-t'en et ne remets jamais les pieds ici.

Billy se dirigea vers la porte. Il souriait toujours. Iris le regarda sortir avec des frissons de dégoût. Sur le seuil, il se retourna.

– Tu vas regretter ça, Iris. Tu vas regretter tout ce que tu m'as dit. *Tout le monde* ne va pas tarder à regretter. Tu verras. C'est pour bientôt. Plus tôt que tu crois.

Et il ouvrit sa braguette tout en tirant une langue obscène.

– Fous le camp, Billy. Et n'oublie pas ce que je t'ai dit.

Il sortit en claquant la porte.

## 59

Une autre porte s'ouvrit. Une autre clochette tinta. Un autre visage se leva et perdit son sourire.

– Salut, Billy, fit Sean d'un ton morne.

– Salut, Sean, mon vieux pote ! Comment ça marche, la B.D. ?

– Je ne tiens pas une boutique de B.D. mais de magazines spécialisés, de livres d'art.

– Mais oui, bien sûr, Sean. Bien sûr. Mais faudrait pas être sarcastique comme ça avec moi, compris ?

Sean vit alors son regard et éprouva un malaise. La panique lui noua la gorge. Et il s'entendit dire :

– Comment c'est arrivé, Billy ? L'accident ?

– J'sais pas. J'y étais pas.

– Mais tu nous as dit qu'on devait se retrouver au Dun Cow. Et c'est au Dun Cow qu'on a volé cette voiture.

*Mais qu'est-ce que je dis là ? Il va me tuer !*

Billy s'avança. Son visage n'était qu'à quelques centimètres de celui de Sean.

– J'ai rien à voir avec cette bagnole. Je suis allé au Dun Cow, d'accord. J'ai bu deux ou trois pintes et je suis rentré chez moi après l'incendie du Magasin. Même que j'ai reçu un bout de verre sur la tête, tu vois ? (Il montra l'entaille sur son front.) C'est les autres qui ont tiré cette caisse. Quels cons ! Y en a pas un qui savait conduire. Tu comprends ?

– Je... Excuse-moi, Billy, mais je ne suis pas allé au Dun Cow. Désolé.

– Faut pas être désolé, Ducon. Dans le fond, t'as bien fait. T'aurais pu finir comme eux, hein ?

– Tu sais, ça m'a drôlement secoué. Je leur ai parlé, il y a seulement quelques jours. Et maintenant, ils ne reviendront plus...

– Ouais. Triste, hein ? Est-ce que tu as ces magazines que je t'avais demandés ?

– D'abord, il y a eu cette histoire du carrefour, ensuite le Magasin qui saute et ce type qui est mort. Et maintenant la voiture...

– Tu les as, ces magazines ?

Sean disparut derrière le comptoir et fouilla dans des boîtes tout en réfléchissant à toute allure. C'était toujours comme ça quand Billy surgissait. Billy, c'étaient toujours des ennuis et il redoutait sa visite depuis la veille. Il trouva les magazines. Ils étaient obscènes, avec des couvertures vulgaires, criardes. Des magazines bon marché qui montraient les scènes les plus « hard » des vidéos X censurées, et que la presse du genre qualifiait de « carnographiques ». Sean se releva et les tendit à Billy.

– Tu mets ça sur mon compte ?

– Oui, bien sûr.

Billy ne lui avait pas réglé un penny depuis plus de six mois.

– Hé, Sean ! fit Billy en regardant sa montre. J'ai une idée. Il va être 6 heures et tu n'auras plus de clients aujourd'hui. Qu'est-ce que tu dirais de fermer et qu'on fasse une virée tous les deux ? J'ai la caisse de mon père là-dehors, et une bouteille de whisky sur le siège arrière.

– Ça me dirait, oui, Billy. Vraiment. Mais je ne peux pas laisser la boutique. Il faut que je...

– Foutaises ! Personne viendra plus. Écoute : on

va aller se liquider cette bouteille du côté du carrefour. Se bourrer la gueule. J'ai un peu d'herbe aussi – je sais que tu aimes ça – et on va se la fumer. Ça te va ?

*Dieu, non, il ne faut pas. C'est la dernière chose que je veuille. Sortir avec Billy Rifkin.*

Mais il s'entendit dire :

– D'accord, allons-y.

Il faisait encore jour dans la campagne alentour, mais la nuit tombait sur Shillingham. Les nuages, à présent, avaient envahi le ciel, formant un dais noir et épais que le soleil ne perçait plus que rarement. Et la brume s'épaississait à l'est comme à l'ouest du village. La vieille Ford grondait et brinquebalait sur Split Crow Lane. Sean avait déjà fini presque un quart de la bouteille, encouragé par Billy, et la chaleur de l'alcool, peu à peu, chassait son appréhension. Il avait aussi fumé un peu d'herbe et il se dit qu'avant peu il se sentirait très bien. Billy Rifkin n'était peut-être pas le mauvais gars, après tout. Comme s'il avait choisi cet instant, Billy lui dit :

– Tu sais, Sean, je t'ai toujours bien aimé. T'es un type de bonne compagnie, pas comme tous ces branleurs. T'as une bonne petite affaire et tu te débrouilles bien. Y a des tas de gens qui pensaient que tu y arriverais pas. Mais t'as prouvé le contraire.

– Merci, Billy.

– C'est sincère, tu sais. Il faut se débrouiller. Regarde ces pauvres connards de Dennis, Bob et Linda. Ils avaient toute la vie devant eux... et crac ! Ils sont plus là. Envolés. Comme ça.

– C'est affreux, Billy, vraiment affreux.

Sean but au goulot et tira une bouffée de son joint.

– Remarque qu'ils ont eu de la chance, d'une certaine façon. Ils ont pas souffert. Ç'a dû se passer très vite. C'est comme ça que ça me plaît. Quand je m'en irai, je veux que ça fonce. Pas traîner sur mon lit de mort... (Sean passa la bouteille et Billy but une gorgée avant de continuer :) Ça me rappelle un film que j'ai vu y a des années... Mais c'était quoi ? Y avait un type et une fille qui pouvaient faire exploser les gens rien qu'en *pensant*. Tu t'en souviens ?

– *Fury*, dit Sean, en tirant sur son joint. C'est de Brian De Palma.

– Ouais, c'est ça. Y a ce mec qui éclate à la fin...

– John Cassavetes.

– Oui, c'est bien lui. Il éclate et il arrose toute la pièce, comme de la viande hachée. Eh ben c'est comme ça que je voudrais finir. *Bang !* Tu vois ? D'un seul coup. Avec beaucoup de bruit. En éclaboussant les autres. Et toi, Sean ? Comment tu voudrais finir ?

Sean eut un rire d'ivrogne. L'accident de voiture était à des milliers de kilomètres.

– Je n'y ai jamais pensé. Écrasé par Godzilla, peut-être bien... Non, à cheval sur une bombe atomique, comme dans *Docteur Folamour*.

– Non, je veux dire : *vraiment*, insista Billy, tout sourires.

– D'accord. (Sean chercha quelque chose de ridicule qui pût correspondre à son état d'esprit.) Oui... écorché vif. Et passé au gros sel ensuite. Puis... (il rota et rit)... pendu dans un sac de toile.

Il riait comme un fou et tira plus fort sur son joint. La voiture mordit dans un fossé, rebondit et se rétablit.

– Écorché ? C'est quoi ?

– T'as jamais entendu ce terme ? Quand on enlève la peau d'un animal.

– Ah, ouais. J'ai déjà fait ça à la ferme. Et tu voudrais qu'après on te roule dans le sel ?

Sean riait.

– Mais oui. T'imagines pas la souffrance.

– Oui, fit Billy. La deuxième preuve...

– Quoi ?

– Oh, rien, dit Billy, sans cesser de sourire.

La voiture fonçait en cahotant et en cognant dans les ornières de Split Crow Lane sous le ciel de plus en plus noir.

## 60

Trois quarts d'heure plus tard, Iris ferma le salon de thé. On était au milieu du mois d'août mais on aurait aussi bien pu être en novembre. L'air était glacial. Levant les yeux vers le ciel hostile puis vers le banc de brouillard qui s'était formé au fond de la vallée, elle se glissa rapidement dans l'allée. Quelques minutes après, au volant de sa vieille Fiat fatiguée, elle quittait la place du Marché et roulait vers son domicile.

Les récents événements n'en finissaient pas de tourner dans sa tête, entretenant son malaise. Tous ces morts, ces accidents et, pire encore, ce qu'elle avait ressenti chez Billy Rifkin, cette évolution vers le mal. Son instinct lui disait que toutes ces choses avaient un rapport entre elles. Elle avait essayé d'accorder le bénéfice du doute à Billy. Vraiment. Mais ce qu'il avait dit aux gosses justifiait amplement les craintes qu'elle éprouvait depuis quelque temps. Iris considérait que la vie avait été relativement clémente pour elle. Les gens de Shillingham s'étaient toujours montrés chaleureux, gais, prévenants, pleins de vivacité. Mais ces nuages noirs dans le ciel et cette nappe de brouillard qui montait semblaient vouloir attaquer les souvenirs eux-mêmes. C'était étrange à cette période de l'année. Des nuages *et* du brouillard. L'un ou l'autre, d'accord, mais pas les deux en même temps. Comment était-ce possible ?

Ses pensées revinrent alors à Christy et à l'intérêt malsain que lui portait Billy. Et aux choses qu'il avait dites. Il était dangereux – très dangereux, elle en avait la conviction. Elle prit brusquement sa décision et tourna dans le chemin qui rejoignait Split Crow Lane. Plus que jamais, en un pareil moment, elle avait envie de voir Christy. De lui parler, de s'assurer que tout allait bien. Comment la mettre en garde contre Billy Rifkin ? En dépit des obscénités qu'il pouvait proférer, ses menaces restaient vagues. Elle n'aurait su expliquer pourquoi elle avait été à ce point bouleversée par ce qu'il avait dit. Mais la menace était bien là, ancrée dans son esprit. Avant d'atteindre la ferme de Split Crow, elle devait réfléchir à ce qu'elle allait dire à Christy. Le carrefour apparut. Les balises de sécurité orange qu'on avait placées sur la barrière qui entourait la fosse du gibet brillèrent dans le faisceau des phares. En passant à proximité, Iris se dit qu'il aurait sans doute mieux valu ne pas toucher au gibet, après tout. Le laisser là où il était depuis des siècles. Il était arrivé tellement de malheurs depuis la veille... À cet instant, son regard surprit quelque chose qui était accroché à la barrière. Rien de très significatif mais, sans s'expliquer pourquoi, elle en garda l'image.

Un gros sac de toile dégoulinant.

Essayant de chasser le malaise qui persistait, elle accéléra et continua droit sur la ferme de Split Crow. Elle se rappelait la conversation qu'elle avait eue avec Frank Warwick deux ans auparavant. Jusqu'au moindre mot.

*– Je crois que nous devrions nous marier, Frank. Ce serait mieux pour l'un et pour l'autre.*

*– Mais de quoi tu parles, ma jolie ? Je te connais à peine. Et toi non plus tu ne me connais pas.*

*– Je connais Christy. Et je sais ce dont elle a besoin – ce dont* vous deux *vous avez besoin. Ça serait mieux.*

*– Vraiment ? Tu crois savoir ce dont j'ai besoin ? Mais tu n'en sais rien, Iris. Rien du tout. Parce que si tu savais ce dont j'ai vraiment besoin, tu partirais d'ici en hurlant.*

*– Alors dis-le-moi, Frank. Dis-moi. Explique-moi ce qui se passe. Qu'est-ce qui ne va pas ?*

*– Tu ne pourrais jamais comprendre, Iris. Jamais.*

*– Mais j'ai besoin de savoir. Tu ne comprends pas, Frank ? Je voudrais faire de toi un homme heureux.*

*– Heureux ? Je ne sais pas ce que tu as bu, mais j'en prendrais bien un peu.*

*– Ne te moque pas de moi, Frank. Dis tout ce que tu veux, mais ne te moque pas de moi. Ne va pas t'imaginer une seconde que tu as le monopole de la solitude ou de la tristesse, parce que ce n'est pas vrai. Tu me prends pour une vieille bonne femme stupide, hein ? Mais je ne le suis pas. Si tu me laisses faire, je te redonnerai de la force. Une force véritable.*

*– Je te remercie, Iris. Merci pour être accourue à mon secours sur ton blanc destrier et avoir sauvé mon existence. Tu dois me croire complètement idiot. Christy travaille chez toi. Je le sais. Et je pense que vous êtes devenues de vraies copines, maintenant. Que vous vous faites des confidences.*

*Elle te parle sans doute de sa vie à la maison, et vice versa. Et je suppose que tu as pitié d'elle...*

*Pitié ? Pitié !*

Elle se rappelait comment elle avait cogné du poing sur la table d'acajou, jusqu'à s'en meurtrir les doigts.

*– Est-ce que tu ne comprends pas ce que je suis en train de te dire ?*

*– Je comprends. Mais pourquoi, Iris ? Oui, pourquoi ?*

*– Parce que...*

*– Oui ?...*

*– Je...*

*– Tu ne peux plus avoir d'enfant, Iris. Sinon, ça aurait été différent.*

Fin de la conversation. Iris réémergea dans le présent. La voiture roulait vers la ferme de Michael Lambton, mais quelque chose perturbait Iris. Une impression bizarre, angoissante.

*Un gros sac de toile dégoulinant.*

Le regard de Billy, quand il avait parlé aux gosses, l'avait dérangée. Et maintenant, ce qui la dérangeait, c'était...

*Ce sac de toile dégoulinant.*

Elle écrasa le frein et la Fiat s'arrêta net. Elle devait retourner là-bas. Elle fit demi-tour et repartit vers le carrefour, appuyant à fond sur l'accélérateur.

## 61

Karen savait qu'elle devait se montrer grande et forte afin de protéger son petit frère, mais tout avait mal tourné ce soir-là et elle avait bien du mal à retenir ses larmes.

De son lit, elle observait les gros nuages sombres qui s'amassaient. La gorge serrée, elle s'efforçait de ne pas pleurer, de ne pas laisser éclater sa colère.

Graham, durant toute la journée, avait été susceptible, mais depuis la rencontre avec Billy Rifkin au salon de thé, il était devenu agressif, irritable. De nouveau, papa et maman ne se parlaient plus. Elle l'avait compris à cause de leur silence au salon de thé. Graham s'était mis à pleurnicher sur le chemin du retour parce qu'on lui avait interdit de regarder *Supercopter* à la télévision, ce qui naturellement avait dégénéré en une altercation entre papa et maman. Le résultat avait été sans surprise : on les avait expédiés au lit à 7 heures.

Karen se mordit la lèvre et écouta son frère qui reniflait dans son lit, près de la fenêtre. Elle lui en voulait d'avoir été à l'origine de la dispute qui les avait condamnés à se coucher si tôt. Et plus il pleurnichait, moins elle avait envie de le consoler. Elle s'efforça de se concentrer sur les posters qui décoraient les murs de leur chambre. *Le Hulk* (Graham), *Wonderwoman* (Karen), un *Ewok* de *La Guerre des étoiles* et *l'Ours Rupert*.

Quelque chose gratta à la fenêtre. Karen tourna la tête. Une branche, peut-être ? Graham n'avait pas entendu : il continuait à renifler. Karen regarda l'ours Rupert ; ah, si elle avait pu se projeter dans son monde !

Un autre grattement.

Elle s'assit brusquement. Son petit frère aussi. Il cessa de pleurnicher.

Cette fois, ils virent l'un et l'autre le caillou rebondir sur la vitre. Quelqu'un, dehors, voulait attirer leur attention. Graham quitta son lit et se pencha à la fenêtre. Karen le rejoignit aussitôt et, ensemble, ils scrutèrent l'obscurité.

Ils virent alors une haute silhouette sur la pelouse, près du bassin aux oiseaux.

– C'est Billy ! souffla Graham. Il est venu pour qu'on joue ensemble !

Billy les avait aperçus à la fenêtre et leur faisait de grands gestes.

– Au milieu de la nuit ? dit Karen.

– Mais c'est pas le milieu de la nuit, idiote. On nous a envoyés au lit, c'est tout. C'est seulement à cause des nuages que tu crois ça. Moi, *je veux jouer* !

Même dans le noir, sans le voir, Karen devinait que Billy souriait. C'était comme si ce sourire faisait partie de la nuit.

Et maintenant, il sifflotait doucement. Il voulait qu'ils viennent le rejoindre pour jouer. Il sifflotait : *Qui a peur du grand méchant loup ?*

– Mais qu'est-ce qu'il veut ? Qu'est-ce qu'il fait là-dehors ? demanda-t-elle.

– Je te l'ai dit. Il veut qu'on aille jouer avec lui.

Karen s'écarta de la fenêtre. Billy s'avançait vers la maison sans cesser de leur faire signe.

– *Venez, les gosses. Descendez !*

– Mais *qu'est-ce qu'il fait* ?

Billy venait de retourner auprès du bassin aux oiseaux et y avait pris quelque chose qui était resté invisible jusqu'alors.

Une fourche.

Il la leva à deux mains et regarda la fenêtre. Il sifflotait toujours.

Un rai de lumière orange se posa sur son visage : quelqu'un, au rez-de-chaussée, venait d'écarter les rideaux. Karen se raidit. Billy souriait toujours. Elle n'aimait pas ce sourire, ni l'éclat de ses yeux dans la lumière. Elle entendit la voix de sa mère :

– Que se passe-t-il, Len ? Qui est là, dehors ?

Et son père qui répondait :

– C'est Billy Rifkin. Mais bon Dieu !

*– Oh, hello ! Bonsoir...* fit Billy.

Il s'avança et sortit du champ de vision de Karen. Elle s'aperçut qu'elle serrait convulsivement le bras de son petit frère. Elle entendit la porte s'ouvrir, en bas. Puis des voix étouffées : celles de son père et de sa mère. Et celle de Billy, qui répondait calmement à leurs questions.

– Tu me fais mal ! chuchota Graham. Laisse-moi. Je veux descendre. Je veux voir Billy !

– Non ! Tu restes ici. Je ne veux pas que...

C'est alors que quelqu'un hurla, au rez-de-chaussée.

Karen, sous le coup de la terreur, serra Graham contre elle. Elle n'aurait su dire qui avait poussé ce cri.

Quelque chose se fracassa sur le plancher. Puis elle perçut des bruits de lutte, des jurons et des grognements. Ensuite un choc sourd, comme un *martèlement*. Puis un fracas de verre brisé. Et un autre cri... une voix d'homme. Son père ou bien Billy ? Le cri fut brutalement interrompu par cette espèce de *martèlement* abominable, interminable.

– Karen, qu'est-ce que ?... geignit Graham.

*– Tais-toi et reste tranquille !*

En bas, le silence était revenu. Karen sentait son cœur battre très fort dans sa poitrine. Graham s'agrippait à elle, pétrifié. Ils guettaient le moindre bruit. C'est alors qu'ils entendirent des pas étouffés, réguliers. Qui montaient vers leur chambre.

On sifflota.

Karen serra encore plus fort son petit frère.

*Qui a peur du grand... méchant... loup... C'est pas nous... C'est p't-êt' vous...*

Karen s'arracha brusquement à la peur qui la paralysait et traversa la chambre pour aller tourner la clé dans la serrure. Puis elle recula rapidement.

Les pas s'étaient arrêtés sur le palier, mais le sifflotement moqueur ne cessait pas.

– Il faut qu'on parte !

Karen sauta sur le lit de son frère et poussa le loquet de la fenêtre à guillotine. Graham l'aida. La poignée de la porte de la chambre tournait.

– Venez, les gamins ! dit la voix de Billy. Venez, on va jouer. Je sais que vous êtes là.

Il secoua la poignée. La fenêtre finit enfin par céder en grinçant. La voix de Billy, maintenant, avait une tonalité différente. Sans la moindre trace d'hypocrisie ou de moquerie. Elle était lourde de menaces.

– Graham, ouvre cette porte ! Sortez, petits salauds ! *Venez donc voir ce qui est arrivé à papa !*

La porte craqua : il devait tenter de l'enfoncer à coups d'épaule.

Karen réussit enfin à remonter la fenêtre et elle saisit le poignet de Graham.

– Il faut qu'on saute sur la branche ! lui soufflat-elle en lui désignant l'orme, à un mètre de l'appui de la fenêtre.

– Je sais pas si je pourrai !

– Il le faut ! Allez, vas-y le premier ! Il faut que tu...

Quelque chose, derrière la porte, poussa un hurlement de colère. Karen se retourna et vit les pointes de la fourche qui venaient de transpercer le battant, projetant des éclats de bois dans la chambre.

– Vite ! *Vite !* VITE !

Karen souleva Graham. Il saisit la branche à deux mains, la serra très fort et se balança. Il se retrouva sur le tronc et se mit aussitôt à descendre. Karen monta sur l'appui à l'instant où la porte de la chambre cédait à grand fracas. Quelque chose se ruait sur elle. Elle sauta. On accrocha sa chemise de nuit et le tissu se déchira jusqu'à l'épaule. On lui griffa le bras. Mais elle était déjà sur la branche. Elle se laissa glisser et tomba violemment sur le sol, le souffle coupé. Sans se retourner, elle se mit à courir à toutes jambes.

– Doux Jésus, agneau de Dieu... Doux Jésus, agneau de Dieu...

Graham était tout en bas de la pente et gesticulait frénétiquement. Karen courait au milieu des broussailles qui s'accrochaient à ses cheveux, lui giflaient le visage, les bras et les jambes. Derrière elle, dans la maison, quelque chose dévalait l'escalier à grand bruit. Elle sauta du haut du talus et atterrit près de Graham, deux mètres plus bas. Instinctivement, elle le serra contre elle pour qu'il ne retourne pas vers la maison. Tout semblait calme, soudain, comme si le monstre, dans sa hâte, était tombé dans l'escalier et s'était assommé. Elle entraîna son frère.

– Mais je veux retourner ! Je veux maman et papa !

– Non ! Tu ne peux pas ! *Doux Jésus, agneau de Dieu !* Tu ne peux pas !

Ils couraient vers l'allée, traversaient la pelouse.

– Mais... pour... pourquoi ? demanda Graham, haletant.

– *Cours,* c'est tout !

Derrière eux, un cri s'éleva. Et l'aiguillon ardent de la peur se planta dans son dos quand elle se retourna et vit soudain le diable qui accourait, brandissant sa fourche. Elle tira son petit frère de toutes ses forces en criant :

– Cours ! Cours !

La chose glapissante se ruait vers eux.

Ils se retrouvèrent sur l'allée. Le gravier mordait leurs pieds nus. Graham courait aussi vite que le lui permettaient ses petites jambes, mais il n'était pas assez rapide. Karen voulut le prendre dans ses bras, mais son pied s'accrocha à sa chemise de nuit déchirée et elle tomba de tout son long. Graham s'emmêla dans ses jambes et roula à son tour sur le gravier, s'écorchant les genoux et les paumes. Karen roula sur elle-même et se recroquevilla en voyant le visage dément et les dents blanches de Billy Rifkin au-dessus d'elle. Il glapit comme une bête sauvage et leva la fourche au-dessus de sa tête.

Soudain, le glapissement fit place à des coups de klaxon stridents et la silhouette de Billy se détacha dans le faisceau des phares. Karen roula encore, entraînant Graham avec elle. Billy s'était à demi retourné, la fourche toujours levée. Karen entendit un son suraigu et le crépitement du gravier à la seconde où quelque chose d'énorme surgit à toute allure entre eux et Billy.

– Noooonnn ! hurla Billy.

Il y eut un choc sourd et Billy fut projeté sur le capot de la voiture. Il rebondit comme une poupée disloquée et disparut dans l'ombre tandis que la voiture s'arrêtait pile.

Karen perdit conscience.

Très loin, il lui sembla entendre une portière claquer. Elle sentit des bras autour d'elle. Forts et doux. On la posait sur le siège de la voiture. Elle se dit qu'elle s'endormait et sentit son frère contre elle. Il y avait aussi un parfum. Elle connaissait la personne qui avait ce parfum. Iris. Elle dormait mais, en même temps, elle savait qu'Iris était allée jusqu'à la maison. Quand elle se réveilla, la voiture roulait dans cette drôle de « nuit ».

– Iris ?

– Dors, mon amour. Tout va bien, maintenant.

– Est-ce que maman et papa sont au ciel ?

– Oui, Karen.

– Et où est Billy Rifkin ?

– Parti. Disparu. Ne t'inquiète pas. Il est probablement ailleurs. Il ne te fera plus de mal.

Karen dormait.

## 62

Grover arrêta la landrover sur la route des crêtes et descendit. Il contempla la vallée. De sa vie, il n'avait encore jamais vu ça.

La nappe de brouillard barrait la route et s'étendait à droite et à gauche comme un lourd rideau gris déployé sur la vallée – comme une barrière, en fait, dressée par quelqu'un afin d'isoler le village. Et les nuages noirs qui galopaient dans le ciel se mêlaient au brouillard. Ils formaient un dôme gigantesque aux bords déchiquetés, une sorte de couvercle posé sur Shillingham. Grover s'avança vers le brouillard, masse compacte qui semblait presque matérielle.

Il atteignit les formes sombres qui l'avaient fait s'arrêter. Il y en avait huit. Il s'agenouilla près d'un mouton mort. Il ne vit aucune trace de violences : ni blessures ni sang. Mais la laine était glacée sous ses doigts.

*Comme s'il était mort de froid,* se dit-il.

Il examina les autres. Aucun d'eux ne portait de traces mais ils étaient tous aussi glacés. Plus loin, il y avait des oiseaux. Des pigeons et des moineaux, tous morts à la base de la muraille de brouillard. Mais c'était absurde ! On arrive toujours à voir à travers le brouillard, ne serait-ce qu'à un mètre. Or le brouillard qui barrait la route, à deux mètres de lui, était tellement dense qu'on ne distinguait *rien*. Il ramassa un caillou et le lança devant lui. Le caillou disparut, avalé par la masse grisâtre. Curieusement, Grover en éprouva une sorte de malaise.

Se traitant d'imbécile, il s'avança dans le mur opaque.

Aussitôt, il faillit suffoquer. Sa tête fut comme engloutie dans une vapeur brûlante, *poisseuse*, qui s'infiltrait dans sa gorge et ses narines. Il ne voyait plus rien, le brouillard était comme du feu dans ses yeux. Il toussa, saisi de spasmes, et recula pour se retrouver à l'air libre, les yeux larmoyants. À genoux, il hoqueta, toussa encore pour évacuer ce goût et cette odeur atroces. Il lui fallut deux bonnes minutes avant de se sentir mieux.

À présent, il savait ce qui avait tué les moutons et les oiseaux : le brouillard, quelles que fussent sa nature ou son origine. Grover avait entendu parler des pluies acides et des retombées chimiques. Peut-être qu'un fou, quelque part, avait balancé une fois de plus sa merde nucléaire dans la campagne...

Le grésillement de la radio attira son attention. Il retourna rapidement à la landrover, se pencha par la portière et décrocha le récepteur.

– Rover sept. Ici Grover.

– Sergent ? C'est Adams. Pemberton ne sait pas que je vous appelle mais, de toute façon, je me fous de ce qu'il peut penser.

– Pourquoi ? Qu'est-ce qui s'est passé ?

– Billy Rifkin est devenu dingue. Il a assassiné Julie et Len Haig. Iris Wooler a réussi à sauver les deux gosses. Elle est ici avec eux.

– Seigneur !...

– Et il y a autre chose.

– Oui ?

– Frank Warwick et George Frankham.

– Ils sont morts, je sais.
– Leurs corps ont disparu. On les a volés à la morgue.

Billy rampait dans la nuit, traînant ses deux jambes écrasées, et il pleurait comme l'enfant qu'il avait été autrefois. S'agrippant à chaque broussaille, arrachant des poignées d'herbe, il parvint à se hisser jusqu'au fossé qui entourait la maison. Là, dans les fourrés sombres et humides, personne ne pourrait le voir – et surtout pas cette putain d'Iris dont il avait entrevu le visage de plâtre à la seconde où la voiture arrivait sur lui. Et il avait lu dans son regard qu'elle savait. Elle savait ce qu'il allait faire et ce qu'il avait déjà fait.

Il se tordait dans la boue et la vase qui pénétraient ses chairs déchirées, souillant ses blessures béantes. Il voulait fuir le plus loin possible. Lorsqu'il entendit claquer une portière et vrombir le moteur, il sut qu'il avait réussi à lui échapper. Il sourit, au plus profond de sa souffrance, et, à la force du poignet, parvint à regagner l'accotement et à se traîner de l'autre côté de la route, laissant derrière lui un sillage de vase et de sang. Quelque chose approchait. Il le sentait. C'était comme la mort. Mais il devait se battre ! On lui avait fait une promesse.

Il devait aller jusqu'au carrefour. Même s'il devait ramper jusque-là. Parce qu'il avait tenu trois fois sa promesse, non ? Et il réclamerait ce qui lui était dû. Les gosses avaient réussi à s'échapper... Et alors ? Il avait eu leurs parents, après tout. Avec son père et Sean, ça faisait trois. Des rires et des gargouillis montaient de sa gorge, il pleurait, il sanglotait, mais il réussit à franchir une haie. Il rencontra un talus herbu. Une nouvelle ascension de cauchemar. Il luttait pour faire entrer l'air dans ses poumons et la douleur lui dévorait les jambes comme un cancer. *Trois preuves... Trois preuves...*

*TROIS PREUVES!* coassa une voix étrange, quelque part au-dessus de lui.

Billy leva les yeux et reconnut le visage qui se penchait sur lui. Avec un sourire prometteur. Dans la vie réelle, jamais il n'aurait supporté de regarder ce vieux salopard, cet ivrogne, même s'il était le père de Christy. Mais à présent, il avait le Veur en lui. Tout allait bien. L'apparition spectrale se tourna alors et montra la direction du carrefour en souriant. Billy se remit à ramper. L'épouvantail lui sourit encore de toutes ses dents, la folie et la mort dans ses orbites vides. Puis il se perdit dans les ténèbres.

Laissant Billy se traîner dans la boue et le sang.

## 63

Michael aida Christy à mettre son manteau et jeta un coup d'œil à l'extérieur tout en boutonnant sa parka.

– Il commence à pleuvoir, remarqua-t-il.

– Il *faut* que nous allions là-bas et que nous trouvions le Livre. Je sais qu'il y est.

– Si tu le dis.

– C'est papa qui me l'a dit.

Les chiens avaient pris leur laisse dans leur gueule et ne demandaient qu'à sortir. Très vite, ils se retrouvèrent tous dehors, prêts à s'enfoncer dans cette étrange nuit de Shillingham. À gauche, très loin, les lumières du village vacillaient, à peine distinctes.

– Je me sens en sécurité, dit Christy.

– Oui, ce sont de bons chiens. Et ils ont l'air de t'aimer.

– Je ne parlais pas des chiens. Je voulais dire que je me sentais en sécurité avec toi.

Ils se rapprochèrent l'un de l'autre et s'engagèrent dans Split Crow Lane, vers la ferme Warwick désormais abandonnée.

## 64

Billy passa la moitié du corps à travers une clôture et resta là, la pluie lui fouettant le visage. Il se tordit sur lui-même et sentit le fil de fer barbelé lui déchirer le bras.

– Bon Dieu !

Il tira et un lambeau de chair blanche resta accroché sur une barbule. Prenant appui sur ses pieds, tirant sur ses poignets, il parvint à se hisser un peu plus haut. En tournant la tête, il vit en contrebas le carrefour du gibet, la barrière de sécurité et le Puits.

Son grognement de triomphe se changea en un gargouillis de pluie, de sang, de salive et de souffrance. Il se laissa rouler sur la pente, ses jambes mortes glissant dans la boue et l'eau. Et il arriva en bas. Il vit que le contenu du sac de toile s'était répandu sur le sol. C'était une masse rose et gélatineuse que la pluie délavait peu à peu. Il sourit et s'approcha du Puits en se traînant sur les coudes.

– Tu vois ? appela-t-il. Je suis... revenu... comme je te l'avais promis.

La pluie cinglait la barrière avec une sorte de sifflement coléreux.

– Tu... tu m'as promis... Trois preuves, tu avais dit. Trois preuves. Et je l'ai fait.

Il était au bord du Puits, indifférent au tas de chair luisante tout près de son épaule.

– Trois fois ! hurla-t-il dans le Puits, et la douleur fusa dans son corps et dans son cerveau.

L'écho de son cri lui revint, dominant un instant la pluie.

– J'ai fait comme tu m'as dit ! Trois fois. Tu n'as plus besoin de te cacher : c'est la nuit. Tu peux sortir maintenant ! Viens et donne-moi ce que tu m'as promis !

Quelque chose bougea vaguement dans le Puits.

Billy se figea, la bouche ouverte, et la pluie ruissela entre ses lèvres.

Silence.

Et, une fois encore, le bruit d'une chose qui se levait, tout au fond.

– Oui, c'est ça ! (Billy gloussa.) Viens, sors ! Et donne-moi ce que tu m'as promis.

Il sentit le sol se soulever sous lui et il rit à pleine gorge, oubliant sa souffrance. Une vague de gaz vert et délétère se répandit hors du trou. Billy toussa, à demi asphyxié, et plongea le visage dans la boue. Il attendit que le pire soit passé et releva enfin la tête.

Le Veur montait du Puits comme une colonne tourbillonnante et glutineuse faite d'ombre et de lumière, un pilier massif d'énergie, ni solide ni éthéré. Une *force* – une force ancienne, mauvaise, primitive, à présent dressée, lovée au-dessus du Puits comme un serpent gigantesque et luisant. Et Billy reconnut cette forme : c'était la dernière qu'il avait entrevue avant que la voiture n'arrive sur lui. Mais elle était plus petite alors, bien plus petite. Car la chose qu'il avait devant lui était... était...

– *Gi... gigantesque !* souffla Billy, stupéfait.

Le Veur montait et se déployait, étalant dans la

nuit les contorsions de ses entrailles impies, étranger à tout ce qui avait jamais pu errer à la face de la Terre. Et, en le regardant, Billy entrevit d'innombrables autres formes esquissées dans la masse qui se dilatait et culminait, des fragments humains, des animaux déformés – pour la plupart en état de décomposition –, des yeux vides, sans expression.

Le Veur se dressait vers le ciel comme une masse convulsée faite d'un tissu informe.

– Tu m'as promis, dit Billy d'une toute petite voix.

*PROMIS ?*

La réponse avait résonné dans sa tête.

– Oui. Tu vois ?

Il poussa l'amas de chair rose qui glissa dans la fosse, vers la forme géante du Veur.

– C'est le deuxième. Le premier, c'était mon père, tu le sais. Et les parents des gosses...

*Trois fois, Billy,* fit la voix dans sa tête. *Ah oui. Et maintenant tu veux ta récompense ?*

– Ouais. Mais d'abord, y faut guérir mes jambes. Elles sont salement amochées, mais tu peux faire ça, non ?

*Oui, je peux faire ça.*

Une vrille translucide, suintante, descendit de la masse ondoyante du Veur. Quand elle fut juste au-dessus de sa tête, Billy prit peur, mais la voix lui dit : *Prends, Billy. Prends ça et mets-le dans ta bouche.*

– Ma bouche ?...

*Tout ira bien. Tu seras guéri. Et tu auras tout ce que tu veux.*

– Tout ?

*Tout.*

D'un geste hésitant, Billy prit le tentacule dans sa main. Il était froid, gluant, comme un ver de terre géant. L'extrémité béante était pareille à une bouche.

– Tu veux dire comme ça ?...

Le tentacule se détendit brutalement entre ses doigts et darda sa pointe vers son visage. Billy eut un mouvement de recul, mais la chose était déjà dans sa bouche et s'insinuait dans sa gorge, glissait vers son estomac. Billy agrippa des deux mains le ver lisse et vivace ; un spasme le secoua comme il tentait de le recracher. Les yeux exorbités, il tomba en arrière, agité de soubresauts de douleur. Le tentacule s'emplit alors d'un liquide violacé. La masse amorphe qui était encore dans le Puits injectait *quelque chose* directement dans le corps ravagé de Billy.

*Pour moi, Billy. Pour moi,* dit la voix dans sa tête.

Le tentacule ressortit alors de sa gorge distendue, répandant le liquide sombre sur son menton et son torse. Il le regarda avec horreur se rétracter lentement.

– Tu... tu avais promis, hoqueta-t-il.

*Et j'ai tenu ma promesse.*

Billy eut un sursaut de douleur et regarda ses jambes. Elles se contractaient et bougeaient. Non... on les *manipulait,* plutôt. On les réparait. Elles se redressaient, se restructuraient, les chairs étaient en train de se régénérer. La manipulation se fit plus rapide, plus forte, et il hurla. Et puis, cela gagna son torse et il sentit que là aussi il se passait des choses terribles et douloureuses qui guérissaient ses blessures. Cela se faisait sans douceur, avec la seule volonté d'aller vite. Quand ce fut le tour de ses fractures, quand ses os bougèrent d'eux-mêmes pour se remettre en place, quand les cartilages déchirés se recollèrent, Billy poussa un long cri suraigu.

Mais, à la fin, la souffrance s'estompa. Épuisé, il s'abandonna à la pluie.

Et il coassa :

– Tu m'as guéri ?

*Oui, Billy, et tous tes vœux peuvent s'accomplir. Mais il y a un codicille dont nous n'avons pas discuté...*

Billy se leva en vacillant et palpa ses jambes. Elles étaient fermes et saines. Plus robustes qu'elles n'avaient jamais été.

– Tout ce que je veux ! cria-t-il de toute la force de ses poumons.

*Mais parlons de ce codicille. Ce que tu veux, c'est ce que je veux. Nous ne faisons qu'une seule et même chair, Billy. Tu es ma première Chair Élue, ma première Incarnation, mon Avant-garde. Tu agiras donc selon ma volonté. Je vais prendre ta chair pour entamer la vengeance promise. Et tu feras ce que je te dirai.*

– Hé ! Minute ! Tu as dit que...

*Chair de ma Chair, Billy. Tu iras en moi et moi en toi.*

– Tu as dit que je pourrais tout avoir.

Un rire monta alors du Veur érigé au-dessus de lui. Un rire hideux dont les échos ignobles se répercutèrent dans le Puits.

*Tout ce que je veux !* siffla la voix qui n'en était pas une.

Billy pivota sur lui-même en levant ses poings serrés.

– Tu as promis !

*Les promesses sont toujours tenues, Billy. Je te pétrirai à ma guise, désormais.*

D'abord, cela commença dans ses mains. Ses doigts se repliaient de leur propre volonté et il ne pouvait rien pour les en empêcher. Ensuite vint la douleur, tel un aiguillon qui s'enfonçait dans ses avant-bras, ses épaules, puis ses viscères. Tout son corps, tous ses organes étaient déchirés, refaçonnés.

– Non... Non... Tu as promis... de me guérir...

Les forces qui le transformaient de l'intérieur étaient maintenant une torture qui l'obligea à s'agenouiller dans la boue, sanglotant et hurlant. Il se frappa la poitrine et le visage. Ses membres s'allongeaient et se tordaient. Levant les doigts devant ses yeux, il les vit avec horreur se transformer et fondre pour n'être plus que des moignons noirs et difformes. On aurait dit de la pâte à modeler, de la boue. La chose redessinait ses mains. Elles se gonflaient, méconnaissables. Elles étaient pourvues de griffes spatulées et non plus de doigts, maintenant. Les spatules, à leur tour, se déformèrent pour devenir des *museaux* ovales. Ce qu'il avait à l'extrémité de ses deux bras, ce n'étaient plus des mains mais... *quelque chose*. Quelque chose de monstrueux.

Un œil apparut sur sa main gauche. Et un autre s'ouvrit lentement, comme endormi, et cligna. Deux yeux rouges, enfoncés dans sa chair, encapuchonnés. Et à l'extrémité de ses doigts maintenant agglomérés en un amas de chair noirâtre qui venait de se fendre, un museau s'était formé, laissant apparaître des mâchoires hérissées de crocs acérés. Billy leva son autre main et vit que le même processus s'y répétait. Avec un hurlement de terreur, de douleur et de chagrin, il leva ses deux mains en pleine mutation vers le ciel d'encre.

– *Des chiens! Des putains de chiens! Mes mains sont des putains de merde de chiens!*

Les têtes qui avaient poussé à l'extrémité de ses deux mains retroussèrent les babines en grondant. Et il tendit désespérément les bras pour les éloigner de lui. Des larmes de terreur ruisselaient sur ses joues. Les bêtes, l'une après l'autre, s'extirpaient péniblement de sa peau, pointaient le museau hors de ses manches lacérées. Foudroyé par la souffrance, il s'effondra dans la boue tout en regardant les affreuses créatures qui s'affrontaient. Il faillit perdre connaissance, et quand il osa à nouveau regarder, il vit qu'elles étaient sur le point de se libérer, arrachant leurs pattes arrière de ses bras. Les choses avaient maintenant deux fois la taille d'un doberman. Elles venaient de l'enfer, elles étaient noires et, quand elles s'arrachèrent enfin à sa chair, elles bondirent dans les ténèbres vers le Puits, vers le Veur.

– Mes mains ! se lamenta Billy en levant ses deux manches vides.

*Tu m'as donné ta chair, Billy. Je te rends de la chair.*

Il baissa les yeux : ses mains étaient redevenues normales.

*Maintenant, je vais te donner autre chose. Une chose dont tu te souviendras.*

Un autre tentacule surgit du Puits et vint déchirer le devant de sa chemise. Il vit alors que sa chair semblait transparente et que la vrille avait déversé en lui une substance bouillonnante. Il ne faisait plus qu'Un avec le Veur. Il avait été choisi, élu, à cause de ses exploits. Il était heureux.

C'est alors que Billy, le garçon qui avait aimé son père et enduré ses coups, le garçon que nul n'avait jamais compris, le garçon qui avait eu besoin d'amour plus que quiconque à Shillingham avant de se trouver confronté à cette abomination plus vieille que le monde, c'est alors que Billy abandonna et mourut.

Et le nouveau Billy, Billy le Veur, le Veur Billy, ne fit plus qu'Un avec le Mal venu des âges qui avaient précédé le Temps. Et les chiens de l'Enfer, avec leurs yeux de brandons, rampèrent vers lui, la tête basse, secouant de leur échine les ultimes restes d'ectoplasme. Ils lui léchèrent les mains, dociles, apaisés, tandis que la chose éphémère qui avait habité le Puits se recroquevillait comme un nuage crevé. De ses yeux devenus d'un vert opaque, Billy la regarda disparaître dans les profondeurs du sol. Les chiens bondirent et s'attaquèrent avec avidité à la masse rose et gélatineuse qui était tombée du sac. Ils se mirent à la déchiqueter férocement, dévorant de grands lambeaux de chair délavée. Billy leva alors les yeux vers le ciel. Le dôme de brouillard et de nuages était maintenant fermé : la vallée de Shillingham était coupée du monde.

TROISIÈME PARTIE

# « LE LIVRE DU VEUR »

## 65

La ferme Warwick se dressait dans la nuit devant Michael et Christy. Mac et Dutch traînaient derrière eux, se perdant parfois dans les broussailles. Durant toute la nuit, songeait Michael, ils s'étaient montrés nerveux et il ne comprenait pas pourquoi. C'était peut-être à cause de ce temps bizarre, de cette couverture de nuages noirs et de cette muraille de brouillard qui cernait le village. Il buta sur une vieille racine noueuse et la ramassa pour s'en servir de bâton de marche. Tandis qu'ils escaladaient les derniers mètres de Split Crow Lane, il vérifia qu'il avait bien sa lampe-torche dans sa poche.

– Christy, tu as cherché partout, la dernière fois. Qu'est-ce qui te fait croire que tu vas le trouver aujourd'hui ? S'il existe.

Christy le précédait de deux ou trois pas.

– Le Livre existe. Il est quelque part dans la cuisine. Papa me l'a dit.

Michael faillit dire : *Peut-être que celui qui t'a attaquée essayait de t'empêcher de le trouver.* C'était cette petite voix qu'il connaissait bien, cette voix qui était en lui et qui lui avait chuchoté ses peurs les plus secrètes, tout au long des années.

Ils étaient arrivés. Christy batailla un bref instant avec sa clé mais la porte de fortune s'ouvrit enfin.

– On dirait que c'est la maison de quelqu'un d'autre, fit-elle.

– Je sais.

Mac s'était mis à grogner et regardait derrière eux. Les deux chiens, le poil hérissé, trottaient nerveusement de long en large. Dutch montra les crocs.

– Allez, vous deux, venez ! lança Michael.

Mais les chiens refusaient de s'approcher de la maison.

– Il fait un sacré sale temps. Mais si vous tenez à rester dehors...

Michael releva son col et suivit Christy à l'intérieur. Elle actionna l'interrupteur du couloir.

– Au moins, l'électricité marche encore.

Elle se dirigea vers la cuisine et ajouta :

– Mais là-bas, il va falloir bricoler quelque chose.

À l'extérieur, les chiens grondaient.

Michael posa soudain la main sur l'épaule de Christy.

– Qu'est-ce que c'est ?

– Mais ce sont les chiens, fit-elle.

– Non, pas ça. L'autre bruit. Dans la cuisine.

Elle s'était arrêtée et écoutait. Mais elle n'entendit rien et adressa un regard perplexe à Michael.

– Je crois qu'il y a quelqu'un, dit-il.

Et, cette fois, ils entendirent le bruit en même temps. On bougeait quelque chose de massif. Le plancher craqua et des gravats roulèrent. Michael fit un pas en avant et colla son oreille à la porte. Christy le poussa par l'épaule et il ouvrit brusquement.

Il faisait très sombre. La bâche qui tenait lieu de toit claquait au vent. Le sol était couvert de débris : poutres cassées, fils électriques emmêlés, morceaux de plâtre, meubles en miettes, placards éventrés.

Il y avait un homme au milieu de la cuisine.

Il fouillait dans les débris, arrachant les lames du plancher. C'était une silhouette hirsute qui grondait comme une bête sauvage. Puis, avec un petit cri de triomphe, il arracha à la saleté, sous le parquet, un objet carré, couvert de poussière.

Michael prit sa torche et la braqua droit sur lui :

– Qui diable êtes-vous ?

L'être se figea, puis se tourna brusquement vers eux.

Michael braqua la torche sur lui et eut un mouvement de recul. Christy laissa échapper un cri.

Le visage était blanc comme de la craie, les lèvres retroussées en un rictus sur les dents déchaussées. Les cheveux étaient collés par endroits. Et ce visage n'avait plus d'yeux, rien que deux orbites avec des tampons de coton et des plaques de sang caillé. Ce visage était une face inhumaine surgie tout droit de l'Enfer. Pourtant, il était reconnaissable.

– *Bienvenue à la maison*, dit Frank Warwick.

– Frank ? fit Michael, bouleversé.

La créature s'avança et Michael vit alors l'incision de l'autopsie sur sa poitrine. Elle grimaça un sourire et fit un pas en avant, levant un bras décharné.

– *Venez et regardez*, fit-elle. *Regardez ce que j'ai pour vous.*

Et elle siffla comme un serpent venimeux en se jetant sur eux.

Brusquement, Dutch et Mac avaient fait irruption dans la cuisine. Le poil dressé, avec un grondement sourd, ils s'avancèrent, tous leurs muscles tendus, les babines retroussées sur leurs crocs luisants. La chose qui avait été Frank Warwick s'arrêta avec un feulement rageur. Puis fit un autre pas en avant. Dutch bondit en aboyant. Frank s'immobilisa.

– Ô mon Dieu, Michael ! sanglota Christy. Ça ne peut pas être papa. Il est mort !

– Non, ce n'est pas ton père. Regarde-le. C'est quelque chose qui se sert de son corps.

– *Alors, Michael, que suis-je donc ?* gargouilla la chose aveugle en inclinant la tête sur le côté.

Michael fut épouvanté de l'entendre l'appeler par son nom. Il promena le faisceau de la torche sur la chose. Christy était rivée à son épaule. Frank portait un linceul mortuaire qui flottait autour de son corps. La suture bleuâtre de l'incision post mortem était bien visible, hideuse.

– *Tu as parlé de ta peur, Michael. Quand tu étais couché avec ma fille. Tu lui as parlé de tes peurs les plus profondes. Ces peurs qui ont failli te tuer.*

– Ce n'est pas ton père qui parle, Christy. N'écoute pas.

– *L'Écrivain et sa Philosophie de la Peur. Quelle culture ! Et le surnaturel n'existerait pas ? Eh bien, mes enfants, laissez-moi vous apprendre. Quant à toi, Michael...* (la chose se mit à rire, d'un rire atroce, impie...) *je vais t'enseigner ce qu'est la vraie peur.*

De nouveau, Frank émit ce sifflement qui était comme le son de la mort elle-même et lança vers eux une main griffue.

Ils reculèrent. À la seconde où Dutch, tous crocs dehors, s'élançait sur ce qui avait été Frank. Le chien visait la gorge. Lâchant la boîte de métal qu'il tenait sous son bras, Frank recula en titubant, les mains serrées convulsivement sur le cou de Dutch, essayant de repousser les crocs. Ils entamèrent une danse démente. De la fumée montait des mains de Frank. Avec un gémissement, Dutch fut projeté en l'air et retomba lourdement, comme un jouet en peluche. Mac frôla Michael et attaqua à son tour. Il planta ses crocs dans une jambe et Frank se mit à gronder et à siffler. Ses mains fumantes tentèrent de saisir l'animal.

Michael, baissant les yeux, vit une poutre fendue et la brandit comme un épieu. Avec un nouveau grondement inhumain, Frank s'avança sur lui en levant les bras. De ses deux mains montait une vapeur sulfureuse. Michael lui plongea la pointe de la poutre dans l'estomac et le repoussa violemment en arrière. Dutch était revenu à l'attaque et les deux chiens mordaient férocement les deux jambes de Frank, tout en feintant pour éviter ses mains incandescentes mortellement dangereuses. Il s'avança de nouveau vers Michael, qui pointa son épieu improvisé. Frank buta sur des gravats et ses mains se refermèrent sur la poutre. Michael, horrifié, vit que le bois brûlait à son contact.

– *La peur telle que tu ne l'as jamais connue, Lambton!* siffla Frank. *Je te le promets!*

– Christy! Cours! cria Michael par-dessus son épaule.

Mais Christy n'était plus derrière lui. Elle s'était élancée et il la vit soudain qui se saisissait de la boîte de métal que son père avait lâchée.

– Christy! Pour l'amour de Dieu, recule!

Mais Frank l'avait vue. Il lança un bras pour repousser Mac et bondit vers Christy, agenouillée dans les débris. Elle recula à l'ultime seconde, mais Michael vit qu'elle n'échapperait pas aux mains hideuses. C'est alors que Mac sauta sur son dos. Sous le choc, Frank bascula dans les plâtras. Avec un hurlement, Christy parvint à se redresser et battit en retraite. Frank et Mac étaient aux prises sur le sol. D'instinct, le chien esquivait les mains qui cherchaient à l'agripper. Puis il se déroba et Frank se releva en sifflant comme un cobra.

Michael se rua sur lui et lança la poutre comme une massue. Elle décrivit un arc et vint frapper Frank en pleine gorge, l'envoyant rouler en arrière. Christy poussa un cri aigu. Dutch s'acharna brièvement sur une jambe, puis recula. Michael saisit Christy et l'attira contre lui, tout en brandissant son épieu d'un geste menaçant. Il vit que les poils de Dutch avaient grillé à l'endroit où Frank avait serré.

Frank se leva, avec un rictus diabolique. Ses orbites abominables semblaient les regarder. Soudain, la frayeur de Michael redoubla. Frank, en se redressant, semblait avoir puisé une énergie nouvelle. Il était plus fort, plus redoutable. Ses orbites étaient comme deux puits qui descendaient jusqu'en Enfer et par lesquels il lisait dans leur âme.

Ils se mirent à reculer.

Mac et Dutch, eux, avaient décidé d'attaquer une fois encore.

– Non, les chiens ! Laissez !

Les deux bêtes obéirent avec réticence.

Et soudain, Frank se précipita sur eux avec une sorte de rugissement. Michael lança son pieu qui se brisa contre le torse. Frank saisit le reste de la poutre et la cassa en ricanant avant de lancer les fragments au loin avec mépris. Puis il leva ses griffes vers le cou de Lambton. Michael poussa Christy derrière lui. Il sentait sur son visage comme le relent de l'Enfer. Sa volonté cédait, s'effritait devant ces orbites cauchemardesques. Christy criait toujours.

La mort arrivait avec des yeux de néant.

La Peur Ultime.

– Écartez-vous !

La voix était familière. Michael, pétrifié, n'avait pas bougé et on l'écarta : quelqu'un venait de surgir dans la cuisine. Frank poussa un rugissement et s'avança. C'est alors que Michael vit le fusil de chasse à canon double. Frank leva ses mains de feu pour essayer de le happer. Une flamme jaillit et les chiens surexcités hurlèrent dans le fracas de l'explosion. Frank avait disparu. Michael se retourna. Grover tenait encore son fusil à la hanche, les deux canons fumant. Derrière lui, il y avait deux policiers, les yeux exorbités. Michael vit alors que l'impact avait projeté Frank de l'autre côté de la cuisine. Il gisait sur un amas de gravats.

Soudain, il bougea. Il cherchait à se redresser, un grondement menaçant s'échappait de sa gorge. Sur son torse lacéré, on ne distinguait même plus l'incision post mortem.

– C'est pas croyable ! éructa Grover.

Frank arrivait sur eux.

Grover tourna brièvement la tête.

– Roy ! Keith !

La cuisine ravagée fut secouée par les explosions simultanées. Les deux officiers de police venaient d'ouvrir le feu. Frank parut sauter en arrière, cloué au mur. Grover rechargeait son fusil avec une expression d'horreur absolue : là-bas, Frank se relevait déjà.

– *Vous mourrez,* dit-il. *Tous. Je ne suis qu'une partie du Tout et vous ne pouvez pas m'arrêter.* (Il pencha la tête à l'attention de Michael et demanda d'un ton moqueur :) *Tu as peur, Michael ? Est-ce que c'est le début de la vraie peur ?* (Il rit.) *Mais tu n'as encore rien vu...*

Grover le mit en joue et fit feu. Un trou apparut dans le corps de Frank mais son expression démoniaque ne changea pas.

– *Ce n'est que le début!* siffla-t-il. *Rien que le début.*

Quand il rit, ce fut comme si ses poumons étaient emplis de sang clapotant. Il pivota tout à coup et se précipita vers le mur opposé. Instinctivement, Michael serra Christy contre lui. Lançant ses bras fumants en avant, Frank fracassa les derniers lambris avec une force stupéfiante. Une poutre s'abattit du toit dans une pluie de plâtre.

Et Frank Warwick, ou ce qui avait été Frank Warwick, se fondit dans la nuit.

Cinq regards terrorisés se posèrent sur les fusils de gros calibre qui n'étaient plus que des jouets. Puis Michael prit la tête de Christy entre ses mains et lui dit tendrement :

– Ce n'était pas ton père, Christy. Il est mort. J'ignore ce que c'était, mais ce n'était pas Frank.

## 66

Pemberton fit claquer son stylo sur le bureau de Grover qu'il s'était approprié.

– Alors, bon Dieu, qu'est-ce que c'était ? tonna-t-il.

Dehors il faisait nuit, mais la pendule indiquait qu'on était au début de l'après-midi.

– Ça *ressemblait* à Frank, répondit calmement Grover, à demi assis sur le bureau. Mais ça n'était pas lui. C'était son corps... mais c'était quelque chose d'autre qui l'animait. Il parlait d'une voix différente...

– Une voix mauvaise, intervint Christy. Pas celle de mon père.

– Et vous lui avez tiré dessus ?

– Oui, sept fois en tout.
– Sans effet ?
– Aucun. Il était salement troué... Désolé, Christy... Mais ça ne l'a pas arrêté ni ralenti pour autant.
Les deux policiers qui l'avaient accompagné – Roy Wallace et Keith Jones – hochèrent la tête d'un air penaud.
Pemberton finit sa tasse de café et traversa deux fois le bureau d'un pas nerveux. Il revint vers Grover.
– Au fait, qu'est-ce que vous fichiez à la ferme Warwick avec deux de *mes* adjoints ?
– J'ai eu le pressentiment qu'il allait se passer quelque chose de moche.
– Et qui vous a donné l'autorisation ? Moi, peut-être ?
– Non, mais...
– Non mais rien. Vous vous êtes rendu là-haut de votre propre initiative, sans mon accord, et qui plus est, vous avez pris des armes.
– Heureusement. Parce que sans elles...
– Là n'est pas la question.
– Écoutez, Pemberton, ça suffit comme ça ! Il se passe des choses dramatiques et on tourne en rond. On a des morts partout, des suicides, des meurtres, ces pauvres gamins et maintenant des morts qui se remettent à marcher. Et je vous ai aussi remis un rapport sur ce mur de brouillard qui entoure le village.
Pemberton prit la feuille et lut :
– Déchets radioactifs. Pluies acides. Retombées atomiques. Pollution industrielle.
– Est-ce que vous êtes seulement allé là-haut ? reprit Grover. Il y a des moutons et des oiseaux morts sur toute la route. Ils n'ont pas pu passer. Le brouillard les a tués. Et pour autant que je sache, il doit être mortel pour les gens aussi.

– Grover, je ne vous laisserai pas me parler sur ce ton ! On vous a retiré l'enquête. C'est moi qui en suis chargé désormais. Je sais bien que c'est votre secteur, mais dorénavant, c'est moi qui décide.

– D'accord. Alors, dites-moi ce qu'il faut faire.

– Je veux que vous organisiez les recherches pour retrouver Frank Warwick, l'officier Frankham, ainsi que Billy Rifkin. Ils doivent être quelque part...

– Une partie de cache-cache ? Ou bien aurons-nous le droit d'être armés ?

– Vous prendrez des armes. En ce qui concerne le brouillard, nous n'avons encore reçu aucun rapport des autorités, mais je vais aller sur la route des crêtes avec mes gars et des gens de l'Environnement. Quoi que ce soit, nous pensons que c'est ce qui explique les interférences radio qu'on a constatées.

– Des interférences ? Mais vous n'avez que des appels de Shillingham. On n'a plus le moindre contact téléphonique avec l'extérieur. Les lignes sont coupées. Et nous n'arrivons à joindre personne par radio. Vous parlez d'une interférence ! Les camions de livraison n'arrivent plus. Et on n'a pas revu les gens qui ont traversé le brouillard pour quitter Shillingham. On ne peut plus entrer ni sortir de la vallée.

– Alors, c'est quoi ? La guerre nucléaire ? Une pluie radioactive ? Vous pensez que le monde entier est mort ?

– Ce brouillard n'est pas naturel. Il faut s'organiser, dire à la population de Shillingham de ne pas sortir. Il faut aussi aller prendre des nouvelles des fermiers qui sont plus haut dans la vallée. Rapatrier ceux qui sont trop près du brouillard. Ça représente un secteur de près de quarante kilomètres.

Face à l'attitude de cet homme dont il était censé occuper les fonctions, Pemberton avait du mal à contenir sa rage. D'un ton sec, il rétorqua :

– Vous parlez beaucoup, Grover. Mais c'est encore moi le chef ici, au cas où vous l'auriez oublié. Je vais aller jeter un coup d'œil sur ce brouillard avec des spécialistes. S'il est dangereux, je vous appellerai et vous pourrez convoquer le conseil. On commencera à évacuer les gens de la vallée. Sinon, je continuerai jusqu'à Kilgar.

– Vous ne vous enfuyez pas, hein ?

– Grover, je pourrais vous faire virer rien que pour ça !

– Écoutez-moi. Ce brouillard est mortel. J'y suis entré. Si j'y étais resté deux minutes de plus, c'était la fin pour moi. Vous n'irez pas jusqu'à Kilgar, même avec toutes les vitres fermées.

– J'ai bien l'intention de prendre la route des crêtes, Grover, et de continuer jusqu'à Kilgar. Il y a moins de dix kilomètres entre Shillingham et Kilgar, vous le savez, et nous pourrons disposer de leurs secours. Le brouillard – même s'il est aussi dangereux que vous le dites – ne s'étend pas jusque là-bas. Je vous demanderai de me remplacer d'ici à mon retour. Et retrouvez Warwick, Frankham et Billy Rifkin.

Sans un mot, Grover tourna les talons. Pemberton se leva et l'interpella :

– Grover ?...

Le sergent se retourna.

– Je ne crois pas aux zombies, Grover, ni aux morts vivants, ni à toutes ces histoires à dormir debout. O.K. ?

– Si vous le dites.

Pemberton quitta le poste avec ses hommes.

## 67

Michael, Christy et Iris Wooler, dans le bureau des entretiens, avaient tout entendu et tout vu à travers la grande baie vitrée. Ils regardèrent Pemberton sortir avec ses hommes. Grover donna ses instructions pour les recherches, puis les rejoignit, accompagné des deux policiers qui étaient intervenus avec lui à la ferme Warwick. Le Dr Stark les suivait. Nerveux, il n'arrêtait pas de nettoyer ses lunettes.

– Vous avez tout entendu, je suppose ? fit Grover.

Michael acquiesça.

– Mais que diable se passe-t-il ?

– Toujours ce mot, grommela Grover. *Diable*. Pourquoi revient-il toujours ?

– Et les enfants ? coupa Iris.

– Ils sont à l'hôpital, sous sédatifs, dit le docteur. Ça ira. (Il cessa d'astiquer ses lunettes et fixa Michael.) Monsieur Lambton, j'ai examiné votre chien... Dutch... Il... (il s'éclaircit la gorge)... il va s'en tirer, mais il est dans un état de déshydratation extrême. Il vient de boire deux bons litres d'eau. Vous m'avez dit que... Frank... avait... l'avait agrippé par le poil ?

– Oui.

– Eh bien, il porte deux marques très nettes à la gorge. On dirait qu'il a été brûlé au fer rouge. C'est comme si son sang avait été aspiré au contact des mains de... Frank. Je pense que c'est de cette façon que Frankham et lui ont trouvé la mort. Perte massive de sang et déshydratation.

– Sergent ?... commença Keith Jones d'un ton hésitant. Est-ce que c'était... Frank Warwick... ou quoi ?

Grover se tourna vers Michael.

– Non, ce n'était pas lui, dit Michael. Frank est mort. C'était quelque chose qui était en lui, quelque chose qui le possède, je crois...

Il s'interrompit.

– Continuez, le pressa Grover. Je sais ce que vous voulez dire, et vous pouvez le dire aussi bien que moi.

– Je crois qu'il est possédé par cette chose qui était enterrée sous le gibet du carrefour. Une chose ancienne et malfaisante appelée le Veur.

– Et papa... était... il cherchait ça, intervint Christy. (Le regard de Grover se posa sur la boîte aux gonds rouillés posée sur ses genoux.) Il me l'a dit... avant de mourir. C'était caché sous le plancher de la cuisine. Trop profond pour moi quand j'ai cherché la première fois.

– C'est quoi ?

Christy ouvrit alors la vieille boîte et en sortit un livre épais et fatigué, pourvu de fermoirs. Avec sa reliure en cuir noir repoussé, on aurait dit une vieille bible. Du doigt, elle suivit les contours du titre en lettres dorées :

*LE LIVRE DU VEUR*

Elle l'ouvrit et lut la première page...

## 68

Pemberton fuyait.

Il avait tenté d'analyser la situation de façon rationnelle, de se convaincre que les recherches se poursuivaient efficacement, que toutes les hypothèses avaient été examinées et qu'il réussirait là où Grover avait échoué. Malgré les morts violentes qui s'étaient succédé, il avait réussi à garder cette conviction. D'abord, il y avait eu ce représentant de l'Environnement qui avait été carbonisé, puis l'accident de voiture, le suicide, ce couple massacré à coups de fourche, et cette terrible *chose* dans le sac, au carrefour. Plus les deux hommes qui avaient eu les yeux arrachés au poste de police, et dont les corps avaient disparu. Et l'un d'eux était réapparu comme un zombie et avait survécu à plusieurs coups de fusil, comme dans un film d'horreur. Et puis, il y avait aussi Christy Warwick ; ce qui l'avait attaquée n'était certainement pas la foudre, et avait complètement démoli sa cuisine. Et maintenant cet écran oppressant de brouillard et de nuages qui isolait entièrement le village, affectant toute la population de Shillingham. Les portes restaient closes et les gens ne bougeaient plus de chez eux, comme s'ils savaient que quelque chose allait se passer... *se passait déjà.*

Crispé à son volant, Pemberton jeta un coup d'œil dans son rétroviseur. Le groupe des représentants de l'Environnement qui jusque-là avaient attendu au Dun Cow des instructions – *n'importe quelles instructions* –, le suivaient de près.

Oui, il avait tout envisagé, avec logique. Mais il savait, tout au fond de lui, qu'il était en train de fuir. Il se passait quelque chose à Shillingham, quelque chose qui le dépassait, qu'il était impuissant à élucider. Si le brouillard était réellement toxique – et il n'avait aucune raison de ne pas croire Grover –, il fermerait toutes les vitres et filerait droit vers Kilgar. Il quitterait la vallée de Shillingham. Quand il aurait retrouvé la civilisation, il saurait peut-être replacer les choses dans leur juste perspective. Il savait qu'il n'était pas le seul à obéir à son instinct. Il sentait que ses collègues, dans la voiture qui le précédait autant que dans celle qui le suivait, éprouvaient la même chose. Eux aussi voulaient s'éloigner de Shillingham, de la terreur qui s'était abattue sur la vallée. Ils laissaient les habitants de Shillingham résoudre seuls leur problème.

Pemberton regarda en direction de Shillingham. La vallée tout entière était apparemment prisonnière du brouillard et de la chape de nuages. Ailleurs, dans le monde extérieur, il était 3 heures de l'après-midi mais à Shillingham, il faisait noir comme en pleine nuit. Une nuit sans lune. Dans quelques minutes, ils allaient rencontrer la muraille de brouillard. Dans la voiture de Pemberton, tous gardaient le silence. Le faisceau des phares accrocha encore quelques mètres de chaussée défoncée, ils abordèrent un virage – et le mur de brouillard se dressa devant eux. Il allait de la falaise, à leur gauche, barrait la route, et s'étendait le long de la pente herbue, formant une gigantesque barrière grise qui courait parallèlement à la montagne, de l'autre côté de la vallée.

Pemberton découvrit des cadavres d'animaux au pied de la barrière : des moutons, des lapins, des renards. Il ralentit. Grover avait raison : le brouillard paraissait compact et inerte, absolument pas naturel, installé comme un barrage infranchissable. Il entrevit un mouvement : c'était un oiseau qui tombait du ciel. Il vint s'écraser sur la falaise, dans une explosion de plumes.

Il arrêta la voiture. Les gens de l'Environnement l'imitèrent et descendirent dans l'air glacé. Anderson, un membre du ministère, s'approcha.

– Alors ?

Pemberton contemplait le brouillard. Il n'avait pas la moindre idée de ce qu'ils devaient faire.

– Les moutons. Peut-être que nous devrions...

– Regardez ! s'exclama quelqu'un.

Ils se tournèrent tous vers le brouillard. Une forme s'y dessinait. Un homme approchait, lentement, d'un pas régulier. Il descendait la route. Il allait sortir du brouillard. Peu à peu, sa silhouette se faisait plus distincte.

– Vous voyez ! fit Pemberton avec un sourire. Ce n'est pas toxique. C'est *impossible* !

L'homme émergea du brouillard. Il s'arrêta et leur sourit. Il avait croisé les mains sur sa poitrine. Pemberton le reconnut d'après les photos que Grover lui avait montrées au poste.

C'était Billy Rifkin.

– *Bienvenue !* lança-t-il en écartant les bras.

Quelque chose dans sa voix produisait un étrange écho, même dans l'atmosphère inerte créée par le brouillard.

Pemberton fit un pas en avant, toussota et dit, plutôt mal à propos :

– Billy Rifkin, vous êtes en état d'arrestation.

– *Vraiment ?* fit Billy avec un large sourire.

L'air semblait soudain plus épais. Pemberton sentit une morsure acide au fond de sa gorge et cria :

– Le brouillard ! *Il avance !* Regardez !

Des tentacules de brouillard jaillissaient vers eux. La barrière se refermait. Et deux autres apparitions étaient maintenant visibles, de part et d'autre de Billy Rifkin. Deux silhouettes de chiens, énormes, trop énormes pour être réellement des chiens. *Des pumas, peut-être,* se dit Pemberton. Il distinguait leurs yeux rouges, diaboliques, et leurs longs crocs brillants. Il commença à reculer en toussant. Les tentacules de gaz méphitique s'étaient insinués entre les voitures.

Billy leva les mains et Pemberton entendit alors

le grondement des fauves qui l'accompagnaient, tandis qu'il criait :

*– Dix fois dix mille agonies retomberont sur vous qui avez voulu me tuer mais avez été trop faibles pour le faire ! Je vais me nourrir du sang de Shillingham, de sa terreur, et lui dévorer le cœur !*

C'est alors que les deux formes monstrueuses bondirent hors du brouillard.

Pemberton tourna les talons et se mit à courir vers la voiture.

La terreur avait saisi tous les hommes à la même seconde. Ils avaient peur de ce qu'ils avaient perçu dans la voix de Billy Rifkin, mais aussi de la soudaine avancée du brouillard, de la furie de ces bêtes sombres et horribles...

*La voiture ! Il faut que j'arrive à la voiture !* C'était un cri désespéré dans la tête de Pemberton. Il courait mais ses jambes se dérobaient sous lui et son souffle se bloquait dans sa poitrine. Quelque part sur sa gauche, il devina plus qu'il ne vit une des bêtes noires qui retombait sur l'un des hommes de l'Environnement. Celui-ci s'effondra sur la route. Un grognement assourdissant, un bruit de déchirement, un cri aigu, et un jet de sang retomba sur le dos de Pemberton. Il atteignit la voiture et, à la seconde où il saisissait la poignée de la portière, il entendit un autre cri, tout près, qui se changea en gargouillement. Il plongea derrière le volant et claqua la portière à l'instant où l'un de ses hommes – Collins – se jetait frénétiquement sur le siège arrière. Pemberton mit le contact et le moteur ronfla. Collins hurla :

– Pour l'amour de Dieu, foutons le camp d'ici !

Un autre de ses adjoints surgit devant la voiture et bondit sur le capot. Il lança une main vers la portière en un geste désespéré. Ses yeux dilatés fixaient quelque chose que Pemberton ne pouvait voir.

*– Non ! Ne le laissez pas... !*

Une forme sombre surgit sur le capot, avec des yeux comme deux phares sanglants. Et l'homme fut balayé. Pemberton accéléra et fonça droit dans le brouillard. Billy Rifkin avait disparu. Les deux autres voitures essayaient de démarrer. Les moteurs ronflaient puis s'étouffaient. Pemberton appuya à fond sur la pédale et la voiture s'enfonça dans la muraille grisâtre. Un torrent de cris jaillit derrière lui, quelque part, suivi d'un choc énorme, comme si une des voitures avait basculé dans le vide.

– Inspec... teur ! bégaya Collins, à l'arrière, le regard terrifié.

Pemberton l'entrevit dans le rétroviseur.

– Inspecteur... quelque chose... nous suit ! Pour l'amour de Dieu, plus vite ! *Ça court ! Plus vite, inspecteur ! VIIITE !*

Collins se retourna. Quelque chose de sombre et de gigantesque bondit vers la voiture qui fit une embardée. Pemberton se cramponnait au volant. Alors la lunette arrière explosa et une abominable tête de chien surgit dans une cataracte de verre. Elle tourna ses yeux de braise vers Collins, se dressa.

Et Collins fut décapité.

Le corps retomba sur le siège avant, les bras secoués de spasmes, dans un grand flot de sang. Pemberton hurlait. Il lança la voiture en avant et les atroces mâchoires disparurent.

– Dieu, je t'en prie ! Dieu, Ô mon Dieu !...

Le brouillard entrait par la vitre fracassée.

Pemberton ne voyait rien mais il ne ralentissait pas. Il ne pensait même plus au vide qui se trouvait à droite. Les phares ne révélaient que l'opacité du brouillard.

– Dieu, Dieu tout-puissant, aide-moi !
Il ralentissait pour une raison inconnue. Quelque chose cogna sous la voiture et elle fit une brusque embardée qui le jeta contre la portière. Il sentit plutôt qu'il ne vit la voiture basculer dans une ornière. Les roues arrière patinaient. Il agrippa la poignée sans cesser de hurler.

C'est alors que le plancher de la voiture se déforma et se souleva sous ses pieds. Sans lâcher la portière, il regarda, horrifié, quatre protubérances luisantes qui venaient de crever la tôle. Comme les griffes d'une patte géante, comme les crocs d'un serpent immense. La chose hachait le métal et le caoutchouc. La voiture avait été happée dans un étau mortel et la chose l'attirait. Pemberton se battait toujours avec la portière, mais le sol arrivait déjà à son niveau. La voiture descendait dans un puits. Le moteur ronflait toujours et les roues tournaient dans le vide.

Pemberton n'avait pas cessé de hurler quand il s'abîma dans une nuit plus obscure encore que celle qui s'était abattue sur Shillingham.

## 69

*LE LIVRE DU VEUR*

« Moi, John Frederick Warwick, Chef de la Famille Warwick, déclare très solennellement et jure en ce sixième jour du mois de novembre de l'An de Grâce 1620 de Notre Seigneur que les faits ici attestés sont des faits véridiques que devront croire et accepter Ceux qui auront été Choisis pour Lire.

Lors donc, Toi qui lis ceci, Warwick et Chef de

Famille à venir après moi, assume la très grande Responsabilité d'un très grand Secret. Ce Secret doit être transmis de Chef de Famille en Chef de Famille – d'homme à homme – à compter de la Grande Horreur de Shillingham qui nous a affligés, Dieu nous Sauve du Péché. Le Secret appelle des Rituels accomplis et respectés en toute connaissance dès lors que la grande Abomination qui nous affligea est elle-même soumise aux Mots du Rituel. Toi seul dois conserver le Livre et le garder en ton Secret jusqu'à l'heure venue de le transmettre, pour le cas où le Veur pourrait un Jour revenir parmi nous. Car sont ici les Secrets & Potions & Rituels désignés aux fins de combattre le Malin et ses Malfaisances. Et qu'il Plaise à la Volonté de Dieu qu'il n'achève ce qui fut commencé au mois d'octobre dans notre propre demeure de Shillingham et qui nous affecte avec tant de rudesse encore en ce temps où nous rédigeons Ceci, et où tant d'âmes nous ont à jamais été arrachées. Le temps venu, ce Livre devra être remis par l'Aîné en toute conviction et souci aux mains du Chef de la Maison après vingt années et Ce jusqu'au jour du jugement de Notre-Seigneur si Telle est Sa Volonté que le Veur demeure en le lieu où nous l'avons laissé. Le Devoir de transcrire ces Abominations très Repoussantes a été mon Fardeau au titre d'Aîné et de Chef de la Présente Maison. Mon fils le plus âgé – qui sera le Chef de la Maison pour seize années à venir au terme de la présente année – héritera de ce Fardeau lorsque sera venu son Temps.

Dans tous les villages où Chacun travaille dur dans le Respect de Dieu, il se trouvera Une Personne de réputation mauvaise qui repoussera la communauté de par son goût pour les dits et les forfanteries d'un esprit occupé de desseins égoïstes et mauvais. Car tel homme fut Will Baylisse, propriétaire aux usages de prodigalité dans ses assouvissements de désir & de chair & de mauvaises façons & de malfaisante attitude envers la gent ordinaire de Shillingham dont la compagnie fut refusée par les personnes de vie décente. Maintes de ces personnes rapportèrent avoir observé ses façons étranges & l'avoir vu aux heures les plus sombres de la nuit parlant aux vapeurs de l'ombre et conversant d'aventure avec les élémentaires contre lesquels toute personne décente doit être prévenue.

Qu'il soit connu que dans le mois de juillet de cette année, par moi attesté, Baylisse en vint à donner travail sur la berge de la Rivière de Shillingham, et ce aux fins d'avancer des protections de certains biens en terre lui appartenant. Cela se fit avec grande réticence de tous à accepter de travailler avec cet homme pour ses façons et manières. Durant ledit travail, un accident survint dans un abri à bateaux dont les poutres vinrent à céder sous les poids et les efforts et à tomber avec le bâtiment et autres ainsi que tous les gens au travail. (Dieu Notre Père soit loué que tous en aient réchappé et qu'aucun ne fût blessé.) La Chute résulta en la découverte d'un large cercueil gravé en un lieu païen sous la terre. Dans la secousse, ledit cercueil enfoui avait été fendu et des gens dignes d'être crus attestèrent qu'à l'intérieur de ce coffre furent trouvés les restes anciens et profanes d'une créature qui n'était semblable ni à l'homme ni à la bête. Baylisse chassa tous les gens des lieux. L'abri à bateaux tombé en ruine ne fut jamais reconstruit. Notre Très Révérend Père Harold Falter fut à son tour éconduit de la Maison de Baylisse pour avoir eu connaissance que Baylisse avait acquis protection de cette Odieuse Découverte. Les conseils et la protection de Nos Pères furent par lui traités avec un mépris qui fit la rage de chacun.

Au mois d'août de la même année, après que Baylisse se fut retiré seul sans autoriser que quiconque le visite, le laboureur de la ferme de John Thompson fit la rencontre de Baylisse qui arpentait la berge de la rivière, l'esprit égaré pour s'être adonné aux boissons fortes. Il s'ouvrit alors à John Thompson de ce qu'il avait fait Accord & Pacte avec un *haint* qui restait avec lui en toute concordance, vu qu'il semblait le considérer comme son bienfaiteur pour l'avoir libéré après des siècles sans nombre d'emprisonnement. Baylisse révéla dans l'heure à John Thompson (qui avait juré et avéré plusieurs fois sur notre Sainte Bible) que le *haint* qui habitait le cercueil était un Veur – dernier d'une race autrefois nombreuse sur la Terre. De tout temps, les ignorants avaient appelé lesdits *haints* Dragons, Ogres, Vampyres ou Loups-Garous. Ces *haints* n'étaient pas issus de notre monde mais d'autres par-delà les étoiles du ciel. Et plus encore, notre Terre était un carrefour dans les étoiles du ciel, un Terrain de Chasse pour ces nombreux Chasseurs qui voyageaient jusqu'à notre monde pour se repaître de ce que possédaient les Hommes... leur vie, leur chair, leur sang et leur âme étaient viande et boisson pour les Odieux.

Mais la présence de ces hostiles parmi les hommes de notre Terre dépendait des alignements des étoiles dans leur course au sein des cieux. Ceux-là changeaient toujours. Aux jours où les alignements étaient de bonne faveur, notre Terre était assaillie par de nombreuses Déités & Atrocités & Créatures capables de voyager entre les étoiles jusqu'à notre Terre qui était leur Chasse Favorite. Mais la course des étoiles étant changeante & après des siècles sans nombre, il se trouvait que les chemins de notre monde étaient moins définis et même cachés. Les Abominables n'avaient pu nous retrouver. Seuls ceux qui avaient l'art de lire les Changements pouvaient encore trouver le chemin de la Chasse. Ainsi le *haint* de Baylisse qui était venu bien des siècles avant et qui, au lieu d'émerger en notre monde entier et vif avait perdu son chemin et fini inhumé jusqu'au jour où la berge abattue avait révélé sa présence.

Et Baylisse de révéler à John Thompson que pour prix de sa liberté, le *haint* pouvait lui accorder un pouvoir et des prodiges incroyables s'il lui donnait, lui Baylisse, par trois fois la Preuve. Depuis son emprisonnement, il avait grandi en force dix fois. Baylisse enjoignit alors à Thompson de l'accompagner à sa demeure, mais Thompson, redoutant que Baylisse ait le dessein de nuire à sa personne, s'enfuit et alla demander apaisement aux Anciens, étant par là trop apeuré.

Trois atrocités furent commises dans la vallée peu de temps après, mais la personne de Baylisse apparut comme au-dessus d'être soupçonnée et ceux-là mêmes qui en avaient autorité furent impuissants à l'accuser. Mais Thompson connaissait dans son cœur le nom de l'auteur des atrocités. Par crainte pour son existence, il garda silence mais surveilla Baylisse. Entendant des cris dans la Maison de Baylisse dans la nuit de la troisième atrocité, Thompson avait *observé des horreurs telles qu'elles ne pouvaient être divulguées* mais confessa cependant aux Anciens que c'était le Veur qui avait pris possession de la chair de Will Baylisse et, quoique Baylisse fût encore vu marchant, ce n'était pas lui mais le Veur qui portait son enveloppe comme un manteau. Car il avait pris son corps. Et les deux chiens que Baylisse avait toujours eus de par lui à la chasse avaient été corrompus par le Mal eux aussi... »

# 70

L'officier de police Robby Taylor n'avait jamais tenu un fusil de sa vie et, dans des circonstances normales, il se serait senti ridicule, là, en train de se frayer un chemin dans les ajoncs comme un Texas Ranger de feuilleton. Mais, cette nuit-là, il ne se sentait pas du tout ridicule. *Cette nuit-là ?* L'heure était en réalité celle du plein jour mais il aurait aussi bien pu être minuit. Il n'avait pas accompagné Grover et ses deux collègues qui avaient affronté Frank Warwick dans son suaire, mais il les avait entendus raconter cet épisode, le visage blême. Sept décharges presque à bout portant et il avait disparu. À présent, perdu dans les prairies sombres qui s'étendaient à l'ouest de Shillingham, la barrière de brouillard dans son dos, Robby Taylor se demandait ce qu'il ferait si jamais il tombait sur Frank Warwick ou George Frankham. Quant à Billy Rifkin, c'était une autre affaire : lui, au moins, était vivant. Et, dans son humeur présente, Robby n'hésiterait pas une seconde à lui envoyer deux cartouches dans le ventre, et sans regret.

Il ne vit le mouton mort qu'après avoir buté dessus. La bête avait été affreusement déchiquetée. On lui avait arraché les yeux. Il recula avec un cri de dégoût et appela ses collègues. N'entendant aucune réponse, il essuya ses bottes dans l'herbe et poursuivit son chemin.

Il vit le deuxième mouton à temps, cette fois, et le contourna. Il y en avait un troisième droit devant lui – et quelqu'un était penché dessus. Soulagé d'avoir enfin de la compagnie dans cette maudite nuit, Robby s'avança.

– Y a suffisamment de moutons dans le coin pour nourrir tout le monde pendant une année, fit-il.

C'est alors que la silhouette se redressa.

Robby sentit son cœur se glacer et ses mains se crispèrent sur le fusil. Lentement, il le leva tandis que l'autre se tournait vers lui.

– *Hello, Robby,* dit l'officier de police George Frankham, avec son visage aveugle et maculé de sang.

Robby se surprit à dire :

– Hello !...

Et, la peur fusant en lui, il lança vers l'obscurité :

– Keith ! Roy ! Par ici !

– *N'aie pas peur,* fit George en souriant. (Il y avait du sang sur ses mains et sur ses lèvres. Du sang de mouton.) *Viens voir ce que j'ai pour toi.*

Robby leva son fusil un peu plus haut. George s'avançait vers lui, lentement.

– Recule, George, lui dit-il. Ne t'approche pas.

– *Viens, ne crains rien. Réchauffe-moi.*

Robby, hypnotisé par cet atroce visage ensanglanté, était incapable de faire un mouvement. George avançait toujours et saisit le canon du fusil.

– *N'aie pas peur...*

Robby pressa la détente. Le fusil tressauta entre ses mains. Ce fut comme un coup de tonnerre dans la nuit et un grand trou apparut dans le torse de George.

Mais il souriait.

– *Ne crains rien,* dit-il à nouveau. *Viens me réchauffer.*

Robby laissa tomber son fusil dans l'herbe. Paralysé, il vit qu'une fumée sulfureuse s'élevait des mains que George tendait vers les siennes. Lorsqu'elles se touchèrent, lorsque George fut réchauffé, l'agonie de Robby commença.

## 71

« Dans la suite, maintes gens rapportèrent avoir vu Baylisse dans les hauts de la vallée avec ses deux chiens, qui pour lors avaient une très féroce apparence, étant géants de taille avec des yeux comme des brandons de l'Enfer. Et ceux qui le rencontraient ainsi le fuyaient et allaient chercher refuge et Lui de les appeler et de rire de la manière la plus effroyable. Et puis la Terreur commença. Les Chiens Démons, serviteurs abominables du Veur, couraient la vallée, répandant la destruction et le carnage. Tout d'abord, les bêtes à cornes et les moutons furent retrouvés éventrés & déchirés & dépourvus d'yeux. Tous les propriétaires d'arpents eurent à souffrir nombre de pertes mais point ne s'en plaignirent, frappés d'effroi comme ils l'étaient de défier Baylisse. Et l'Abomination permit que Jack Telfer et sa famille de sept innocents fussent emportés de même manière. Morts & Vides de leur Sang & les yeux creusés comme par les Corbeaux. Et lors, la Plaie Odieuse se répandit, malfaisante et contagieuse entre toutes. Et les plus anciens d'entre nous se remémorèrent les histoires de jadis sur ceux que l'on appelait Vampyres et qui vivaient du sang des vivants. Car voilà que Jack Telfer et les siens marchaient parmi les gens et prenaient leur tribut pour la Famille des Non-Morts. Les Aînés, les plus anciens d'entre nous autres, qui n'avaient pas oublié les Usages d'Autrefois, avaient connaissance des façons de s'opposer à de telles forces mauvaises. L'on Décréta que le Fléau devrait être contenu dans la vallée de Shillingham et empêché de se répandre. Et selon, chaque once de sel fut apportée de chaque Maison et de chaque Ferme. Et un anneau de Sel – dont le Démon lui-même est grandement averti – fut posé autour du village. Cet ennemi ancien du Démon enfermait le Veur du Mal et ses Chiens Suppôts. Et ceux-là d'entre nous qui restaient au village allèrent donner chasse aux malheureux possédés qui avaient été infestés et leur apportèrent la Mort et le repos de leurs âmes. Pour ce faire, les armes ordinaires ne furent de nulle utilité. Et nous en vînmes à apprendre que celui qui est touché par le Vampyre, par la bouche, la main ou la jambe, devient sa victime et est vidé par Lui de sa vie. On chargea les cartouches des mousquets avec du sel. Et tous furent détruits, et ce y compris tous ceux qui étaient devenus victimes dans la quête. Les Familiers du Veur et les Chiens Suppôts furent traqués et détruits à leur tour mais à très grand dommage. Ils avaient pouvoir d'apparaître et de s'enfuir à leur guise et nous coûtèrent bien des vies, bien des gens braves déchirés et meurtris. Et le Révérend Falter Lui-même (que Dieu le Préserve en Son Sein) mit terme à ces Créatures Abominables en apposant l'Image Bénite du Crucifix dans leur forme changeante... »

## 72

Le téléphone sonna et Christy faillit lâcher le Livre.

Grover s'épongea le visage avec un mouchoir et décrocha. Tous se taisaient.

– C'est pour vous, dit-il enfin en tendant le combiné au Dr Stark qui, jusque-là, avait passé son temps à astiquer les verres de ses lunettes. Il prit le téléphone.

– Robby Taylor ? Ah, oui... Mais je croyais que vous étiez avec la patrouille...

Un silence. Stark dit enfin :

– D'accord. J'ai votre adresse. J'arrive.

– Taylor ? demanda Grover à l'instant où le docteur raccrochait.

– Il a eu un accident. Je ferais mieux d'aller voir ce qu'il en est. C'est au bras, je crois... Franchement... je ne crois pas que je puisse écouter plus longtemps ce charabia. Ce bouquin est insensé...

– Vous ne voyez donc pas les similitudes entre ce qui nous arrive et ce qui s'est passé à cette époque ? demanda Michael.

Stark chaussa ses lunettes, prit son manteau, parut sur le point de dire quelque chose puis se ravisa.

– Je reviens, dit-il enfin avant de sortir.

Christy revint au Livre.

– Je continue ?

Michael acquiesça.

## 73

« Mais vint l'heure d'affronter le Plus Affreux de Tous – le Veur Lui-Même.

Car il avait trouvé refuge dans le Village, ayant en vain tenté de détruire la barrière de sel par nous créée. Et il fit alors irruption dans toute son Horreur pour assouvir sa Vengeance. Et ceux-là d'entre nous qui avaient à cette heure survécu durent s'enfuir dans les montagnes alentour la vallée tandis que faisait grand rage et bruit le Veur dans sa forme terrestre de Will Baylisse mais aussi dans d'Autres & Plus Horrifiques Formes, détruisant notre village par la fureur et les flammes.

Dans les montagnes, Notre Père Falter rappela un homme qui avait en ses jours été un Très Saint Homme et qui vivait en ermite en ces lieux sauvages. Nous tous avions connaissance de cet homme mais nous en étions jusqu'à ce jour tenus à l'écart vu qu'on le disait sujet à des charmes et visitations. Et, à notre honte, comme le Veur réduisait Shillingham par son Feu et sa Furie, nous dûmes implorer son Secours avec l'Aide de Notre Saint Père et ce afin qu'il communie avec les esprits qui le visitaient pour s'efforcer de repousser le Veur. Parce que nous pouvions à nos pieds voir notre beau Shillingham brûler.

Le Vieil Homme entra alors en état de transe et Par la Grâce de Dieu découvrit la forme du Rituel dont les anciens opposants humains du Veur avaient usé afin de le réduire à merci. Dans les Jours Lointains, la puissance des Mots était forte et les Conjurations Par la Parole de Très Haute Importance. Le Rituel de Conjuration du Veur était constitué de Deux Parts. La Première prescrivait de Séduire véritablement la Bête. Et par cette Première Part, le Veur devait être conjuré de revenir au lieu de son émergence en notre monde. Là, il serait dormant pour une brève période seulement. Les Seconde et Troisième Parts du Rituel disaient ainsi : disposer de métal façonné par l'homme, qu'il soit pic ou pieu baigné dans le sang menstruel de dix vierges. Et Confronter la Grande Bête dans son Repaire et empaler la Monstrueuse Abomination sur le pieu. À ce moment de l'Empalement, le Plus Terrible de Tous, le Forgeur du pieu de fer devra être prêt à mettre un terme à sa vie ancienne, car seul le sang répandu pourra détruire véritablement le Veur à jamais. Si toutes conditions de cette Part du Rituel n'étaient pas suivies, le Veur, alors, pourrait retrouver vie et liberté... »

## 74

Garth Tidyman donna un coup de pied dans son téléviseur puis, en grommelant, le cogna du poing. Finalement, il renonça : depuis que ce foutu brouillard s'était abattu, la télé et la radio refusaient de fonctionner. Il était plutôt adroit de ses mains, mais pas assez pour manipuler tous ces circuits imprimés. Il ne lisait guère et, sans femme, après sa journée de travail, qu'est-ce qu'il pouvait bien faire, sinon regarder la télé ?

Toujours en grognant, il alla se chercher une bière. Dans l'écurie, derrière la ferme, les chevaux s'étaient mis à hennir. En temps normal, il n'y aurait pas prêté attention, mais là, quelque chose lui disait qu'ils avaient réellement peur. Il se dirigea vers la porte du fond, prit la torche à sa place habituelle, sur son crochet rouillé, et ouvrit. L'écurie était juste en face, de l'autre côté de la cour. Il entendait maintenant les chevaux ruer et se bousculer. Avec un juron, il attrapa une pioche bien affûtée et s'avança dans la cour. Lorsque les chevaux hennirent de nouveau, il se mit à courir.

Mais avant qu'il atteigne le portail, les deux battants s'ouvrirent brutalement et un de ses chevaux sortit au galop. Il s'écarta, tenta de le retenir par la bride, mais l'animal disparut, les naseaux dilatés par la peur.

– Que diable ?...

Il se précipita dans l'écurie en levant sa torche. L'autre cheval était bien dans sa stalle, mais il était tombé sur le côté et ruait frénétiquement dans la paille. Garth surprit un mouvement sur sa gauche et pivota en braquant sa torche. Le cheval secouait la tête en se débattant, et Garth crut qu'il s'était blessé. Mais il y avait autre chose. Une chose noire et volumineuse sur son dos. Et cette chose lacérait, déchirait la pauvre bête de ses griffes rouges de sang. On aurait dit un très gros chien, mais c'était impossible. Pas aussi gros...

Le Chien de l'Enfer le vit alors et leva la tête, les mâchoires dégoulinantes. Le faisceau de la torche fit étinceler ses yeux atroces. Avec un grondement, il délaissa le cheval mutilé et se tourna vers Garth.

– Non !

Le monstre venait droit sur lui et, avec un hurlement, il lâcha sa torche et sa pioche pour courir vers la ferme, à toutes jambes. Derrière lui, il entendait un souffle rauque et le raclement de griffes sur les cailloux. Si seulement il parvenait à atteindre la porte... Quelque chose lui frappa le dos. Il sentit sa chemise se déchirer et la douleur jaillit entre ses omoplates. La porte était toute proche. Il s'élança en avant et, désespérément, parvint à l'ouvrir et à la claquer derrière lui. Il mit le verrou d'une main tremblante et se souvint soudain avec terreur que le téléphone ne fonctionnait pas plus que la télé. Il chercha autour de lui une arme possible.

Il cherchait encore quand la porte vola en éclats, le renversant sur le sol. La chose se mit à griffer le battant, faisant voler des lattes et des échardes de bois, jusqu'à ce qu'elle atteigne la chair et que jaillisse le sang.

## 75

Le docteur arrêta sa voiture devant la demeure de Robby Taylor. Les fenêtres étaient obscures. Il claqua la portière et, se souvenant tout à coup du prénom de la femme de Robby, il appela :

– Sheila ? Robby ?

Sa voix lui parut sonner anormalement creux. Il releva son col et, dans la nuit glacée, se dirigea vers le porche.

– Sheila ? Robby ?

Pas de réponse. Il monta l'escalier, son regard s'attardant sur la prairie sombre et l'écran rampant du brouillard, là-bas, dans la vallée. En se retournant, il eut la surprise de voir le visage de Sheila qui le regardait, dans l'ombre. Elle souriait mais il ne parvenait pas à voir ses yeux.

– Bonsoir, docteur.

Il monta les dernières marches. Le visage de Sheila s'effaça dans l'obscurité. Panne d'électricité ? Il franchit la porte. Tout était noir.

– Il y a un problème avec la lumière, Sheila ?

Pas de réponse.

– Où êtes-vous ?

Toujours pas de réponse.

– Et notre jeune ami Robby, où est-il donc ? Qu'est-ce que je peux faire pour lui ?

*– C'est nous qui pouvons faire quelque chose pour vous, docteur,* dit une voix derrière lui.

Alarmé, il se retourna et découvrit un visage d'un blanc spectral. Robby. Lui aussi souriait. Sa femme le rejoignit.

– Qu'est-ce qui ?...

C'est alors que Robby et Sheila levèrent leurs mains. Il en montait une fumée sulfureuse. Ils s'avancèrent.

Ils n'avaient plus d'yeux.

Stark voulut courir vers la porte. Mais quelque chose lui bloquait le passage.

– *On peut faire quelque chose pour le docteur,* dit George Frankham en découvrant ses dents rouges de sang.

Stark se mit à hurler.

Mais, en peu de temps, il fut prêt à rendre d'autres visites à domicile.

## 76

«Le Premier Acte du Rituel Fut Accompli et les paroles convenables prononcées. Le Ravage de Shillingham cessa et nous l'avons vu depuis les montagnes, et le Vieil Homme nous donna toute assurance que le Veur était retourné au lieu de son émergence, et qu'il était maintenu en place par la seule Force des Paroles prononcées. Nous descendîmes alors vers les ruines de nos demeures, ayant en esprit les Paroles du Vieil Homme qui nous avait prévenus que le Veur ne resterait endormi que pour un peu de temps. Dans les restes de la forge de Patrick Shars, nous avons façonné le pieu de métal requis. Les hommes se retirèrent afin que Notre Père procède au chaste et Saint Rituel et recueille le sang de dix vierges pour en oindre le pieu. Cet Acte accompli, nous sommes retournés à la berge, au lieu où le Veur avait autrefois émergé sur notre Terre. Ce Lieu Païen avait été scellé par Baylisse, mais en peu de temps nous avons abattu les barrières par lui dressées et c'est là, dans cette Place Hideuse & Abominable, que fut découvert le cercueil. Et dans le cercueil était l'être Will Baylisse possédé, corrompu et empli de l'essence du Veur. Le Pieu fut préparé et à grande force plongé et martelé dans cette Très Vile Présence qui était gonflée de toutes les vies qu'elle avait prises. Moi, John Warwick, le Magistrat et Zachary Mirdstone avons procédé à cet Acte, c'est nous qui avons forgé le pieu et l'avons martelé. Mais la Chose Hideuse vivait encore et quoique Dormante, nous souriait. Nul d'entre nous n'eut le courage d'accomplir le Deuxième Acte du Rituel, à savoir donner notre vie pour accomplir la Mort vraie du Veur. Le Soleil était bas dans le Ciel et nous savions que le Veur serait bientôt libéré des liens du Premier Acte du Rituel. Nous avons donc enlevé le cercueil et l'avons emporté jusqu'à la croisée des chemins de Split Crow Lane. On déplanta le gibet et un Puits fut creusé jusqu'à très grande profondeur. Un autre cercueil taillé dans la pierre fut préparé et on y déposa le corps de Baylisse, le Veur Vivant. Ensuite, en accord avec ce que nous avions appris et vu de nos yeux, le cercueil fut empli de sel, le Poison du Démon. On descendit le cercueil dans le Puits. Un long pieu de bois avait été alors préparé par les survivants de Shillingham, œuvrant avec toutes leurs forces. Le pieu fut monté au gibet et sa base attachée au fer qui maintenait la Hideuse Abomination dans le cercueil. À l'aide de poulies et de palans, le gibet fut dressé et ancré avec grandes précautions aux parois du Puits. Le Vieil Homme, désormais notre Saint Père Béni, nous avait avisés que le Veur serait maintenu en ce Lieu par les mesures mêmes appliquées aux Vampyres et suicidés et demeurerait enterré à la croisée des chemins sans savoir lequel prendre aussi longtemps que la croisée demeurerait inviolée et que des offrandes de Terre, de Mer et de Feu seraient faites à la veille de chaque deuxième Sabbat. Le Puits fut comblé et le Veur Impie y resterait pour toujours. Dieu le Veuille. Nous avons failli. Le Deuxième Acte du Rituel n'a pas été accompli et le Veur reste non détruit. Mais, ainsi, il est scellé à jamais dans le Puits, aussi longtemps que le gibet et le pieu resteront. Prisonnier de notre stratégie, le Veur doit demeurer pour toujours dans le Puits. »

## 77

Mme Garvanter buvait à petites gorgées son Ovomaltine. Elle posa son livre sur la table de chevet et prit sa bouteille de tablettes de fer. Elle en avala deux. Il s'était passé tant de choses en si peu de temps à Shillingham ! Ses nerfs avaient lâché. Frank Warwick ! C'était bien à cause de lui qu'elle se retrouvait au lit. Tout ce scandale en public quand on avait enlevé le gibet. Toutes ces insultes uniquement parce qu'elle avait su réunir des fonds et œuvrait pour la préservation du patrimoine de Shillingham. Ils ne voulaient pas détruire le gibet, seulement le déplacer, le restaurer et le mettre au musée.

Ce qui s'était produit sur le site du gibet était la goutte qui avait fait déborder le vase. Car Warwick était devenu littéralement fou. Il avait *tiré* avec son *fusil* sur les gens. Et sur elle ! L'une des dames les plus respectées de Shillingham ! Ce n'avait donc pas été une surprise d'apprendre ultérieurement qu'il était décédé dans des circonstances mystérieuses. Quoi qu'il lui fût arrivé, il l'avait bien cherché...

Quelque chose grattait à la porte-fenêtre.

Mme Garvanter tendit l'oreille. Le bruit se répéta. Quelques minutes plus tôt, elle avait laissé son caniche dans le jardin pour qu'il fasse ses petits besoins mais, d'ordinaire, Pinto n'était pas si rapide. Elle souleva sa grosse masse du lit et traversa le tapis moelleux. Écartant le rideau, elle essaya de voir quelque chose dans le noir. Cette obscurité l'intriguait mais elle l'attribuait à une éclipse ou à un phénomène de ce genre.

Il n'y avait rien dehors.

– Pinto ! appela-t-elle.

Mais aucun aboiement ne lui répondit. Sur sa gauche, une forme sombre bougea.

Mme Garvanter tourna vers ce visiteur un visage au sourire avenant.

Son sourire se changea en une grimace horrifiée quand elle vit soudain la face spectrale de Frank Warwick dans le cercle de clarté venu de la chambre. Il tenait entre ses mains fumantes le corps flasque du caniche.

Puis elle hurla : une chose énorme et noire, avec des yeux de sang et des crocs scintillants vint fracasser la baie et l'envoya rouler dans la chambre.

## 78

« Seules trois familles restaient. Toutes les Autres Familles étaient mortes et le village de Shillingham gravement endommagé. Afin d'éviter que les Chrétiens décents ne les repoussent, les Aînés de chacune des Familles jurèrent de garder Secret de la Rencontre avec le Veur. Nous aimions nos demeures, même si une Grande Terreur les avait Visitées et si notre Âme était à Reconstruire. De plus, il faudrait, nous le savions, qu'on veille sur le Lieu du Veur et qu'on s'assure que Nul ne viole le Site et ne permette que la Chose Hideuse soit Libérée. Le Forgeur du Pieu, moi, John Warwick, fut choisi comme Gardien du Secret et, en accord avec cela, j'ai consigné ce qui est survenu dans *Le Livre du Veur*. Ce Livre de même que le Secret seront passés à mon fils Joseph et ensuite à tous les Chefs de Famille au long des ans.

Ce qui suit est le Rituel à pratiquer si jamais l'Abomination devait à nouveau émerger parmi nous. Et ce sont les Mots à prononcer. (En se souvenant toujours que les Mots & le Rituel & le Veur sont le fait de pouvoirs que nous ne pouvons comprendre.)

PREMIÈREMENT. Pour attirer le Veur au lieu de son émergence, les paroles qui suivent doivent être dites :

*Narlatonep ad minesrale por verminus necroplenet naa hadlagorg.*

DEUXIÈMEMENT. Le Forgeur du Pieu qui a été baigné dans le sang de dix vierges doit dire ces paroles en la présence du Veur : *Omini Chraston Perdolchey ad Iminis Vermini.* À ce moment, le Forgeur doit frapper le premier coup qui doit mettre un terme à sa vie ancienne et, quand le sang se répandra, il devra délivrer le Coup de la Mort au Veur maintenu par le Rituel des Mots. Et ainsi le Veur doit périr.

Si nous avons failli par peur, puisse Dieu en préserver ceux dont le devoir dans les années à venir serait d'affronter l'Abomination et qu'Il leur Donne Foi et Courage.

Dieu nous délivre du Veur. »

## 79

Christy referma le Livre et garda la main posée sur l'antique reliure.

– Eh bien, qu'en faisons-nous ? demanda-t-elle.

– Nous avons vu ce qui est arrivé à ton père, Christy, dit Michael. Je crois que nous devons prendre tout cela très au sérieux si nous voulons nous en sortir.

Il guetta la réaction de Grover.

– C'est un cauchemar, fit le sergent. J'aimerais ne pas le vivre, mais je suis d'accord avec vous.

– Pauvre papa. (Christy tapota le Livre.) Toutes ces années... Maintenant, je comprends pourquoi il tenait tant à avoir un fils plutôt que moi. Toute sa fureur et son chagrin à propos du gibet. Il avait raison ! Pendant tout ce temps, il savait. Mais il est mort... et il appartient au Veur.

Michael se tourna vers les deux policiers. Ils étaient blêmes et ne savaient plus où regarder. Il revint à Grover.

– Et maintenant ?

– Eh bien, si nous admettons que tout cela est *réel* – ces morts, Frank, George Frankham, Elphick –, si nous ne perdons pas notre temps à savoir pourquoi et comment, nous devons effectivement prendre cette mise en garde au sérieux et protéger la population de Shillingham. S'il n'est pas déjà trop tard. Frank et les autres sont quelque part dans la campagne – Billy Rifkin aussi, probablement – et ils répandent cette *plaie* tout comme jadis. Jusqu'où peuvent-ils aller avant que ?... (Grover s'interrompit, regarda le téléphone et se passa la main dans les cheveux d'un geste nerveux.) Je ne sais pas pourquoi, mais cet appel pour le Dr Stark ne me plaît pas. J'ai comme un pressentiment.

Ces quelques paroles restèrent suspendues dans l'air, lourdes de sens. Finalement, il se leva et composa un numéro.

Il attendit.

Il y eut un déclic au bout du fil. Quelqu'un venait de décrocher.

– Robby ? demanda Grover.

– *Sergent, je vous attends,* dit une voix pâteuse. *Venez me réchauffer.*

Grover raccrocha violemment.

– Le mal s'étend.

Iris était demeurée silencieuse, les mains nouées.

– Billy Rifkin, dit-elle soudain.

Tous les regards se tournèrent vers elle. On attendait qu'elle poursuive.

– Je ne sais pas pourquoi, mais je sens qu'il est lié à tout ça. Le Livre dit que le Veur « habitait » un homme appelé Will Baylisse. Je crois que c'est ce qui est arrivé à Billy.

– Mais par quoi diable allons-nous commencer ? demanda Grover, partagé entre la crainte et le doute. Mettre une barrière de sel tout autour de la ville ?

– Il y a déjà une barrière, fit Michael. Vous ne l'avez pas compris ? Les habitants de Shillingham ont autrefois cloué le Veur. Maintenant, il nous a enfermés, *nous*. Nous ne pouvons plus sortir...

– Qu'est-ce que c'est ? (Christy s'était levée d'un bond, les yeux fixés sur le plancher.) J'ai cru sentir quelque chose.

Dehors, dans la landrover, Dutch et Mac se mirent à aboyer furieusement. Et de nouveau, Michael éprouva ce brusque sentiment de peur qu'il avait connu quand Frank les avait attaqués, Christy et lui. Instinctivement, il se rapprocha de la jeune fille. L'atmosphère était tendue, une menace planait dans l'air.

– Écoutez ! dit-il.

Une chose invisible montait les marches de pierre, devant la porte principale. Puis elle se mit à rôder autour du bâtiment, à flairer les fenêtres. Les aboiements de Mac et de Dutch étaient de plus en plus hystériques. Tout à coup, chacun comprit qu'ils étaient plusieurs là - dehors. Michael et Grover échangèrent un regard.

– Grover, ils cherchent à entrer.

– Roy ! Keith ! Verrouillez tout !

Accompagné de ses adjoints, il entreprit de fermer portes et fenêtres avant de baisser les stores. Mais il eut le temps d'entrevoir des yeux énormes, rouges et phosphorescents, qui luisaient dans l'ombre.

– Que diable...?

Des pattes arpentaient le porche. Pesantes. Massives. On aurait cru des lions en cage.

– Et la sortie de secours ? souffla Michael en montrant le couloir.

– Verrouillée, répliqua Keith.

Un grondement derrière la porte. Des griffes géantes contre le bois. Et de la fumée, une sorte de vapeur qui s'insinuait dans la pièce. Grover recula.

– Mais qu'est-ce que c'est ? demanda Roy.

Iris lui répondit, d'une voix toujours aussi paisible :

– Dieu nous protège. Je crois que c'est ce que mentionne cet affreux Livre. Les Chiens de l'Enfer. Des Suppôts.

Un autre grondement leur parvint de derrière une fenêtre, menaçant, rageur. Et Grover se dit que les vitres ne résisteraient pas à une bête d'une pareille taille.

Il lança :

– Les fusils !

Michael et ses deux adjoints le rejoignirent devant le râtelier, à l'autre bout de la pièce, tandis qu'il cherchait les clés et ouvrait fébrilement.

Un crissement leur parvint d'une fenêtre : celui d'une longue griffe sur le verre.

Grover leur confia à chacun un fusil et sortit des boîtes de cartouches. Une idée hantait l'esprit de Michael, une idée qu'il eût aimé repousser. Les images d'un western. Ils étaient les cow-boys assiégés et se préparaient au coup de feu tandis que les Indiens attendaient dehors, dans l'ombre, le moment d'attaquer. Mais ils n'étaient que des gens ordinaires, des habitants d'un village paisible, quelque part sur la Border. Et ce qui les guettait à l'extérieur était infiniment plus redoutable et cruel que tous les Apaches rassemblés.

– Michael, fit Christy comme il s'approchait d'elle en glissant deux cartouches dans la culasse de son arme. Michael... je sens autre chose. Là, juste en dessous...

Iris cria en sautant de sa chaise : une vitre venait d'exploser. Des éclats de verre volèrent dans toute la pièce et des griffes énormes, inhumaines, agrippèrent l'appui de la fenêtre et fouaillèrent les stores.

Michael et Grover firent feu simultanément, crevant les stores, mais les griffes frénétiques arrachaient la maçonnerie. Les deux policiers tirèrent à leur tour. Des yeux incandescents apparurent, une haleine brûlante jaillit. Michael et Grover avaient rechargé leurs armes et s'apprêtaient à ouvrir le feu à nouveau.

C'est alors que le plancher éclata sous leurs

pieds. Des poutres fendues et des planches brisées furent projetées en l'air. La lumière s'éteignit et un ululement monta des profondeurs.

Grover tomba en arrière par-dessus son bureau et le coup de feu partit vers le plafond. Michael fut soulevé et atterrit la tête la première dans une armoire. Il resta abasourdi dans l'infernal fracas qui emplissait la pièce.

Enfin, il se redressa, hoquetant, toussant, à demi asphyxié par la poussière. Au centre de la pièce, il y avait maintenant un trou béant. Comme si une chose géante avait creusé un tunnel sous le sol avant de bondir vers le haut et de crever le plancher. Iris, les deux mains serrées sur les tempes, se tenait dangereusement près du bord. Il se précipita vers elle mais Christy fut plus rapide. Elle saisit Iris par un bras et l'entraîna loin du trou, à l'autre extrémité de la pièce. Les griffes monstrueuses avaient disparu. Le silence était revenu mais la poussière tourbillonnait encore, leur brûlant la gorge.

– Grover ! appela Michael.

– Je suis là !

Le sergent émergea de derrière son bureau. Il s'avança en boitant.

– Roy ! Keith !

Roy apparut, rampant au bord du vide, son uniforme déchiré. Keith, couvert de plâtre, se releva lui aussi. Soudain, il montra le trou.

Quelque chose bougeait.

Une lueur venait d'apparaître dans les profondeurs. Mauve, tournoyante. Ils reculèrent tous jusqu'au mur et virent monter des profondeurs une colonne phosphorescente et ondoyante.

Elle était faite d'une fumée bleu-noir, sans substance réelle. Mais non, ce n'était pas vraiment de la fumée, car cela vivait. Tout en dansant et en se convulsant, la colonne montait et se dilatait, éclairant la pièce dévastée. Elle s'épanouit à son sommet et produisit une protubérance sphérique, à trois mètres du sol. D'autres convulsions et ondulations dessinèrent peu à peu un visage : boursouflé, repoussant, inhumain, il était cependant reconnaissable.

– Billy Rikfin ! souffla Christy.

La face monstrueuse éclata de rire, un rire fou, sardonique.

– « Car Dieu ne nous a pas donné la peur, mais la paix, et l'amour et un esprit sain », cita Iris.

La chose riait toujours, et ses traits vagues s'estompaient et se reformaient comme s'ils étaient modelés dans une argile presque liquide.

– Ô mon Dieu ! fit Keith.

Il leva son fusil et tira. Un trou se dessina fugacement dans le torse de la forme ondoyante, aussitôt rempli par l'ectoplasme tournoyant. Et Billy riait toujours.

– *Autrefois,* dit le Veur, *ce village a voulu me détruire. Et ces créatures, quoique pathétiques, en avaient le pouvoir. Mais leurs cœurs étaient faibles et grande leur crainte de moi – ils étaient comme vous. Maintenant, je vais avoir ma Vengeance. Autrefois, ils m'avaient enfermé dans le village avec une substance maudite. Maintenant, c'est moi qui ai enfermé le village par mon pouvoir. J'ai dressé une barrière contre le monde extérieur, et nul ne peut la franchir.*

– Pemberton et les autres ont peut-être réussi à passer... chuchota Grover à Michael.

À nouveau, le Veur éclata de rire : un rire malveillant et cruel.

– *Vous croyez avoir un sauveur ? Laissez-moi vous montrer le fruit de ses efforts.*

Au sein de la masse du Veur, quelque chose glou-

glouta et se tortilla. Un orifice obscène apparut, se rétrécit et lâcha une chose ronde qui roula jusqu'à leurs pieds.

Christy recula avec un cri aigu.

– *Voilà votre sauveur,* dit le Veur.

– Mon Dieu ! souffla Christy.

La tête de Pemberton, les dents serrées, les orbites creuses, était devant eux.

– *Et maintenant,* reprit le Veur, *c'est l'Enfer sur Terre que je vais libérer ici, à Shillingham. Les moyens que j'avais de quitter ce Lieu d'Assouvissement ont changé durant les siècles de mon emprisonnement. Ainsi donc, je dois demeurer ici. Et par représailles, je vais recréer mon Enfer à moi. Vous mourrez tous. La Peur et la Mort seront le calice de ma Vengeance. Et lorsque vous aurez tous goûté à ce calice, j'émergerai de mon cocon. Ici, à Shillingham. Et alors, ma puissance n'aura plus de limites et je m'étendrai au-delà de ma barrière jusqu'à ce que le Monde entier soit changé en Enfer. Je vous dis ceci parce que votre peur et votre terreur rendront mon Calice de Vengeance encore plus exquis.*

Le Veur était maintenant silencieux, bleu et changeant, masse informe et vacillante dressée au centre de la pièce. À son sommet, la tête de Billy Rifkin réapparut avec le même sourire. Puis un mouvement secoua la masse et un bras spectral apparut, tendu vers les portes.

– *Partez à présent,* dit le Veur. *Partez et attendez l'ultime Terreur, mes Enfants de Sang.*

Grover, la gorge desséchée par la peur, avança avec précaution vers la gauche ; les autres le suivirent en se frayant un passage entre les meubles fracassés. Le regard hideux de Billy les suivait.

– Et ces choses, dehors, chuchota Roy. Comment savoir si elles ne nous attendent pas ?

– Nous n'en savons rien, dit Michael.

Ils ouvrirent les portes et sortirent lentement. Les stores cassés claquaient au vent. Ils ne virent aucun signe des monstres qui avaient tourné autour du poste quelque temps auparavant. Ils dévalèrent alors rapidement les marches de pierre en direction des deux landrovers de la police. Michael eut le temps de remarquer que les murs de brique et les lourds battants de bois des portes étaient marqués de traces profondes. Dans la voiture de droite, Mac et Dutch hurlaient à la mort.

– Il faut qu'on essaie de... commença Grover.

Et ce fut alors comme si des lions rugissaient derrière eux. Ils firent volte-face pour découvrir deux bêtes gigantesques et noires qui se glissaient de part et d'autre du bâtiment pour se retrouver en haut des marches. La clarté bleuâtre qui filtrait de l'intérieur dessinait les monstrueuses silhouettes canines qui étaient à présent immobiles, pareilles aux statues mégalithiques de quelque musée obscène et oublié. Leurs yeux étaient des brandons et un halo de vapeur entourait leurs têtes.

La voix odieuse et désormais familière du Veur leur parvint :

– *Un petit souvenir de moi !*

Les deux Chiens de l'Enfer bondirent alors au bas des marches et se ruèrent sur eux. L'un des monstres attaqua Grover. Le sergent se jeta au sol en entraînant Iris avec lui. La bête atterrit sur le toit de la première voiture, entailla le métal de ses griffes et retomba au sol. Le deuxième Chien de l'Enfer arrivait droit sur Michael, Christy et Keith, tandis que Roy rejoignait Grover et Iris et s'escrimait avec les clés de la landrover. La première bête sauta sur le capot. Grover ne prit pas le temps de viser et tira. Sous l'impact, le fauve bascula, laissant de profonds sillons dans la carrosserie.

L'autre bête se jeta sur Michael.

– Michael, attention ! cria Christy.

Michael se retourna et tira deux cartouches simultanément. Le Chien de l'Enfer fut projeté en arrière jusqu'au pied des marches avec un feulement ignoble. Keith avait enfin réussi à ouvrir les portières de la landrover. L'autre voiture démarrait déjà en ronflant. Le fusil sous le bras, il chercha la bête. Celle qui avait attaqué Grover accourait dans leur direction, les babines dégoulinantes, les yeux lançant des éclairs. Keith avait encore un pied à l'extérieur. Il tira droit dans la gueule du monstre qui recula, labourant le sol de ses griffes.

– On y va ! lança Michael, serrant Christy contre lui sur le siège arrière.

Dutch et Mac aboyaient toujours rageusement.

La voiture s'inclina. Dans le rétroviseur, Christy entrevit le deuxième Chien de l'Enfer qui venait de s'abattre sur le toit. Deux griffes surgirent au-dessus de la portière et se plantèrent dans les yeux de Keith. Le fusil cracha mais Keith, dans un hurlement de souffrance, était déjà arraché de son siège. Michael et Christy aperçurent ses jambes qui s'agitaient spasmodiquement.

– Michael, il faut l'aider !

– C'est trop tard !

Keith s'était tu. Son sang ruisselait sur le pare-brise. La bête se régalait.

– On ne peut rien faire !

Michael sauta derrière le volant, claqua la portière et démarra, le pied sur l'accélérateur. La landrover bondit dans un crissement de pneus. Dutch et Mac hurlaient.

Christy, en se retournant, aperçut le monstre qui sautait du toit, la tête de Keith dans la gueule. Le corps décapité roula sur l'asphalte. Comme ils prenaient de la vitesse, elle vit l'autre bête rejoindre la première. Ensemble, elles commencèrent à disloquer le corps de Keith.

Michael ne quittait pas le rétroviseur du regard. Christy étouffa un cri à l'instant où les deux Chiens de l'Enfer abandonnèrent leur festin pour se précipiter vers le haut des marches, obéissant à un ordre venu du tourbillon de lumière bleuâtre, à l'intérieur du bâtiment.

Devant eux, la landrover de Grover, à la hauteur du Dun Cow, venait de faire une embardée. Michael dérapa lui aussi en voulant éviter, comme Grover, les trois silhouettes qui venaient de surgir devant son pare-brise en agitant les bras. Il eut à peine le temps d'entrevoir leurs visages blancs et leurs atroces orbites creuses.

Derrière eux, il y eut un fracas énorme.

Et Christy cria :

– Michael ! Le poste de police !

Il vit dans le rétroviseur que le toit venait de s'effondrer. Les murs se crevassaient et paraissaient exploser lentement sous la pression de la lumière bleu-noir. Dans un grondement assourdissant, l'immeuble se fendit, pierres, plâtras et poutres confondus. Et dans le nuage de poussière qui montait des décombres, Michael crut voir une gigantesque araignée sortant de son nid souterrain.

Mais le poste de police n'était pas le seul bâtiment dévasté.

Devant eux, Grover lui faisait signe de tourner à gauche pour s'engager sur la route de la montagne, évitant le centre du village.

Et il comprit pourquoi.

– Seigneur ! laissa-t-il échapper.

Le beffroi du bâtiment du conseil venait de s'écrouler sur la place et les murs du bâtiment tremblaient et se fissuraient dans un nuage de poussière. En s'effondrant, le beffroi avait démoli le monument aux morts et littéralement pulvérisé les voitures qui se trouvaient là. Les murs du bâtiment s'inclinèrent vers l'intérieur tandis que les vitraux explosaient. Sur la place, les gens fuyaient sous une avalanche de cheminées et d'ardoises arrachées. Et tout cela dans un vacarme cauchemardesque.

À présent, les deux landrovers suivaient le flanc de la montagne, s'éloignant du village. Michael sentit la chaussée vibrer et se cramponna au volant.

Christy avait les yeux rivés sur le village. Tous les toits s'effritaient et s'effondraient, enterrant le plus souvent les habitants. Au centre de l'agglomération, il y eut une explosion plus forte encore et un gigantesque champignon orange monta dans le ciel. Toutes les rues semblaient se soulever comme autant de serpents sous les passants qui tombaient. Dans un orage de flammes, le supermarché sauta.

– Il a *creusé,* dit Michael. Il a creusé sous le village. Toutes les fondations ont été sapées.

Christy refoulait ses larmes, la gorge nouée. Même à cette distance, elle pouvait entendre les hurlements des gens mêlés aux explosions des conduites de gaz et au vacarme des murs qui s'effondraient. Des geysers d'eau montaient des canalisations éventrées. Elle vit une voiture projetée dans les airs comme un modèle réduit, avant d'exploser. Shillingham était à feu et à sang.

Les deux landrovers abordèrent un virage et le village disparut momentanément à leurs regards. Depuis l'attaque des Chiens de l'Enfer, Mac et Dutch étaient demeurés étrangement silencieux. Et Christy vit soudain que ses poignets saignaient : elle s'était blessée à force de serrer désespérément *Le Livre du Veur.*

# 80

Shillingham agonisait sous leurs yeux.

Ils s'étaient arrêtés sur un promontoire et contemplaient le désastre.

Les explosions avaient maintenant cessé. Ils ne discernaient que des charpentes métalliques ou des pans de murs à la clarté des flammes, mais ils savaient qu'aucune maison n'était restée debout. La lueur des incendies se reflétait sur le ciel plombé, gonflé de nuages noirs.

Ils avaient garé les deux landrovers côte à côte, à moins de dix mètres du mur de brouillard. Ils ne pouvaient aller plus loin. Dutch et Mac rôdaient autour des voitures en grondant sourdement à l'adresse de la barrière qu'ils ressentaient instinctivement comme une menace, s'arrêtant parfois devant un oiseau ou un rat crevés.

– Tous ces gens... fit Christy.

Grover, blême, se détourna et se dirigea vers le brouillard.

Roy, lui, ne quittait pas son village du regard. Il s'exclama soudain :

– Bon Dieu ! Quel genre de monstre infernal peut faire ça ?

– Dieu est le seul à pouvoir nous venir en aide, dit Iris d'un ton très calme. N'implore pas son nom en vain, Roy.

– Il y a certainement des survivants, dit Michael. Dans les fermes et les cottages de la montagne et aux alentours.

– S'ils n'ont pas déjà été... (Christy chercha le mot)... *contaminés* par le Veur. Transformés en choses horribles. Ou tués par ces Chiens diaboliques.

Derrière eux, Grover poussa un cri de douleur.

Ils se retournèrent aussitôt. Il revenait vers eux, serrant sa main droite. Michael alla à sa rencontre.

– Ça va, ça va, fit Grover en se frottant la main.

Ses doigts étaient décolorés, bleuis. Michael comprit qu'ils avaient été gelés.

– Qu'est-il arrivé ?

– J'ai voulu le toucher. Je n'arrive pas à le croire, mais cette satanée chose est dure comme de la glace.

Michael se tourna vers le mur de brouillard, gris, inerte... compact. Il ramassa un caillou et le lança. Le caillou rebondit.

Stupéfait, il échangea un coup d'œil avec Grover et s'appuya contre le capot de la landrover.

– Un cocon, dit Grover. C'est un cocon. Il l'a dit : toute la vallée de Shillingham est enfermée dans ce maudit cocon.

– Que diable pouvons-nous faire ?

– Toujours ce mot. Je sais pourquoi nous n'avons pas cessé de le répéter ces derniers temps. (Grover pointa le doigt vers le village.) Parce que c'est l'Enfer, là en bas. Le Veur l'a dit.

Il se massa les doigts tout en s'installant à côté de Michael.

– Je vais vous dire ce qu'on va faire. On va contre-attaquer. On va se servir du Livre de Christy. Et... je ne sais pas comment, mais on va contre-attaquer.

## 81

Les deux landrovers s'engagèrent sur un chemin qu'ils avaient remarqué un peu plus tôt. Il conduisait à une ferme qui semblait déserte. Ils descendirent et se dirigèrent vers le portail, Michael maintenant les chiens sur ses talons. Ils étaient tous sur la défensive. Christy ouvrit. Ils n'aperçurent aucun signe de vie – humaine ou non – et traversèrent la cour.

– C'est la ferme de Garth Tidyman, dit Grover.

Il avançait le fusil braqué, même s'il avait pu constater durant ces dernières heures que l'arme était inefficace contre ce qui les menaçait.

Sur leur gauche, il y avait une grange délabrée. Les portes étaient grandes ouvertes mais ils n'avaient guère envie de se risquer à l'intérieur.

– Regardez ! s'écria Christy en désignant la cour qui séparait la grange du corps de ferme.

Même dans la nuit surnaturelle suscitée par le Veur, ils pouvaient voir les flaques de sang gelé entre les cailloux.

La porte principale de la ferme avait été enfoncée, les gonds arrachés du montant de brique et le battant fracassé. *Déchiqueté par des griffes,* songea Christy pendant que Roy et Grover donnaient quelques coups de pied dans ce qui restait avant de pénétrer à l'intérieur.

Grover se retourna et fit signe aux autres d'approcher.

– Venez. Mais faites attention : il y a du sang partout.

Le living-room dans lequel ils entrèrent était petit. La table, les chaises, le sofa et la télévision y semblaient ridicules. Des objets « normaux » dans un monde en plein chaos.

– Nous ferions bien d'inspecter toutes les pièces au cas où une de ces choses rôderait dans le coin, dit Michael.

Roy ouvrit la porte de la cuisine d'un coup de pied et s'avança, le doigt sur la détente de son fusil. Grover était dans une chambre tandis que Michael visitait l'autre. Mais la ferme était déserte.

Quand il revint dans le living, il vit qu'Iris serrait tendrement Christy entre ses bras, comme une mère. C'était sans doute la réaction la plus réconfortante qu'il eût constatée depuis longtemps. Grover avait rejoint Roy dans la cuisine. Michael tapota l'épaule des deux femmes avant d'accompagner les autres. Ils étaient occupés à fouiller méticuleusement les placards et les tiroirs.

– Vous cherchez quoi ?

– Du sel, répondit Grover en répandant le contenu d'une étagère à épices. Du sel gemme.

– Mais pourquoi ?

– Vous avez entendu ce qui est écrit dans le Livre de Christy. Le sel est un moyen de se protéger contre ces horreurs. C'est ce qu'a écrit ce type, l'ancêtre Warwick.

– Mais comment ?... commença Michael.

– Il y a du sel fin, dit Roy en brandissant une boîte.

– Ça ne va pas. Il nous faut du gros sel. En cristaux. (Grover se tourna vers Michael.) J'ai une idée, Lambton. Elle peut nous être utile, avec l'aide de Dieu. Cherchez avec nous.

Il leur fallut encore cinq minutes pour que Grover découvre un sac de gros sel posé entre des tomates et des navets.

– C'est ce qu'il nous faut. Maintenant, voyons si ça marche.

Christy fit soudain irruption dans la cuisine, haletante.

– Michael ! Sergent Grover ! Il y a quelque chose qui arrive par la route.

Elle les précéda dans la cour. Ils allèrent jusqu'aux landrovers. Dutch et Mac couraient devant, en grondant. Michael les rappela. En bas, dans la vallée, Shillingham brûlait, les flammes des incendies éclairant les nuages et la grande barrière de brouillard. Sur ce fond ardent, trois silhouettes silencieuses avançaient d'une démarche incertaine.

Christy s'avança en levant la main.

– Ce sont des rescapés... Nous devons les aider.

Michael lui prit le bras.

– Non. Ce ne sont pas des rescapés. C'est...

– ... une partie du Veur, acheva Grover. Ils ont été infestés. Regardez-les.

Maintenant, Christy discernait les visages blêmes, les orbites vides et rouges de sang. Et leurs mains fumantes.

– Ils nous ont vus, dit Iris.

– Rentrons ! Vite !

Grover les poussa vers la ferme. Il courut dans la cuisine et prit le sac de sel ainsi qu'une petite pince. Pendant ce temps, Michael et Roy renversaient la table du living et la poussaient contre la porte. Les trois spectres – deux hommes et une femme – approchaient lentement.

Grover ouvrit la culasse de son fusil et retira les deux cartouches. Il en sortit une troisième de sa poche et posa le fusil. Il ouvrit le sac de sel et versa le contenu sur la petite table de téléphone, près du sofa. À l'aide de la pince, il déplia le carton, à l'extrémité des cartouches.

– Que diable faites-vous, sergent ? demanda Roy qui braquait son fusil sur les trois choses par-dessus la table.

Elles arrivaient en vacillant.

– Je fais ce que dit le Livre ! (Grover vidait les cartouches de leur charge de plomb pour la remplacer par des pincées de sel qu'il tassa du doigt.) Il dit que le sel est un des moyens de tuer ces choses.

– Alors dépêchez-vous ! fit Roy. Parce qu'elles vont entrer dans la cour et elles savent qu'on est là !

Poussé par la peur, il tira. Christy porta les mains à ses oreilles.

L'une des silhouettes se déporta sur le côté, titubа et reprit son équilibre avant de se remettre en marche.

Grover scellait soigneusement les cartouches avec la pince.

– Vite ! souffla Christy.

Michael visa la femme et tira. La détonation, dans le minuscule living-room, fut assourdissante.

La femme avait pris la décharge en pleine poitrine et Michael vit que sa robe avait un trou béant. Mais elle avançait toujours.

Grover chargea son fusil et s'approcha de la table-barricade. Les trois créatures avaient atteint les landrovers et les contournaient lentement, se rabattant sur la ferme.

Elles poussèrent le portail.

– Tirez, pour l'amour de Dieu ! cria Roy.

– Je ne peux pas. Pas encore. (Grover s'était exprimé d'une voix basse et ferme.) Il faut tirer de très près, sinon le sel aurait le temps de brûler avant de toucher la cible. C'est pour ça que le sel fin ne nous aurait servi à rien.

– J'espère que vous avez raison, dit Michael, en regardant l'un des hommes à face de spectre qui levait ses mains sulfureuses et se dirigeait vers eux.

Il n'était plus qu'à cinq mètres de la porte lorsque Grover, posément, pressa la détente de son fusil. Un jet de flammes jaillit du canon et l'homme fut touché en plein torse. Sa chemise vola en lambeaux. L'effet fut instantané. En hurlant, il rabattit les mains sur sa poitrine, partit en vacillant et leva vers eux son affreux visage sans yeux. Une plainte inhumaine monta dans la nuit. Il tomba à genoux en crachant des flots de sang, puis s'effondra sur le côté et demeura immobile. Les deux autres s'étaient arrêtés.

– Un bon point pour vous, sergent Grover ! s'exclama Iris en lui tapant sur l'épaule.

Il visait à nouveau et tirait. Sous les yeux épouvantés de Christy, la tête de la femme se désintégra et le corps décapité roula dans la boue, agité de soubresauts.

Le dernier homme reculait, maintenant. Il leva un bras en loques et pointa le doigt sur Grover qui ouvrait la culasse de son arme pour y introduire la troisième et dernière cartouche de sel.

La chose, alors, s'exprima d'une voix surnaturelle qu'ils avaient déjà entendue : la Voix du Veur.

– *Vous n'avez tué que deux de mes parties, idiots que vous êtes ! Et il y en a bien d'autres en moi ! Vous mourrez tous ! Tous !*

– Tirez sur cette horreur ! cria Roy.

– Trop tard ! Il est trop loin. La charge n'aurait pas d'effet.

– Je deviens de plus en plus fort ! gronda encore la chose tout en se fondant dans la nuit. *Vous goûterez bientôt le Calice de ma Vengeance, comme les autres. Vous le goûterez...*

Le Veur avait disparu.

– Donnez-moi vos cartouches, fit Grover. Il faut toutes les charger. On ne peut pas savoir combien d'entre eux rôdent dehors.

Il prit les munitions de Michael et de Roy et se mit au travail.

– Et maintenant, qu'allons-nous faire ? demanda Christy.

– Eh bien, je ne sais pas ce qu'en pense Grover, commença Michael, mais ça ne serait pas une mauvaise idée que de faire le tour de la vallée pour voir ce que devient cette barrière de « brouillard ».

Elle n'est peut-être pas aussi impénétrable que veut nous le faire croire le Veur.

– Vous le pensez réellement ? demanda Grover sans lever le nez de sa tâche, remplissant cartouche après cartouche de pincées de sel.

– Vous avez une autre suggestion ?

– Non, je me fais mal comprendre. Je pense que c'est la meilleure idée pour le moment. Nous avons peut-être une chance, oui. Mais je sais qu'au fond de vous vous pensez comme moi – que la barrière est impénétrable. Et que tôt ou tard nous devrons nous servir du Livre et affronter le Veur en face.

Roy s'était retourné, l'air inquiet.

– Vous voulez dire qu'on doit redescendre à Shillingham ?

– Il se peut que ce soit notre unique chance, dit Michael. Et il vaut mieux accepter cette éventualité.

– À quatre contre... contre *ça* ?

Iris prit Roy par le bras et fixa sur lui un regard que Christy connaissait bien.

– Nous ne sommes pas seuls. Cette chose représente le Mal et nous la combattons. Et cela signifie que Dieu est avec nous.

– Mais Dieu a peut-être abandonné Shillingham, Iris, fit Grover, sans interrompre son travail. Nous ne sommes plus dans le monde réel. Nous sommes en Enfer. L'Enfer tel que l'a fabriqué le Veur, ainsi qu'il nous l'a dit.

– Vous parlez en tant que chrétien ou en tant qu'athée ? demanda Iris.

Il la regarda.

– En tant qu'agnostique.

Il avait répondu spontanément. Iris prit une expression songeuse.

– Après tout ce que vous avez vu et vécu... vous êtes encore agnostique ?

– J'ai vu la mort, l'horreur, et des êtres qui sont totalement inhumains et anormaux, des hommes et des femmes qui devraient être morts. Des choses qui – si le Livre dit vrai – n'appartiennent même pas à ce monde, et pour lesquelles nous ne sommes que de la nourriture. Est-ce que ça prouve qu'il y a un Dieu, Iris ? Parce que je n'ai pas vu de preuves évidentes de Son existence dans la vallée.

– Mais vous avez vu se libérer des forces incroyables. Des forces qui transcendent celles que nous connaissons... des forces *surnaturelles*. Mais mauvaises, sergent. Les forces du Mal. La terre, le ciel et tout l'univers ne pourraient exister s'il n'y avait pas une sorte d'équilibre à ces forces, vous ne croyez pas ? Parce qu'il y a les autres forces. Celles qui œuvrent pour le Bien absolu, qui peuvent s'opposer à cette chose à laquelle nous sommes confrontés.

– Une vraie philosophe.

– Sergent, c'est plus que de la philosophie. C'est de la foi. Et ce n'est qu'en faisant appel à cette Force Supérieure que nous arriverons à arrêter ce... ce Veur, et que nous sortirons sains et saufs de cette vallée.

– Alors, Iris, priez pour nous. Très fort. Nous avons vingt-trois cartouches chargées de sel et un vieux Livre abîmé qui décrit les Rituels pour combattre le Veur... pour autant que l'un de nous soit décidé à faire don de sa vie. Nous allons vraiment avoir besoin d'aide ! Alors pourquoi pas celle de Dieu...

– Il faut y croire, sergent. Que la foi soit avec vous.

– On y va, fit Grover.

## 82

Lentement, les landrovers descendaient vers la vallée. Dans le faisceau des phares apparaissaient des centaines d'oiseaux, de lapins et d'autres animaux morts au contact de la barrière de brouillard. Elle se dressait sur leur droite, inerte, grise, vaguement luisante, très haut dans le ciel, se fondant dans la masse des nuages d'encre. Grover allait devant, avec Roy et Iris. Michael et Christy les suivaient, avec Dutch et Mac sur le siège arrière. Le poil de Dutch avait changé de couleur à l'endroit où le Veur l'avait serré. Il était devenu presque blanc et dessinait comme une entaille autour de son cou. Christy le caressait.

– Est-ce que tu te rappelles... à la maison... quand papa... la chose... nous a attaqués ?

– Oui. Pourquoi ?

– Elle savait que tu étais écrivain, et elle connaissait ton obsession à propos de la « peur ». Elle t'a menacé de te montrer ce qu'est vraiment la peur.

– Oui, je me souviens...

– Mais comment pouvait-elle savoir que tu écrivais ? Et que tu avais ce problème vis-à-vis de la peur ?

– J'y ai réfléchi. Je pense que le Veur peut avoir un certain pouvoir télépathique. Et il s'en est servi pour m'effrayer...

– Et il a réussi ?

– Qu'en penses-tu ? Mais, Christy... (Il s'interrompit.) Quelque chose de très étrange s'est passé en moi depuis que toute cette abominable affaire a commencé. Je t'ai raconté combien j'avais été déprimé après cette crise, incapable de me remettre à écrire. Eh bien, Dieu merci, j'en suis à nouveau capable. Et mon ancienne peur a disparu. Comprends-moi : cette chose me terrifie autant que toi. Tout ce que je souhaite, c'est que ce cauchemar s'achève et que nous en sortions tous sains et saufs. Mais cette peur qui me rongeait de l'intérieur – la peur de ma propre création – s'est déplacée. Elle ne me ronge plus. Parce que à présent, je suis confronté à la vraie peur, celle qu'il faut affronter et combattre physiquement. La Peur, plus forte et plus dangereuse qu'avant. Mais, si effrayé que je sois, je vais l'affronter et me battre comme jamais je ne l'aurais fait avec cette peur qui autrefois était en moi. (Il eut une exclamation de dégoût et frappa sur son volant.) Oh, excuse-moi, Christy. Voilà que je parle de moi-même et de ma peur égoïste. Désolé. Mais il faut que je tue cette chose, absolument, et pour plusieurs raisons.

– Nous luttons ensemble.

Les deux voitures avaient presque atteint le bas de la montagne quand celle de Grover freina soudain. Iris sauta dehors. Michael s'arrêta et abaissa la glace. Une fumée âcre flottait dans la nuit.

– Regardez ! Là-bas !

Elle pointait le doigt sur leur droite, de l'autre côté de la vallée, vers Split Crow Lane. Sur la gauche, Shillingham brûlait toujours, les squelettes des maisons se dessinant sur le fond orange et noir des incendies mais, là-haut, il y avait l'hôpital. Et c'était ce qui expliquait l'excitation d'Iris.

Le bâtiment semblait en effet parfaitement intact. Comme s'il avait été épargné par les ravages du Veur. Et certaines fenêtres étaient éclairées.

– *Les enfants !* s'exclama Iris. Vous voyez ? Karen et Graham – et tous les autres – doivent être là-bas. Ils sont sans doute vivants.

– S'ils n'ont pas déjà été infestés, dit Michael. Mais vous avez raison. Il faut vérifier.

Iris remonta dans la landrover de Grover et ils se dirigèrent à vive allure vers le carrefour de Split Crow.

Christy épiait la nuit. Sur le site du gibet, la barrière de sécurité était encore là, ceinturant le puits au fond duquel le Veur avait été enterré. Elle se rappelait tous ces matins où, en se rendant à son travail, elle découvrait les offrandes de son père au pied du gibet. Et elle revoyait aussi la ferme de Split Crow où habitait ce garçon bizarre à qui elle faisait un signe de la main. Durant ces jours-là, une sorte de magie était apparue dans son existence. Et c'est ainsi que le nouveau Michael avait brisé cette carapace qu'il s'était construite et dans laquelle il s'était enfermé. Ils avaient découvert une vie nouvelle, tous les deux. Et elle, Christy, avait rencontré pour la première fois quelqu'un qui l'appréciait pour elle-même. Et Shillingham, soudain, n'avait plus été cette prison qu'elle avait toujours connue. À présent, le village était pire : ils y étaient tous prisonniers, isolés du monde et du jour par cette terrible muraille de glace et de brouillard qui cernait la vallée. Prisonniers de l'horreur.

Michael regardait régulièrement en direction du village, guettant d'éventuelles traces de vie dans les ruines, les flammes et les tourbillons de fumée. Un grondement sourd roulait en permanence dans la gorge des chiens. Mais le village semblait totalement mort. Cette vision lui rappelait quelque chose et il chercha dans sa mémoire. Oui, c'était tout à fait l'image de l'Enfer de Gustave Doré, ou bien celui de Dante. Mais c'était l'Enfer du Veur, en fait, celui qu'il avait installé sur Shillingham.

Ils avaient dépassé le carrefour et s'engageaient sur la route de montagne qui menait à l'hôpital.

Michael regardait fréquemment dans le rétroviseur. Il s'attendait à voir quelque chose surgir des ruines du village et se lancer à leur poursuite. Comme ils approchaient, ils virent qu'il y avait effectivement de la lumière derrière plusieurs fenêtres. Le Veur pouvait les apercevoir et délaisser un moment Shillingham pour venir semer la mort et la destruction ici.

Le trajet leur parut interminable. Enfin, ils franchirent le grand portail de fer forgé et s'engagèrent sur l'allée de gravier qui montait vers l'hôpital. Michael s'aperçut qu'il était en sueur. Il vit que certaines des fenêtres, au rez-de-chaussée, avaient été fracassées, mais les lumières de l'entrée brillaient, de même que celles de certains pavillons annexes. Grover s'arrêta devant la porte principale et Michael se rangea derrière lui, conscient de sa fatigue.

– Tout est si calme ! s'étonna Christy à l'instant où ils s'arrêtaient.

Tandis que, dans l'autre voiture, Grover remarquait :

– C'est calme comme un tombeau.

En gravissant les marches du perron, ils se retournèrent à plusieurs reprises vers Shillingham, avec appréhension.

– Nous allons d'abord inspecter l'hôpital, dit Grover. Ensuite, nous irons jusqu'au mur de brouillard, comme vous l'avez suggéré, Michael. Il est possible qu'il y ait une issue quelque part. Qui sait ?

Michael retourna à la landrover et fit sortir les deux chiens. Mac et Dutch, immédiatement, coururent de tous côtés, reniflant l'air de la nuit, en quête d'odeurs anormales.

– Les chiens ?... fit Christy.

– Ils peuvent le sentir, dit Michael. Je crois que nous avons de la chance de les avoir avec nous.

Ils restèrent plusieurs minutes devant la porte, mais nul n'apparut pour les accueillir.

Finalement, Grover soupira.

– Venez, il faut bien qu'on entre.

Michael et Christy tinrent les chiens en laisse tandis que Roy poussait la porte de verre. Michael guettait les réactions des chiens. La salle de réception était déserte. Le couloir d'accès aux salles s'ouvrait devant eux, obscur, inquiétant.

– On aurait déjà dû apercevoir quelqu'un, remarqua Christy.

Dutch, avec un grondement étouffé, tirait sur sa laisse, les yeux fixés sur le couloir.

Grover dut faire un effort pour briser le silence surnaturel qui pesait sur les lieux. Il s'avança, le fusil à la hanche, et appela :

– Hello ! Il y a quelqu'un ?

L'écho se perdit dans l'ombre du couloir. La lumière clignota et il se demanda comment ils réagiraient si elle s'éteignait tout à coup.

Ils progressaient lentement, d'un pas précautionneux, comme s'ils redoutaient de faire trop de bruit. Chaque fois qu'ils passaient devant une chambre ou une salle, Michael et Roy y pénétraient et se livraient à une rapide inspection. Mais tout paraissait désert.

– C'est comme dans cette sacrée histoire de la *Marie Céleste,* grommela Roy.

– Il devrait y avoir plus de cent cinquante malades ici, dit Grover. (Il se passa nerveusement la langue sur les lèvres car la lumière s'était remise à clignoter.) Tous ces lits sont vides. Comment cent cinquante personnes peuvent-elles disparaître d'un seul coup ?

Devant eux se dressaient les doubles portes de verre qui s'ouvraient sur la grande salle des hommes. Tout était plus sombre au-delà. Ils ne discernaient qu'une vague lueur jaune, qui semblait les narguer. Michael regarda les chiens. Ils tiraient frénétiquement sur leur laisse et il se demanda pourquoi : il n'y avait aucun signe du Veur. Mais ils semblaient savoir qu'un danger les guettait, là-bas, et ils étaient prêts à attaquer.

– Je propose qu'on reparte, dit Roy. Il y a quelque chose que je n'aime pas. C'est... c'est beaucoup trop tranquille. Et facile... Comme si on était...

– ... dans un piège, acheva Christy.

– Mais les enfants... rappela Iris.

Furieux contre lui-même, Grover maîtrisa sa peur et donna un coup de pied dans la double porte vitrée. Il entra dans la salle et Michael et Roy lui emboîtèrent le pas. Iris maintint les battants ouverts tandis que Christy luttait pour retenir Mac qui tirait sur sa laisse.

– Je le savais, fit Grover.

– Oui, il est venu et il a tout démoli, dit Michael. Ils sont tous probablement dehors, à rôder dans la nuit.

La salle avait été dévastée et le spectacle évoquait le poste de police. Car ici aussi, quelque chose avait crevé le plancher et, en surgissant, avait rejeté tous les lits qui s'entassaient pêle-mêle au milieu des gravats. Les lames du plancher, fendues et dressées autour de la fosse, ressemblaient à des dents cassées. Les fenêtres aussi avaient été brisées et une odeur de brûlé flottait dans l'air. De la fumée s'élevait du trou et il y avait une grande tache sombre sur le plafond, juste au-dessus.

C'est alors que Grover aperçut les enfants.

– Mon Dieu, Lambton ! Je n'arrive pas à y croire !

Michael suivit son regard mais ne distingua rien. Le sergent lui montra du doigt les deux silhouettes assises sur un lit, serrées l'une contre l'autre. Graham et Karen. Visiblement terrifiés et muets.

– Karen ! Graham ! lança Iris en se précipitant vers eux.

Michael la retint à la dernière seconde.

– Iris... C'est trop... facile. Si nous sommes venus ici, c'est parce que nous espérions que les enfants étaient encore en vie. Tous les autres ont disparu... ils sont probablement morts... Et eux sont là, comme s'ils nous attendaient.

– Un appât, dit Grover.

– Oui, c'est un piège, je vous l'avais bien dit, fit Roy en s'avançant, le fusil braqué sur l'ombre.

– Karen ! appela Iris.

– Aide-nous, Iris ! fit Karen d'une toute petite voix. Ils nous ont gardés ici...

– Et on veut rentrer à la maison ! gémit Graham en étreignant sa sœur.

– *Ils*? répéta Roy.

Mais le mot se bloqua dans sa gorge, comme un abcès : une silhouette venait d'apparaître derrière un lit, de l'autre côté du trou béant. La créature était en pyjama et se dirigea d'un pas raide vers le lit des enfants, avant de se tourner vers Roy, Grover et les autres.

Elle avait les orbites creuses et de la fumée s'élevait de ses doigts.

– *Les enfants avaient tellement besoin de vous...* dit le mort avec la voix du Veur.

– *Et vous aussi, vous aviez besoin d'eux...*

La voix qui venait de faire écho était celle d'une femme en chemise de nuit. Les orbites souillées de sang, elle venait de surgir de derrière une armoire, sur leur droite.

Un petit garçon rampa sous un lit et se dressa devant eux, en pyjama imprimé.

– *... Je savais que vous viendriez,* fit-il.

Il avait lui aussi la voix du Veur. Michael se retourna brusquement.

De toutes les salles, de toutes les chambres qui avaient été explorées, des morts sortaient et s'avançaient en traînant les pieds, les bras tendus, les orbites vides, leurs pyjamas et leurs chemises en lambeaux. Ils convergeaient vers la salle et tous appartenaient au Veur.

– Je vous l'avais dit ! hurla Roy. Je le savais !

Il venait de lever son fusil et fit feu par deux fois. Trois des vampires basculèrent en arrière dans un grand bruit de verre brisé tandis qu'un quatrième, serrant contre lui ce qui restait de son bras arraché, s'effondrait contre une paroi puis, lentement, glissait jusqu'au sol.

C'est alors que retentit le rire du Veur. Ignoble, hideux, il sortait de toutes les bouches mortes.

– *Les enfants !* cria Iris.

Le premier vampire qui s'était adressé à eux tendit la main vers le bras de Karen avec un sourire atroce. La petite fille recula tout en serrant son frère contre elle.

– Tirez ! lança Christy.

– Je ne peux pas ! fit Grover. Je risque de toucher les enfants.

Michael, alors, détacha les chiens.

– Mac ! Dutch ! À l'attaque !

Ils s'élancèrent. Mac franchit le trou d'un bond et ses mâchoires se refermèrent sur le bras du vampire. Dutch, lui, fit le tour et lui sauta sur le dos. Les chiens s'acharnèrent sur lui et il tomba à la renverse, loin des enfants. Grover, de son côté, épaula et tira deux cartouches sur la femme et l'enfant vampires. La femme fut rejetée en arrière, défonça une fenêtre et bascula dans le vide. Quant à l'enfant, il alla rouler derrière le lit. Michael se précipita vers le trou. À présent, les chiens avaient lâché leur proie – Dutch avait été échaudé avec Frank et n'avait pas oublié la leçon. Ils se contentaient de gronder, les babines retroussées, pour tenir en respect le vampire qui déjà se relevait.

– Vite ! lança Michael en s'apercevant que Christy était toujours à ses côtés. Vite !

Karen et Graham avaient sauté du lit lacéré, battant en retraite devant l'affreuse main fumante qui les menaçait.

Michael hurla : « Non ! » et pressa la détente de son fusil.

Le bras du spectre éclata. Agrippant son moignon, il se recroquevilla, tomba et mourut pour la seconde fois. Les enfants se jetèrent en sanglotant dans les bras de Christy.

Au même instant, Roy tira encore deux cartouches sur la foule atroce qui venait lentement vers eux.

– Repliez-vous ! lança Grover en rechargeant. Reculez ! Vite ! On ne va pas tarder à être à court de munitions !

Iris rejoignit Christy et les enfants tandis que Grover et Roy se rapprochaient de Michael qui se tenait non loin du trou. Il venait de rappeler les chiens et rechargeait son fusil. Christy regarda par-dessus son épaule, vers l'autre extrémité de la salle. La voie, dans cette direction, semblait libre.

– Venez, allons-y ! souffla-t-elle.

Les portes s'ouvrirent et la horde en guenilles se déversa dans la pièce. Il y avait des jeunes et des vieillards, des hommes et des femmes, certains traînant derrière eux leurs pansements déroulés, comme de mauvais travestis sortis d'un vieux film sur le retour de la Momie, avec Lon Chaney.

Une femme cria :

– *Jamais vous ne pourrez...*

– *...vous échapper,* acheva un vieillard édenté.

Grover tira. L'un et l'autre s'effondrèrent. Et la réponse fut encore ce rire épouvantable qui venait de plus de cent gorges mortes à la fois. Michael contourna le trou, le regard fixé sur les fenêtres cassées. Il guettait le moindre mouvement. Roy ouvrit le feu. Les portes en verre explosèrent et les morts vivants furent criblés de gros sel. Roy partit d'un rire fou, brisé. Il se retourna vers Grover... et poussa un hurlement de douleur.

Grover recula. Son adjoint tournait vers lui un regard marqué par la souffrance et la terreur. Pourtant, rien n'était visible près de lui. Lentement, Roy baissa les yeux et Grover suivit son regard. Ce qu'il vit alors l'emplit d'horreur.

Une main fumante était apparue au bord du trou. Et une autre s'était refermée sur la cheville de Roy. De la fumée monta le long de sa jambe : la chose, en bas, avait commencé à boire sa vie. Grover battit en retraite. Il leva son fusil à la seconde où une face livide, sans yeux, apparaissait au bord du trou.

– Attention, sergent ! cria Iris.

Grover jeta un coup d'œil par-dessus son épaule et discerna un mouvement. Il fit volte-face et vit une jeune femme aux cheveux hirsutes, la bouche béante, le visage couvert de sang, qui lançait les mains vers lui en ricanant. Il mit un genou au sol et tira. La créature retomba en arrière.

– *Sergent !*

À ce cri terrible, Grover se tourna vers le trou. Son adjoint y était irrésistiblement attiré, deux mains blêmes rivées sur sa jambe. Il tentait de braquer son arme vers le bas. Puis Grover vit ses yeux... et l'un et l'autre comprirent qu'il était trop tard.

Roy poussa un long hurlement et eut un soubresaut. Sans lâcher son fusil, il bascula dans l'abysse.

Grover se rua vers le bord en l'appelant. Mais il ne distingua rien dans ces profondeurs insondables. La chose avait disparu avec Roy.

Michael tira à cette seconde. Grover se redressa pour voir deux des vampires qui venaient de tomber à genoux en vomissant du sang. Mais la horde était tout près d'eux à présent. Il fallait absolument qu'ils s'enfuient de l'hôpital. Il rattrapa ses compagnons qui quittaient la salle et franchissaient une autre porte vitrée.

– Roy ? demanda Michael, le regard fixé sur les spectres qui s'approchaient.

– Disparu.

– Dieu nous protège, fit Iris en sanglotant.

Ils entrèrent dans la salle suivante. Les portes claquèrent derrière eux.

Et là, dans l'ombre, d'autres malades aux orbites vides attendaient.

– Ils sont partout, fit Karen en attirant son frère contre elle. Ils ne nous laisseront jamais partir.

La horde qui leur barrait la route s'avançait.

– Ô mon Dieu ! laissa échapper Grover.

Il leva son fusil et fit feu. Le verre vola en éclats et une demi-douzaine de monstres s'écroulèrent. Michael tira à son tour tandis que Grover rechargeait fébrilement.

Un jeune interne tomba.

– *Tous ceux de Shillingham mourront...* lança une infirmière.

– *... et aucun n'en réchappera,* poursuivit un vieil homme, qui tenait encore une bouteille dans sa main.

– *Voici le Calice de ma Vengeance...* reprit une petite fille qui serrait son ours en peluche contre son cœur.

– *... à laquelle le monde tout entier goûtera bientôt,* conclut un jeune homme entièrement nu, qui sortait d'une salle d'opération, des pinces pendant de son abdomen sanglant.

Ils reculèrent, mais la première horde de monstres s'était encore rapprochée.

– Qu'est-ce que nous pouvons ?... commença Iris.
Sur leur droite, Michael aperçut la porte d'une remise.
– Par ici !
Grover avait suivi son regard et il poussa les autres. Michael se retourna in extremis pour tirer deux cartouches sur les choses qui, elles aussi, avançaient vers la porte. Puis il bondit en avant et tira sur la poignée. Le battant s'ouvrit.
– Entrez ! Vite !
Ils s'entassèrent dans la pièce exiguë. Grover claqua la porte et la verrouilla. La resserre était encombrée de boîtes et de cartons et ils avaient à peine la place de s'y tenir debout. Mais il y avait une issue, qu'ils découvrirent aussitôt : une petite fenêtre, au-dessus d'un classeur, qui ne devait pas faire plus d'un mètre de haut. La lueur des incendies de Shillingham s'y reflétait. Michael se précipita en même temps que Grover et faillit trébucher sur Dutch. Les deux chiens hurlaient à la mort. Iris et Christy, serrant les enfants contre elles, s'étaient réfugiées dans un coin. Des poings cognaient contre la porte. Des vapeurs sulfureuses s'insinuaient dans la pièce.
La fenêtre était à plus d'un mètre cinquante du sol. Grover renversa le classeur pour en faire un escabeau improvisé.
Un poing blanc défonça le battant de la porte et des doigts fumants se mirent à griffer les planches. Karen poussa un cri et Mac bondit. Il referma ses mâchoires sur un doigt qu'il trancha net et qui tomba en gigotant. Une autre main surgit, puis une autre, et une autre encore.
Grover alla jusqu'à la fenêtre et cassa la vitre avec la crosse de son fusil.
Les gonds de la porte grinçaient sous les assauts répétés. Une main arracha un panneau et un visage

blême apparut dans la brèche. Michael le frappa à coups de crosse.

– *Aucun n'en réchappera...* fit la chose.

– ... *aucun,* répéta un monstre invisible, quelque part derrière la porte.

– Allez ! lança Grover, et Iris poussa Karen et Graham dans sa direction.

D'un mouvement rapide, il saisit le petit garçon et le fit passer au-dehors.

– Saute !

Graham disparut à leurs yeux.

Michael continuait à cogner sur les immondes faces livides tout en évitant les doigts fumants qui tentaient de l'agripper. Il ne tirait pas, sachant qu'il ne ferait qu'affaiblir la résistance du bois.

Karen suivit son frère. À l'instant où Grover la soulevait, elle passa les bras autour de son cou et lui donna un baiser sur la joue.

– Merci, sergent.

Il la regarda – une fraction de seconde – mais il ne devait jamais oublier son expression.

Puis Karen disparut à son tour.

– À toi ! dit Christy à Iris.

– Non, toi ! répliqua Iris.

– *N'importe laquelle !* s'énerva Grover. Mais vite !

Christy souleva Iris, et Grover l'aida à se hisser jusqu'à l'embrasure. Christy la tenait par les pieds et poussait. Iris, haletante, passa la moitié du corps au-dehors et sentit les enfants qui la tiraient par les bras.

Avec un craquement sinistre, tout le haut de la porte se fendit et bascula. Une masse frénétique de mains et de masques funèbres apparut. Des bouches sifflaient et crachaient. Des orbites sanglantes les fixaient. Michael recula, retourna son fusil et tira à bout portant. Dans l'explosion, il vit l'amas affreux qui était rejeté en arrière. Il se retourna brièvement et vit les pieds d'Iris qui disparaissaient. Mac, à ses côtés, émit un grondement rageur en voyant surgir une autre face maculée de sang.

– *Jamais vous ne...* commença le Veur.

Mac banda ses muscles et se jeta sur la porte avec un aboiement furieux.

– Mac ! Non ! lança Michael.

Mais il était trop tard. Mac franchissait déjà la brèche et attaquait la vague monstrueuse.

– Mac ! Mac !

Dans l'ombre, ce n'était plus qu'un tumulte informe de grondements, de sifflements et d'aboiements. Grover avait pris Christy par le bras et la poussait vers le haut. Dutch, à son tour, sauta vers la porte, mais Michael, à la dernière seconde, réussit à le rattraper par son collier. Christy implorait Michael de la suivre, mais Grover ignorait ses sanglots et la poussait plus fermement encore. Dutch hurla en réponse aux plaintes de Mac.

Et Mac se tut.

D'autres faces de vampires apparurent.

– Espèces de salauds !

Michael tira, le fusil sous le bras, et deux monstres se désintégrèrent sous ses yeux. Christy avait disparu. Grover saisit le collier de Dutch tandis que Michael cherchait d'autres cartouches dans sa poche. Il n'en avait plus que trois. Et les derniers panneaux de la porte commençaient à se fendiller. Il ouvrit la culasse et y glissa deux cartouches.

Soudain, la porte céda, d'un seul coup.

Et là, dehors, le Veur fit entendre son rire hideux, qui fusait de dizaines de bouches mortes.

Grover poussa Dutch par la fenêtre.

Michael fit feu une première fois, pour repousser les monstres. Il levait à nouveau son fusil lorsque le sergent le tira en arrière.

– À vous, dit-il calmement.

– Mais...

– Faites ce que je vous dis ! Vite !

Iris et Christy tendaient les bras. Michael fit d'abord passer son fusil par l'embrasure et Christy le saisit par le canon. Alors Michael se hissa à l'extérieur, en prenant appui sur le classeur. Les bras des deux femmes l'accueillirent dans la nuit. L'air était saturé de fumée : Shillingham brûlait toujours.

Michael pivota et regarda la fenêtre. Une détonation retentit dans la resserre.

Puis le visage de Grover apparut. Il leur lança son fusil et tendit les bras vers eux. Michael lui saisit les mains et tira.

C'est alors que Grover poussa un terrible cri de souffrance. Il regarda Michael droit dans les yeux.

– Je ne crois pas que j'y arriverai, dit-il calmement.

Deux mains sulfureuses venaient de surgir de part et d'autre de sa tête. Elles se collèrent sur son front, ses yeux, et l'entraînèrent vers l'intérieur.

– *Ô Dieu Tout-Puissant, non !* hurla Christy en se précipitant pour lui attraper les bras.

– *Tuez-le !* souffla Grover, tandis que des nuages de fumée se refermaient sur son visage. Fuyez, Michael, et... TUEZ-... LE !

Les mains atroces tirèrent sauvagement et il disparut, basculant dans une mêlée invisible, un torrent de voix qui n'en étaient qu'une : celle du Veur.

Michael hésita un bref instant. Mais il savait qu'ils ne pouvaient plus rien pour Grover.

– Courez !

Ils s'enfoncèrent dans la nuit surnaturelle et contournèrent le bâtiment en se tenant à l'écart des fenêtres d'où, à chaque instant, pouvait surgir la horde monstrueuse. Mais il n'y avait aucun signe de poursuite. Ils rejoignirent bientôt la landrover. Michael et Christy montèrent à l'avant, tandis qu'Iris poussait les enfants et Dutch sur le siège arrière. Michael lança le moteur et démarra en marche arrière.

Dutch aboya et se dressa sur ses pattes postérieures, passant la tête par-dessus l'épaule de Christy. Elle vit alors ce qui provoquait sa rage.

Quelque chose bougeait derrière les portes vitrées. Quelque chose de noir et d'énorme qui s'élança et fit exploser le verre comme un projectile, dans un geyser d'éclats.

Michael tressaillit, saisi de panique : le moteur venait de caler. Le Chien de l'Enfer avait atterri sur les marches et secouait les débris de verre de son abominable toison noire comme s'il sortait de l'eau. Puis il tourna ses yeux de braise vers eux. Un tonnerre roulait au fond de sa gorge et de la vapeur sortait de ses naseaux. Michael relança le moteur en jurant. Les phares faisaient scintiller les énormes crocs dégoulinants. Dans la voiture, Dutch hurlait, comme fou.

Le monstre s'élança à une vitesse terrifiante. Michael démarra en braquant, sachant qu'il était déjà presque sur eux.

– *C'est trop tard!* cria Christy.

La bête diabolique venait de bondir sur le capot et ses griffes géantes se plantèrent dans le métal. Ses yeux de cauchemar les fixaient à travers le pare-brise. Ils y lurent la mort, une mort hideuse et rouge. La bête ouvrit la gueule et mordit le verre qui s'étoila sous le choc.

Michael tournait frénétiquement le volant, essayant de faire lâcher prise au fauve qui glissa, bascula, mais revint presque aussitôt à l'assaut.

Le visage livide, les dents serrées, Michael saisit

le fusil qu'il avait posé sur ses genoux. Le percuteur fit un « clic » dérisoire. Le chargeur était vide.

– *Michael !* hurla Christy.

La gueule formidable allait se refermer sur le pare-brise ravagé.

Michael rechargea son arme et tira à bout portant, à travers le verre étoilé, droit dans la gorge béante du Chien de l'Enfer. Qui roula sur le capot, griffant la nuit. Une plainte énorme, assourdissante, monta de son corps noir. Le sang jaillissait à gros bouillons de sa gorge déchirée, un sang qui se changeait en fumée, très vite, une fumée épaisse et poisseuse. La chose, tout à coup, devint transparente ; elle se tordait et se plissait au rythme de cette fumée méphitique qui se répandait dans la landrover par le pare-brise fracassé. La bête agonisait et hurlait sa souffrance tout en déversant ce torrent de fumée. Michael lança le fusil sur les genoux de Christy et écrasa l'accélérateur. Ils luttaient pour retrouver leur souffle. En quelques secondes, la voiture fut loin du nuage suffocant.

Ils descendaient à toute allure l'allée de gravier.

Michael entrevit des formes mouvantes qui surgissaient de plusieurs portes. La voiture, dans un gémissement de pneus, franchit le portail et tourna sur la gauche, suivant la route de montagne.

Ils s'éloignaient de l'hôpital, de Shillingham... de l'Enfer.

## 83

En bas, dans la vallée, Shillingham achevait de se consumer. Ils roulaient en silence, encore sous le choc, leurs regards anxieux fouillant le rideau de brouillard en quête d'une improbable fissure.

Au bout de cinq kilomètres, ils furent convaincus, ainsi que Michael l'avait redouté, que la barrière grisâtre était impénétrable.

*Grover était notre force,* songea Michael. *Maintenant qu'il nous a quittés, qu'allons-nous faire ?* Il ne parvenait pas à chasser cette dernière et atroce vision de Grover disparaissant avec toutes ces mains agrippées à son visage.

Sur leur droite, ils passèrent devant l'église Saint-Peter. La barrière de brouillard la traversait, si bien que le portail ouest, les pignons et les vitraux étaient encore visibles au-dessus du cimetière, alors que le reste était perdu dans une sorte d'iceberg opaque. Michael se rappela la conversation entre Iris et Grover à propos de Dieu.

*Est-ce que ça prouve qu'il y a un Dieu, Iris ?* avait dit le sergent. *Je n'ai pas vu de preuves évidentes de Son existence dans la vallée...*

Passé l'église, la route bifurquait sur la droite.

*Il n'existe aucun moyen de s'enfuir de cette vallée,* se dit Michael.

– Michael, fit alors Christy, d'une voix très douce. Arrête...

Devant eux, des gens arrivaient. Ils étaient des dizaines et leur groupe lugubre évoquait une colonne de réfugiés. Des réfugiés vomis par l'Enfer, avec leurs faces de cadavres et leurs orbites encroûtées de sang. Des jeunes et des vieux, des hommes et des femmes, qui levèrent leurs mains affreuses en voyant surgir la landrover. Un murmure sourd montait dans la nuit, celui de toutes ces âmes tourmentées qui avaient autrefois été celles des citoyens de Shillingham devenus citoyens de l'Enfer.

Michael avait freiné brusquement. Le premier rang était à moins de vingt mètres. Il fit demi-tour, braquant et contre-braquant frénétiquement.

– Combien de cartouches reste-t-il? demanda Christy.

Michael, les mains crispées sur le volant, répondit par une autre question :

– Combien en reste-t-il dans le fusil de Grover?

– Une, fit Christy après avoir basculé la culasse.

– Eh bien, c'est tout.

Le marmonnement des voix, derrière eux, se fondit en une seule imprécation, pareille à une mélopée, tandis que la landrover repartait en sens inverse.

– *Vous mourrez tous. Et alors j'émergerai de mon cocon et, de Shillingham, j'étendrai mon Enfer au reste du monde...*

La horde livide disparut. S'engouffrant par le pare-brise éclaté, le vent froid de la nuit fouettait le visage de Christy et de Michael.

– Monsieur Lambton, fit la petite voix de Graham. Est-ce qu'ils vont nous attraper?

– Non, fit Michael.

Mais, dans la même seconde, il se demanda si une cartouche suffirait à abréger les souffrances qui attendaient ces deux vies innocentes.

– Non, ils ne nous attraperont jamais. Je ne les laisserai pas faire.

Ils allaient laisser le cimetière de Saint-Peter sur leur gauche lorsque Graham dit :

– C'est là que j'ai entendu les voix qui parlaient à Billy Rifkin. Elles étaient dans la terre. Mais ça n'était pas vraiment comme une voix, hein, Karen?...

Karen, incapable de répondre, serra son petit frère contre elle. Dutch se mit à lui lécher le visage et elle faillit éclater en sanglots. Mais elle était l'aînée et elle ne devait pas donner le mauvais exemple.

– Ô Seigneur! s'exclama soudain Michael en écrasant la pédale de frein.

– Quoi ? fit Christy.

Il lui montra, au bas de la route, la cohorte pâle qui montait vers eux, se dirigeant vers l'hôpital et Shillingham.

Christy, aussitôt, se dit que le piège de l'hôpital se répétait. Ils pouvaient aller dans toutes les directions, mais ils n'avaient plus aucun refuge. Le Veur allait les retrouver tôt ou tard. En fait, ils ne pouvaient plus aller nulle part. La muraille de brouillard, qui était en fait de la glace, interdisait l'accès de la vallée. Et, sur leur droite, il n'y avait que la paroi à pic de la falaise.

– Nulle part, fit Christy. On ne peut aller nulle part.

La voix d'Iris s'éleva alors de l'arrière de la voiture :

– Si. L'église. C'est notre seul refuge.

*L'endroit idéal pour mourir,* se dit Michael avant de faire demi-tour, une fois de plus.

Le cimetière se dessina de nouveau devant eux. Ils franchirent la grille, passèrent entre les tombes et s'arrêtèrent devant le portail ouest de l'église. Au-dessus d'eux, une cathédrale de glace s'érigeait jusqu'au ciel d'encre où traînaient encore des reflets de flammes. Les saints des vitraux semblaient contempler d'un air triste la vallée en feu. Des ombres déchiquetées vacillaient et dansaient sur les colonnes de pierre.

Michael reprit son fusil tout en répondant au sourire fugace de Karen.

Il leva les yeux vers le brouillard solidifié avec un sentiment d'impuissance absolue. Dutch patrouillait dans l'allée, les oreilles rabattues, le museau au ras du gravier. On aurait dit qu'il sentait approcher la horde des morts.

Christy s'était arrêtée devant une stèle. Elle se pencha et lut : «*Repose en paix.*» Ses paroles résonnèrent comme une plaisanterie sinistre. Iris la rejoignit et posa la main sur son épaule.

– À présent, Christy, lui dit-elle, comme si elle lisait dans ses pensées, nous formons une famille. Quand nous étions séparés – toi, Michael, les enfants... et moi –, nous étions perdus. Perdus et désespérés. On nous avait arraché quelque chose. Mais nous sommes une nouvelle famille, tu vois. Au moins, si nous devons mourir, ce sera ensemble. Parce que tu sais que nous allons mourir, n'est-ce pas ?

– Oui, je le sais.

– Mais, Christy, l'amour est plus fort que tout. Plus fort que la vie et la mort... plus fort encore que cette chose affreuse qui est sortie de terre au carrefour. Et aussi longtemps que tu croiras cela...

– *Christy !*

Au cri déchirant de Karen, ils se retournèrent.

Les enfants étaient sous le porche de l'église. Graham venait d'ouvrir la porte et il avait risqué un regard à l'intérieur. Karen leur adressait des signes frénétiques. Michael fut le premier à les rejoindre, suivi par Iris et Christy.

Graham poussa alors le battant.

– Regardez !

Christy vit les habituelles rangées de prie-Dieu de part et d'autre de la travée centrale. Plus loin l'autel, drapé de satin rouge, et plus loin encore, à près de trois mètres de hauteur, les deux grands vitraux du chœur avec la croix d'argent au centre.

La clarté du soleil entrait par ces deux vitraux et posait des rais d'or en fusion sur le dallage de l'église.

– « Et un petit enfant les conduira », cita Iris en s'avançant à l'intérieur.

– C'est incroyable, souffla Michael.

Il les précéda et remonta la travée, ses pas éveillant des échos sonores sur les dalles de marbre.

Tandis qu'Iris la poussait en avant, Christy, encore sous l'effet des dernières heures violentes qu'ils avaient vécues, demanda :

– Mais quoi ? *Quoi ?*

Michael faisait le tour de l'autel, inspectant les lieux, puis il revint vers eux en courant.

– Vous voyez ? cria-t-il. La barrière de brouillard a crevé la toiture, mais elle ne peut pas pénétrer *à l'intérieur* ! C'est à cet endroit qu'elle est la plus mince et *ça* (il désigna les grands vitraux)... c'est le monde extérieur ! L'église est comme une sorte de tunnel à travers la muraille. Et c'est par là que nous allons sortir.

Au-dessus de leurs têtes, les poutres craquèrent et grincèrent, comme en réponse à ses paroles. Il leva la tête.

– Mais je ne sais pas combien de temps ça tiendra avant que la barrière ne passe.

À l'extérieur, Dutch aboyait.

Iris alla jusqu'à la porte ouest et vit les premiers rangs des morts vivants qui arrivaient.

– Ils sont là... souffla-t-elle.

– Tous ici, vite ! lança Michael. Si le brouillard n'a pu entrer, eux non plus ne le pourront peut-être pas.

Il rappela Dutch et claqua violemment la lourde porte tandis qu'Iris et Christy conduisaient les enfants jusqu'à l'autel.

Michael cherchait quelque chose qui pût leur servir d'échelle. Mais il ne trouvait rien. Il songea un instant à empiler des prie-Dieu mais ils étaient tous scellés dans le sol.

Ce fut Christy qui, la première, vit l'escalier, à gauche de l'autel. Il conduisait à une porte en chêne massif avec des pentures et des gonds impressionnants.

Michael posa son fusil sur l'autel, dévala les

quelques marches et tira sur l'anneau de fer qui tenait lieu de poignée.

La porte était verrouillée. Il donna un coup de pied, tira encore. Mais elle résista.

Au-dessus d'eux, les chevrons grincèrent et un voile de poussière tomba du plafond. Dutch courut vers le portail ouest en grondant.

– Il faut quelque chose pour forcer la serrure, fit Michael d'un air sombre.

Aussitôt, Iris et Christy se mirent à chercher. Michael prit son fusil et contempla la porte. Une seule cartouche serait-elle suffisante pour faire sauter la gâche ?

Dutch, à présent, aboyait furieusement. Quelque chose frappa les poutres et, cette fois, tout un pan de maçonnerie s'écrasa entre les prie-Dieu.

– Oh, non ! fit Iris en poussant les enfants derrière elle.

La porte ouest explosa et les panneaux de chêne s'abattirent dans l'église. Christy hurla et Michael lui fit un rempart de son corps tandis que des fragments de bois volaient jusqu'à eux. Et, au-delà, les vampires du Veur s'avançaient... Mais, ainsi que Michael l'avait prédit, ils ne purent franchir le seuil.

Pourtant, quelque chose d'infiniment plus malfaisant et plus puissant les dominait : le second et le dernier des Suppôts du Veur.

D'un bond, le Chien de l'Enfer franchit l'écran de poussière et de gravats, et vint griffer les dalles de marbre, ses yeux rouges fixés sur les mortels, le mufle écumant, les crocs scintillants. Un rugissement grave montait de sa gueule effrayante.

Michael leva son fusil.

C'est alors que Dutch passa à l'attaque, le poil hérissé, les babines retroussées. Lentement, la bête immonde tourna son énorme tête vers cette menace dérisoire. Une poutre tomba du haut de la nef et fracassa plusieurs prie-Dieu. Michael sentit le sol trembler. La bête s'était ramassée sur elle-même, prête à bondir.

Michael la mit en joue.

En grondant, Dutch sauta à la gorge de la bête, qui secoua furieusement la tête pour lui faire lâcher prise. Dutch tenait bon, les mâchoires plantées dans le cou puissant. Mais le monstre, avec un grondement de rage, réussit à se dégager. Ses crocs ouvrirent une plaie béante dans le flanc de Dutch qui fut projeté au loin.

Michael appuya sur la détente.

À la même seconde, les vitraux de la nef éclatèrent, tandis qu'une autre poutre s'abattait dans une pluie de plâtras. Le sol trembla sous le choc, Michael vacilla... et le coup partit dans les prie-Dieu du premier rang. Avec un nouveau rugissement, le Chien de l'Enfer s'avança vers eux. Et il *souriait*. Iris s'était emparée d'un candélabre sur l'autel. Elle le lança sur l'horrible Suppôt mais il rebondit sur le mufle noir.

Michael écarta Iris. Une peur glacée venait de pénétrer son âme. Derrière la bête, un grondement sourd montait des prie-Dieu. Dutch réapparut. Il prit son élan et atterrit sur le dos du monstre, lui enfonçant ses crocs dans la nuque. Michael entendit Graham qui criait :

– Vas-y ! Vas-y !

La bête secouait rageusement la tête, écrasant les prie-Dieu sous son poids colossal, mais il ne parvenait pas à faire lâcher Dutch. Une poutre faîtière se détacha du portique et des fissures dessinèrent des zigzags sur les murs.

– Regarde ! Regarde ! hurlait Christy.

Il se retourna. Une crevasse était apparue près de l'escalier à gauche de l'autel et, par la porte de chêne maintenant entrebâillée, un rai de soleil entrait dans la nef.

Michael se précipita. Il y avait à présent plus de cinq centimètres d'espace entre le lourd battant et l'embrasure et il sentit tout à coup l'air du dehors, frais et *propre*. Le Chien de l'Enfer se débattait toujours au milieu de l'église, Dutch rivé à son dos. Michael inséra le canon de son fusil dans la fente et s'en servit comme d'un levier.

Comprenant soudain ce qui allait se passer, Christy obligea Iris et Karen à se coucher sur le sol et prit Graham dans ses bras en se collant elle-même contre le mur. Le Chien de l'Enfer venait de bondir vers l'autel. Pareil à un monstre titanesque venu des temps anciens, il se dressa et brandit ses pattes comme de grands fléaux noirs. Michael s'accroupit contre l'escalier. La bête détruisait l'autel, le réduisait en miettes, tout en essayant de se libérer de l'étreinte de Dutch qui était littéralement planté dans son cou. Le Chien diabolique lança une espèce de ruade sauvage et ses pattes arrière arrachèrent de larges plaques de maçonnerie. D'autres poutres tombèrent à grand fracas et la croix d'argent, entre les deux vitraux de l'abside, vacilla. La bête sauta dans un grondement d'apocalypse et se secoua plus violemment encore. Dutch finit par lâcher prise, roula sur les dalles et repartit instantanément à l'assaut.

Iris, tout à coup, vit la croix d'argent qui s'inclinait et cria :

– Oui ! Oui ! Oh... *oui* !

Dans un dernier craquement, la base de la croix céda et tomba vers l'autel pour se planter comme une lance scintillante dans l'échine de la bête. À la même seconde, Dutch avait sauté au sol. Le Chien de l'Enfer poussa un hurlement démentiel et bascula sur le dos. La croix, sous le choc, l'embrocha profondément. Il hurla sa souffrance dans toute la nef et le rougoiement infernal s'éteignit dans ses yeux tandis qu'une fumée noire s'échappait de ses naseaux tel du sang. Il fut agité de spasmes, hurla une dernière fois... et son corps formidable s'évapora entièrement dans un grand nuage opaque. Quand la fumée se dissipa, il ne resta que la croix plantée dans le sol.

Michael se redressa en poussant des cris de joie incohérents et se remit à pousser de toutes ses forces sur le canon du fusil. La serrure céda avec un craquement et la porte s'ouvrit.

L'air et la clarté du soleil entrèrent à flots. Michael vit de l'herbe et des fleurs. Un paysage banal, mais qui lui parut d'une extraordinaire beauté.

– Par ici ! Par ici !

Christy le rejoignit et, ensemble, ils plongèrent dans cette fabuleuse matinée d'été. Michael sentit un bref instant la caresse du soleil sur son dos mais, en se retournant, il aperçut Iris. Elle était toujours en haut des marches, muette d'horreur, le doigt pointé vers le fond de l'église.

– Où est Karen ?

Il remonta en haut des marches en écartant Iris et vit alors ce qui la terrifiait.

Karen s'était enfuie. Agenouillée près de Dutch qui gisait sur le sol, elle le caressait doucement. Et à quelques mètres de là, les vampires venaient de franchir le seuil de l'église, sans doute stimulés par le Veur lui-même.

Avant que Michael ait pu réagir, Karen se redressa et descendit la travée. Une expression de rage enfantine se lisait sur son visage. Elle avait les mains rouges du sang de Dutch et son regard furieux se porta sur la horde pâle qui s'avançait.

– Karen... non !... éructa Michael.

Mais il se tut soudain, car *quelque chose* le paralysait... quelque chose d'infiniment puissant...

Karen avançait toujours, roide, sans le moindre signe de frayeur. Et elle parlait :

– Doux Jésus, agneau de Dieu... Doux Jésus, agneau de Dieu... Doux Jésus, *agneau de Dieu.*

Une puissance terrifiante irradiait de son innocence et Michael sentit sa gorge se nouer.

Elle allait droit vers le seuil de la porte ouest.

Et les vampires reculaient.

– Doux Jésus, agneau de Dieu...

Une seule plainte s'éleva de toutes les bouches infâmes et les morts vivants refluèrent en désordre, trébuchant et titubant.

Michael courait. Il ignorait ce qu'il allait faire, mais il savait qu'il *devait* faire quelque chose. Il s'empara de la croix et pesa de tout son poids pour la dégager du marbre fendu.

Relevant la tête, il vit Karen immobile sur le parvis. La horde des vampires avait disparu.

Michael, la croix sous le bras, descendait la travée. Il arriva sur le seuil, écarta doucement Karen et planta la croix, la bloquant de part et d'autre dans les boiseries de l'entrée. Il se retourna vers Karen. Elle avait un regard perdu mais ses lèvres bougeaient toujours. Ainsi, elle était très belle. Il la souleva dans ses bras, l'embrassa et elle nicha son petit visage au creux de son épaule.

Christy se précipita à leur rencontre.

– Que s'est-il passé ? demanda-t-elle.

Michael lui confia Karen.

– Je ne sais pas. Et je crois que je ne saurai jamais. Mais elle leur a fait peur.

Ils remontèrent l'allée. Au passage, Michael prit Dutch et l'emmena vers le soleil, avec Christy.

Ils s'étendirent dans l'herbe. Il n'y avait pas un nuage dans le ciel et ils s'emplirent les poumons des senteurs du monde. Dans l'église, le toit continuait de s'affaisser et de se craqueler sous la pression de la muraille de brouillard qui, pareille à un iceberg fantastique, s'étendait à droite et à gauche.

– Mais où est Iris ? demanda Christy.

Michael promena les yeux autour d'eux. Iris n'était nulle part.

Elle avait disparu.

Et *Le Livre du Veur* aussi.

Ils laissèrent les enfants sur l'herbe et regagnèrent l'église. Mais que se passait-il encore ? se demandait Michael. L'horreur n'aurait donc jamais de fin ? Ils virent Iris sur le parvis. Elle se glissait sous la grande croix, le Livre entre les bras, sur le fond jaunâtre de la vallée embrasée.

Ils se frayèrent un chemin entre les décombres et les prie-Dieu fracassés.

– *Iris !* Non ! cria Christy.

Michael sauta en arrière à la seconde où une plaque de plâtre s'écrasait devant lui. Iris avait disparu dans la nuit quand ils atteignirent enfin le parvis. Ils entendirent un craquement sinistre juste devant eux. Michael tendit les mains vers la croix, mais Christy s'agrippa à sa chemise et le tira en arrière.

– Michael ! Attention !

Il faillit tomber à l'instant précis où un amas de poutres tombait du portique, leur barrant la route. Et la croix disparut sous une avalanche de débris.

Ils s'élancèrent à l'assaut des boiseries enchevêtrées. En écartant une solive, Michael aperçut enfin Iris. Elle se tenait près de la landrover et venait de se retourner, serrant *Le Livre du Veur* contre sa poitrine.

– Iris ! Revenez ! Que faites-vous ?

Ils étaient bloqués par la barrière de décombres mais Iris les avait vus et vint vers eux.

– Michael, fit-elle, il faut arrêter le Veur. Très bientôt, il va... il va jaillir hors de ce cocon dans lequel il a enfermé Shillingham, comme un volcan en *éruption*. Il va s'en prendre au monde. Il y a deux Rituels dans le Livre. Je vais dire les Paroles du Premier pour qu'il retourne à son lieu d'émergence – ainsi qu'il est dit dans le Livre. Ensuite, je l'affronterai avec le Deuxième Rituel.

Michael repoussa un chevron.

– Mais vous n'arriverez pas à accomplir le Deuxième Rituel, Iris ! Vous n'avez pas le... le...

– Je sais... (Iris ouvrit le Livre et regarda une page.) Je n'ai pas de pieu « baigné dans le sang menstruel de dix vierges ». (Elle le fixa.) Mais j'ai ma foi, Michael. Le Deuxième Rituel dit que le destructeur du Veur doit mettre un terme à sa vie. Je suis une vieille femme. Et je suis prête à mourir pour en finir avec toute cette épouvante. Mais il se peut aussi qu'une *partie seulement* du Deuxième Rituel suffise à l'arrêter. Il faut que j'essaie.

– Iris, tu ne peux pas faire ça ! cria Christy. Reviens !

– Mais si, Christy. Il faut que quelqu'un le fasse. Et n'oublie jamais que je t'aime.

– Non, Iris ! Non !

– Dieu te bénisse.

Sous ses yeux horrifiés, Michael vit un nuage de fumée noire qui montait de l'autre côté de la land-rover. Une protubérance *vivante* sortie du sein de la terre montait en ondulant. Vénéneuse, avide, mortelle.

– Iris ! Derrière vous !

La chose s'était répandue par-dessus le toit de la voiture et tendait vers elle un agglomérat informe de tentacules brumeux.

Christy, les mains en sang, continuait à repousser les débris.

– Iris, reviens !

Le cloaque prenait forme tout en se boursouflant. Un visage se dessina dans l'affreuse lueur violine qui émanait de l'intérieur du tourbillon. Iris, alors, ouvrit le Livre.

– *Salope... garce... truie...* dit la chose qui avait à présent les traits de Billy Rifkin.

– *Narlatonep ad minesrale...* commença Iris.

Un tentacule jaillit de la masse noire et la fouetta. Elle lâcha le Livre qui fut projeté sur le gravier de l'allée. Iris tomba lourdement sur le sol et le rire du Veur éclata dans la nuit, un rire affreux, inhumain et moqueur. Et le visage difforme de Billy Rifkin se pencha sur elle.

– *Vieille garce... salope...*

Le Veur couvrait son corps et seule sa tête était encore visible. Et Michael entendit les premiers bruits atroces.

Le Veur déchirait Iris.

– *Lentement... Iris... lentement...*

Michael prit Christy contre lui et enfouit son visage contre son torse.

– Christy, ne regarde pas ! Ô Dieu ! Ne regarde pas !...

Le Veur riait toujours et l'écho immonde des chairs lacérées et des gargouillis emplissait la nuit impie. Michael pouvait encore voir le visage d'Iris : elle avait les lèvres serrées et regardait dans leur direction, cachant son atroce souffrance. Elle endurait la douleur, mais elle avait la force et la foi. Elle se tourna vers la face du Mal, celle de Billy Rifkin, celle du Veur, et dit :

– Je te pardonne, Billy.

Les bruits atroces cessèrent. La face du Veur se figea. Et les ondulations de la fumée noire se ralentirent.

– *Non...* fit la voix. *Non... tu ne peux pas me pardonner.*

Michael entendit une longue plainte et il comprit soudain qu'elle provenait du Veur. Iris avait fermé les yeux, à présent, et il sut qu'elle était morte. Mais la plainte du Veur se changea en un ululement de frustration et de souffrance, et le nuage noir s'éloigna du corps disloqué et sanglant d'Iris.

En sifflant, il tourbillonna autour de la landrover et se fondit dans la nuit, les traits vagues de Billy Rifkin s'effaçant comme des rides sur l'eau.

– Michael, que s'est-il passé ? s'écria Christy entre deux sanglots. Je... je ne comprends pas.

– Je n'en suis pas certain, Christy, mais on dirait qu'Iris a sérieusement blessé le Veur. Et il a été forcé de battre en retraite.

– Mais comment, Michael ?

– Je l'ignore. Mais elle l'a blessé, oui. Et elle nous a donné un peu de temps.

– Du temps ? Mais pourquoi ?

– Pour le tuer.

## 84

– Je reviens, annonça Michael.

Karen et Graham étaient toujours dehors, dans l'herbe, en compagnie de Dutch et il leur avait fermement ordonné d'y rester. Ils avaient dégagé les décombres du porche et, depuis qu'Iris avait obligé le monstre à fuir, le toit ne s'effondrait plus. Michael avait pris une bâche dans la landrover et recouvert le corps supplicié d'Iris avant de récupérer *Le Livre du Veur,* sous les yeux hagards de Christy.

Elle gardait le silence et elle ne parut se réveiller que pour lui répondre.

– Tu vas te tuer, Michael ? Tu vas donner ta vie comme Iris voulait le faire ? Je ne te laisserai pas faire.

– Je ne vais pas me tuer, Christy. Je crois que j'ai découvert un moyen d'utiliser les Rituels et de détruire le Veur. Nous ne pouvons pas le laisser se répandre sur le monde.

– Mais comment, Michael ? Tu sais ce qu'exige le Deuxième Rituel. Je suis la Gardienne du Secret. Pas toi. Je suis une Warwick. C'est à moi que revient cette responsabilité. Et c'est moi qui vais aller là-bas.

Michael songea à ce que pourrait être leur vie future s'ils n'affrontaient pas le Veur, s'ils le laissaient s'abattre sur le monde.

– Nous irons tous les deux, dit-il enfin.

– Mais quelqu'un doit mourir, Michael. Et ce ne sera pas toi.

– Personne ne mourra. Je te le promets.

– Qu'est-ce que tu vas faire ?

– Je ne veux pas encore te le dire. Mais il y a peut-être un moyen.

– Nous ne pouvons pas accomplir le Deuxième Rituel. Nous n'avons pas ce... ce pieu... trempé dans le sang menstruel des vierges. Comment allons-nous faire ?

– Nous l'avons déjà.

– Où ?

– Dans les ruines du Magasin. Le pieu qu'on a retiré du Veur quand le gibet a été déplanté. On va le récupérer.

– Mais le Magasin a été détruit...

– Le pieu était en métal. Il est encore là-bas.

– Mais nous n'en savons rien, Michael ! Il a pu être détruit.

– Non, il est là-bas.

– Mais il a déjà servi une fois. Est-ce qu'on va pouvoir l'utiliser encore ?

– Je ne sais pas. Mais on n'a pas le choix.

Christy s'avança, lui prit la main et le regarda droit dans les yeux. Ils demeurèrent longtemps ainsi, puis elle dit :

– Viens.

Et elle l'entraîna vers l'église.

Ils allèrent jusqu'à l'autel. Le soleil filtrait par les grands vitraux et illuminait l'escalier.

– Crois-tu ce qu'Iris a dit ? À propos de l'amour ?

Michael lui caressa les cheveux.

– Je le crois.

– Alors, demande-moi d'être ta femme.

– Quoi ?

– Oui. Ici. Maintenant. Demande-moi d'être ta femme. Et s'il y a un Dieu dans cette vallée infernale, il nous entendra.

Il l'embrassa. Au-delà des vitraux, le soleil brillait et le monde des vivants les attendait. Derrière eux, les horreurs et les tourments de l'Enfer guettaient.

– Christy, veux-tu être mon épouse ?

– Oui. Et toi, veux-tu être mon mari ?

– Oui, je le veux.

Il l'embrassa de nouveau.

– Sommes-nous mariés, Michael ? Tu le crois ?

– C'est la seule chose en laquelle j'aie jamais cru.

Ils se tournèrent ensemble vers le portail dévasté, vers les ombres tapies à l'extérieur.

– Il est temps d'y aller, n'est-ce pas ?

– Oui, Christy.

## 85

La landrover franchit la grille pour s'engager sur la route de la vallée. Les feux de Shillingham apparurent à nouveau au fond de la nuit, et Christy songea, en serrant *Le Livre du Veur* :

*C'est une responsabilité qui me revient, Michael. Je sais que tu as l'intention de te tuer. Mais je ne te laisserai pas faire. Si nous en avons le temps avant que le Veur ne revienne – et si le pieu est encore là – une seule personne doit mourir. Et cette personne est la dernière des Warwick.*

Tout en conduisant, Michael sentait le dur contact de l'outil qu'il avait caché sous sa chemise. Il l'avait trouvé à l'arrière de la landrover en prenant la bâche destinée à recouvrir le corps d'Iris. Le tranchant était affûté comme un rasoir, et il l'avait prestement glissé sous sa ceinture, alors que Christy ne le regardait pas.

Il songea au sacrifice qui l'attendait et serra le manche de la hachette.

## 86

Michael s'arrêta sur Split Crow Lane et contempla un instant les ruines fumantes de Shillingham. Le Veur allait-il en resurgir pour tenter de les arrêter ? Non, il ne le pensait pas. Son instinct lui disait qu'il était encore caché et blessé. Il redémarra et lança la landrover sur la route creusée d'ornières. Ils furent bientôt au milieu des décombres de Shillingham. Il se souvint du soir où il s'était retrouvé au Dun Cow en compagnie de Grover. Cela remontait à... combien ? Trois jours ? En une nuit, son enfer personnel avait été remplacé par un Enfer absolu. Il pensa alors à ce qui l'attendait et serra les dents. La hachette était froide et dure contre ses côtes.

La route qui allait du Dun Cow au Magasin avait été anéantie. Les cailloux et les pavés étaient à présent un fossé de pierres et de terre. Michael braqua brusquement et s'arrêta sur l'herbe, les yeux fixés sur la charpente du Magasin.

*Seigneur,* pria Christy en silence, *fais que le pieu soit encore là !*

Michael s'avançait vers un mur noirci, entre les scories et les gravats. Il se souvenait de la dernière vision qu'il avait eue du sarcophage de pierre, enseveli sous les poutres en flammes. Il se fraya un passage dans les débris et la cendre et l'aperçut. Il entendait encore les explications d'Elphick quand ils avaient ensemble examiné le gibet sur toute sa longueur.

– Mais où peut-il être ? Où ? demanda Christy.

Il comptait à haute voix, tout en écartant les fragments de poutres et de maçonnerie.

– Deux mètres... trois mètres... cinq mètres...

– *Où ?*

– Ici...

Il s'était arrêté soudain et se baissait, creusant dans la cendre. Quelque chose l'égratigna, mais il n'y prit pas garde. Ses doigts ne rencontraient rien. Rien que de la terre sèche et de la cendre fluide.

– Michael ? Mais où peut-il être ?

– Il est forcément là ! Quelque part !

Mais rien. Toujours rien.

Frénétiquement, il se mit à retourner des pierres dans un nuage de poussière et de cendre.

Toujours en vain.

Il tomba à genoux, secoué de sanglots, les poings déchirés. Tout refluait dans sa mémoire – sa propre peur, la terreur du Veur, le doute et l'insécurité, et les brèves perspectives d'un bonheur nouveau avec Christy. Il n'avait exorcisé ses démons que pour en exhumer d'autres. Il se rappelait Grover et Iris – et tous les innocents qui étaient morts. Il leva la tête vers la masse noirâtre des nuages qui pesait sur la vallée et qui bientôt peut-être exploserait lorsque le Veur émergerait du cocon dans son horreur absolue.

– Espèce d'ignoble saloperie ! cria-t-il en levant les poings. Tu ne gagneras pas ! Jamais ! Aussi longtemps que je serai en vie... Tu... tu...

Il était recroquevillé dans les décombres et Christy vint le serrer dans ses bras. Des larmes roulèrent sur ses joues. Michael cognait des deux poings dans la cendre et elle le couvrit de baisers. Elle se retourna pour regarder une dernière fois les ruines. Et vit une pointe sombre, à quelques pas de là.

Elle se précipita et tira, sans cesser de pleurer.

C'était le pieu.

Brûlé, corrodé, il ne mesurait plus qu'un mètre et sa pointe était émoussée.

Mais c'était bien le pieu qui avait été enfoncé dans le Veur.

Elle le brandit, mais sa joie disparut aussitôt à la pensée de ce qui les attendait.

Michael s'était avancé et il se saisit du pieu ainsi qu'il l'eût fait d'un trophée.

*Oh, non,* songea-t-elle. *Je ne te laisserai pas faire. Jamais. C'est à moi que ça revient. C'est ma vie que je dois donner.*

*La vie,* pensait Michael au même instant. *Un bien petit prix à payer pour en finir à jamais avec cette chose...*

## 87

La landrover était arrêtée au carrefour de Split Crow.

Michael se pencha par-dessus la barrière vers les profondeurs obscures du Puits. Christy, à ses côtés, tenait la torche de bois et de tissu qu'ils avaient fabriquée. Leurs deux ombres dansaient dans la clarté mourante des dernières flammes de Shillingham.

– Tu te souviens ? sanglota Christy, les yeux fixés sur le village désolé.

– Oui... mais je préfère ne pas me souvenir.

Michael avait tressé une corde épaisse avec plusieurs longueurs prélevées sur la barrière mise en place autour de la fosse. Il la lança par-dessus le rebord et tendit la main pour prendre *Le Livre du Veur*.

– Non, c'est à moi de le faire, lui rappela Christy. À moi, Michael, pas à toi.

Il acquiesça, lui prit la torche et, glissant le pieu brûlé sous son bras, il empoigna la corde et commença à descendre. Sa main ne quittait plus la hachette – il ne devait pas oublier. Il lâcha la torche dans les ténèbres et la vit rebondir sur le fond tapissé de cailloux. Il avait connu trop de moments atroces et trop de chagrin depuis quelque temps pour se soucier du noir qui l'enveloppait tandis qu'il se laissait tomber, s'éraflant parfois aux aspérités de la paroi.

Sept mètres plus bas, une vague clarté apparut. Vénéneuse, violacée. Le Puits tout entier paraissait enduit d'une sorte de suint visqueux et repoussant, comme si une limace géante était passée par là. Il sentait Christy, juste au-dessus de lui. Elle le suivait, *Le Livre du Veur* sous le bras. Il l'admirait : elle se montrait plus courageuse qu'il ne l'avait jamais été durant toute sa vie.

*Christy,* se dit-il, *tu ne mourras pas.*

Il atteignit enfin le fond du Puits d'où était montée l'abomination. Levant les yeux, il vit Christy qui arrivait. Il s'avança et la prit par la taille.

Il récupéra la torche et s'avança vers la paroi, suivi de Christy.

Comme il l'avait supposé, le Veur avait creusé des tunnels. Des fissures noires étaient visibles un peu partout : autant de boyaux conduisant aux enfers. Il revint alors vers le centre, planta la torche et tendit une fois encore la main vers *Le Livre du Veur.* Mais Christy se déroba.

– Qu'est-ce que tu vas faire ?

– Je vais lire le Premier Rituel.

– Et le Deuxième ? (Elle l'agrippa par le col de sa chemise déchirée.) Tu vas te tuer, n'est-ce pas ? Tu veux te tuer et me laisser toute seule.

– Non, Christy. Il faut me croire. Je ne vais pas me tuer. Donne-moi le Livre.

Elle céda. Michael ouvrit le Livre, le pieu toujours coincé sous le bras gauche. Il s'était encore effrité et mesurait maintenant moins d'un mètre.

*Pas toi, Michael. Pas toi...*

Christy scruta les parois hérissées d'aspérités, envisageant brièvement de s'y fracasser la tête.

– *Narlatonep ad minesrale por verminus necroplenet naa hadlagorg,* dit Michael en levant les yeux. Allez, espèce de salaud... Reviens, reviens ici...

Pendant un long moment, il ne se passa rien.

Puis, graduellement, ils perçurent un bruit lointain, un grondement souterrain – comme si un métro allait surgir d'un des tunnels, songea Michael. Et ce grondement se changea en une trépidation sourde qui secoua le fond du Puits, comme l'écho d'une explosion terrible. Quelque chose arrivait à une vitesse hallucinante, surnaturelle.

– Ça marche ! cria Michael.

Ils se tournaient vers chacun des tunnels tour à tour, guettant l'irruption de l'Horreur.

– Où ? lança Christy. Par où vient-il ?

Les blocs de pierre, sur leur gauche, se séparèrent soudain sous une poussée irrésistible. Ils craquèrent et se disjoignirent. La paroi éclata en une cascade de terre et de pierres. Michael, étouffant dans la poussière, se jeta sur le côté tout en luttant pour reprendre l'équilibre.

Le Veur surgit alors dans un sifflement aigu.

Michael recula en attirant Christy contre lui.

– Ô mon Dieu, Michael ! Mon Dieu !...

Leurs deux regards horrifiés étaient fixés sur la nouvelle incarnation du Veur, qui tournoyait au centre d'un nuage de terre et de détritus.

Abominable, il demeurait au milieu du Puits et, à la lueur de la torche, ils pouvaient voir ce nouveau corps fait de tous les corps des morts vivants de Shillingham. Des centaines de formes blanches tordues, déchirées, qui avaient été réduites en un *conglomérat* affreux, une masse ondulante de chair morte. Le Veur s'était changé en un serpent hideux et géant, fait de visages et de membres décomposés, d'yeux vides et de bouches béantes. Il se lovait à présent devant eux comme un cobra. Des jambes et des bras se tendaient parfois, comme pour appeler à l'aide. La « tête » de la chose informe se tourna vers eux, et un grand sifflement monta dans le Puits.

L'Horreur attendait.

Michael ouvrit le Livre et s'avança, luttant pour ne pas vomir. Le Veur était à moins de cinq mètres et ils n'avaient guère de temps.

– Michael, tu ne peux pas faire ça !

Christy s'était précipitée vers lui et tentait de lui reprendre le Livre.

*– Christy, recule !*

Elle s'arrêta net devant son expression de colère.

Puis il se tourna à nouveau vers le Veur. La chose riait et le narguait, persuadée qu'il n'accomplirait pas le Deuxième Rituel et qu'elle serait libre avant peu.

Michael se remit à lire et Christy pleura.

– *Omini Chraston Perdolchey ad Iminis Vermini.*

Fermant le Livre, il s'adressa directement au Veur.

– Tu es retenu par le Rituel des Mots. Les Mots du Livre. Le Pouvoir est dans les Mots et tu dois obéir...

– *Alors, fais-le, scribe,* siffla la voix hideuse. *Fais-le maintenant. Pourquoi hésiter ? Le temps est de mon côté. Je serai bientôt libre. Tu es trop faible.*

– « Le sang répandu » ! cria Michael en regardant le pieu tombé à ses pieds. Le sang de ma vie ! La fin de ma vie ancienne ! C'est ce qui est dit ! (Il ouvrit sa chemise et saisit la hachette.) Par ces Mots, tu es maintenu ici ! Par les Mots du Livre ! Et il est écrit : « Le Forgeur du pieu de fer devra être prêt à mettre un terme à sa vie ancienne... »

Christy, à cet instant, découvrit la hachette et poussa un hurlement.

– *Je suis maintenu ici,* siffla le Veur. *Mais tu ne pourras pas...*

Dans une fraction de seconde, Michael pensa à la peur et à la terreur qui l'avaient assailli quand il écrivait, à sa dépression, à *Borderland.* Il tomba à genoux en face de l'abomination blanchâtre et leva très haut la hachette serrée dans sa main gauche. Paralysée par l'épouvante, Christy le vit regarder le Veur en face.

– Tu es maintenu par le Pouvoir des Mots... *Dieu, je t'en prie...* Tu dois accepter mes Mots. Tu le dois !

Michael baissa les yeux sur sa main droite. Celle qui avait écrit ses romans.

– Je mets un terme à ma vie ancienne !

Les dents serrées, il referma la main sur un bout de bois et abattit violemment la hachette.

– Non, Michael ! hurla Christy. Je t'en prie, *noon* !

La hachette trancha son poignet droit et fendit le bois. Le sang jaillit à gros bouillons de son bras. Sa main coupée était tombée, ses doigts bougeaient encore.

C'est alors que fusa la peur. Michael s'était préparé à cet instant terrible, à cet acte d'horreur pure, mais pas à cette douleur brûlante, féroce, totale. Il tomba en avant en lâchant la hachette, la main crispée sur son avant-bras. Le sang aspergeait sa chemise.

– Michael, Michael...

Christy se jeta vers lui. Il cherchait le pieu autour de lui.

– Christy... il... il faut... le tuer... Le pieu... il faut que...

La tête informe du Veur se balançait au-dessus d'eux, silencieuse.

– Michael, tu vas mourir !

– ... un garrot... le pieu... il faut que...

Sa conscience refluait au fur et à mesure que se déversait son sang. Une vague de délire le parcourut.

– ... j'ai... donné ma vie *ancienne,* Christy. J'en ai fait le sacrifice... comme le dit le Rituel... il doit accepter... le don... du sang de... de ma main...

Il avait dans l'esprit une image floue : celle du visage de Christy, à quelques centimètres du sien. La réalité avait perdu son sens, de même que le temps, pour se fondre en une brume rouge et confuse faite de souffrance.

Christy pleurait tout en levant la torche. Elle se saisit du moignon dégoulinant de sang et regarda Michael droit dans les yeux.

– Michael... *c'est le seul moyen...* Je t'aime.

Elle tendit la torche sous son poignet et crispa sa main sur son bras pour le maintenir. Une douleur nouvelle traversa Michael, comme une marée cramoisie, et il perdit conscience.

Le sang ne coulait plus. Christy, tendrement, lui replia le bras contre la poitrine et se redressa, les yeux brillants. Le Veur tournoyait toujours en silence. Mais il avait perdu son impertinence obscène. Paralysé par le pouvoir des mots, ligoté, prisonnier, il attendait.

– Tu es maintenu ici… commença Christy en reprenant le Livre.

– *Mais il ne peut pas accomplir les Mots !* siffla l'abominable voix.

Et les images, tout soudain, prenaient un sens dans l'esprit de Christy. Les Mots. L'église ravagée. Le pieu. La mort d'Iris. La fin d'une vie ancienne.

– Nous sommes mari et femme, dit-elle calmement.

– *Mais il ne peut accomplir les Mots.*

– Aux yeux de Dieu, nous ne formons qu'une seule chair. Nous ne sommes qu'un. Et ses actes sont *mes* actes.

– *… il ne peut pas…*

– Sa main est ma main. Ses mots sont mes mots.

Elle prit le pieu.

– *Tu es une femme et non pas un homme. Tu n'es pas le Gardien du Secret.*

– Les Mots du Livre ne disent pas que le Gardien doit être un homme. Ils disent « le Chef de la Famille ».

– *… il ne peut pas…*

– Et, depuis la mort de ma mère, je suis Chef de la Famille Warwick – car mon père en était incapable.

– *TU NE PEUX PAS !*

Christy vit alors un visage entre tous dans l'agglomérat infect de corps, de faces et de membres qui formaient le corps du Veur. Il avait la bouche ouverte et crachait des obscénités. C'était un visage hideusement familier...

– *TU NE PEUX PAS !*

... Elle leva le pieu des deux mains, comme une lance, et le plongea dans la gorge de Billy Rifkin.

Un sang noir ruissela, nauséabond et gluant. Elle enfonça plus profondément encore le pieu en criant des phrases sans suite faites d'horreur et de peur. Le fer plongea un peu plus dans la masse obscène.

Le Serpent Veur déroulait ses anneaux blêmes. Il agonisait.

Christy prit Michael et l'entraîna plus loin.

Le Veur, en tournoyant, montait dans le Puits. Des poutrelles et de la terre tombèrent en pluie.

Le Veur frémit, incapable d'arracher le pieu de son flanc immonde.

Christy vit que les parois se fissuraient.

– Michael, lève-toi ! Lève-toi ! On ne peut plus remonter ! Il faut prendre un des tunnels ! Michael ! *Lève-toi !*

La chose, à présent, ululait comme un animal des premiers âges de la Terre. Et le Puits, en s'effondrant, écrasait son corps d'épouvante sous les pierres.

– Michael, on va être enterrés ! Lève-toi ! *Lève-toi, Michael !*

Il se redressa enfin, dans un rêve. Il avait mal, mais la douleur se situait quelque part hors de lui. Il ne savait où. Il n'avait conscience que d'une chose : il se trouvait dans un lieu sombre qui vibrait et Christy, tout près de lui, criait des mots qui n'avaient pas de sens. Il se laissa entraîner dans la nuit. Une nuit grondante, furieuse, dans laquelle tombaient de la terre et des pierres.

Christy le poussait en avant de toutes ses forces. Une fois encore, le Temps avait perdu tout sens. Des mots résonnaient dans sa tête tandis qu'il avançait en titubant :

*Le Pouvoir des Mots... la vie ancienne... La vie nouvelle...*

Il dormait.
Mais il avançait toujours.

## 88

Il y avait des lumières. Qui l'aveuglaient.

Christy l'avait arraché aux ténèbres. C'était le jour.

Il trébucha sur le sol mou.

– Michael, elle est partie ! La barrière de brouillard... Elle n'est plus là !

Ces paroles n'avaient pas vraiment de sens, mais il avait vaguement conscience qu'ils se tenaient au bord d'un trou, quelque part dans le cimetière, non loin du poste de police de Shillingham, là où était enterrée la mère de Christy.

Une odeur de brûlé montait à ses narines et il se demanda si elle avait un rapport avec sa main droite.

– Il est mort, fit Christy. (Derrière ses mots, il perçut un roulement lointain de pierres.) Il est mort.

Des mots résonnaient dans la tête de Michael.

*... une vie ancienne... mort...*

Plus tard, bien plus tard, dans un rêve plus agréable et plus lumineux, il crut entendre aboyer un chien et distingua deux silhouettes enfantines qui couraient joyeusement vers lui.

*La mort d'une vie ancienne. Le commencement d'une nouvelle.*

# ÉPILOGUE

– Savez-vous ce qu'est la peur ? demanda l'homme aux cheveux blancs.

Non. Peut-être pas. Mais je la sentais, cette peur, dans sa question, dans son souffle froid, sa main froide sur mon épaule. Et j'en lisais les effets dans ses cheveux prématurément blanchis. Je le jure. Il devait faire plus de vingt-deux degrés dans ce bar, mais j'étais parcouru de frissons glacés.

– Je veux dire... la peur... *véritable*, répéta-t-il.

Mais il n'attendit pas ma réponse. Et je dois avouer que j'aurais été incapable de dire un mot.

– Moi, je le sais. Que Dieu me vienne en aide, mais je le sais.

Je le croyais.

Il se remit à parler.

– Je l'ai vue en face. Je l'ai affrontée. Et vous pouvez me croire quand je dis ça...

Il s'interrompit et, une fois encore, il regarda par la fenêtre d'un air pensif. Une fois encore, je discernai le reflet du conflit intérieur qui l'agitait. Il voulait me dire des choses, j'en étais certain. Mais quelque chose, tout au fond de lui, l'en empêchait. Est-ce que j'avais définitivement perdu ?

Il se tourna vers moi et tendit son moignon vers le verre. S'apercevant de son erreur, il sourit, avec mélancolie.

– Écoutez... Vous êtes journaliste. Mais vous

n'avez sans doute pas conscience du pouvoir que peuvent avoir les mots. Certains mots. Je voudrais vous raconter ce qui s'est passé à Shillingham, mais c'est impossible. Parce que j'ai fait un pacte. Un pacte avec des mots. Dès l'instant où je vous relaterai ce qui s'est vraiment passé et que mes mots seront inscrits sur le papier – je redeviendrai un écrivain. Et alors le pacte sera rompu et ça pourrait... réveiller une chose... une chose malfaisante, mauvaise.

– Vous voulez un autre verre? demandai-je. Rien ne presse. Prenez votre temps. Peut-être pouvons-nous...

Il secoua tristement la tête, soupira et se rassit.

– Je ne peux pas. Je suis navré... mais je ne peux rien vous raconter.

J'avais perdu.

Désespérément, je cherchai les mots qui pouvaient sauver la situation, le ramener. Mais je savais que c'était inutile. Il était absurde de poursuivre. Abattu, je finis mon verre en regardant autour de nous.

J'avais été si près du but. De l'autre côté du bar, je vis entrer sa femme avec deux enfants. Elle sourit en lui faisant signe. Il les aperçut et lui répondit avant de se tourner une dernière fois vers moi.

– Tout est dans les étoiles, dit-il. Priez pour qu'elles ne changent jamais.

J'ignore ce qu'il voulait dire, mais j'y ai souvent repensé depuis. Cela n'a pas de sens pour moi, en dépit de la conviction qu'il y avait dans sa voix et sur son visage. Mais je l'avais cru quand il m'avait dit avoir vu la Peur. La Peur véritable.

Même si je ne sais pas pourquoi, je continue à prier pour que ma bonne étoile ne change jamais...

# Science-fiction

**extrait du catalogue**

*Depuis 1970, cette collection est leader du genre en France. Elle a publié la plupart des grands classiques (Asimov, Van Vogt, Clarke, Dick, Vance, Simak), mais elle a aussi révélé de nombreux jeunes auteurs qui seront les écrivains de premier plan de demain (Tim Powers, David Brin, Greg Bear, Kim Stanley Robinson, etc.). La S-F est reconnue aujourd'hui comme littérature à part entière, étudiée dans les écoles et les universités. Elle est véritablement la littérature de notre temps.*

| | |
|---|---|
| | **Univers 1986** 2012/**4*** |
| | **Univers 1989** 2572/**4*** |
| | **Univers 1990** 2780/**4*** (Avril 1990) |
| **ANDERSON Poul** | **La patrouille du temps** 1409/**3*** |
| **ASIMOV Isaac** | **Les cavernes d'acier** 404/**3*** |
| | **Les robots** 453/**3*** |
| | **Face aux feux du soleil** 468/**3*** |
| | **Tyrann** 484/**3*** |
| | **Un défilé de robots** 542/**3*** |
| | **Cailloux dans le ciel** 552/**3*** |
| | **La voie martienne** 870/**3*** |
| | **Les robots de l'aube** 1602/**3*** & 1603/**3*** Inédit |
| | **Le voyage fantastique** 1635/**3*** |
| | **Les robots et l'empire** 1996/**4*** & 1997/**4*** Inédit |
| | **Espace vital** 2055/**3*** |
| | **Asimov parallèle** 2277/**4*** Inédit |
| | **Le robot qui rêvait** 2388/**6*** Inédit |
| | **La cité des robots** 2573/**6*** Inédit |
| **ATWOOD Margaret** | **La servante écarlate** 2781/**4*** (Avril 90) |
| **BALLARD J.G.** | **La forêt de cristal** 2652/**3*** |
| | **Le monde englouti** 2667/**3*** |
| | **Salut l'Amérique !** 2704/**3*** |
| **BELFIORE Robert** | **La huitième vie du chat** 2278/**3*** Inédit |
| **BOGDANOFF Igor & Grishka** | **La machine fantôme** 1921/**3*** |
| **BRIN David** | **Marée stellaire** 1981/**5*** Inédit |
| | **Le facteur** 2261/**5*** Inédit |
| | **Elévation - 1** 2552/**5*** & 2553/**5*** Inédit |
| **CARD Orson Scott** | **Abyss** 2657/**4*** Inédit |
| **CARROLL Jonathan** | **Le pays du fou rire** 2450/**4*** Inédit |
| | **Ombres complices** 2718/**3*** Inédit |
| **CHERRYH C.J.** | **Les adieux du soleil** 1354/**3*** |
| | **L'Opéra de l'espace** 1563/**3*** |
| | **La vengeance de Chanur** 2289/**4*** Inédit |
| | **Le retour de Chanur** 2609/**6*** Inédit |
| | **Les légions de l'enfer** 2814/**5*** (Juin 90) |
| **CLARKE Arthur C.** | **2001 l'odyssée de l'espace** 349/**2*** |
| | **2010 : odyssée deux** 1721/**3*** |
| | **Les enfants d'Icare** 799/**3*** |
| | **Terre, planète impériale** 904/**4*** |
| | **Rendez-vous avec Rama** 1047/**3*** |
| | **Les fontaines du paradis** 1304/**3*** |
| | Base Venus : |
| | **-Point de rupture** 2668/**4*** Inédit |
| | **-Maelström** 2679/**4*** (Mai 90) Inédit |

| | |
|---|---|
| CURVAL Philippe | Le ressac de l'espace 595/3★ |
| DICK Philip K. | Loterie solaire 547/2★ |
| | Dr Bloodmoney 563/3★ |
| | Le maître du Haut Château 567/4★ |
| | Ubik 633/3★ |
| | Les clans de la lune alphane 879/3★ (Mai 90) |
| | Les machines à illusion 1067/3★ |
| | Le dieu venu du Centaure 1379/3★ |
| | Le message de Frolix 8 1708/3★ |
| | Blade runner 1768/3★ |
| | Coulez mes larmes, dit le policier 2451/3★ |
| DONALDSON Stephen R. | Thomas l'Incrédule : |
| | -Les chroniques de Thomas l'Incrédule 2232/4★ (Mai 90) |
| | -Le réveil du titan ; 2306/4★ |
| | -L'éternité rompue 2406/6★ Inédit |
| DREW Wayland | Miracle sur la 8e rue 2343/3★ Inédit |
| | Willow 2487/3★ |
| FARMER Philip José | Le Fleuve de l'éternité : |
| | -Le monde du Fleuve 1575/3★ |
| | -Le bateau fabuleux 1589/4★ |
| | -Le noir dessein 2074/6★ |
| | -Le labyrinthe magique 2088/6★ |
| | -Les dieux du Fleuve 2536/6★ |
| FOSTER Alan Dean | Alien 1115/3★ |
| | AlienS 2105/4★ |
| | Futur immédiat - Los Angeles, 1991 2505/3★ Inédit |
| FRÉMION Yves | Rêves de sable, châteaux de sang 2054/3★ Inédit |
| GIBSON William | Neuromancien 2325/4★ |
| | Comte Zéro 2483/4★ |
| | Mona Lisa s'éclate 2735/4★ Inédit |
| GOLDMAN William | Princess Bride 2393/4★ |
| HALDEMAN Joe | La guerre éternelle 1769/3★ |
| HAMILTON Edmond | Le retour aux étoiles 490/3★ |
| HEINLEIN Robert A. | Une porte sur l'été 510/3★ |
| | Double étoile 589/2★ |
| | Vendredi 1782/4★ |
| | Job : une comédie de justice 2135/5★ Inédit |
| | Le chat passe-muraille 2248/6★ (Mai 90) |
| | Au-delà du crépuscule 2591/7★ Inédit |
| HERBERT Frank | La ruche d'Hellstrom 1139/4★ |
| HOWARD Robert E. | Conan 1754/3★ (Juin 90) |
| | Conan le Cimmérien 1825/3★ (Juin 90) |
| | Conan le flibustier 1891/3★ (Juin 90) |
| | Conan le vagabond 1935/3★ (Juin 90) |
| | Conan l'aventurier 2036/3★ (Juin 90) |
| | Conan le guerrier 2120/3★ (Juin 90) |
| | Conan l'usurpateur 2224/3★ (Juin 90) |
| | Conan le conquérant 2468/3★ |
| JETER K.W. | Machines infernales 2518/4★ Inédit |
| | Horizon vertical 2798/4★ (Mai 90) |
| KEYES Daniel | Des fleurs pour Algernon 427/3★ |

| | |
|---|---|
| **KLEIN Gérard** | **Les seigneurs de la guerre** 628/**3*** |
| | La saga d'Argyre : |
| | **-Le rêve des forêts** 2164/**3*** |
| | **-Les voiliers du soleil** 2247/**2*** |
| | **-Le long voyage** 2324/**2*** |
| **LEE Tanith** | La saga d'Uasti : |
| | **Vazkor** 1616/**3*** |
| | **La déesse voilée** 1690/**4*** Inédit |
| | **La quête de la Sorcière Blanche** 2042/**4*** Inédit |
| | **Terre de lierre** 2469/**3*** Inédit |
| **LÉOURIER Christian** | **Mille fois mille fleuves...** 2223/**2*** Inédit |
| | **Les racines de l'oubli** 2405/**2*** Inédit |
| | **La loi du monde** 2736/**3*** |
| **LEVIN Ira** | **Les femmes de Stepford** 649/**2*** |
| **LOVECRAFT Howard P.** | **L'affaire Charles Dexter Ward** 410/**2*** |
| | **Dagon** 459/**5*** |
| | **Night Ocean (et autres nouvelles)** 2519/**3*** |
| **MARTIN Georges R.R.** | **L'agonie de la lumière** 2692/**5*** |
| **MERRITT Abraham** | **Les habitants du mirage** 557/**3*** |
| | **La nef d'Ishtar** 574/**3*** |
| | **Le gouffre de la lune** 618/**4*** |
| | **Un visage dans l'abîme** 886/**4*** |
| **MOORE Catherine L.** | **Shambleau** 415/**4*** |
| **MORRIS Janet E.** | **La Grande Fornicatrice de Silistra** 1245/**3*** |
| **MORROW James** | **L'arbre à rêves** 2653/**4*** |
| **OTTUM Bob** | **Pardon, vous n'avez pas vu ma planète ?** 568/**3*** |
| **PARIS Alain** | **Daïren** 2484/**3*** Inédit |
| **POHL Frederik** | **Les Annales des Heechees** 2632/**4*** Inédit |
| **POWERS Tim** | **Les voies d'Anubis** 2011/**5*** Inédit |
| | **Sur des mers plus ignorées...** 2371/**4*** Inédit |
| | **Le Palais du Déviant** 2610/**4*** |
| **RAY Jean** | **Malpertuis** 1677/**2*** |
| **ROBINSON Kim Stanley** | **La planète sur la table** 2389/**4*** Inédit |
| | **La Côte Dorée** 2639/**6*** Inédit |
| **SADOUL Jacques** | **Les meilleurs récits de Weird Tales** 2556/**6*** |
| **SCOTT CARD Orson** | **Abyss** 2657/**4*** Inédit |
| **SHECKLEY Robert** | **Le prix du danger** 1474/**3*** |
| **SILVERBERG Robert** | **Un jeu cruel** 800/**3*** |
| | **Les monades urbaines** 997/**3*** |
| | **Le château de Lord Valentin** 1905/**4*** 1906/**4*** |
| | **Pavane au fil du temps** 2631/**4*** Inédit |
| **SIMAK Clifford D.** | **Demain les chiens** 373/**3*** |
| | **Mastodonia** 956/**3*** |
| | **Le chemin de l'éternité** 2432/**4*** Inédit |
| | **La Confrérie du Talisman** 2760/**4*** Inédit |
| **SPIELBERG Steven** | **Rencontres du troisième type** 947/**2*** |
| | **E.T. l'extra-terrestre** 1378/**3*** |
| **STEINER Kurt** | **Le disque rayé** 657/**2*** |
| **STINE Jovial Bob** | **La folle histoire de l'espace** 2294/**3*** Inédit |
| **STURGEON Theodore** | **Les plus qu'humains** 355/**3*** |
| | **Cristal qui songe** 369/**3*** |
| | **Les talents de Xanadu** 829/**3*** |

2762

Composition Communication à Champforgeuil
Impression Brodard et Taupin
à La Flèche (Sarthe) le 23 février 1990
1395C-5 Dépôt légal février 1990
ISBN 2-277-22762-5
Imprimé en France
Editions J'ai lu
27, rue Cassette, 75006 Paris
*diffusion France et étranger : Flammarion*